古典文獻研究輯刊

七　編

曾永義　主編

第 16 冊

張岱的夜晚書寫探析

陳儀玲　著

張岱生平及其文學

黃桂蘭　著

國家圖書館出版品預行編目資料

張岱的夜晚書寫探析　陳儀玲 著／張岱生平及其文學　黃
桂蘭 著 — 初版 — 新北市：花木蘭文化出版社，2013〔民
102〕
　目 2+138 面／序 2+ 目 2+94 面；19×26 公分
　（古典文學研究輯刊　七編：第 16 冊）
　ISBN：978-986-322-105-0（精裝）
　1.（明）張岱　2. 旅遊文學　3. 文學評論
820.8　　　　　　　　　　　　　　　　　102001639

ISBN-978-986-322-105-0

9 789863 221050

古典文學研究輯刊
七　編　第十六冊　　　　　　　ISBN：978-986-322-105-0

張岱的夜晚書寫探析
張岱生平及其文學

作　　　者　陳儀玲／黃桂蘭
主　　　編　曾永義
總 編 輯　杜潔祥
出　　　版　花木蘭文化出版社
發 行 所　花木蘭文化出版社
發 行 人　高小娟
聯絡地址　新北市永和區中正路五九五號七樓
　　　　　　電話：02-2923-1455／傳真：02-2923-1452
網　　　址　http://www.huamulan.tw 信箱 sut81518@gmail.com
印　　　刷　普羅文化出版廣告事業
初　　　版　2013 年 3 月
定　　　價　七編 16 冊（精裝）新台幣 26,000 元

張岱的夜晚書寫探析

陳儀玲　著

作者簡介

陳儀玲，台灣省彰化縣人。民國七十四年（西元一九八五年）生。國立台灣師範大學國文研究所畢業，目前任彰化縣立北斗國民中學國文教師，業餘致力於文學研究，興趣尤在張岱個人研究，以及晚明社會風俗之呈顯。

提　　要

　　張岱的小品以雋永見長，筆墨精練，風神綽約，洋溢著詩的意趣，寥寥幾筆，意在言外，往往令人有一唱三嘆之致。著作《陶庵夢憶》是他對早年生活及世俗人情的回憶，其中專寫夜間活動，或其他涉及夜晚書寫的內容，將近佔了四分之一的篇幅；《西湖夢尋》記述西湖風景及掌故，對於夜景也有所描摹；《瑯嬛文集》中所收遊記，也可見張岱特立獨遊於人們休憩的夜晚；其他詩詞中，更不乏對月夜的吟詠與感懷。這些夜間活動的描寫，描繪出明朝後期繁華靡麗的夜生活，同時也是了解張岱個人性格的重要材料。

　　本文以「張岱的夜晚書寫探析」為題，研究成果大致如下：

　　其一、說明本文的研究目的，回溯前人研究的成果，以及定義研究範疇與取材依據。

　　其二、從張岱所處的外緣時代背景，以及其個人的家世生平，探討了張岱夜間活動頻繁的內外在因素。

　　其三、以資料呈現張岱豐富的夜晚生涯活動，並劃分為旁觀的冷靜之遊、社交的歡聚樂遊、個別的任性漫遊、沉思的懷想心遊四類。

　　其四、論析張岱夜晚書寫的文學特色以及傳世價值。

　　張岱夜晚書寫的篇章，反映了晚明市民文化的風貌，窺見當時江南百姓夜晚活動的一斑，這些材料，更照見了張岱生命情志的嚮往，是最貼切其個人性格的研究資料，同時，更具有開拓文人生活廣度的文學素材價值，筆者以「夜」為主題切入研究，探索出張岱其人其文的豐富面向，當可呈現前人所未見的研究領域。

目次

第一章　緒　論

　　張岱，字宗子，又字石公，號陶庵，又號蝶庵，浙江山陰（今紹興）人。生於明萬曆丁酉二十五年（西元 1597 年），在累世鼎食之家成長，祖上幾代治史習文，交遊也多是當時的文士名流，如此優越的物質、文化環境，對張岱的發展產生了良好的影響。張岱幼年即以聰穎著聞，和當時所有的世家子弟一樣，他曾渴望在科場上博取功名，光宗耀祖，可是運氣不佳，便選擇了著書立說的人生道路，終其一生，著作等身，其主要的成就在史學、文學兩個方面，他是一位傑出的史家，又是一位才華橫溢的文學家。「其自信尤在《石匱》一書」﹝註1﹞，張岱潛心史學幾十餘年，以一人之功完成《石匱書》、《石匱書後集》兩部明史巨著，而傳世之作以《陶庵夢憶》、《西湖夢尋》、《瑯嬛文集》流布最廣，這是張岱文學著作的精髓，張岱的文學淵源、理論和實踐，均於是見。後人更可經由這幾本著作，窺見張岱在小品文上之所以造詣高卓，集其大成的緣由。

第一節　研究動機與目的

　　張岱的小品以雋永見長，筆墨精練，風神綽約，洋溢著詩的意趣，寥寥幾筆，意在言外，往往令人有一唱三嘆之致。他總結了晚明小品，避免了公安派的輕浮和竟陵派的「幽峭」，為風靡已久而產生流弊的小品文畫下一個優美的休止符。他一方面崇尚人文情操的高尚偉大，這使得他的作品莊嚴而含

﹝註1﹞　張岱：〈陶庵夢憶序〉，《陶庵夢憶・西湖夢尋》（臺北：漢京文化事業有限公司，1984 年），頁1。

蘊深厚;另一方面,他又是一個失意於當世,過著紙醉金迷生活的貴介子弟,因此在莊嚴凝重外,他又慣於譏誚和詼諧,造就其文章亦莊亦諧的特色。張岱著名的選篇有〈金山夜戲〉、〈湖心亭看雪〉、〈虎邱中秋夜〉、〈西湖七月半〉等。觀其流傳的諸多篇章中,「夜」是一個重要的主題。

《陶庵夢憶》是張岱對早年生活及世俗人情的回憶,在 127 篇的小品中〔註2〕,專寫夜間活動,或其他涉及夜晚書寫的內容,多達 30 篇〔註3〕,占了將近百分之二十四(約四分之一)的篇幅;《西湖夢尋》記述西湖風景及掌故,對於夜景也有所描摹;《瑯嬛文集》中所收遊記,也可見張岱特立獨遊於人們休憩的夜晚;其他詩詞中,更不乏對月夜的吟詠與感懷。這些夜間活動的描寫,繪構出明朝後期繁華靡麗的夜生活。根據研究中國史的歷史學者卜正民(Timothy Brook)在《在縱樂的困惑——明朝的商業與文化》所說:

> 在上層士紳、大地主、富有商人的眼中,明朝後期是個文化繁榮、新思想不斷湧現和充滿著歡愉的時代,同時也是一個令人困惑和憂慮的時代。〔註4〕

正是這樣一個既繁華又困惑,既歡愉又憂慮,既張揚又頹廢的時代,孕育出張岱這位奇才,透過其筆墨,又重現了晚明歷史燦爛明耀的一頁。

張岱對於夜的獨鍾,在其作品中多有揭示。〈一卷冰雪文序〉所謂:

> 凡人遇旦晝則風日,而夜氣則冰雪也;遇煩燥則風日,而清靜則冰雪也;遇市朝則風日,而山水則冰雪也。冰雪之在人,如魚之於水,龍之於石,日夜沐浴其中,特魚與龍不之覺耳。〔註5〕

「冰雪之氣」是張岱用來衡量作品藝術品格的標準,是一種清剛孤介、靈動活潑的生命本源。他以「夜氣」為冰雪,與「旦晝」對立,就像除卻「煩燥」後的「清靜」、遠離「市朝」的「山水」,能夠使人獲得如魚得水、如龍得石

〔註2〕 《陶庵夢憶》全書有八卷,後有補遺,卷一 15 篇,卷二 15 篇,卷三 16 篇,卷四 15 篇,卷五 16 篇,卷六 16 篇,卷七 17 篇,卷八 13 篇,補遺 4 篇,共計 127 篇。

〔註3〕 《陶庵夢憶》紀錄夜遊活動的篇章共 27 篇,詳見於第三章末之附錄表格,其他涉及夜間描寫的篇章有卷一〈鍾山〉、卷二〈報恩塔〉、卷三〈包涵所〉等三篇,總計 30 篇。

〔註4〕 卜正民著,方駿、王秀麗、羅天佑合譯:《縱樂的困惑——明朝的商業與文化》(臺北:聯經出版事業股份有限公司,2004 年),頁 207。

〔註5〕 張岱:《瑯嬛文集》,收錄於夏咸淳校注:《張岱詩文集》(上海:上海古籍出版社,1991 年),頁 101。

般的生命本源。正因爲夜氣滌淨了飽受塵囂煩擾的身心，故張岱喜遊於夜晚。對於遊客如織的西湖，他指出「杭人遊湖，巳出酉歸，避月如仇。」〔註6〕太陽下山後，遊人不及候月，便紛紛歸家。而杭人之遊，往往如蟻附蜂屯，群擁而至，「在春夏則熱鬧之至，秋冬則冷落矣；在花朝則喧哄之至，月夕則星散矣；在晴明則萍聚之至，雨雪則寂寥矣。」〔註7〕明末山人陳眉公亦言：「西湖有名山，無處士；有古刹，無高僧；有紅粉，無佳人；有花朝，無月夕。」〔註8〕然而，張岱不同於流俗，他曾說：

> 善讀書，無過董遇三餘，而善遊湖者，亦無過董遇三餘。董遇曰：『冬者，歲之餘也；夜者，日之餘也；雨者，月之餘也。』〔註9〕

在落雨紛飛或是萬山覆雪的天氣，特別是夜闌人靜的晚上，當人們都窩在家裡休息時，張岱的遊興便特別高漲，動輒夜半留舟飲湖舫，甚或雪夜登龍山唱曲。即使不出外夜遊，他也認爲：「有長林可風，有空庭可月，夜爇孤燈，高巖拂水，自是仙界，絕非人間。」〔註10〕隱居在深山萬壑之中，有風有月的夜晚對張岱來說就是仙界。故一般人的遊憩始於巳時，終於酉時，然而當夜幕垂降，逐漸籠罩大地，張岱精彩的夜間活動才正要上場。

歷來描寫夜的篇章，不乏佳作。北宋蘇軾的〈赤壁賦〉，作於作者貶謫期間，描寫秋夜泛舟江上的內心感受，由於心情苦悶，倍感壓抑，故寄情山水以求超脫，有感於萬物盛衰消長之理，而有此文，是仕途失意的抒發之作，因此充滿文人氣息。張岱一生從未出仕，早年過著奢靡繁華的生活，故其文字所記敘的夜晚，只爲呈現這燦爛狂歡的片刻，而無文人有所爲而作的意旨。即如同時期袁宏道的〈晚遊六橋待月記〉，全文記敘作者春遊西湖的景色，題名「待月」，但對於月夜的描寫僅在篇末稍提，反觀張岱的〈西湖七月半〉，對於湖光月色的描摩有更鮮明的意象呈現。而袁小修（中道）的《珂雪齋集》中多山水遊記之作，書中所記，大抵日出啓程，日落而宿，偶而未達休憩站，只好連夜趕路，而這類夜晚險行的紀錄，僅如曇花一現，迫不得已而爲之，至如張岱這樣不顧他人勸阻，恣意孤行，犯忌摸黑二度朝頂的驚險記遊〔註11〕，更是難以見得了。

〔註6〕 張岱：〈西湖七月半〉，《陶庵夢憶》，卷七，頁63。
〔註7〕 張岱：〈明聖二湖〉，《西湖夢尋》，卷一，頁1。
〔註8〕 張岱：〈冷泉亭〉，《西湖夢尋》，卷二，頁23。
〔註9〕 張岱：〈明聖二湖〉，《西湖夢尋》，卷一，頁1。
〔註10〕 張岱：〈吼山〉，《瑯嬛文集》，頁174。
〔註11〕 張岱：〈岱志〉，《瑯嬛文集》，頁156～157。

筆者爬梳張岱的作品，其中涉及夜晚書寫的篇章頗多，然而目前並無研究觀照到此一面向。故筆者意欲以「夜晚書寫」為主題，彙集張岱詩文中相關作品，看其筆下描摹的情、景、物，如何交織出精彩生動的夜生活，在晚明時期綻放輝煌耀眼的光芒。

第二節　文獻探討

歷來關於張岱的探討，兩岸學者已累積不少的研究成果，筆者分專書研究與論文研究兩方面來討論，並為已蒐集到的文獻作一分類的工作，以了解現今兩岸學界對於張岱研究的現況與焦點。

一、專書研究

以張岱為研究對象的專書，多就其身世、生平、交友、思想、成就乃至文學作品等各方面，作「知人論世」的研究探討。有黃桂蘭的《張岱生平及其文學》（臺北：文史哲出版社，1977 年），夏咸淳的《明末奇才：張岱論》（上海：上海社會科學出版社，1989 年）及《張岱》（瀋陽：春風文藝出版社，1999 年），胡益民的《張岱評傳》（南京：南京大學出版社，2002 年）以及《張岱研究》（合肥：安徽教育出版社，2002 年），最近國際著名漢學家史景遷出版《前朝夢憶：張岱的浮華與蒼涼》（臺北：時報文化，2009 年），將張岱個人生命與家國歷史作聯繫，以史學角度切入，反映張岱在歷史巨變下，以書寫對抗遺忘的自覺。

其中夏咸淳曾為《陶庵夢憶》作箋釋，又校點《張子詩秕》與《瑯嬛文集》，輯為《張岱詩文集》（上海：上海古籍出版社，1991 年），並選注張岱作品，是為《張岱散文選集》（天津：百花文藝出版社，1997 年），對張岱的研究投注不少心力，論述精切周延。而胡益民在近年來的研究中，掌握不少珍貴的第一手資料，對張岱其人研究頗有可觀之處。

二、論文研究

張岱著作甚豐，遍及經史子集，可惜多已亡佚，然而從現存的作品中，仍可看出張岱著作的成就卓越，在文學史上享有極高的評價，歷來以張岱作品為主題探討的論文頗多，兩岸皆有成果，筆者分成大陸與台灣兩方面來討論：

（一）大陸方面

近年來，在大陸方面研究張岱的碩士論文有八篇，（於博士論文中未見），特以表格呈現，以清眉目：

研究方向	作者姓名	論文名稱	年　代
人文美學	馬桂珍	《名士與遺民雙重人格的展示——論張岱的散文》	2002
	張麗杰	論張岱《陶庵夢憶》的情感意蘊	2004
	盧杰	《張岱散文中的日常生活美學思想》	2006
	喬亞	《張岱論》	2008
	梁佶	《張岱文化小品研究》	2008
散文藝術	陳秀梅	《論張岱散文的藝術特徵》	2005
	劉雪飛	《張岱散文研究》	2007
思想史學	趙一靜	《張岱的《四書》學與史學》	2006

筆者將研究張岱的碩士論文歸納爲人文美學、散文藝術、思想史學三種主題。

人文美學方面最多，馬桂珍的《名士與遺民雙重人格的展示——論張岱的散文》（山東師範大學中國古典文學研究所碩士論文，2002 年）由張岱的散文作品，關切其遺民身分的心境轉換；張麗杰的《論張岱《陶庵夢憶》的情感意蘊》（內蒙古師範大學中國古代文學研究所碩士倫文，2004 年）就《陶庵夢憶》的內涵，探討其間流露的滄桑情感；盧杰的《張岱散文中的日常生活美學思想》（揚州大學文藝學研究所碩士論文，2006 年），跳脫情感層面，探討張岱日常生活崇尚美學的趨向；喬亞的《張岱論》（山東師範大學中國古代文學研究所碩士論文，2008 年）就張岱的身家、文學思想、散文創作，以及歷來的研究成果各分面作全面探討；梁佶的《張岱文化小品研究》（揚州大學中國古代文學碩士論文，2008 年）以小品文爲研究範疇，關注其人文社會面向。

散文藝術方面，有陳秀梅的《論張岱散文的藝術特徵》（中央民族大學中國古代文學研究所碩士論文，2005 年）和劉雪飛的《張岱散文研究》（蘭州大學中國古代文學研究所碩士論文，2007 年），對其散文作品，作藝術技巧層面的分析。

思想史學方面，趙一靜的《張岱的《四書》學與史學》（湖南大學專門史研究所碩士論文，2006 年），研究張岱的《四書遇》以及《石匱書》、《石匱書後集》，探討其思想史學方面的成就。

　　觀以上諸篇碩士論文，多就張岱作品作通盤的探討，有助於了解張岱其人其事與其作品。這些論文主題多承襲傳統，而此種概念式的泛論，呈現出的面向較爲平面，見其廣而未見其深，唯已注意研究張岱《四書遇》等較不常見的著作，可說爲張岱研究開拓了新的境地。

　　以「夜晚」爲主題的研究，所見相關探討有宋雪茜的《蘇軾夜遊及其對現代夜間旅遊的審美啓示》〔註12〕，宋文是就蘇軾的夜遊作品以展現其情愛、意志及自我完善等不同的人格層面，並從旅遊者的審美心境、審美方法、審美層次論述了蘇軾的「夜遊」審美思想對現代夜間旅遊審美主體的啓示作用。其論文著重在蘇軾夜遊的審美思想，以連結到現代旅遊做延伸的探討，提供了筆者不同的視野以開展出屬於晚明、屬於張岱不同的夜晚書寫。

（二）台灣方面

　　近年來，台灣方面關於研究張岱的碩士論文共計十五篇，表列如下：

研究範疇	作者姓名	論文名稱	年代
專書研究	蔡麗玲	《從晚明「世說體」著作的流行論張岱的《快園道古》》	1992
	徐世珍	《張岱《夜航船》研究》	2001
	蘇恆雅	《《陶庵夢憶》與《西湖夢尋》研究——以文學表現與遺民意識爲主》	2001
	簡瑞銓	《張岱四書遇研究》	2006
散文研究	郭榮修	《張岱散文理論及作品研究》	1992
	陳麗明	《張岱散文美學之研究》	1996
	郭秉融	《張岱及其散文研究》	2003
小品研究	蔣靜文	《論張岱小品：從生命模塑到形式意義的完成》	1996
	陳忠和	《從劉勰「六觀」論張岱小品文》	1999
	江佩怡	《張岱小品文由雅入俗研究》	2002
主題研究	陳進泉	《晚明張岱《陶庵夢憶》戲劇資料之研究》	1984
	曾淑娟	《張岱小品中的旅遊休閒》	2004
	張志帆	《論張岱遊記中人文精神之體現》	2006
綜合研究	段正怡	《張岱、李漁飲饌小品之考察》	2007
	黃靜瑜	《袁宏道與張岱的西湖書寫——從外緣到文本的考察》	2007

〔註12〕宋雪茜：《蘇軾夜遊及其對現代夜間旅遊的審美啓示》（四川：四川師範大學研究所碩士論文，2005 年）。

　　相較於大陸有限的資料，台灣發表相關張岱的碩士論文顯得較爲豐碩。在專書的研究上，有徐世珍的《張岱《夜航船》研究》（國立政治大學中國文學研究所碩士論文，2001 年）和簡瑞銓的《張岱四書遇研究》（臺北：東吳大學中國文學研究所碩士論文，2006 年），探討張岱尚未被挖掘研究的著作；而蔡麗玲的《從晚明「世說體」著作的流行論張岱的《快園道古》》（國立清華大學文學研究所碩士論文，1992 年）由晚明「世說體」的蓬勃發展，來討論張岱《快園道古》一書，以新的視野切入，不落窠臼；蘇恆雅的《《陶庵夢憶》與《西湖夢尋》研究──以文學表現與遺民意識爲主》（臺中：逢甲大學中文研究所碩士論文，2001 年）關注其遺民意識的情感內涵。散文方面的研究，有郭榮修的《張岱散文理論及作品研究》（國立臺灣大學中國文學研究所碩士論文，1992 年）、陳麗明的《張岱散文美學之研究》（臺北：國立臺灣師範大學國文研究所碩士論文，1996 年），以及郭秉融的《張岱及其散文研究》（臺北：臺北市立師範學院應用語言文學研究所碩士論文，2003 年），不只探討藝術技巧層面，且構築其散文理論，兼之美學體系，使其成一完整架構。小品研究方面，蔣靜文的《論張岱小品：從生命模塑到形式意義的完成》（國立中正大學中國文學研究所碩士論文，1996 年）聯繫張岱個人生命經歷，探討小品文形式意義的完成，增加研究的深度；陳忠和的《從劉勰「六觀」論張岱小品文》（國立高雄師範大學國文研究所碩士論文，1999 年）以劉勰建構的文學理論，套諸張岱的小品文觀之，以檢視劉勰的「六觀」與張岱小品文藝術表現之間的落差，立論新穎獨到；另外江佩怡的《張岱小品文由雅入俗研究》（臺北：臺北市立師範學院應用語言文學研究所碩士論文，2002 年）分析俗化創作之題材、思想與藝術手法，藉以探察小品文俗化之特色，及張岱小品文俗化之突破與歷史地位，以俗文化的觀點切入，呈現張岱小品的另一面向。至於陳進泉的《晚明張岱《陶庵夢憶》戲劇資料之研究》（臺北：中國文化大學藝術研究所碩士論文，1984 年）、曾淑娟的《張岱小品中的旅遊休閒》（彰化：國立彰化師範大學國文研究所碩士論文，2004 年），以及張志帆的《論張岱遊記中人文精神之體現》（臺北：中國文化大學中國文學研究所碩士論文，2006 年），在固有掌握的文獻上，以主題統攝，陳進泉匯集《陶庵夢憶》中的戲曲資料，從藝術角度作分析探討；曾淑娟聚焦於旅遊休閒，探尋張岱旅遊休閒之觀點與內涵，並析論其旅遊休閒之特色；張志帆在曾文基礎下，著眼其中人文精神的體現。在張岱研究臻於完備之際，研究者乃將張岱與其他相

關文人併置，探尋其同，關注其異，遂有綜合研究，如段正怡的《張岱、李漁飲饌小品之考察》（桃園：元智大學中國語文研究所碩士論文，2007 年）以及黃靜瑜的《袁宏道與張岱的西湖書寫——從外緣到文本的考察》（彰化：國立彰化師範大學國文研究所碩士論文，2007 年），獨樹一幟，頗有價值。

　　上述可知，近年來台灣方面關於張岱的研究，呈現豐富多元的成果，多能在固有的資料裡，開創新視野，以不同的角度觀點切入探討，別開生面，使得研究擺脫傳統窠臼，由平面概述式的探討，朝向立體多元的新發展。

　　關於張岱小品中的旅遊休閒，在曾淑娟的《張岱小品中的旅遊休閒》以及張志帆的《論張岱遊記中人文精神之體現》已有完備的論述，筆者欲在前人研究的基礎上，更加聚焦在張岱作品中的夜晚書寫，不但探討其散文小品，更擴及詩詞等作，以論前人所未發掘的另一面向。另外，陳熙遠的〈中國夜未眠——明清時期的元宵、夜禁與狂歡〉〔註 13〕，探討明清時期的元宵節慶事宜，其中涉及了夜禁問題的探討，以及元宵特殊夜晚活動的風俗承衍，與本文所研究的「夜晚」題材息息相關，故筆者將其納入文獻探討，以開展出張岱夜晚書寫的時代意義。

第三節　研究範圍與版本

　　本論文以張岱著作中涉及夜晚書寫的作品為主。張岱一生致力於著書，著作約有三十種之多，其作曾於生前墨板者，只有天啓中所刻「古今義烈傳」八卷一種，他書遺稿藏於家中，子孫無力刊刻，且因文禁甚嚴，亦不敢刻，雖日後陸續有刊行，然流布不廣，蒐求匪易，至今十不見其一。所幸《陶庵夢憶》、《西湖夢尋》、《瑯嬛文集》三本文集得以流傳至今，本文即以此三本著作為主要研究範疇，另輔以《張子詩粃》、《石匱書》、《石匱書後集》、《明史紀事本末》、《有明於越三不朽圖贊》、《四書遇》、《夜航船》、《快園道古》等書。

　　《陶庵夢憶》為雜記形式之小品文，全書描寫各地山川勝景及晚明風俗人情，記載張岱回憶往昔繁華景物及時俗風尚等事，書中涉及夜間活動的篇幅甚多；《西湖夢尋》紀錄西湖的掌故，其中不乏夜晚的描寫。《陶庵夢憶》與《西湖夢尋》目前可見最早的版本是鳳嬉堂鈔本，藏於中國大陸國家圖書

〔註 13〕陳熙遠：〈中國夜未眠——明清時期的元宵、夜禁與狂歡〉，《中央研究院歷史語言研究所集刊》第 75 本第二分，2004 年 6 月，頁 283～327。

館，筆者無緣見得，然二書坊間皆有諸多版本刊行，據見過鳳嬉堂鈔本的胡益民指出：「1981 年上海古籍出版社馬興榮氏點校本，校勘較精，堪稱佳本。」〔註14〕馬氏點校本《陶庵夢憶》是以《粵雅堂叢書》本爲底本，《西湖夢尋》則以光緒本爲底本，漢京出版社將兩本輯爲《陶庵夢憶·西湖夢尋》一書。筆者即以此書作爲本文撰述引用之主要依據，再參照其他版本如「清乾隆五十九年王文誥刻本」等作參考。

　　至於《瑯嬛文集》是張岱的詩文總集，包含各種體裁的創作，書信、序跋、記、銘、詩歌皆有之，是考察張岱生平、交友、作品、思想的第一手資料，其中不乏張岱描寫夜晚活動的散文創作與詩詞作品，故爲筆者所取用。目前台灣最常見的《瑯嬛文集》，收錄於夏咸淳校點的《張岱詩文集》，由上海古籍出版社發行。夏咸淳於〈張岱詩文集前言〉中說明：「這部《張岱詩文集》，其詩是以鈔稿本《張子詩粃》爲底本，對校抄寫本《張子詩粃》；其文則以光緒三年所刻《瑯嬛文集》爲底本，對校抄稿本《張子文粃》。」〔註15〕此版本較有根據，故筆者以此書爲主，輔以 1936 年上海廣益書局出版的《瑯嬛文集》，互爲參照，以求精確。

第四節　研究步驟與章節簡述

　　張岱的著作除了《陶庵夢憶》、《西湖夢尋》與《瑯嬛文集》之外，尚有經、史、子、集等作品。筆者透過時代研究以及文本分析，來探討張岱的夜晚書寫。全文更分五章，茲將各章節安排情形分述如下：

　　第一章緒論。本章先提出以「夜晚書寫」爲主題，探討張岱相關作品的研究動機，並從中指出本論文研究的意義與價值，其次回顧張岱作品的相關研究文獻，分爲專書與論文兩方面來陳述；接著闡釋張岱涉及夜晚書寫文本的研究範疇及取材依據。

　　第二章則考察張岱夜間活動頻繁的內外在因素，必須深入了解張岱所處的時代，知道社會環境的薰習，才能觀看張岱的人格性情如何陶養，而他又

〔註14〕　見胡益民：《張岱評傳》（南京：南京大學出版社，2002 年），頁 93。文中指出由上海古籍出版社 1981 年所發行的馬興榮點校本爲佳，馬氏點校本於台灣由漢京文化事業公司出版。

〔註15〕　見夏咸淳：〈張岱詩文集前言〉，《張岱詩文集》，（上海：上海古籍出版社，1991 年），頁 7。

選擇以什麼樣的生命情調，來因應時勢。此章主要分時代背景與個人生命兩個部分，時代背景指的是張岱所處的晚明社會，首先，在晚明政治動盪的時代背景下，知識分子如何去因應自處，而導致遊樂風氣的形成；其次，工商業的發達，城市經濟得以繁榮發展，對於人民的娛樂需求產生何種影響？以致造成極度享樂的風尚；再者，水陸交通的發達，如何影響人民的日常生活作息？古時的城平時都有宵禁，夜晚將護城河上的橋吊起，不准隨意通行，以維持治安，此一「宵禁」政策，在明代起了什麼樣的變化？何以在當時夜間舉行的慶祝活動和商業交易屢屢見於張岱作品？至於個人生命則緣於張岱家世生平的造就，累世鼎食之家的優渥，使得張岱有足夠本錢作樂；加上不必埋首於書堆中謀取功名，有閒暇得以夜訪暢遊；到了中年遭逢家國變故，夜闌人靜時，便引發他的靜思感懷。透過上述幾個角度的探討，來觀看生於晚明之際的張岱，何種生命情調的抉擇，使他好遊於「夜」，樂遊於「夜」。

第三章探討張岱如何開展他的夜晚活動，以呈現其豐富精彩的夜生活。張岱透過不同的描寫手法，呈現出不同的夜晚生涯，筆者分節慶的夜晚盛事、常見的夜晚活動、特殊的夜晚現象，以及張岱個人的夜間感懷四類探討。特殊節日有元宵節的放燈誌喜，述及個別地域的張燈盛事、繁華燈景；中秋佳節的賞月唱和，著重在描寫各色人物情態。朝頂祭祀事宜，也是人民生活的一大盛事，不但要設供演劇，還形成專門賀席以招待香客的特殊商業現象。市民的夜間慶賞點亮了整座城市，張岱得以在其間從事各樣的夜晚活動，動輒徘徊於秦淮河畔的畫船簫鼓，周折於二十四橋風月的密戶曲房；尚有精湛傳神的說書表演以供娛樂。若厭膩了市囂的煩擾，張岱便親山水而遊，可以移舟過訪，臥船看月；又或遊園觀景，登峰浴雪。而夜晚也是靜思感懷的時刻，張岱於此之際，吟詠出一首首充滿黍離悲悽、遺民血淚的冰雪之詩。張岱以其詩文記錄了他的夜晚活動，呈現出生動多元的面貌。

第四章分觀物設色、取材特色、表現手法、藝術風格四方面，來探討張岱夜晚書寫的文學特色。這些材料可具有重要的傳世價值，歷來文人描寫夜的相關作品，屢見不鮮。然而，像張岱這樣因為好「夜」而抒寫「夜」的文人便不多見，大抵是有所為而作，「夜」不過是襯托的背景而已。反觀張岱抒寫夜晚的作品篇幅之多，描寫層面之廣，在文學史上自有不可取代的獨特價值。首先，這些資料反映了晚明市民夜晚娛樂慶賞活動，對於「夜禁」的放弛，以及當時夜市等商業活動，提供了寶貴的文獻資料，有其史料價值；而

這些夜晚書寫開拓了文人筆下題材的廣度，不僅侷限在士人生活，更多平民文化的素材得以發掘；又透過張岱對於夜晚的抒寫，有助於後人了解他的性格情調，有其傳記價值。

第二章 張岱夜間活動頻繁的內外在因素

第一節 晚明時代背景

　　張岱對於「夜」的雅好，固然是由於情性所致，然而與當時的時代背景亦有密切的關聯。張岱生長於晚明時期，正逢政治窳敗、綱紀廢弛之際，而經濟卻蓬勃發展，尤其江南一帶，文人商賈薈萃，工商業繁興，徹底改變了人們的生活作息，從帝王臣相到文人士子，以至於平民百姓，不再固守著農業社會「日出而作，日落而息」的傳統，時代環境提供了充分的條件，使得人們得以在夜晚從事各色各樣的活動。本節即探究張岱所處的晚明時代如何造就其活躍於夜晚活動的外在背景條件。

一、政治動盪，文人退離

　　晚明，一般所指的是萬曆至崇禎的七十二年間（西元 1573～1644 年），此時期皇帝荒淫於上，政風敗壞於下。明神宗昏庸貪暴，臣下說他酒色財氣四病俱全，非藥石可治，他三十年不上朝，卻派大批宦官四處聚斂，引起各地城市此起彼落的市民暴亂，促使全國上下各種矛盾激化。皇帝腐化必然導致宦官專權，從英宗時的王振、憲宗時的汪直、武宗時的劉瑾，到熹宗時的魏忠賢更變本加厲，他把持朝政，貪汙受賄，殘害人民，無惡不作。宦官專權和朝政腐敗又加劇了派系黨爭，萬曆以後先是出現東林黨和宣、昆、齊、

楚、浙等黨的鬥爭，再來是東林黨與閹黨的纏鬥，最後則為東林黨、復社與閹黨餘孽的廝殺，一系列的鬥爭多數都是邪黨得勢，縱有憂國之士，不能掌握實權，也無法力挽狂瀾。

　　東林黨是明朝末年以江南士大夫為主的一個政治集團，以顧憲成與高攀龍為首的學者重修江蘇無錫的東林書院，成為江南談論國家時事的輿論中心，他們直接面對晚明政治的結構提出改革的要求，希望透過道德重建，來整頓頹敗的政治環境，其理想和訴求是崇高而振奮人心的，因此在當時形成一股輿論力量，他們企圖透過講學以實踐其政治理想，端正當時腐敗的社會風氣，末流卻弊端叢生，最終觸動閹黨的魏忠賢，他借「梃擊、紅丸、移宮」三案為由，唆使其黨羽偽造《東林黨點將錄》上報朝廷，天啓五年（1625 年），熹宗下詔，燒燬全國書院。次年，東林書院被拆毀，東林黨人也遭到迫害，楊漣、左光斗等許多著名的東林黨人都慘遭殺害。東林黨禍對士林造成極大的傷害，許多清流之士遭到迫害致死，改革朝政以挽救明代危亡的理想破滅，士人不再熱血參與時事，取代的是一種消極的政治退離。〔註1〕

　　張岱不求仕進，致力於《石匱書》的寫作，但求客觀呈現歷史事實，卻因不自立意見、不擁戴東林黨的立場，被認為其書不合時宜。張岱曾在〈與李硯翁〉文中，就東林黨的流弊著眼，痛加針砭：

> 東林自顧涇陽講學以來，以此名目，禍我國家者八九十年，以其黨升沉，用占世數興敗。其黨盛則為終南之捷徑，其黨敗則為元祐之黨碑，風波水火，龍戰於野，其血玄黃。朋黨之禍，與國家相為始終。蓋東林首事者多君子，竄入者不無小人，……乃欲俱奉之以君子，則吾臂可斷，決不敢狗情也。東林之尤可醜者，時敏之降闖賊曰：吾東林時敏也。以冀大用。……今乃當東林敗國亡家之後，流毒昭然，猶欲使作史者，曲筆拗筆，仍欲擁戴東林，此某所痛哭流涕長太息者也。〔註2〕

東林黨爭變質為朋黨殘殺，由對理想的堅持轉變為排除異己的偏執鬥爭，在當時對士林造成極大的迫害，即便在東林黨敗國亡家之後，其流毒依然不減，張岱也只能「痛哭流涕長太息」，以表達對政治深沉的失望和無奈的感慨。

〔註 1〕　此段歷史，參見於曹淑娟：《晚明性靈小品研究》（臺北：文津出版社，1988年）。

〔註 2〕　《瑯嬛文集》卷三，頁 232～233。

曹淑娟在《晚明性靈小品研究》論晚明士人在政治陰影下所做出的抉擇，提及張岱的生活態度：

> 張岱一生始終保持著投閒置散的自我姿態，明亡後，避亂剡谿山，固是無奈，明亡前，亦只是結納勝流，徘徊園林詩酒之社，安享其豪侈生活。這固然與個人的人生機緣有關，卻也是在晚明的政治環境中，士人普遍採取的生活態度。〔註3〕

這是張岱採取的自我姿態，也是普遍士人選擇的生活態度，由於對政治權力失去信心，轉而追求風流好文的雅致生活，享受宮室苑囿、聲伎犬馬之樂，音曲、詞章、梟盧、擊鞠，無不狎弄，離宮別館，舞榭歌樓，無不具備，成為當時普遍的風氣。

二、經濟繁榮，享樂成風

張岱成長的年代，儘管朝廷政治腐敗，國事日非，黨爭迭起，危機紛呈，政經方面積弱不振，民間社會卻由於手工業與商品經濟的發展，而呈現繁榮的景象，人民的生活水準普遍提高，滿足了物質方面的需求後，開始追求精神層次的休閒生活，形成一股縱情享樂的風氣，徹底改變了人們的生活習慣。

明代中晚期以後，白銀的使用和賦役的改革促進了社會的經濟發展。萬曆年間，明政府通令全國實行「一條鞭法」，「計畝征銀」，將田賦折銀用法律的形式肯定下來。農民為交納賦稅，就必須將農產品或家庭手工業產品投入市場換取白銀，從而促進了商品貨幣經濟的發展與繁榮；同時無田之民釋去力役負擔，以貨幣方式替代親身供役，因而獲得較大的人身自由，可以離開土地，給城市手工業提供了更多的勞動力來源，對工商業的發展起了一定的積極作用。〔註4〕於是，大多數的人民離開農業生產，投入手工業製造，僅蘇州一地從事絲織業的人數達到近萬名，景德鎮從事陶業的手工業工人有數萬名之多。根據《松江府志》記載：

> 紡織不止鄉落，雖城中亦然。裏媼晨抱紗入市，易木棉以歸，明旦復抱紗以出，無頃刻閒。織者率日成一匹，有通宵不寐者。〔註5〕

〔註3〕　曹淑娟：《晚明性靈小品研究》，頁102。

〔註4〕　馬美信：《晚明文學新探》（臺北：聖環圖書有限公司，1994年），頁10。

〔註5〕　明・顧清等修：正德《松江府志》，收錄於《四庫全書存目叢書》（臺南：莊嚴文化，1995年）卷四，頁11。

傳統農業社會「日出而作，日落而息」的生活模式已不適用於遽變的時代浪潮，以至有「通宵不寐者」徹夜趕工，人們打破了日夜的分際，夜晚不再只是休憩睡眠的時間，爲追逐利益，可以通宵達旦地織布以增加生產力，促進了工商業的蓬勃發展。人們的作息徹底改變後，商業的交易行爲也有所因應，仁和縣壽安一地便可見「百工技藝、蔬果魚肉，百凡食用之物，皆于此聚易。夜則燃燈秉燭以貨。」〔註6〕商品交易延長至夜晚而不休。

江南地區由於手工業，織造業的興起，加上海外貿易的興盛，更加富庶奢靡，揮霍錢財，講究豪侈已然成爲社會風氣的一部份。物質慾望流竄於社會各個階層，文人士子亦然，「公安派」的袁宏道在文中體現了此種價值觀：

> 目極世間之色，耳極世間之聲，身極世間之鮮，口極世間之譚，一
> 快活也。堂前列鼎，堂後度曲，賓客滿席，男女交舄，燭氣熏天，
> 珠翠委地，皓魄入帳，花影流衣，二快活也。篋中藏萬卷書，書皆
> 珍異。宅畔置一館，館中約眞正同心友十余人，人中立一識見極高，
> 如司馬遷、羅貫中、關漢卿者爲主，分曹部署，各成一書，遠文唐
> 宋酸儒之陋，近完一代未竟之篇，三快活也。千金買一舟，舟中置
> 鼓吹一部，妓妾數人，遊閑數人，泛家浮宅，不知老之將至，四快
> 活也。然人生受用至此，不及十年，家資田產蕩盡矣。然後一身狼
> 狽，朝不謀夕，托缽歌妓之院，分餐孤老之盤，往來鄉親，恬不知
> 恥，五快活也。〔註7〕

儼然把物質方面的享受視爲人生的快活樂事，鼓吹之並提升爲一種高雅的閒情逸致。謝肇淛便指出，「宮室之美，妻妾之奉，口厭粱肉，身薄紈綺，通曉歌舞之場，半畫妝第之上」諸如此類完全是物質與肉慾的享受，當時的士大夫已是將之當作是「閒」〔註8〕。一般的世俗百姓也在這樣的社會風氣下縱情逸樂，陳寶良在探討晚明社會生活時提到：

> 世俗百姓所謂的愉快，無非就是喝酒、賭博，有二八佳人相伴，也
> 即一些物質的享受與娛樂，諸如：蘭膏明燭，二八遞代，徘徊於觴

〔註6〕 嘉靖《仁和志》，錄於乾隆《杭州府志》卷六《市鎮》，民國十一年鉛印本，頁316。

〔註7〕 袁宏道：〈龔惟長先生〉，《袁宏道集箋校》（上海：上海古籍出版社，1981年）卷5，頁205～206。

〔註8〕 謝肇淛：《五雜俎》（上海：上海書店出版社，2001年）卷13，頁261。

俎之間，窮日夜而不能自休；叫梟呼盧，挪手交臂，離合於一枰之
上，擲百萬而不滿其一曬。〔註9〕

經濟的繁榮帶來了奢靡的風氣，形成社會各階層人們極度享樂的生活態度，
以至於「窮日夜而不能自休」，各色各樣的休閒活動令人流連忘返，夜晚的降
臨反倒更添興致，索性徹夜狂歡不眠。至此晚明的人們無須再感嘆「晝短苦
夜長」，而可以肆意地秉燭而遊了。

三、戲曲蓬勃，家班繁起

　　明代民間戲曲的活躍與興盛，大抵始於中晚時期，尤其江南之地由於商
品經濟高度發達，富裕的生活條件提供了足夠的物質基礎，此時傳奇戲曲的
勃興正好迎合了這種精神娛樂需求，因此掀起我國戲曲史上的另一高潮。在
此之前，戲曲被帝王作為教化宣導之用，以傳播忠孝節義等思想觀念，據顧
起元（1565～1628）《客座贅語》記載，明永樂九年（1411）七月一日，刑科
署督給事中曹潤等奏：「今後人民倡優妝扮雜劇，除依律神仙道扮義夫節婦孝
子順孫，勸人為善及歡樂太平者不禁外，但有褻瀆帝王聖賢之詞曲，駕頭雜
劇，非律所該載者，敢有收藏傳送印賣，一時拿送法司究治。」〔註10〕不但
對戲曲內容嚴加管控，演出的活動與場合也有所限制。在這樣的環境中，民
間戲班的演出不能不受到一定程度的制約，在明王朝遷都北京後的一段時間
內，基本上難以見到有民間戲班活動的記載。明中晚期以後，經過百餘年的
休養生息，農業和手工業都已獲得進一步的發展，東南沿海一帶出現了繁榮
的商業經濟，社會生活各個方面也隨之發生了顯著的變化。在精神領域，洶
湧澎湃的個性解放思潮極大地影響了人們的思想觀念，人的慾望、個性以及
個體生命的價值開始得到肯定和尊重，享樂主義和縱慾主義風行，放浪形骸、
縱情聲色不再被視為可恥的行為，反而被當作一種附庸風雅的時尚，士大夫
沉耽於聲色享樂，熱衷於觀賞戲曲的演出，舉凡廟會、勾欄、瓦舍、會館或
是自宅閣樓庭院，都是演劇、觀戲、聽曲的場所，各式戲曲活動在各地十分
熱絡地展開。

　　在此背景下，民間戲班逐漸增多，活動亦漸頻繁。當時戲班有兩類，一

〔註9〕　陳寶良：《明代社會生活史》（北京：中國社會科學出版社，2004年），頁39。
〔註10〕　顧起元：《客座贅語》，收錄於《四庫全書存目叢書》（臺南：莊嚴文化，1995
　　　　年）卷十，頁41。

種是演員自行組織，做營利性演出的職業戲班，他們不專駐一地演唱，經常隨著各地活動四處周遊表演，迎神賽會及應貴族縉紳的召喚演出是不可或缺的活動；其他經常性的公演多有固定的演劇場所，稱為「勾闌」。另一種是由那些具有相當財勢的大戶人家蓄養，以為自娛的私人戲班，他們蓄養優伶成為文人階層自我娛樂的重要方式。這主要是受個性解放思潮和朝廷控制衰弛的影響，放寬了社會價值觀對士大夫道德層面的要求，助長了他們追求聲色所帶來的愉悅感受，這些文人從小接受良好的教育，往往多才多藝，善於品評玩樂，其中徵歌度曲作為一種高雅的娛樂方式，成為晚明文人們日常生活的主要內容之一。然而，對於很多好玩成性又熱愛戲曲的文人來說，僅僅是欣賞表演，或是親自演唱幾段、客串幾齣，都嫌不過癮。家班的設置便是為了滿足這些文人的需求，他們可以主持班子的組建、家伶的訓練、劇本的編改，不定期地指揮排練，組織演出，還可以帶著家班雲遊天下，四出獻藝，以戲會友。他們競蓄聲伎、教習曲文，朱門綺席、紅氍彩串，得以盡情盡興地玩賞文藝，又可以充分實現自我意志，展露自己的才華，故私人家戲家班在民間蔚為風潮。

這一時期，隨著文人，特別是大量士大夫參與戲劇創作，蓄養優伶家班，參與排練演出，在演員、劇本、聲腔各方面，甚至於舞臺佈景都有了更高更細緻的要求，戲劇被大大地雅化，變成了上層社會夜晚的雅致活動；並且深入社會各個角落，無論是民眾遊樂，士人宴集，甚至人們的社交，都離不開觀戲聽曲。戲曲實已成為晚明大眾百姓的夜晚娛樂休閒節目。

四、交通發達，遊憩興盛

明朝初年，朝廷為了糧運、軍運等需求，致力於交通運輸的建設，成祖遷都北京，交通建設更有長足發展。隨著明代中晚期工商業與手工業的興起，造成商品經濟的蓬勃發展，為因應商品的運輸與流通，交通的便捷成為當務之急，出現了大量商業路線，交通網絡分佈更廣，路線更多，南北交通四通八達，暢行無阻；及至晚明時期，為了從事商業活動，商賈南來北往益愈頻繁，遂要求更佳的服務，交通工具的製作也日漸精良舒適。

四方的水陸交通白天繁忙，為爭取時間，夜航船也應運而生，以便人們在夜晚仍可繼續運輸或趕路。張岱在這樣特殊的地域背景下，以「夜航船」為所編類書命名，其書內容從天文地理到經史百家，從三教九流到神仙鬼怪，

從政治人事到典章沿革，廣收博採。命名的緣故，張岱說：「天下學問，惟夜航船最難對付。」他在序言中講到一個故事：

> 昔有一僧人，與一士子同宿夜航船。士子高談闊論，僧畏懾，拳足而寢。僧人聽其語有破綻，乃曰：「請問相公，澹台滅明是一個人、兩個人？」士子曰：「是兩個人。」僧曰：「這等堯舜是一個人、兩個人？」士子曰：「自然是一個人！」僧乃笑曰：「這等說起來，且待小僧伸伸腳。」〔註11〕

夜航船是南方水鄉苦途長旅的象徵，人們外出都要坐船，在時日緩慢的航行途中，其中乘客有文人學士，也有富商大賈，有赴任的官員，也有投親的百姓，各色人等應有盡有，當然也不乏不肖之徒，或是附庸風雅、裝腔作勢之人。擁擠的船艙位置本不舒適，乘客中稍有地位者自然受到他人的「禮遇」，不敢與他們爭佔空間。坐船無聊，便閒談消遣，談話的內容也包羅萬象，引文中不學無術、讀書不精的士子身分原本受到他人的尊重，卻在言談中露了餡，故而引得僧人瞧不起，以致有「且待小僧伸伸腳」的事情發生，由此可看出人們航行於夜間的普遍情形。此種夜航船是江南水鄉特有在夜間行駛的船隻，具有濃郁的地方文化色彩，陶宗儀的《南村輟耕錄》卷十一云：

> 凡篙師於城埠市鎮人煙湊集去處，招聚客旅裝載夜行者，謂之夜航船。太平之時，在處有之。〔註12〕

夜航船提供了客旅的運輸，使得人們可以在夜晚兼程趕路，不必待日出而航。除此之外，杭州西湖一帶，湖船盛行，在宋代時就頗聞名，至明代裝飾更加華麗，檻牖寬敞，便於倚眺遊賞。《西湖遊覽志餘》言此湖船：

> 放湖中，隨波流止，渺然蓮葉也。月明風清，墜露漸漸，吹洞簫蘆葦間，山鳴谷應，聞者冷然有出塵之想，題曰「烟波釣筏」。一時風致，良可尚也。〔註13〕

利用裝飾華麗的遊船，在水面上蕩漾遊玩，方便觀賞水中及兩岸的景觀，也用來飲宴作樂。更有甚者，遂造樓船於湖上，樓船即船樓，是從湖船變化來的，而更爲富麗堂皇。西湖上的樓船創始於副使包涵所，可在其中笙歌宴飲，尋歡

〔註11〕　《瑯嬛文集》卷一，頁 132～133。
〔註12〕　陶宗儀：《南村輟耕錄》（臺北：木鐸出版社，1982 年）卷 11，頁 137。
〔註13〕　田汝成：《西湖遊覽志餘》（臺北：成文出版社，1983 年）卷 20，頁 904～905。

作樂,「乘興一出,住必浹旬」〔註14〕。陳函輝的〈南屏包莊〉詩中道出其奢靡:

> 獨創樓船水上行,一天夜氣識金銀。歌喉裂石驚魚鳥,燈火分光入
> 藻蘋。瀟灑西園出聲妓,豪華金谷集文人。自來寂寞皆唐突,雖是
> 逋仙亦恨貧。〔註15〕

旅遊休閒至此,已橫越水陸,連綴日夜而不休,樓船上備有朝歡暮樂之所需,
浪漫的樂曲,曼妙的歌聲,終夜不止,盛大的筵席,輝煌的燈火,整晚未息,
怎令人捨得在這樣靡麗的夜晚裡睡著呢?

第二節 張岱家世生平

　　根據前文所述,晚明的社會環境渲染出一幅精彩繁華的夜晚景致,時代
提供了適遊於夜的社會背景;張岱顯赫的家世、優渥的生活則支撐了遊於其
間所需的物資財力;科場不利而終生未仕,使得張岱免於案牘之勞形,以及
八股之禁錮,有充分的閒暇和自由的心靈可以恣意暢行,為所欲為;中年慘
遭國變家亡,張岱往往在夜裡吟哦出沉痛的思緒。本節擬窺究張岱的家世背
景與生平經歷,以探析其夜晚活動頻繁的內在根由。

一、累世鼎食之家的優渥

　　張岱的家世門第十分顯赫,是山陰鼎鼎望族之一。他在〈家傳〉中說:「岱
家發祥於高祖。」高祖張天復是嘉靖二十六年進士,嘗官吏部主事、全楚學
政、雲南按察司副使等職。曾祖張元忭,隆慶五年狀元,歷官翰林院修撰、
侍讀,遷左諭德。祖父張汝霖,萬曆二十二年進士,授清江令,調廣昌,後
遷兵部主事,歷任山東、貴州、廣西副使、參議等職;視學黔中時,得士最
多,楊文驄、梅彣俱出其門下,當時黔人謂「三百年來無此提學」。父親張耀
芳,諸生,未中功名,然為魯藩長史司右長史,魯王好神仙,他精導引術,
主臣之間,甚是契合。張岱之所以能享受豪華富麗的生活,正是由於累世鼎
食的家世背景提供了優渥的物質條件。

　　張岱家族雖為通世顯宦,然其曾祖仍崇尚嚴謹樸素的家風,曾祖母也以
儉約持家,〈家傳〉記:

〔註14〕 張岱:〈包涵所〉,《陶庵夢憶》卷三,頁 27。
〔註15〕 陳函輝:〈南屏包莊〉,《西湖夢尋》卷四〈包衙莊〉附詩,頁 67。

> 曾祖誕日，大母輩衣文繡，稍飾珠玉，曾祖見大怒，褫衣及珠玉，
> 焚之階前，更布素乃許進見。……王宜人，六湖王公女也。天性儉
> 約，不事華靡，日惟結線網巾一二項，易錢數十文，輒用自喜。僕
> 奴持出，市人輒曰：「此狀元夫人所結也。」爭售之。〔註16〕

以元忭當時的財力地位，何乏飲食宮室之奉，然而他卻恪守儉樸，持恭清介，
以端節的品格，深受時人所敬重。張氏家風的轉變，實受其舅祖影響，張岱
言：「我張氏自文恭以儉樸世其家，而後來宮室器具之美，實開自舅祖朱石門
先生，吾父叔輩效而尤之，遂不可底止。」〔註17〕這裡所說的「舅祖」便是
張岱祖母朱恭人的哥哥，他是浙江一流的古物收藏家，又愛好姬妾美女，宮
室器具之美，影響所及，張岱的父叔輩也開始揮霍成性，尤以仲叔張聯芳為
甚，他坐擁各色「異寶」，張岱說他「贏資巨萬，收藏日富」〔註18〕。

　　鐘鳴鼎食的張家，到了張岱之父張耀芳一輩，閥閱世家的氣派已遠遜於
前幾代，〈家傳〉載：

> 先大父世產僅足供饘粥，通籍，令清江，疲敝蕭條，罊產佐費，先子
> 家故貧薄，又不事生計，薪水諸，一委之先宜人。宜人辛苦拮据，居
> 積二十餘年，家業稍裕。後以先子屢困場屋，抑鬱牢騷，遂病翻胃，
> 先宜人憂之，謂岱曰：「爾父馮唐易老，河清難俟，或使其適意園亭，
> 陶情絲竹，庶可以解其岑寂。」庚辰以來，遂興土木，造船樓一二，
> 教習小僕，鼓吹劇戲，一切繁靡之事，聽先子任意為之，宜人不辭勞
> 苦，力足以給，故終宜人之世，先子裒然稱富人也。〔註19〕

家業雖不如以往優渥，然張耀芳卻因科場蹭蹬，遂將滿腔抑鬱牢騷發洩至「一
切繁靡之事」，沉溺於船樓宴飲，鼓吹劇戲，「任意為之」，以排遣志不獲展的苦
悶，後究心於荒誕無稽的神仙之說，希望解脫內心苦痛，然最後仍鬱鬱以終。

　　張岱身為狀元公張元忭的曾孫，又是張耀芳與陶氏夫人的長子，出生後，
因體弱多病，遂寄養在外祖父陶允嘉家，由外祖母馬太夫人悉心照料。陶家
亦為山陰望族，與張家一樣，在紹興城裡及杭州西湖都有別墅。故張岱青少
年時期可說集眾人寵愛於一身，當時的家業雖不能同曾、祖輩相比，但仍過

〔註16〕　〈家傳〉，《瑯嬛文集》，頁 250。
〔註17〕　〈家傳〉，《瑯嬛文集》，頁 250。
〔註18〕　〈仲叔古董〉，《陶庵夢憶》卷六，頁 57。
〔註19〕　《瑯嬛文集》卷四，頁 255～256。

著「米在困廩中，百口從我食。婢僕數十人，殷勤伺我側」〔註 20〕的生活，有餘裕的精神和財力從事其他活動。他在〈自為墓誌銘〉寫道：

> 少為紈綺子弟，極愛繁華，好精舍，好美婢，好孌童，好鮮衣，好美食，好駿馬，好華燈，好煙火，好梨園，好鼓吹，好古董，好花鳥，兼以茶淫橘虐，書蠹詩魔，勞碌半生，皆成夢幻。〔註21〕

張岱的前半人生，就是在這樣奴婢成群、茶來伸手，飯來張口的環境中成長，又受晚明放誕享樂的時風影響，張岱自然追求物質生活的繁華，留連於聲色樂舞之地，其中「華燈」、「煙火」、「梨園」、「鼓吹」等，皆是活躍於夜晚的活動。

二、終生未仕的閒暇

生長於書香世家的張岱，追求科舉功名是他無可避免、必然經歷的一條道路。張岱考中秀才的時間較早，大約在二十餘歲，然而他省試了幾次都敗北，胡益民對此分析道：

> 其一，他讀《四書》是堅決「不讀朱註」的，而朱熹的《四書集註》正是官方欽定的科舉考試的「標準答案」；其二，他雖忠於大明，但作為一個理性主義者，他對皇帝並非一味崇拜，有時批評還相當激烈。如在《陶庵夢憶》中對「鳳陽朱，小家子氣」的嘲弄，在《石匱書》及其《後集》中對嘉靖、天啟、崇禎的激烈批評等。「聖上」、「今上」亦是平常人，寫時忘了另行抬頭而「不入格」恐怕疏忽也不止這一次。〔註22〕

以張岱的才學，屢屢無法中試，必有其情由。張岱幼時「尊大父教，不讀朱註」〔註23〕，張汝霖教子孫讀書，受其父元忭影響，方法別具一格，讀經書只讀白文，不讀註解，尤不讀朱註，但也不能因此斷定為其省試敗北的原因，因為張家一脈相承「不讀朱註」的讀書方法，同樣能令張元忭、張汝霖中試登科。故與其說這種讀書方法無法獲取科舉考官的認同，不如說張岱藉此擺脫朱註牢籠的禁錮，思想上能根據性之所近自由發展，培養出獨立思考的批判精神，不盲目從俗附眾。對於世人趨之若鶩的科舉制度、埋頭鑽研的八股

〔註20〕 〈舂米〉，《張子詩粃》卷二，頁 35。
〔註21〕 《瑯嬛文集》卷五，頁 294。
〔註22〕 胡益民：《張岱評傳》，（南京：南京大學出版社，2002 年）頁 38～39。
〔註23〕 〈四書遇序〉，《瑯嬛文集》卷一，頁 107。

制文，張岱直指其流弊所在：他認為此制度「鏤刻學究之肝腸，消磨豪傑之志氣」，埋沒真正有才學之人，使他們「滿腹才華，滿腹學問，滿腹書史，皆無所用之」；除非是「心不得不細，氣不得不卑，眼界不得不小，意味不得不酸，形狀不得不寒，肚腸不得不腐」之人才能通過科考，故中舉的「非日暮窮途，奄奄殆盡之輩，則書生文弱，少不更事之人」〔註24〕。於是當幾度科舉失利之後，張岱便不再執著於此，開拓出他人生另外的道路。

　　張家自高祖天復以來幾世的金榜題名，自然光耀了張家門楣，但也因政治上的傾軋鬥爭而籠罩了陰影。張天復擔任雲南按察司副使時，雖達到了事業的高峰，卻因拒不受賄，反被誣陷「逮對雲南」，「累積後者月餘」，幸待其子元忭奔走申冤，當道為其孝心所感，才得以無罪釋放；遭受此打擊，天復歸後遂意志消沉，頹廢放浪至極。張汝霖起初也是充滿積極用世的精神，然萬曆丙午年（1606），任山東副使時，因於落卷中錄取名士李延賞，為人所劾，落職歸里，後雖起復，卻一直未得重用，鬱鬱不得志，竟至沉溺聲伎，與大多數官場不得志的士大夫走上了同一條道路。張耀芳的科舉之路更為坎坷，儘管體弱多病，但因十四歲時即以才氣過人「補邑弟子」生員，精神上受到鼓舞，遂「沉埋於帖括中四十餘年」，弄得「雙瞳既眊，尤以西洋鏡掛鼻端」，仍孜孜不倦，毫不懈怠，後因「屢困場屋，抑鬱牢騷」，身體越來越差，得了嚴重的胃疾，他花了四十餘年的時間，將人生最精華的時光虛耗在功名的追求中，最終也賠上了自己的健康與生命。張岱深知官場傾軋的黑暗，也看到父親因讀書應考而犧牲健康，於是他選擇了另一條道路，在屢次敗於科場後，便不再執著於此，他在〈陶庵夢憶序〉自言：

> 老人少工帖括，不欲以諸生名。大江以南，凡黃冠、劍客、緇衣、伶工，畢聚其廬。且遭時太平，海內晏然，老人家龍阜，有園亭池沼之勝，木奴秫粳，歲入緡以千計。以故鬥雞、臂鷹、六博、蹴踘、彈琴、劈阮諸技，老人亦靡不為。〔註25〕

山不轉，路轉；路不轉，人轉。張岱不再沉湎於科場上的競逐，便無須鑽研於殘害人心的八股文，他將大好的青春時光，悠遊於園亭池沼，玩索「鬥雞、臂鷹、六博、蹴踘、彈琴、劈阮」等技藝，當其他士人挑燈夜戰，孜孜不倦

〔註24〕　《石匱書·科目志》，頁 419～420，收錄於《續修四庫全書》(上海：上海古籍出版社，2002 年)。

〔註25〕　張岱：《陶庵夢憶》，頁 1。

於夜晚時，張岱卻有足夠的閒暇開拓多采多姿的夜生活。他雖四處碰壁於場屋，然毅然放棄後，獲得的是更爲豐富的精彩人生。

三、中年遭變的逸民生涯

　　崇禎十七年（1644），李自成起義推翻了明朝統治，不久滿清大舉入關，佔領了北京，崇禎皇帝自縊而死，清軍做了中國封建朝廷新的統治者，這是中國歷史的大事件、大轉折，天崩地裂，滄海橫流。這年張岱四十八歲，他在血與火的歷史轉折關頭飽受嚴峻的考驗。

　　清軍佔領北京和中原以後，大江以南展開了如火如荼的抗清鬥爭，一部分明朝官吏擁戴朱明皇族子孫，先後成立了福王、唐王、桂王、魯王等政權，是爲「南明」。清順治元年（1644），魯王以海由山東播遷至浙江台州，第二年六月，魯王監國紹興，因張耀芳曾經當過魯先王的長史，張岱得授職方主事之官，然而剛建立起來的魯王政權，內外都面臨著不可克服的矛盾，一些將領包藏禍心，各自擁兵自重。張岱雖被任命爲兵部職方部主事，但卻只是一個榮譽性職務，最終這個他曾寄予厚望的小朝廷，並沒有帶給他眞正的希望。在夜深人靜的晚上，心緒最澄明之際，張岱夢見以身殉節的友人祁彪佳：

> 乙酉（清順治二年，1645 年）秋九月，余見時事日非，辭魯國王，隱居剡中，方磐石遺禮幣，聘余出山，商確軍務，檄縣官上門敦促。余不得已，于丙戌（清順治三年，1646 年）正月十一日，道北山，逾唐園嶺，宿平水韓店。余適疽發于背，痛楚呻吟，倚枕假寐。見青衣持一刺示余，曰：「祁彪佳拜！」余驚起，見世培排闥入，白衣冠，余肅入，坐定。余夢中知其已死，曰：「世培盡忠報國，爲吾輩生色。」世培微笑，遽言曰：「宗老此時不埋名屏迹，出山何爲耶？」余曰：「余欲輔魯監國耳。」因言其如此如此，已有成算。世培笑曰：「爾要做，誰許爾做？且強爾出無他意，十日內有人勒爾助餉。」余曰：「方磐石誠心邀余共事，應不我欺。」世培曰：「爾自知之矣。天下事此，已不可爲矣。爾試觀天象。」拉余起，下階西南望，見大小星墮落如雨，崩裂有聲。世培曰：「天數如此，奈何！奈何！宗老，爾速還山，隨爾高手，到後來只好下我這著！」起，出門附耳曰：「完《石匱書》。」洒然竟起。余但聞犬聲如豹，驚寤，汗浴背，門外犬吠嘷嘷，與夢中聲接續。蹴兒子起，語之。次日抵家，閱十日，鑲兒被縛去，果有逼

勒助餉之事。忠魂之篤，而靈也如此。〔註26〕

張岱見魯王政權已不可為，便辭去職務，在紹興嵊縣山中隱蔽起來。九月，握持兵權的方國安命人持幣強邀張岱出山，張岱不得已而出山，途中「疽發於背，痛楚呻吟」，睡夢中見到以身殉節的友人祁彪佳，勸其：「天下事至此，已不可為矣。」勸他速速歸山，以完成《石匱書》。次日，回到家中，不過十天，便有官兵上門徵稅逼餉，他的一個兒子也被綁走了。姑且不論這個夢是真是假，但確實反映了張岱當時的心情思緒，他想盡忠報國，現實局勢卻已不可為。張岱內心的掙扎交戰，在此洶湧澎湃的夜裡，獲得了答案，他不得不面對「志欲補天，而天如璣璇，煉石在手，則亦奚益哉」〔註27〕的殘酷現實。

張岱託病未赴國安之召。他選擇了一條困厄重重，充滿險阻的路途，他不願意慷慨引決做「無益之死」，是為了完成《石匱書》的寫作，為故國留下歷史的見證，這無疑是比殉節更為艱難的道路。1646 年，魯王政權垮台，紹興城淪陷，張岱逃難到紹興西南一百二十里的越王崢，他攜一子一奴住在寺中，繼續《石匱書》的寫作，白天避清兵搜索，精神處於極度緊張的狀態，唯有夜晚才能稍微放鬆，此時他便與上人「攜燈話促膝。與之商古今，侃侃具繩尺」〔註28〕。一日偶然出寺，行蹤暴露，不得不避居他所，來不及與相處數月一同談古論今的寺僧遠明辭謝，便慌忙轉移。

張岱這次逃到了嵊縣，在族人的幫助下，帶家小來到離縣治六十里的西白山。在這段顛沛流離的艱苦生活裡，張岱猶如秋螢般，浮浮沉沉於風雨淒然的黑夜，〈和貧士〉云：

秋成皆有望，秋螢獨無依。空中自明滅，草際留微暉。霏霏山雨濕，翼垂不能飛。山隈故盤礴，倚徙復何歸。清颷當晚至，豈不寒與飢？悄然思故苑，禾黍忽生悲。〔註29〕

在張岱中年遭變的逸民生涯裡，夜晚成了他沉吟追憶故國的時光，白天他得面對國破家亡的殘酷現實，為躲避清軍追捕，他被迫捨棄故園，避迹深山，唯有掩蔽於垂降的夜幕之中，才可短暫忘卻現實之危困，沉浸於前半人生如

〔註26〕　張岱：〈祁世培〉，《陶庵夢憶》補（臺北：金楓出版公司，1986 年）頁 123～124。
〔註27〕　張岱：《石匱書後集・瞿式耜列傳》(上海：中華書局，1959 年)卷 52，頁 306。
〔註28〕　張岱：〈避兵越王崢留謝遠明上人〉，《張岱詩文集》補編，頁 393。
〔註29〕　《張子詩秕》卷二，頁 21。

夢一般靡麗爛漫的生活，〈夢憶序〉言：

> 鷄鳴枕上，夜氣方回，因想余生平，繁華靡麗，過眼皆空，五十年
> 來，總成一夢。今當黍熟黃梁，車旅蟻穴，當作如何消受！遙思往
> 事，憶即書之，持向佛前，一一懺悔。……偶拈一則，如遊舊徑，
> 如見故人，城郭人民，翻用自喜，眞所謂癡人前不得說夢矣。〔註30〕

張岱回憶起富厚安逸的前半人生，對比亂離後一無所有的凄苦，不免有「黍
熟黃梁」、「車旅蟻穴」的慨歎。在張岱少壯穠華的時期，夜晚是繁華璀璨的
象徵，隨著明朝的敗亡，張岱玩日愒歲的生活頓時幻滅，繼之的是風雨凄然
的逸民生涯，此時他就如同寒夜鳴叫，渴求天明的「渴旦」〔註31〕鳥，苦等
不到黎明曙光的來臨，只能在永無止盡的黑夜裡凄苦哀鳴。

遭逢家國亂離的巨變，對張岱來說是個極大的衝擊，前半生豪華奢靡、
後半世貧困窘迫，這種身世之變不得不引發他對自我價值的思索和疑問，「之
人邪有用沒用」〔註32〕的困惑時常橫據胸間，過去他狂歡逸樂於無數個不眠
的夜晚，盡情揮霍青春歲月；國破家亡後，一切「富貴邪如夢」成空，夜晚
曾經帶給他的無限美好，卻成了難以負荷的回憶，他試圖以一種自我調侃的
方式爲人生的苦難解嘲，將自己生活的反差解釋爲「種種罪案，從種種果報
中見之」，故明亡後流離異地一無所有的張岱，每當回憶起過去的繁華靡麗，
夜就顯得更加孤寂難耐。〈夢憶序〉所言：「遙思往事，憶即書之，持向佛前，
一一懺悔。」他企圖以眞誠的懺悔來減輕自己的心理壓力，把往事看做一場
夢，在漫漫長夜裡渴求天明、等待夢醒。

四、生命情調的抉擇

自我意識的覺醒，主體精神的張揚，要求個性自由和性情解放，是晚明啓
蒙思潮的一個重要內容，張岱生長於這個時代，自然培養了他率性而爲、張揚
性格的特點。他在〈自爲墓誌銘〉裡坦言自己「極愛繁華」〔註33〕，精舍、美
婢、孌童、鮮衣、美食、駿馬、華燈、烟火、梨園、鼓吹、古董、花鳥、茶橘、
詩書等無所不好，毫不避諱對繁華生活的喜愛，也絲毫不管是否有奢侈淫靡之

〔註30〕《瑯嬛文集》卷一，頁111。
〔註31〕張岱晚年卜居於臥龍山腳下的快園，園中有一簡陋的書齋，張岱命名爲「渴
旦廬」，寄託深沉。
〔註32〕〈自題小像〉，《瑯嬛文集》卷五，頁329。
〔註33〕《瑯嬛文集》卷五，頁294。

嫌，這份坦承裡，有張岱的自信與自得，更有他至老不變的率眞。

　　張岱的任情率眞，讓他在年輕時毅然而然地放棄了科舉，專以著述自任，立志修撰明代通史，擺脫了當時文人很難跳出的甲第科名之網，這使他的精神得到進一步的解放，可以更爲從容、更爲自由地體察人生。當興致一來，他會半夜三更跑到金山寺演戲；令小傒於船頭唱曲，臥舟中看月；凡遇有元宵張燈、中秋賞月等節氣慶賞，張岱必共襄盛舉；聽聞魯藩烟火、紹興燈景等地方盛事，他也絕對不落人後。張岱雖出生於顯宦之家，身爲貴族子弟，卻留心於民間技藝，一生結識了各行技精入道的藝苑勝流，動輒留連於曲坊戲場，徘徊於湖舫樓船，穿梭於精房密戶，遊寓淫冶其中，樂此不疲。

　　張岱愛極燈火點綴的靡麗夜晚，也喜出入山林冶遊，他在〈游山小啓〉作了一則邀伴同遊的啓事，自言：「幸生勝地，鞋韈間饒有山川。喜作閒人，酒席間只談風月。」〔註 34〕張岱不但常結伴遊山野航，還經常有出其不意的驚人之舉，只要意之所欲，便可以「遊無定所，出無常期」〔註 35〕。爐峰頂觀月、湖心亭賞雪、登龍山浴雪，皆遊於大地闃靜，萬籟俱寂的夜晚；登泰山時，更是不顧旁人「犯者有祟」〔註 36〕的勸阻，中夜起身，私謀再次冒險上山，破千年朝山之例而洋洋自喜。他自由的心靈沒有任何界線，不受世俗禮教的約束，打破日夜作息的分際，夜晚便可隨性任情地恣意暢爲了。

　　張岱之所以喜遊於夜，好思於夜，皆緣於個人生命情調的傾好，使他獨鍾於夜帶給人的清靜靈明之感，在其作品中多有揭示。〈一卷冰雪文序〉所謂：

> 凡人遇旦晝則風日，而夜氣則冰雪也；遇煩燥則風日，而清靜則冰
> 雪也；遇市朝則風日，而山水則冰雪也。冰雪之在人，如魚之於水，
> 龍之於石，日夜沐浴其中，特魚與龍不之覺耳。〔註37〕

「冰雪之氣」是張岱用來衡量作品藝術品格的標準，是一種清剛孤介、靈動活潑的生命本源。他以「夜氣」爲冰雪，與「旦晝」對立，就像除卻「煩燥」後的「清靜」、遠離「市朝」的「山水」，能夠使人獲得如魚得水、如龍得石般的生命本源。張岱在文中以「夜氣」來解釋「冰雪」，所謂「夜氣」最早見於〈孟子・告子上〉：「其日夜之所息，平旦之氣，其好惡與人相近也者幾希，

〔註34〕　《瑯嬛文集》卷二，頁 187。
〔註35〕　同上〈游山小啓〉。
〔註36〕　〈岱志〉，《瑯嬛文集》卷二，頁 156～157。
〔註37〕　張岱：《瑯嬛文集》，收錄於夏咸淳校注：《張岱詩文集》（上海：上海古籍出
　　　　　版社，1991 年），頁 101。

則其旦晝之所爲，有梏亡之矣。梏之反覆，則其夜氣不足以存；夜氣不足以存，則其違禽獸不遠矣。」〔註38〕孟子主張性善說，他所標舉的「夜氣」，就是在夜間人所顯露的本性之善，在白晝則被外界物慾所遮蔽；也就是說在夜闌人靜時，一個人只要端坐省思，自然就會有一股明是非、別善惡之「氣」，這股「氣」人皆有之，要靠不斷的修持，才能永保清明，不受矇蔽。張岱對於「夜氣」也有自己的理解，他在《四書遇》中如是解釋：

> 問夜氣。曰：項萬純初訪余僧寮，閑說向夜，留不能去。時春雪生寒，僮僕靜默，因誦王摩詰語：「深巷寒犬，吠聲若豹，村墟夜舂，復與疏鐘相間。」眞當日事也。久之，兩聲暫歇，賓主嗒然，茗冷燈殘，形骸忽廢，故知善言未發者無過孟子。〔註39〕

張岱用春夜賓主閑坐的眞切感受來說明「夜氣」的內涵，這是一種脫去世俗諸累，因而得以顯現生命本來面目的狀態，也就是張岱在後文進一步闡明的「至夜氣乃沉沉熟睡之時，做不得主，全是靠天的。」在這個意義上，張岱的「夜氣」所指的便是一個精神實體，即一段純任自然、活潑自由的生機。由此可知，張岱每每在夜闌人靜之際，攜及僮僕，夜遊於萬籟俱寂的大地，或臥舟望月，或登高赴雪，便是爲了持此「夜氣」達到身心俱遣、物我兩忘的境地，以獲得純任自然、活潑自由的生機本源，正因爲夜氣滌淨了飽受塵囂煩擾的身心，故張岱喜遊於夜、好遊於夜。

張岱生平「喜作閒人」，故掙脫了科舉的桎梏，不願受任何塵囂凡俗的束縛，這是他生命情調的抉擇，也是與生俱來的情性所致。他對夜晚的喜好，就如對山林的嚮往，與其內心所欲保有的清靜一樣，他鍾情於夜晚，正因「夜氣」帶給人寧靜澄澈的滌化，使他可以處塵囂而有山林氣。在國破家亡之後，夜晚承載著過多張岱對於故國往事的記憶，這些繁華盛事隨著清軍的入侵如燈景煙火般湮滅消散，留給張岱的是難以承受的悲痛，籠罩在每個不能成眠的夜晚，留下了一篇篇夜思悵惘的內心獨白。由此觀之，張岱對於「夜」實有太多複雜的情感，曾經他尋幽取樂、好遊於夜，恨不得夜夜待月候雪，愜意暢遊；明亡之後，張岱的悲痛惆悵隨著每個夜幕的降臨蔓延擴張，他在永無止盡的黑夜裡凄苦哀鳴，渴求天明、等待曙光。張岱只能藉由手中的筆墨描繪出心中欲往的理想仙境：「有長林可風，有空庭可月，夜壑孤燈，高巖拂

〔註38〕朱熹：《四書章句集註》（臺北：鵝湖出版社，2000年），頁331。
〔註39〕《四書遇》朱宏達點校，杭州：浙江古籍出版社，1985年。

水，自是仙界，絕非人間。」〔註40〕他更在夢裡構築了一個「瑯嬛福地」，希望死後能處在山環水繞的幽雅境地；然而張家早已在亂離中零落蕭條，張岱顛沛流離的晚年歲月，也只能在夜裡魂牽夢縈於此「有風有月」〔註41〕的理想福地了。

〔註40〕　張岱：〈吼山〉，《瑯嬛文集》，頁174。
〔註41〕　張岱：〈瑯嬛福地〉，《陶庵夢憶》卷8，頁79。

第三章　張岱的夜晚活動

　　晚明特殊的時代背景提供人們各式各樣的休閒活動，以適應隨著經濟發展而逐漸膨脹的娛樂需求，奢靡縱樂的風氣蔓延至夜晚而不休。尤其是張岱所居處的江南一帶更加富庶豐饒，人民有餘裕的閒暇與財力從事其他休閒活動，因此發展出的夜晚娛樂也更加多樣化。每逢歲時節令，舉行各項慶典，人民無不鋪張聲勢，大肆慶祝，這些熱鬧的慶賞場合，都可以看到張岱的身影。除了與眾人的群聚狂歡外，張岱還喜好在夜晚出遊，舉凡有三五好友相聚，便可一起尋歡作樂；只要身邊有傒伶相伴，便可相與唱曲演劇；即使張岱隻身一人，他也絕不錯過任何尋幽探奇的機會。張岱的心緒愈「夜」愈澄明，他的活動也愈晚愈顯得豐富多彩。

　　觀張岱現存流傳較廣的著作中，涉及夜晚書寫的篇章頗多。《陶庵夢憶》是張岱對早年生活及世俗人情的回憶，在 127 篇的小品中〔註1〕，專寫夜間活動，或其他涉及夜晚書寫的內容，多達 30 篇〔註2〕，占了將近百分之二十四（約四分之一）的篇幅；《西湖夢尋》記述西湖風景及掌故，對於夜景也有所描摹；《瑯嬛文集》所收遊記，也可見張岱特立獨遊於人們休憩的夜晚；其他詩詞中，更不乏對月夜的吟詠與感懷。

　　本章擬探究張岱的夜晚活動，即透過張岱之筆以描繪其所處時代的夜晚

〔註1〕　《陶庵夢憶》全書有八卷，後有補遺，卷一15篇，卷二15篇，卷三16篇，卷四15篇，卷五16篇，卷六16篇，卷七17篇，卷八13篇，補遺4篇，共計127篇。

〔註2〕　《陶庵夢憶》紀錄夜遊活動的篇章共27篇，詳見於本章末之附錄表格，其他涉及夜間描寫的篇章有卷一〈鍾山〉、卷二〈報恩塔〉、卷三〈包涵所〉等三篇，總計30篇。

活動，這些夜晚題材的篇章，不僅描寫了張岱個人屬於文人式的興遊感懷，更廣涉了各色人等從事夜晚活動的社會百態，筆者將張岱文章所反映的夜晚，分節慶的夜晚盛事、民常的夜晚活動、偶見的夜晚現象作探討，以呈現張岱筆下形形色色的夜晚活動；另外張岱個人親歷的夜晚活動，又呈現不同的風貌與感懷；這些作品廣泛紀錄的夜晚活動，有張岱主觀地參與，有客觀地描寫；有表現於外的行為活動，有發慮於內的思考心緒，皆可視為張岱之遊，即透過其眼、其身、其心對於夜晚的觀照，反映在詩文中呈現出各式各樣動態靜觀的夜遊型態，筆者分為客觀冷靜之遊、社交歡聚樂遊、個別任性漫遊、沉思懷想心遊四方面探討。

第一節　張岱文章所反映的夜晚景象

要探究張岱文章所反映出的夜晚，必須了解其所處時代的背景資料，首先涉及的便是「夜禁」的問題。古時的城平時都有夜禁，夜晚將護城河上的橋吊起不准隨意通行，以維護社會秩序及人民安全。在《周禮》一書所型構的理想職官體系裡，即有「掌夜時」的「司寤」一官，職司「禦晨行者、禁宵行者、夜遊者」〔註3〕。可見夜晚設禁的傳統由來已久。到了明代，對於夜禁仍有具體的規定，根據《大明律》所載：

> 凡京城夜禁，一更三點，鐘聲已靜之後，五更三點，鐘聲未動之前，
> 犯者笞三十。二更、三更、四更，犯者笞五十。外郡城鎮各減一等，
> 其公務急速、疾病、生產、死喪不在禁限。其暮鐘未靜，曉鐘已動，
> 巡夜人等故將行人拘留，誣執犯夜者，抵罪。若犯夜拒捕及打奪者，
> 杖一百；因而毆人至折傷以上者絞，死者斬。〔註4〕

以下纂註並有解釋：「凡盜賊率起於夜禁之不嚴，夜禁不嚴則盜賊多矣。」是故為了防治盜賊，官府必須執行夜禁，禁止人們夜晚在街上行走，同時每個駐有官府的城市一到晚上，就要鎖上城門，禁止出入城市，城門的鑰匙也要交到地方官的內衙。張岱所活動的江南一帶屬於引文中的「外郡城鎮」，犯夜的處罰較京城各減一等，故依據法律規範，若非公務急速、疾病、生產、死喪等緊急狀

〔註3〕　《周禮正義》（北京：中華書局，1987年）卷70，頁2907～2909。

〔註4〕　本文所引《大明律》參照自姚思仁注：《大明律例註解》（北京：北京大學出版社，1993年），頁566～567。

況，一更三點鐘聲已靜之後，五更三點鐘聲未動之前，仍在街上行走者須處以
笞二十的刑罰，二更、三更、四更尤為夜深，此時犯夜者笞四十。

　　但須考慮的是《大明律》從明太祖建國（1367）之初即已開始擬草，到
了洪武七年（1374）有了初步定稿，此後十多年間又經過幾次的修訂，於洪
武三十年（1397）正式頒佈天下，命子孫守之，永世不得更改，至此，《大明
律》的立法工作才算全部完成。而文中所引的條文參照自《大明律附例註解》，
是姚思仁在萬曆年間依官刊本《大明律》註解而成，可見「夜禁」的條例最
晚至洪武三十年（1397）即已頒行於世，並沿用至萬曆年間，且終明一代律
之正文也未見有修改的紀錄。故推測張岱所處的晚明時代「夜禁」是明令於
法律條文的。

　　然而，禁令本身也不能直接反映歷史現實，官方的夜禁是否確實嚴格執
行，恐怕因時因地而需要更細密的考察。尤其到了晚明時代（1573～1644），
距離明朝開國（1367）已經兩百多年，現實環境早已脫離了明太祖朱元璋所
刻意建立的嚴明社會秩序，加上朝廷日漸腐敗，綱紀廢弛，驅離了士人對政
治的熱情，轉而培養出許多娛樂活動，另一方面經濟的繁榮發展，極度享樂
的風氣蔓延於社會各階層的人們。因此，張岱的生活得以充斥著多彩多姿的
夜晚活動，以下筆者將透過張岱的詩文以呈現出屬於那個年代的夜晚活動。

一、節慶的夜晚盛事

　　中國的節慶大抵是先由朝廷官方統一制定頒行，而在民間社會互動中衍
生出各式型態的節日慶典，隨著時代的遞嬗與社會習俗的傳衍逐漸充實其內
涵，產生豐富的活動與表現型態。到了明代，由於經濟發達、社會繁榮，節
日慶典更加豐碩而多樣，根據常建華〈明代歲時節日生活〉〔註5〕所研擬出的
明代節日就多達二十六種，其中官方統一舉辦或地方私下進行的慶典活動更
是不勝枚舉。觀張岱現存的文章作品，在眾多繽紛的節日活動中，他沒有描
寫一向被漢人視為最重要的除夕、元旦等送舊迎春事宜，而是擷取龍山放燈、
揚州掃墓、金山競渡、虎丘賞月等地方盛事來作敘述，這些節慶活動較能貼

〔註5〕　常建華等：〈明代歲時節日生活〉，《中國歷史上的生活方式與觀念》（臺北：
　　　　馨園文教基金會，1998年），頁35～125。文中論述了元旦、立春、上元、天
　　　　穿、填倉、龍抬頭、春社、花朝、上巳、寒食、清明、浴佛、端午、夏至、
　　　　天貺、七夕、中元、中秋、重陽、十月朔、下元、冬至、臘日、臘八、祀竈、
　　　　除夕等二十六種節日生活內涵。

近社會民俗，呈現地方色彩，同時也顯示出張岱對晚明生活及世俗人情的回憶傾向，即那些在家國崩解後最令其遙思眷戀的繁華舊事，尤其是元宵放燈與中秋慶賞等以夜幕為背景的活動，張岱更是如數家珍般地一一陳述：寫元宵燈事，不僅寫自己的親身經歷，還要追憶父叔輩所造的盛事，不但記家鄉紹興的燈景，還述及魯王府殿的華麗晚會；寫中秋慶賞，不但描述虎丘著名的曲會盛事，同時也呈現西湖月下不同以往的風情。節慶當下群起的縱情狂歡不夠，凡遇機運難逢的閏元宵、閏中秋，張岱更是不甘寂寞地召集同好再造風雅韻事，怡然自得於樂音人聲所交織出的熱鬧喧嘩。本節節慶的夜晚活動分為元宵節與中秋節兩者作討論，以揭示其中豐富多彩而層出不窮的節慶內涵與夜晚活動。

（一）星河倒注，浴浴熊熊——元宵燈事

燈火是人類文明的象徵，夜晚中城市的光芒，是社會繁華富麗的寫照。歷代的朝廷官府往往利用元宵夜盛張燈事，來展現國家的承平氣象，以總結過去一年來的富庶繁饒，預約未來一年的康泰昌隆。一般以為元宵節源於漢武帝在正月祠祀「太一」之神，在當時不過是漢代皇室在正月時舉行的一項祭祀活動。後代元宵活動越演愈盛，上元祈福、元宵祭祖、迎花燈、猜燈謎、舞龍舞獅等各式活動精彩活現。到了明代的元宵慶典活動，更是熱鬧繽紛：

> 向夕而燈張（燈則燒珠，料絲則夾畫、堆墨等，紗則五色、明角及紙及麥秸，通草則百花、鳥獸、蟲魚及走馬等），樂作（樂則鼓吹、雜耍、弦索，鼓吹則橘律陽、撼東山、海青、十番，雜耍則隊舞、細舞、筒子、斤斗、蹬壇、蹬梯，弦索則套數、小曲、數落、打碟子，其器則胡撥四、土兒密失、艾而機等），煙火施放（煙火則以架以盒，架高且丈，盒層至五，其所藏械：壽帶、葡萄架、珍珠簾、長明塔等）。於斯時也，絲竹肉聲，不辨拍煞，光影五色，照人無研媸，煙冒塵籠，月不得明，露不得下。〔註6〕

城市裡五光十色，出現夜色如晝的盛況，並有日以繼夜的連續假期〔註7〕。根據明代劉侗與于奕正所作《帝京景物略》的梳理，唐玄宗時燈節乃從十四日起

〔註6〕 劉侗：《帝京景物略》，〈城東內外‧燈市〉（北京：北京古籍出版社，1983年）卷2，頁58。

〔註7〕 根據申時行等撰《明會典》所載〈節假〉條：「永樂七年，令元宵節，自正月十一日為始，賜百官節假十日。」（臺北：商務印書館，1968年）卷80，頁1834。

至十六日，連續三天；宋太祖時追加十七、十八兩日，成「五夜燈」；南宋理宗時又添上十三日爲「預放元宵」，張燈之期延爲六夜；逮至明代，更延長爲前所未有的「十夜燈」〔註8〕。原來明太祖初建都南京，「盛爲彩樓，招徠天下富商，放燈十日。」從初八上燈到十七日才罷燈。到了明代中晚期又有變化，《西湖遊覽志餘》云：「正月十五日爲上元節，前後張燈五夜。相傳宋時止三夜，錢王納土，獻錢買添兩夜。」〔註9〕儘管法律上並無明文具體規定百姓得以在元夕不受夜禁限制，但「金吾弛禁」的傳統由來已久，官府與百姓之間有著一定的默契，所有的法律禁令，在元宵放夜時暫時失效。張燈五夜成爲民間傳統，執行「夜禁」的官員放假，軍民共同放燈飲酒作樂，在上的皇帝亦然。史載每年元宵節武宗都要在宮中張燈作樂，正德九年（1514），宮內張燈時不小心著火，延燒宮殿，從二漏至天明，乾清宮一下皆成灰燼，熊熊的火勢蔓延，光焰烘烘，武宗在豹房望去，還笑道：「好一棚大煙火！」〔註10〕至此，元宵慶典演變爲狂歡縱樂，竟至荒淫無度，似乎預示著明代最終的頹亡破敗。〔註11〕

　　張岱從小對燃放在黑夜裡的燈籠煙火，就相當癡迷嚮往。他三歲時，家中老僕帶他到王新的屋外去賞燈，王新是名鑑賞家、古玩收藏家，當時小小年紀的張岱坐在老僕肩上，四周的景物盡收眼底：燈籠在夜裡晶映閃爍，彩花珠燈裝飾華美，羊角燈外罩著纓絡，猶如穗花懸掛，描金細畫，張燈百盞，甚是流光奪目。然而張岱回憶此景，仍是有所不足。他說：「懸燈百盞，尙須秉燭而行，大是悶人。」〔註12〕這些燈固然精美，但因太多裝飾，顯得不夠明亮，遊人尙須秉燭觀賞，張岱認爲燈不在多，總求一亮，所以他放燈，一定用如椽大燭，務令燈燭光芒盡出，明亮如晝。

　　張岱一族住在紹興，由於經濟富庶繁榮，竹、燈、燭的價格低賤，故紹

〔註 8〕　劉侗：《帝京景物略》，頁 57～58。

〔註 9〕　田汝成：《西湖遊覽志餘》卷 20，頁 867。

〔註10〕　〔清〕夏燮：《明通鑑》載：「武宗正德九年，正月庚辰，乾清宮災。上每歲張燈，費浮數萬。及是，甯王宸濠別爲奇巧以獻，令所遣人入宮懸掛，多著柱附壁以取新異。上複於庭軒間依欄設氈幕，貯火藥其中，偶不戒，延燒宮殿。乾清以內皆燼焉，上往豹房臨視，回顧火焰燭天，猶笑語左右曰：『是一棚大煙火也。』壬午，以災禦奉天門視朝，撤寶座不設，遂下詔罪己，並諭文武百官，同加修省。」（上海：上海古籍出版社，1990 年）

〔註11〕　以上元宵節慶的記載參引自陳熙遠：〈中國夜未眠——明清時期的元宵、夜禁與狂歡〉，《中央研究院歷史語言研究所集刊》第 75 本第二分，2004 年 6 月，頁 285～286。

〔註12〕　〈世美堂燈〉，《陶庵夢憶》卷 4，頁 36。

興人家家皆可造燈，並以不能燈爲恥，從通衢大道至窮簷曲巷，到處盡是輝煌的燈棚。紹興人通常把燈掛在棚架上，以竹竿立於兩端，中間橫木固定，簡單而結實，橫木可掛七盞燈，中間的大燈是爲「雪燈」，左右各有三個圓燈，稱爲「球燈」。張岱回憶起紹興燈景：

> 從巷口回視巷內，複疊堆垛，鮮妍飄灑，亦足動人。十字街搭木棚，挂大燈一，俗曰「呆燈」，畫《四書》、《千家詩》故事，或寫燈謎，環立猜射之。庵堂寺觀以木架作柱燈及門額，寫「慶賞元宵」、「與民同樂」等字。佛前紅紙荷花琉璃百盞，以佛圖燈帶間之，熊熊煜煜。廟門前高臺鼓吹，五夜市塵，如橫街軒亭、會稽縣西橋，閭里相約，故盛其燈，更於其地鬥獅子燈，鼓吹彈唱，施放烟火，擠擠雜雜。小街曲巷有空地，則跳大頭和尚，鑼鼓聲錯，處處有人團簇看之。城中婦女，多相率步行，往鬧處看燈；否則大家小戶雜坐門前，吃瓜子糖豆，看往來士女，午夜方散。〔註13〕

城內搭起彩繪木棚，懸掛大燈；庵堂寺觀也以木架作燈柱掛燈；佛像前有紅紙荷花、琉璃火盞，熠熠生輝。巷衖裡燈市如晝，廟門前更是金鼓喧闐，百戲雜陳，聲色光影，一應俱全，整座城市籠罩在鼓吹彈唱、煙火燈景之中，城內的婦人女子或是挽著手同遊，或是雜坐家戶門前，嗑瓜子、吃豆糖，喧嚷擠雜，彷彿一座不夜城。

萬曆二十九年（1601），張岱的父叔輩在龍山放燈，張岱當年只有五歲，多年後他所作的〈龍山放燈〉，卻宛如置身其中：

> 刳木爲架者百，塗以丹膔，悅以文錦，一燈三之。燈不專在架，亦不專在磴道，沿山襲谷，枝頭樹杪無不燈者，自城隍廟門至蓬萊崗上下，亦無不燈者。山下望如星河倒注，浴浴熊熊；又如隋煬帝夜游，傾數斛螢火於山谷間，團結方開，倚草附木迷迷不去者。好事者賣酒，緣山席地坐。山無不燈，燈無不席，席無不人，人無不歌唱鼓吹。男女看燈者，一入廟門，頭不得顧，踵不得旋，祇可隨勢，潮上潮下，不知去落何所，有聽之而已。〔註14〕

他們刳木爲樁百餘根，塗以丹漆，三根爲一架，每架飾以文錦，張燈一盞，滿山的樹林也懸了燈，丹漆木架連成一線，點亮了整座山頭，猶如人間銀河，

〔註13〕〈紹興燈景〉，《陶庵夢憶》卷六，頁54。
〔註14〕〈龍山放燈〉，《陶庵夢憶》卷八，頁71。

也像隋煬帝在山谷間放出的數斛螢火，在草木間閃閃發亮。這場聲勢浩大的燈會吸引了許多人前來共襄盛舉，他們在山野間開席賞燈，歌唱鼓吹，連織造太監也前來赴此盛會，帶動後來的人群起效之，再造勝事，燈節在山上放燈遂成爲紹興一帶的傳統。

　　崇禎十三年（1640）是爲閏正月，按照農曆閏年的規律是三年一閏，五年二閏，十九年七閏，閏月具體加到哪個月，主要依照農曆的二十四節氣〔註15〕來確定，通常將只有一個節氣的月份（一般是小月）設置爲閏月以進行彌補。由於農曆正月時地球在近日點附近，運動較快速，閏月出現的機會就少很多，因此想要過兩個中秋節是可能的，而要過兩個元宵節，則相當不容易〔註16〕。是故張岱有感於「閏正月者，三生奇遇，何幸今日而當場；百歲難逢，須效古人而秉燭。」便與紹興父老相約重張五夜燈，並作張燈致語：

> 士女潮湧，撼動蠡城；車馬雷殷，喚醒龍嶼。況時逢豐稔，呼庚呼
> 癸，一歲自兆重登；且科際辰年，爲龍爲光，兩榜必徵雙首。莫輕
> 此五夜之樂，眼望何時？試問那百年之人，躬逢幾次？敢祈同志，
> 勿負良宵。敬藉赫蹏，喧傳口號。〔註17〕

上個月元宵節因氣候不佳而錯過燈會，加上適值百年難逢的閏元宵，這等勝事張岱絕不肯蹉跎，在他的號召之下，臥龍山下車水馬龍，紹興城裡的人們無不潮湧赴會，躬逢其盛，共此五夜之樂。閏元宵的意義更在於它是一個特殊的日子，上元節每年都有盛大的燈事上演，招來萬頭攢動的聚觀人潮，這樣的社會風俗場景不足爲奇，唯有閏元宵時節不僅是三生奇遇，更由張岱一手主導，這樣獨殊奇特的場面，才是他所追求嚮往的。張岱喜夜好樂、秉燭夜遊的情懷，無非是想抓住那如流水般的光陰，故閏月對其而言是一種時光的饋贈，在社會

〔註15〕曆法學家把二十四個節氣分爲十二個「節氣」與十二個「中氣」兩類，分別和十二個月安排在一起，每月月初的爲「節氣」，月中的爲「中氣」。由於陽曆每年比陰曆多十一天，即陽曆每年要推遲十一天，三年會推遲一個月，就會碰上一個沒有「中氣」的月份出現，所以曆法學家規定以不含中氣的月爲前一個月的閏月。

〔註16〕閏月的分布並無規律性，僅可由統計窺知，由於農曆正月時的地球在近日點附近，運動較快速，閏月出現的機會就少很多。經由氣象局統計推估，從西元1849年起至2031年止的182年間，閏五月的次數最多，達15次，閏八月有六次之多；閏正月、閏十一月、閏十二月則沒有發生過；閏九月僅發生一次。張岱所謂「百歲難逢」殆不誣也。資料引自交通部中央氣象局編：《天文百問》（臺北：氣象局，1998年）。

〔註17〕〈閏元宵〉，《陶庵夢憶》卷八，頁77。

流動的時間節奏中，給予矯正與平衡，這種平衡方式則包含著一種暫停、暫歇的糾正與干預。張岱早年歲月流轉於紙醉金迷的糜爛輪迴之中，生活如夢一般虛華而浮靡，無論是閏元宵的重張燈會，抑或閏中秋的再造盛事（詳見於下段論述），都顯示了張岱不負良宵、趁夜而遊的閒情雅致，另一方面也表達了他亟欲捕捉時光之流，企圖藉由閏月的附加時間，帶來時光暫停、休歇之感，以彌補其流逝而去的浮華歲月，獲致平衡與矯正的心理作用。

張岱對於燈事的愛好，實受其父叔影響。他更進一步鑑賞品評各種燈式，生於富貴之家，讓他有足夠的經濟能力收購佳品，又有名匠以巧奪天工之技為之裝飾，加上善於收藏的僮僕，讓張岱的花燈收藏日益增加，等到張燈之夜，他便出其所有燈籠，配以隊舞弦索，故越中誇燈事之盛，必曰「世美堂燈」〔註18〕。

崇禎二年（1629），張岱到袞州所見的魯藩烟火又超乎他的想像與經驗所及：

> 烟火必張燈，魯藩之燈：燈其殿，燈其壁，燈其楹柱，燈其屏，燈其座，燈其宮扇傘蓋。諸王公子、宮娥僚屬、隊舞樂工，盡收為燈中景物。及放烟火，燈中景物又收為烟火中景物。天下之看燈者，看燈燈外；看烟火者，看烟火烟火外。未有身入燈中、光中、影中、烟中、火中，閃爍變幻，不知其為王宮內之烟火，亦不知其為烟火內之王宮也。殿前搭木架數層，上放黃蜂出窠，撒花蓋頂，天花噴礴。〔註19〕

皇親貴族出手更加闊綽，殿中無處不燈，殿中之人無不入燈，等到施放煙火，燈中的景物又被收為煙火中的景物，令人目不暇給。另外還有以蠟、樹脂做成的獅、象、駱駝，有人藏於其中，以車輪操作，施施而行；還有人作蠻夷戰士的裝扮，騎在動物上，手持閃爍瓶花，內藏火器，移動時可噴火出氣，整個魯王府殿煙焰蔽天，「月不得明，露不得下」，令人耳目攫奪，嘆為觀止，有如一場盛大華麗的嘉年華會。

除了元宵節的張燈慶典，其他時節亦有此燈景，〈蘇公堤〉載：

> 迨至崇禎初年，堤上樹皆合抱。太守劉夢謙與士夫陳生甫輩時至。
> 二月，作勝會於蘇堤。城中括羊角燈、紗燈幾萬盞，遍掛桃柳樹上，

〔註18〕〈世美堂燈〉，《陶庵夢憶》卷四，頁36。
〔註19〕〈魯藩烟火〉，《陶庵夢憶》卷二，頁12。

> 下以紅氈鋪地，冶童名妓，縱飲高歌。夜來萬蠟齊燒，光明如晝。
> 湖中遙望堤上萬蠟，湖影倍之。簫管笙歌，沉沉昧旦。傳之京師，
> 太守鐫級。〔註20〕

此種士大夫式的風流韻事，令人想起東坡守杭之日秉燭而遊、夜臥湖上的雅致，不必待元宵燈節，興致一來，便可懸燈萬盞，燒蠟如晝，又有名妓相伴，笙管相隨，徹夜縱飲狂歡直至昧旦，步武古人樂事，這般曠古風流，即使因此鐫級降職，卻也令人行之無憾。在朝為官的士大夫如此，市井百姓更加肆無忌憚，觀時人所作〈北關夜市〉所描繪：「地遠那聞禁鼓敲，依稀風景似元宵；綺羅香泛花間市，燈火光分柳外橋。行客醉窺沽酒幔，游童笑逐賣餳簫；太平風景今猶昔，喜聽民間五袴謠。」〔註21〕夜晚張燈開市的景象已成為普遍現象，猶如元宵一般燈火徹明，行客如織。由此可見，金吾不禁、通宵達旦的縱情逸樂不再僅是上元燈節的特赦獨例，而已成為當時人民日常生活的常態。

（二）鑼鼓喧闐，絲管繁興——中秋慶賞

中秋節是我國的傳統佳節。根據史籍記載，「中秋」一詞最早出現在《周禮》一書中。到魏晉時，有「謝尚時鎮牛渚，秋夜乘月，率爾與左右微服泛江」〔註22〕的記載。中秋節正式成為歲時節日應起於唐朝，《唐書·太宗紀》中載有「八月十五中秋節」。至宋代更為普遍，常在中秋舉行歡宴的活動，到了元末明初，則具有創新的意義。據風俗史話等說法，元人統治中國之後，漢人基於民族大義，準備在中秋之夜，以豎花燈為信號，月餅中預置「殺韃子」的紙條，約定趁蒙古人酒食之後，起義殺之。因此明太祖建國之後，為紀念這種舉動，獎令舉行中秋，成為流傳久遠的風俗。根據《西湖遊覽志餘》記載：「八月十五日謂之中秋，民間以月餅相遺，取團圓之義。是夕，人家有賞月之燕，或攜榼湖船，沿遊徹曉。蘇堤之上，聯袂踏歌，無異白日。」〔註23〕西湖之地的中秋夜晚設團圓的饗宴，趁著月圓出外賞月，索性臥湖舫宴樂不眠；蘇堤之上，人們攜手偕行，踏步而歌，共此月圓佳節。

位於蘇州城西北的虎丘原本就是旅遊勝地，被譽為「吳中第一名勝」，平

〔註20〕 〈蘇公堤〉，《西湖夢尋》卷三，頁51。

〔註21〕 李衛修，傅王露纂：《西湖志》（臺北：成文出版社，1983年）卷三，頁300～301。

〔註22〕 （晉）袁宏：《後漢紀校注》（天津：天津古籍出版，1987年）附錄二〈袁宏傳〉，頁867。

〔註23〕 田汝成：《西湖遊覽志餘·熙朝樂事》卷20，頁361。

常遊客即紛錯如織，到了中秋時節，人潮更是傾城蜂擁而至，不分貴賤，無不聯袂出遊，整個虎丘一片喧鬧歡騰的景象，李流芳言：「虎丘，中秋遊者尤盛，士女傾城而往，笙歌笑語，填山沸林，終夜不絕。」〔註24〕每逢中秋，不管有月無月，蘇州人都要虎丘去走一遭，賞月只是名義，聽曲、遊樂才是目的，一年一度的賽曲大會，就在此時舉行。張岱的〈虎丘中秋夜〉敘述了虎丘中秋的熱鬧場景：

> 虎邱八月半，土著流寓、士夫眷屬、女樂聲伎、曲中名妓戲婆、民間少婦好女、崽子孌童及游冶惡少、清客幫閒、傒僮走空之輩，無不鱗集。自生公臺、千人石、鶴澗、劍池、申文定祠，下至試劍石、一二山門，皆鋪氈席地坐，登高望之，如雁落平沙，霞鋪江上。天暝月上，鼓吹百十處，大吹大擂，十番鐃鈸，漁陽摻撾，動地翻天，雷轟鼎沸，呼叫不聞。〔註25〕

虎丘賞月的人潮眾多，不論是販夫走卒、達官貴族，抑或士女少婦、名妓孌童，無不鱗集齊聚於此，放眼望去，有如「雁落平沙，霞鋪江上」。難得的中秋佳節，除了宴飲賞月外，更有鼓吹弦管以助興，隨著入夜愈深，人潮愈稀：更定之時，鑼鼓喧天，眾聲和之，同場大唱「錦帆開澄湖萬頃」；更深之際，人潮漸散，下船水嬉，席席徵歌，人人獻技；二鼓人靜，唯剩悉屏管弦，洞簫一縷，寥寥幾聲，迭更為之；三鼓愈寂，人聲闃靜，簫鼓止息，唯有一夫登坐石上，聲出如細絲，響徹雲霄，震動人心，為虎丘勝會帶來最後的高潮。這樣熱鬧歡騰的中秋夜晚，不僅代表著朋友鄉人的佳節團聚，更象徵著故國家鄉的繁華盛世，因此即便在家國飄零之後，張岱避兵流寓在外，每逢中秋還會想起虎丘的場景，〈念奴嬌〉（丁亥中秋寓項里）詞云：「歎我家國飄流，水萍山鳥，到處皆成客。對影婆娑回首問，何夕可方今夕。想起當年，虎丘勝會，真足銷魂魄，生公臺上，幾聲冰裂危石。」〔註26〕

　　崇禎七年（1633）閏中秋，深富閒情逸致的張岱，絕不錯過這個兩逢中秋的難得機會，他召集友人於故鄉紹興的蕺山亭，仿虎丘勝會，再造盛事。

〔註24〕李流芳：〈遊虎丘小記〉，《晚明二十家小品》（台北：新文豐出版有限公司，1977年），頁185。

〔註25〕〈虎丘中秋夜〉，《陶庵夢憶》卷五，頁46～47。按引文中「虎邱」應作「虎丘」，然清朝避諱「丘」字，而作「邱」字，在引文中，筆者從馬興榮點校本作「虎邱」，而在論述中則作「虎丘」，以正其字。

〔註26〕〈念奴嬌〉，《瑯嬛文集》卷六，頁388。

赴會的友人多達七百餘人，人人攜酒饌，帶紅氈，在星空下緣山席地而坐，舉座豪飲，同聲高唱，「聲如潮湧，山爲雷動」，歷數個時辰而不輟。到了夜深，賓客飢餓，便向寺僧借大鍋煮飯。還有戲劇演出：

> 命小傒芥竹、楚烟，於山亭演劇十餘齣，妙入情理，擁觀者千人，
> 無蚊虻聲，四鼓方散。月光潑地如水，人在月中，濯濯如新出浴。
> 夜半白雲冉冉起腳下，前山俱失，香爐、鵝鼻、天柱諸峯，僅露髻
> 尖而已，米家山雪景仿佛見之。〔註27〕

張岱令小傒們在月光下唱戲，吸引了上千人圍觀，各個屏氣凝神，至若「無蚊虻聲」，到了四鼓才散去，可見戲劇的號集力之大，令人忘了時間的流逝。即使是閏中秋，月亮依然皎潔明亮，月光潑地，如沐其中，夜半遠山隱遁於白雲之中，彷彿米家山雪景畫，爲戩山的閏中秋增色不少。

　　張岱的〈西湖七月半〉描述杭州人於「七月半」遊湖賞月的盛況，對百姓的生活情調與西湖的湖光月色作了生動的描寫，形形色色的看月之人匯集於西湖，熱鬧繽紛：

> 杭人遊湖，巳出酉歸，避月如仇。是夕好名，逐隊爭出，多犒門軍
> 酒錢，轎夫擎燎，列俟岸上。一入舟，速舟子急放斷橋，趕入勝會。
> 以故二鼓以前，人聲鼓吹，如沸如撼，如魘如囈，如聾如啞，大船
> 小船一齊湊岸，一無所見，止見篙擊篙，舟觸舟，肩摩肩，面看面
> 而已。少刻興盡，官府席散，皁隸喝道去；轎夫叫，船上人怖以關
> 門，燈籠火把如列星，一一簇擁而去。岸上人亦逐隊趕門，漸稀漸
> 薄，頃刻散盡矣。〔註28〕

然而，張岱筆下西湖中元夜所呈現出的暴增人群、喧囂場面，卻悖離我們對漢文化的理解，與文獻記錄亦有出入相左之處。觀《西湖遊覽志餘》所載：「七月十五日爲中元節，俗傳地官赦罪之辰，人家多持齋誦經，薦奠祖考，攝孤判斛。屠門罷市，僧家建盂蘭盆會，放燈西湖及塔上、河中，謂之照冥。官府亦祭郡厲、邑厲壇。」〔註29〕依照明代田汝成（1503～？）對杭州西湖的掌故，七月半當爲奠祖超渡的時節，有放燈照冥等祭典儀式，但觀張岱所記〈西湖七月半〉，儼然成了全民同樂、群眾狂歡的賞月時節，反類似於張翰（1510～1593）在《松

〔註27〕　〈閏中秋〉，《陶庵夢憶》卷七，頁67。
〔註28〕　〈西湖七月半〉，《陶庵夢憶》卷七，頁63。
〔註29〕　田汝成：《西湖遊覽志餘‧熙朝樂事》卷20，頁361。

窗夢語》所記中秋的景況:「中秋泛湖,招邀良朋勝友,舉觴把玩,甚暢幽懷。夜涼人靜,月色湖光,上下澄澈如洗。當此之時,擊楫浩歌,心神飛越,曾不知天之高、地之下,悠然樂而忘人世矣。」〔註30〕,而不見「翦紙為花,燃硝磺為燈,以木板泛於湖上,多至數百,夜望如星,亦足娛目」〔註31〕的七月十五日中元祀典之景。〈西湖七月半〉歷來被視為張岱的名篇,多被選注為讀本,然而後人在注解本文時多將之視為杭人七月半的賞月樂事,煞有其事地說明古代杭人中元節有賞月的習俗,家家戶戶於這一天都聚集到西湖共襄盛舉,然而不論是我們一般人的認知,亦或其他文獻的記載,都不見中元節遊湖賞月的資料,如此弔詭的現象,不免令人感到疑惑。

這樣的疑惑隨著黃明理〈精魅觀點——論〈西湖七月半〉的敘述主體〉〔註32〕一文的發表而獲得了合理的解答,文中指出張岱〈西湖七月半〉所描述群眾歡聚的情景與七月十五中元祭典的活動不符,並且在張岱的認知裡,杭州人平時並沒有夜遊西湖的風氣,唯有「是夕好名,逐隊爭出」,〈西湖七月半〉所寫的就是杭人一年中唯一一次的西湖夜,而有哪天的可能性會大於中秋節呢?況且張岱一開始便告訴讀者:這是大家宴遊看月的晚上,西湖裏外到處是前來看月的人,幾乎明確地指出他所寫的就是中秋夜了。張岱故意標題,稱呼為「七月半」,而不名「中秋」,乃有特殊理由,可詳黃文,在此不予細論,因此筆者乃據此將〈西湖七月半〉納入中秋慶賞一節作討論。

張岱將賞月之人分為五類:第一種為綾羅綢緞,冠蓋盛筵的官員仕紳,他們在聲光交錯的社交場合裡,聽歌觀場,是「名為看月而實不見月者」;第二種為名娃閨秀,他們隨著官員仕紳出遊,趁此公開場合,環坐露臺以炫耀自己的身份,和優渥的生活,故「身在月下實不看月」,也無心看月;第三種

〔註30〕 張瀚:《松窗夢語‧時序紀》(北京:中華書局,1985年)卷七,頁138。

〔註31〕 同上註。

〔註32〕 黃明理:〈精魅觀點——論〈西湖七月半〉的敘述主體〉,發表於台灣師範大學「2009敘事文學與文化國際學術研討會」。登於該校《國文學報》第47期,2010年6月。該文指出張岱一行人所代表的「吾輩」,是為前述五類「看七月半之人」的對立,即為「觀看」與「被觀看」、「敘述」與「被敘述」關係上的對立,對於包括敘述者張岱在內的「吾輩」,黃明理提出了「吾輩」非人的假設,以與「七月半」鬼節照應,張岱是站在所設定觀看者的角度,用擬代之筆來描寫西湖中秋夜,所擬代者即為那些長年住在西湖的山靈水仙、木精花魅,以及在此留下韻事、與湖相契的風流人物的舊魂魄。故張岱〈西湖七月半〉描寫八月十五中秋夜之景,卻題作「七月半」,遂有了合理的解釋。

為斜倚船艙，在船上尋歡作樂的文人，他們同樣有名妓閒僧為伴，吟詠於月下湖上，刻意表現異於常人的風流雅致，是為「看月而欲人看其看月者」；第四種人是在岸邊呼囂，沿湖吵嚷的尋常百姓或寒傖士子，他們借酒裝瘋，旁若無人，自得其樂，他們並不在意天上有月或無月，是為「月亦看，看月者亦看，不看月者亦看，而實無一看者」的一群，最後一種為優雅閒靜的人士，他們盪著小船，與好友佳人在船上煮茶品茗，隱匿在偏僻之處，避開人群，靜靜地賞月，是為「看月而人不見其看月之態，亦不作意看月者」。除此五類之人外，那些服侍人的船夫僕奴，雖不為賞月而來，卻也盡收入此中秋月夜之景，轎夫舉著火把，列隊在岸上，舟子急放斷橋，趕渡客人進城赴會，到處船擠船，人擠人，呈現人聲鼎沸的熱鬧景象。

　　根據黃明理的觀點，張岱是站在所設定觀看者的角度，用擬代之筆來描寫西湖中秋夜。全文之中，張岱以一個超然不受拘限的角度觀照西湖五類賞月之人，不管是乘坐在車乘裡的官員仕紳、環坐露台的名娃閨秀、斜臥在船艙裡的文人雅士、在岸邊呼囂的尋常百姓，或隱匿在暗處的嫻雅人士，張岱像是個運鏡之人，緩緩移動，慢慢飄遊，將形形色色分布於廣大西湖的人群一覽無遺，這已超越了常人視角所能及，故必須以擬代之筆為之，所擬代者即為那些長年住在西湖的山靈水仙、木精花魅，以及在此留下韻事、與湖相契的風流人物的舊魂魄。甚至張岱在國破家亡，苟活於世之後，也早已自視為一「死老魅」〔註33〕也。故他不僅是為長存於西湖的亙古精魂發聲，自身也化為一縷幽魂加入他們的行列。在此特殊的觀照設定下，他所描寫的西湖中秋夜景，乃充滿幽冷疏離的氛圍，引領讀者進入他的夢憶世界，感受其亡國破家後內心巨大的失落，以及繁華落盡所剩的孤寂與悲涼。

二、民常的夜晚活動

　　明代社會由於手工業與商品經濟的發展，而呈現繁榮的景象，人民的生活水準普遍提高，在物質需求方面獲得滿足後，便開始追求精神層次的娛樂休閒生活，形成一股極度縱情享樂的風氣，徹底改變了人們的生活作息。除了特定時節的夜晚慶典活動，人民百姓會攜家帶眷，相偕前往赴此一年一度

〔註33〕張岱於〈自為墓誌銘〉言：「任世人呼之為敗子，為廢物，為頑民，為鈍秀才，為瞌睡漢，為死老魅也已矣。」可見不僅人呼為此，張岱亦已自視為「死老魅」了。《瑯嬛文集》卷四，頁295～296。

的盛會；平常日子的夜晚，人們也不甘寂寞，到處尋找樂子、趕湊熱鬧，此時民間發展出各式各樣因應百姓需求的夜晚活動。本段係透過張岱文章所提供的視角，觀照晚明社會種種常見的夜晚活動，在此「常見」所指的是人們生活經常從事的活動，這些活動活躍於社會大眾，且特定於一般平民百姓所為，在民間相沿成習構成普遍常見的社會風俗活動。筆者在此分為曲會、說書、朝廟進香、狎妓四者分別探討。

（一）搭臺懸燈，徵歌獻技──曲會

傳統戲曲是民間信仰與文化藝術交互作用後的產物，配合社會環境的需求，衍生出適應時代背景與滿足人民需求的表演形式，具有宗教、娛樂、藝術、交際等社會功能。唱戲的演員藉由戲曲活動，表達思想情感並寄託希望，以反映出部分的文化意涵；人們透過戲曲和儀式活動，在社會文化動態均衡的尋求過程中，呈顯出對現實的反映，表達某些特定的風俗習慣。筆者擬於本節彙集張岱作品中有關社會大眾的戲曲活動，著眼戲曲在夜晚的表現型態，以觀照這些民俗文藝活動如何影響著百姓群眾的實際生活，呈現出屬於那個時代深具地方特性的戲曲生態。

張岱的故鄉紹興是江南著名的水鄉城市，以山水秀麗、人文薈萃著稱，數百年來，稽山鏡水不僅培育了代代人傑，同時也滋養了色彩繽紛的地方戲曲，如越劇纏綿細膩、清悠婉轉、優美動聽；紹劇高亢激越、粗獷豪放、動人心魂，這些經由時光孕育出的地方戲曲，有著樸實通俗、貼近現實的特點，長期滋養著百姓人民的生活內涵，尤其是社戲，更加詼諧生動，通俗易懂，以豐富多彩的面貌存在於鄉間廟會，深受社會各階層群眾所喜愛。這些活動構成張岱作品裡熱鬧繽紛的場面，人們藉由這些地方戲曲充實娛樂休閒生活，即便是夜晚時分，鄉間村落只要遇到民俗節日或地方廟會，隨處懸燈搭臺即可開鑼演戲，戲臺下擠滿佇足圍觀的看戲村民，或站或坐，流動小販沿途叫賣，逛街人潮川流不息，臺上演得出神入化，臺下看得如痴如醉。這種地方戲曲的演劇與民間習俗關係密切，實際上已經演進成為紹興城鄉一種舉足輕重的民俗文化現象，從這一古老的戲曲藝術活動中折射出張岱所處時代地域夜晚世態風俗的生動畫面。

民俗廟會隨著人民的生活習慣、情感與信仰而代代相傳，經由地域與環境變遷的影響，而衍生出深具地方特色的風俗，在歷史文化傳承與人們精神生活方面，扮演著舉足輕重的角色。這類與宗教風俗相關的地方廟會，除了

在神道誕辰、祠堂祭祖時舉行，其他特定節令也會盛大辦理，各村社的祭社活動除了以酒肉祀神之外，後來還增加了演戲祭神，並且逐漸發展成為祭社活動的主要形式。張岱故鄉紹興，每年上元節會設供祭祀以求地方能國泰民安，風調雨順，陳設的各類供品應有盡有，不一而足；同時，夜晚在廟口可見懸燈搭台的社戲演出，往往是一個村或幾個村聯合舉辦，由各家各戶集資請來戲班演戲，張岱在〈嚴助廟〉寫道：

> 五夜，夜在廟演劇，梨園必倩越中上三班，或倩自武林者，纏頭日數
> 萬錢。唱《伯喈》、《荊釵》，一老者坐臺下對院本，一字脫落，羣起
> 噪之，又開場重做。越中有「全伯喈」、「全荊釵」之名起此。天啓三
> 年，余兄弟攜南院王岑，老串楊四、徐孟雅，圓社河南張大來輩往觀
> 之。到廟蹴踘，張大來以一丁泥一串珠名世，球著足，渾身旋滾，一
> 似黏甕有膠、提掇有綫、穿插有孔者，人人叫絕。劇至半，王岑扮李
> 三娘，楊四扮火工竇老，徐孟雅扮洪一嫂，馬小卿十二歲扮咬臍，串
> 《磨房》、《撇池》、《送子》、《出獵》四齣，科諢曲白，妙入筋髓，又
> 復叫絕，遂解維歸。戲場氣奪，鑼不得響，燈不得亮。〔註34〕

地方上的各類賽會、祈年活動等都有戲曲表演，演出的劇目不拘，以大眾喜愛的各種劇本為主，既然出了重價請來戲班，自然要講究演出質量，稍有差錯，便會引起觀眾的不滿，開場重做。天啓三年（1623）元宵，張岱帶著自己的友人到嚴助廟共襄盛舉，這些身懷絕技的民間藝人在廟會活動中玩得不亦樂乎，即使是街頭小技，精湛入神的蹴踘功夫便足令人叫絕稱好，王岑、楊四等人隨即扮裝演劇，妙入筋髓的科諢曲白撼動了全場。這些豐富的廟會活動，將夜晚妝點得熱鬧繽紛，村落百姓無不歡欣鼓舞，盡情享受這喧鬧狂歡的片刻。

地方神廟還有與宗教儀式結合演出的目蓮戲，演出一般配合「盂蘭盆會」、「羅天大醮」等佛事、道場活動，或在中元節及喪事時舉行，期使超渡亡魂；也會在天災人禍、瘟疫流行及不祥事情發生之際搬演，以求驅邪除祟，鎮壓鬼魅，祈禱上蒼保佑人民清吉平安。目蓮戲演出的內容為目蓮依仗佛力去地府救母親的民間故事，是由安徽班傳入紹興，大都在多天演出，從傍晚太陽即將下山演起，直至第二天太陽出來為止，有演一夜、三夜至五夜不等。通常以演三夜連續劇為多：第一夜演目蓮父親救濟貧民的故事，第二夜演東方亮和妻子自尋短見的始末，第三夜演目蓮去地獄救母的本事，其中又穿插

〔註34〕 〈嚴助廟〉，《陶庵夢憶》卷四，頁34。

許多滑稽戲和武打兇殺戲〔註 35〕。張岱的叔父張燁芳就曾聘請徽州著名的民間戲班旌陽戲子搬演目蓮戲。他們臨時搭起一座戲臺，還在周圍建女臺及觀眾席百十餘座，演劇歷時三天三夜：

> 戲子獻技臺上，如度索舞絙、翻桌翻梯、觔斗蜻蜓、蹬罈蹬臼、跳索跳圈、竄火竄劍之類，大非情理。凡天神地祇、牛頭馬面、鬼母喪門、夜叉羅剎、鋸磨鼎鑊、刀山寒冰、劍樹森羅、鐵城血澥，一似吳道子《地獄變相》，為之費紙札者萬錢，人心惴惴，燈下面皆鬼色。戲中套數，如《招五方惡鬼》、《劉氏逃棚》等劇，萬餘人齊聲吶喊，熊太守謂是海寇卒至，驚起，差衛官偵問，余叔自往復之，乃安。〔註36〕

目蓮戲表演承襲漢唐百戲技藝中許多幻術、武術、雜技等高難度的技巧，宗教活動的多樣性由此可見一斑，各種民間競技如爬竿、上桌、跳圈、竄劍、翻斛斗、耍罈子等無奇不有，《招五方惡鬼》、《劉氏逃棚》等劇更是光怪陸離，令人目不暇接，臺上的演員賣力演出，臺下的觀眾熱烈投入，充分參與，如雷聲轟騰，以至驚動了當時的太守，以為有海寇來襲。目蓮戲的演出與宗教儀式與巫術祭祀有關，故從準備到演畢始終有一系列的禁忌伴隨。表演的藝人在前一個月就要茹素；有的目蓮戲從演出首日起，家家戶戶均得吃素，一直到《劉氏開葷》時方得吃葷；演員到演出地點，全部吃住都在戲棚上，一稱「上不見天，下不見地」，演出期間，戒房事；扮演閻君及板頭將軍的演員臉一勾好，只能正襟危坐，不許與人交談，因為此時扮演者已不是陽間的人，若與人交談，很可能令交談者死去。而該場若看鬼戲，必須到天亮才能歸家，否則會把鬼帶回家，至於中途因事必須離場或回家者，也不能向別人打招呼、不可以回頭看，否則，凶神惡煞將會跟回家作祟〔註 37〕。這樣詭譎又充滿神異的戲劇活動，主要是藉宗教形式，達到人神共娛的效果，人們認為要通過道士的法力打破地獄，以救出遊移在陽間的許多孤魂、亡靈，其中穿插極為特別的百戲表演，留存了相當強烈的驅煞意涵，這正是廣大民眾所需要的力量，是他們的生存理念中一個不可解除的環節。因此，即使戲劇本身伴隨著令人畏懼的禁忌，也未能驅離看戲者的熱情，為避免凶煞作祟，人們不到天

〔註35〕 楊振良：〈目蓮戲中特殊民俗演出形式〉，發表於韓國淑明女子大學主辦「第三屆中國文化研究國際學術會議」，2004 年 11 月。

〔註36〕 〈目蓮戲〉，《陶庵夢憶》卷六，頁 52～53。

〔註37〕 朱恆夫：《目蓮戲研究》，南京：南京大學出版社，1993 年。頁 124。

亮遂不歸家，漫長的演戲時間，連貫三天三夜而不絕，其中穿插雜技百戲技藝等豐富的內容，絕無冷場，看得台下人震懾惴慄，面皆鬼色，這樣延續日夜，跨越整晚的群眾活動，堪稱民俗戲曲的盛況奇景了。

　　除了演戲觀劇之外，賞曲賽會也同樣受人注目。蘇州每年中秋節都要舉行虎丘曲會，不管有月無月，各地來的人都要到蘇州虎丘走一遭，賞月只是名義，聽曲、遊樂才是目的，一年一度的賽曲大會，是萬眾矚目的重頭戲。觀張岱〈虎丘中秋夜〉便可見虎丘曲會氣勢之浩蕩，場面之壯觀。曲會開始直至「更深」，主要的觀眾是平民百姓，同場大曲，「雷轟鼎沸」；此後各家高手較量，「席席徵歌，人人獻技」，聽眾的欣賞水準也愈見其高；二鼓只剩「哀澀清綿，與肉相引」，寥寥幾人；最後「一夫登場」帶來壓軸高潮，「裂石穿雲，串度抑揚」，聽者「不敢擊節，惟有點頭」〔註38〕。杭州的西湖夜畔，當然也是觀劇聽曲的好處所，張岱〈西湖七月半〉記載當時富家多乘樓船，船上「峨冠盛筵，燈火優傒，聲光相亂」，或「名妓閑僧，淺斟低唱，弱管輕絲，竹肉相發」；一般平民，大多「呼羣三五，躋入人叢」，「嘈呼嘈雜，裝假醉，唱無腔曲」〔註39〕。戲曲藝術普及人民百姓，光耀華麗的樓船上有伶人唱曲饗客，月下環坐的名妓閑僧亦淺斟低唱，即使沒有受過訓練的一般群眾，酒醉飯飽，隨口哼唱便成曲調，賞曲唱調已融入社會百姓的精神內涵，伴隨著不同歡慶饗宴的夜晚活動，以各種方式充斥於人們的日常生活。群眾喜歡的是大場面的熱鬧氣勢，行家則講究藝術的鑑賞，晚明時期的士大人百姓，從這些觀劇賞曲的活動中不但得到藝術的享受，還有縱情逸樂後的歡愉感受，故凡有聚會夜宴或張燈盛事，便少不了戲曲點綴助興。

（二）拭桌剪燈，縱橫撼動──說書

　　晚明江南一帶說書是一種最普遍、最受歡迎的大眾娛樂。《揚州畫舫錄》卷十一載：「評話盛於江南。如柳敬亭、孔雲霄、韓圭湖諸人。屢為陳其年、余淡心，杜茶村、朱竹坨所賞鑒。次之季麻子平詞為李宮保衛所賞。」〔註40〕吳偉業《柳敬亭傳》贊亦云：「柳生（柳敬亭）之技，其先後江湖間者：廣陵張樵、陳思，姑蘇吳逸，與柳生四人者，各名其家。」〔註41〕當時著名的說

〔註38〕〈虎丘中秋夜〉，《陶庵夢憶》卷五，頁47。
〔註39〕〈西湖七月半〉，《陶庵夢憶》卷七，頁62。
〔註40〕李艾塘：《揚州畫舫錄》（北京：中華書局，1960年）卷11，頁257。
〔註41〕吳偉業：〈柳敬亭傳〉，《虞初新志》，收錄於《清代筆記小說大觀》（上海：上

話藝人有張樵、陳思、吳逸、孔雲霄、韓修齡等人，而以柳敬亭（1587～1670）時間最早，實爲評話說書的奠基者。柳敬亭是揚州人，原姓曹，十五歲時，因爲蠻橫兇悍，刁鑽無理，觸犯刑法被判以死刑，故逃到安徽盱眙城裡，改姓爲柳，自幼以聽書爲樂，長大後遂以說書爲業，當時他說書已能使人駐足聆聽，樂而忘倦。後拜松江莫後光爲師，得到其眞傳，更受聽眾的歡迎，逐步從蘇南小鎮轉向蘇、杭、淮、揚等大城市演出。天啓年間，年近四十歲的柳敬亭來到南京〔註42〕。南京爲六朝金粉之地，向來爲江南繁華集中地。雖然這時天下並不太平，李自成、張獻忠等農民起義風起雲湧，但風雨飄搖的時代氣氛似乎更加助長了貴族權貴們醉生夢死的生活，秦淮河上、桃葉渡間依然一片笙歌宴舞，舞榭歌臺、青樓妓院因此得到蓬勃發展，諸般遊藝場所也應運而生。柳敬亭的說書技藝在此遂獲得良好的發展條件。

說書作爲一種民間曲藝，不需要廣闊的空間以搭製舞台，也不用絲管鑼鼓以助長聲勢，只要立一方桌子，不用華麗的包裝，說書人便可說得絲絲入扣，震撼人心，由於價錢較一般戲曲活動低廉，平民百姓皆可負擔得起，故成爲人們夜晚最普遍的娛樂休閒活動，每天都能吸引大量民眾佇守候聽；又因爲動機性較高，不須配合龐大的團隊分工演出，隨處都可立案說書，開張營業，以各種表現型態深入人民的社交生活。

最常見的說書場所爲書場，特別是揚州一帶尤多，繁盛之時，揚州城內書場林立，「各門街巷皆有之」〔註43〕。除了純粹的書場，還有大量茶肆也提供說書的表演，茶肆白天接待飲茶的客人，晚上則作爲曲藝表演的場所，讓茶客在此聽說書彈詞，在這裡文化和知識以一種簡單娛樂的方式供老百姓欣賞。《揚州畫舫錄》卷十一載：「杜茶村嘗謂人曰：『吾於虹橋茶肆與柳敬亭談寧南故事，擊節久之。』」〔註44〕虹橋橫跨揚州瘦西湖，到處可見茶肆林立，柳敬亭等民間藝人常在茶肆中講古說史，一些優伶戲子也在此賣藝棲身，茶

海古籍出版社，2007年）卷二，頁103。

〔註42〕 以上柳敬亭生平經歷參照黃宗羲的〈柳敬亭傳〉，《南雷文定》，收錄於《四庫全書存目叢書》（臺南：莊嚴文化，1997年）卷十，頁22～23。

〔註43〕 李艾塘：《揚州畫舫錄》卷9，頁208。

〔註44〕 李艾塘：《揚州畫舫錄》卷11，頁262。引文中的杜茶村爲杜濬(1611～1687)，字茶村，生於明末，黃州城人。他一生看破紅塵，不願做官，明亡後以遺民自居，流寓金陵三十餘年，家貧至不能舉火，仍不屈。與詩人、弟弟杜芥謝絕高官厚祿，一同隱居南京雞鳴寺吟詩練字，直至去世。他的品德和傲骨，深受後人稱道。

肆成為曲藝交流的重要場所；綠水清波上畫舫湖船也設有專門為遊客表演的遊藝活動，說書評話等曲藝薈萃，往往吸引眾多聽眾觀客。

　　另外一種說書的形式為堂會書場，即以家庭作為表演說書的場所，林蘇門（字步登，又字嘯雲，約 1748～1809）《邗江三百吟》言：「揚俗無論大小人家，凡遇喜慶事及設席宴客，必擇著名評話、絃詞者，叫來伺候，一日勞以三五錢、一二兩不等。此則租賃幾間閒屋，邀請二三名工，內坐方桌，架高之上，如戲臺然，說唱不拘。」〔註 45〕此種堂會表演在明代就已蔚為風氣，人們慣常於喜慶宴客時，聘請說書藝人到家表演，它的作用主要是渲染烘托喜慶氣氛，並招待前來祝賀的親友，讓他們盡情娛樂，以敦睦感情，達到社交的目的。

　　柳敬亭憑其高超的說書技藝，名震於江南一帶城鎮，紅極一時，他不僅在固定的書場獻藝，還經常受邀於名門貴族之家，到華府堂前獻技說書一段，往往應接不暇，要聽他演出必須十日前就送書帕、下訂金。張岱在〈柳敬亭說書〉中描寫其無與倫比的說書技藝：

> 南京柳麻子，黧黑，滿面疤瘤，悠悠忽忽，土木形骸.善說書。一日說書一回，定價一兩。十日前先送書帕下定，常不得空。南京一時有兩行情人，王月生、柳麻子是也。余聽其說「景陽岡武松打虎」白文，與本傳大異。其描寫刻畫，微入毫髮，然又找截乾淨，並不嘮叨。勃夫聲如巨鐘。說至筋節處，叱咤叫喊，洶洶崩屋。武松到店沽酒，店內無人，驀地一吼，店中空缸空甓皆甕甕有聲。閒中著色，細微至此。主人必屏息靜坐，傾耳聽之，彼方掉舌，稍見下人咶嘩耳語，聽者欠伸有倦色，輒不言，故不得強。每至丙夜，拭桌剪燈，素瓷靜遞，款款言之，其疾徐輕重，吞吐抑揚，入情入理，入筋入骨，摘世上說書之耳，而使之諦聽，不怕其不齰舌死也。〔註46〕

柳敬亭說書之所以能受到如此高的評價，是因為他在講述刻畫的過程中，能做到精細入微，簡潔俐落，又常在一般人不經意的情節地方著力渲染；沿用人們所熟悉的故事架構，而注入新的血脈，出奇制勝，講到精彩之處，神采飛揚，唱作俱佳，他的吆喝聲有如巨鐘，聲音震得房屋像要崩塌一樣，同時呈現給聽眾靈動活潑的畫面影像，故每每令客人殷殷期待，欲聽下回分解。

〔註45〕　林蘇門《邗江三百吟》，收錄於《中國風土志叢刊》（揚州：廣陵書社，2003年）卷八，頁 292～293。
〔註46〕　〈柳敬亭說書〉，《陶庵夢憶》卷五，頁 45。

張岱記其「每至丙夜，拭桌剪燈，素瓷靜遞，款款言之」，由此可知不管是到府獻技的堂會說書，抑或書場茶肆的固定表演，柳敬亭在「丙夜」說講故事的情形都是一種常態，甚至是到了「丙夜」他才開始說書營業。丙夜相當於三更〔註 47〕，為半夜十一點至凌晨一點，每到這個時刻，他才清拭桌子，剪好燈芯，靜靜接下遞來的素瓷，不急不徐地開始講故事，又往往配合劇情調整自己的聲調與語速，說得入情入理，入筋入骨，若有人竊竊私語，出聲打擾，或是打呵欠露出倦容，他便不說了。每逢柳敬亭說書表演開始，但見整個場子座無虛席，一會兒鴉雀無聲，一會兒掌聲雷動，一會兒又唏噓不已，讓人隨著情節的演進而跌宕起伏，他所傳達給聽眾的娛樂享受，絕不亞於優伶的演劇唱曲，同樣能引人入勝，給予聽眾身歷其境的深刻感受。

晚明的說書作為一種民間的曲藝，活躍於江南應舞榭歌臺而生的遊藝書場，由於價錢較一般戲曲活動低廉，所以成為人們夜晚最普遍的娛樂休閒。每個夜半時分，但見各個聽書之人都屏息端坐，仔細傾聽，彷彿人人都不需要睡眠似的，隨著柳敬亭的說書進入其所編構出的虛擬情境，忘卻今夕何夕，不知夜深漏下。這是柳敬亭的生活寫照，也是晚明說書人的普遍作息，而一般百姓也願意，甚至是樂於在夜晚從事這樣的娛樂休閒，懸燈聽書至深夜而不眠。晚明的人們已從根本上打破日常的作息，夜晚不再只是休眠的時間，而可以秉燭夜遊，從事各色各樣的夜間活動了。

（三）百炬齊燒，對佛危坐——朝廟進香

明代建國初年，對於民間燒香祭祀活動有嚴密的限制，根據《大明律》卷十一「禮律」記載：「凡私家告天拜斗、焚燒夜香、燃點天燈七燈、褻瀆神明者，杖八十。」私自「焚燒夜香」被視為「褻瀆神明」的行為，將被處以「杖八十」的刑罰；官員及軍民之家，縱令妻女到寺觀神廟燒香者，將被處以「笞四十，罪坐夫男。無夫男者，罪坐本婦」，如果寺觀神廟住持及守門之人不加禁止，一同治罪〔註 48〕。然而燒香活動是人民信仰的中心，政府雖嚴令禁止，民間活動仍然不絕如縷。明代中期以後，隨著朝廷內部勢力的分化崩壞，加上民風逐漸開化，燒香祭祀活動的規模愈來愈大。明人沈晴峰（？～？）〈登岱記〉云：「每歲三四月，五方士女登祀元君者數十萬。夜望山上，籌燈如聚螢萬斛，上下蟻

〔註 47〕 一夜劃分為甲、乙、丙、丁、戊五個時段，與一、二、三、四、五更相對應。
〔註 48〕 姚思仁注：《大明律例註解》（北京：北京大學出版社，1993 年），頁 566～567。

旋，鼎沸雷鳴，僅得容足。」〔註49〕可見「焚燒夜香」的情景已普及於眾，婦女出入寺觀更是習以爲常。張岱謂:「世人莫靳者囊橐，佛能出之;莫溺者貪淫，佛能除之;王法所不能至者婦女，佛能化之;聖賢所不能及者後世，佛能主之。故佛法大也。」〔註50〕揭示了當時民間社會中，「佛法」已經大於「王法」。百姓到寺觀燒香已成爲一種風氣，尤其是婦女，除了在家燒香拜佛、每月朔望至寺廟燒香之外，還會定期組織香會、香社去朝山進香。明代民間全國性朝山進香之地主要有三處:泰山、武當山和補陀山〔註51〕，張岱作有〈岱志〉與〈海志〉，以記泰山與補陀山朝聖進香的情形。

　　泰山的歷史悠久，佛教寺廟林立，遠近馳名，每年都吸引大量的香客前來朝聖，民間香社到泰山進香有「春香」和「秋香」兩個時段，而以春香最盛。春香，是指在農曆的三、四月份到泰山進香，從農曆三月初三王母池廟會開始，民眾到泰山進香的活動就進入了高峰期，農曆三月十五、三月二十八、四月十八等都是進香的日子，在四月初一至四月十八期間進香的人員最爲集中。秋香，主要是在農曆九月初九前後，此時進香的香客也較平常爲多〔註52〕。

　　泰山朝頂的香客天還未亮就開始準備，趕早啓程登山，天還未亮，帶領的牙家便催促著香客上路，上山的小徑陡峭，有專門的山轎作爲香客代步的工具。泰安的轎子像個圈椅一樣，底下有一塊板子，用四根繩子吊著當腳踏子，短短的兩根轎杠，杠頭上拴一根厚寬的皮條，轎夫前後兩名，後頭的一名先鑽進皮條底下，將轎子抬起一頭來，等人坐上去後，前頭的一個轎夫再鑽進皮條去，轎子便可抬起〔註53〕。張岱在〈岱志〉描寫上山的情形:

> 山上進香人，上者下者，念阿彌陀佛，一呼百和，節以銅鑼。燈火
> 蟬聯四十里，如星海屈注，又如隋煬帝囊螢火數斛，放之山谷間，
> 燃山熠谷，目炫久之。〔註54〕

即使天未曙而路不明，進香人潮依然綿延不絕，燈火相連四十里，滿山滿谷的燈火彷彿點燃整座山谷般，甚爲壯觀。也有香社在夜間上山，以團隊爲單

〔註49〕　陳弘緒:《寒夜錄》(上海:上海商務印書館，1936年) 中卷，頁25。
〔註50〕　〈海志〉，《瑯嬛文集》卷二，頁170。
〔註51〕　亦名「普陀」。
〔註52〕　葉濤:〈泰山香社傳統進香儀式述略〉，《民俗研究》第3期，2004年，頁100〜101。
〔註53〕　葉濤:〈泰山香社傳統進香儀式述略〉，頁107。
〔註54〕　〈岱志〉，《瑯嬛文集》卷二，頁152。

位，提燈行進，場面壯盛，王世貞（1526～1590）〈游泰山記〉載：「三鼓起，啓堂之北扉而望，若曳匹練者，自山址上至絕頂，又似聚螢數百斛囊中，光熠耀不定。問之，乃以茲時士女禮元君，燈魚貫而上者也。其頌祝亦隱隱可聽云。」〔註55〕伴隨著進香朝山的人潮聚集，相應而生的商業活動也蓬勃進行，熱鬧非凡，片刻不得安寧：

> 東嶽廟大似魯靈光殿，櫺星門至端禮門，闊數百畝。貨郎扇客，錯
> 雜其間，交易者多女人稺子。其餘空地，鬥雞、蹴踘、走解、說書，
> 相撲臺四五，戲臺四五，數千人如蜂如蟻，各占一方，鑼鼓謳唱，
> 相隔甚遠，各不相溷也。〔註56〕

賣藝之人在山腳下的寺廟競相吸引香客的目光，貨郎叫賣聲不絕，夾雜鑼鼓喧囂之聲，還可看到鬥雞蹴踘、說書演劇等表演活動，令香客可在朝頂的途中稍作休憩。謝肇淛（1567～1624）的〈登岱記〉記敘了沿途的情況：「梯盡而得平壤，乃有周廬廛巷，成小村落，皆衣食於元君祠者。」〔註57〕在山頂的天街上因民眾的進香而形成了小村落。

香客長途跋涉遠道而來，燒香祭祀的活動往往延續幾天而不休，泰山上的寺廟香火不斷，而以極頂南側的碧霞祠尤盛。王世懋（1536～1588）在〈東遊記〉中，對泰山碧霞祠前的香火進行描述：「且輿且步，至天門則蕩然平壤矣，為市而廬者可三十家，盡廬則碧霞元君宮焉。前為焚楮地，廣畝許，火日夜不息，金鋪朱戶，楔棹儼立，天關福地，似非偶然。」〔註58〕燒香朝聖的人潮眾多，綿延晝夜，以至於「火日夜不息」，黑夜中仍可見香火鼎盛，照亮山頂夜空。香社進香結束從山頂下來時，牙家會攜素酒果核慰勞香客，在紅門提壺設宴迎接，並把酒澆在會首的足前，稱為「接頂」。當晚在店內宴以酒菜，並唱戲招待，謂之「朝山歸」。設宴祝賀下山香客是謂燒香後，「求名得名，求利得利，求嗣得嗣，故先賀也。」〔註59〕夜晚的泰安州客店，店房分三等，賀席亦分三等：

〔註55〕王世貞：〈游泰山記〉，《王世貞文選》（蘇州：蘇州大學出版社，2001年），頁
50。

〔註56〕〈岱志〉，《瑯嬛文集》卷二，頁151～152。

〔註57〕謝肇淛：〈登岱記〉，《謝肇淛集》（南京：江蘇古籍出版社，2003年）。

〔註58〕王世懋：〈東遊記〉，《名山遊記》，收錄於《四庫全書存目叢書》（臺南：莊嚴文化，1997年）頁23。

〔註59〕〈岱志〉，《瑯嬛文集》卷二，頁156。

> 上者專席，糖餅、五果、十餚、果核、演戲；次者二人一席，亦糖
> 餅，亦餚核，亦演戲；下者三四人一席，亦糖餅、餚核，不演戲，
> 用彈唱。計其店中，演戲者二十餘處，彈唱者不勝計。庖廚炊爨亦
> 二十餘所，奔走服役者一二百人。〔註60〕

旅店中有伶人演戲唱曲，賣唱是依住店客人的等級而定，上等者食有專席，
伶人在客人進食時演戲；次等者二人一席，伶人亦演戲；下等者三四人一席，
進食時不演戲，只伴以彈唱。甚至在客店附近即有優伶彈唱的戲人寓所，再
近則有妓女妖冶其中的密戶曲房，提供上山朝頂的住客夜晚的遊樂處所。

　　另一燒夜香處為補陀山，在寧波以東百里處，相傳補陀山是觀世音菩薩在
人間的居所，所以自古享有盛名。遠洋航行的船舶在寧波靠岸，貨物再取道杭
州進入大運河，或走其他水路與長江流域進行貿易，隨著寧波通商集散愈盛，
補陀山的名氣也隨之高漲，歷來是信徒香客參禪禮佛的勝地，必須坐船渡海跋
涉而至，舟船在海上的航行艱險顛危，然而不惜冒險前往進香的信徒依然眾多，
連年不絕。從宿山至大殿，香烟瀰漫可作五里雲霧，成千上萬的善男信女鱗次
而坐，簇擁得殿內廡外毫無立足之地。夜晚的景象更加令人驚愕：

> 是夜多比邱尼，燃頂燃臂燃指；俗家閨秀，亦有效之者。燕灸酷烈，
> 惟朗誦經文，以不楚不痛不皺眉為信心，為功德。余謂菩薩慈悲，
> 看人炮烙，以為供養，誰謂大士作如是觀。殿中訇轟之聲，動搖山
> 谷。是夕，寺僧亦無有睡者，百炬齊燒，對佛危坐，睡眼婆娑，有
> 見佛動者，有見佛放大光明者，各舉以為異，竟夜方散。〔註61〕

到了夜晚，寺院出家的比丘尼焚香燃觸頭頂、手臂與手指，一旁的俗家閨秀女
子，也有跟著仿效燃觸肌膚者。她們忍受著高溫炮烙，一邊朗誦經文來分散身
體的苦痛，表現出毫無痛楚、不皺眼眉，以當作修練的功德與信心。這一夜，
寺僧沒有睡覺，百炬齊燒，對佛危坐，在受痛不眠的狀態下，睡眼婆娑，有見
到佛動的，有見到佛放大光明的，各人舉出所見，以為見到神蹟，通宵才散。

　　這些群眾集體的參禪禮佛活動是人們信仰的中心，不管泰山朝頂的顛簸
跋涉，抑或補陀參禪的遠渡橫洋，表現的是民眾企圖藉由此種長途旅程來傳
達內心虔誠之意，以獲致心誠則靈的願望實現。因此他們不惜在半夜就啟程
朝頂，在黑夜裡摸索前進，趕在清晨破曉前赴頂，以獲光明；他們不顧身體

〔註60〕　〈泰安州客店〉，《陶庵夢憶》卷四，頁39～40。
〔註61〕　〈海志〉，《瑯嬛文集》卷二，頁164。

的疲倦與痛楚，以意志力對抗著「日落而息」的生理習性，在夜晚燃觸肌膚，把肉體的苦痛當做修煉。這些違反著人類作息的行為，深切表達了百姓心中人定勝天的意念，這些意念進而構成了相沿成習的民間傳統，成為那個時代祭祀活動在夜晚呈現出的常態，以至於泰山頂上、補陀殿裡，乃至於其他祭祀場所中，都可見這些夜晚行進的宗教活動習以為常、蔚為風氣。

（四）密戶曲房，遊寓淫冶──狎妓

晚明是一個極度重視物質生活、盡情張揚慾望的時代，受政治動亂、經濟繁榮、思想解放等種種因素影響，民間社會瀰漫著「即時行樂」的糜爛色彩。江南一帶商業城市裡，不僅白天市集喧囂，夜晚更充斥著各式各樣的聲色娛樂，笙歌樂舞徹夜不絕。城市裡青樓林立，每到夜晚，士大夫出入妓館，縱情逸樂，笙歌淫冶蔚為風氣。明代士人不再視狎妓為惡習，而把它當作應酬不可免之事，無傷道德，成為其風流雅致的生活樂事，並常著之詩歌傳誦。謝肇淛（1567～1624）《五雜組》談到金陵青樓之興盛：

> 金陵秦淮一帶夾岸樓閣，中流簫鼓，日夜不絕。蓋其繁華佳麗，自六朝以來已然矣。杜牧詩云：「商女不知亡國恨，隔江猶唱後庭花。」夫國之興亡，豈關於遊人歌妓哉。六朝以盤樂亡，而東漢以節義，宋人以理學，亦卒歸於亡耳。但使國家承平，管絃之聲不絕，亦足粧點太平，良勝悲苦呻吟之聲也。〔註62〕

謝肇淛認為把亡國的責任歸咎於歌妓舞女是不公平的，講節義，講理學的宋代照樣導致最終的亡國，他認為國家安定時，以歌舞來點綴升平，並沒有什麼害處，無異於肯定了人們追求慾望的合理性，鼓吹滿足慾望不應遭到非難的觀念。這種思想在晚明文人中很有代表性，將狎妓之事合理化並加以張揚，促使得這種夜晚淫冶的風氣更加盛行。

唐宋以來朝廷官方便設有官妓，明初之際仍加以沿襲。洪武年間，設十四樓，均為官妓妓樓，士大夫休閒時也不時前往遊觀，後因官員大多耽酒悅色，有礙政事，漸加限制。宣德年間，官方正式下令，禁止官員狎妓飲宴，但那些非現任官員不在此禁例之內，他們仍然可以狎妓飲宴，勾欄盛況也並不因此減色。生於明代萬曆年間的余懷（1617～1696）在《板橋雜記》記載：

> 金陵為帝王建都之地，公侯戚畹，甲第連雲，宗室王孫，翩翩裘馬，

〔註62〕謝肇淛：《五雜組》（臺北：新興書局，1971年）卷三，頁210～211。

> 以及烏衣子弟，湖海賓游，靡不挾彈吹簫。經過趙李，每開筵宴，
> 則傳呼樂籍，羅綺芬芳，行酒糾觴，留髡送客。酒闌棋罷，墮珥遺
> 簪，真欲界之仙都，升平之樂國也。〔註63〕

說明晚明之際，優伶與娼妓，觀劇與狎妓，皆已合流為一，成為王宮貴族，以至一般布衣子弟樂而忘返，留連不已的仙都欲界。

　　浙江嘉興的南湖由於烟雨迷濛，湖景「涳涳濛濛，時帶雨意」，遂發展出湖上遊賞的精美畫舫，由美人航之，載著書畫茶酒，與客人相會於烟雨樓，再泊舟於烟波縹緲的山水佳處，幽閑地燒茶品茗，暢情適意，沉醉於煙花風月之中而忘日月之更迭，湖舫內的生活所需，無論瓜果鮮蔬，還是美酒佳餚，皆可順利採辦，故一出航往往連貫日夜，「經旬不返」。湖面四周似紗的煙靄，如霧的雨絲，再加上湖畔柔嫩的桃柳，置身於如此旖旎的風光，又有美人相伴伺候，莫不教人「癡迷佇想」，而有「若遇仙緣」〔註64〕之感。

　　當時的烟花之地以秦淮為盛，她是古城金陵的起源，又是南京文化的搖籃，素為「六朝煙月之區，金粉薈萃之所」。金陵秦淮的豔名遠揚，房值也隨之高漲，此地河房「便寓、便交際、便淫冶」，河畔的畫船往來如織，周旋於金陵城內，簫鼓之音悠揚遠播，輕煙淡粉瀰漫其中，風流極盛一時：

> 秦淮河河房，便寓、便交際、便淫冶，房值甚貴而寓之者無虛日。
> 畫船簫鼓，去去來來，周折其間。河房之外，家有露臺，朱欄綺疏，
> 竹簾紗幔。夏月浴罷，露臺雜坐。兩岸水樓中，茉莉風起動兒女香
> 甚。女客團扇輕紈，緩鬢傾髻，軟媚著人。〔註65〕

即便露臺也是精雕細琢，女客浴罷則坐在竹簾紗幔之後，身上散發出茉莉的淡淡清香，漫溢在夏夜晚風之中撩撥著遊客，嫵媚的歌妓持團扇，著輕紈，她們的嬌姿媚態，和秦淮河絢麗的夜景一樣令人心醉神迷。河房內的風流韻事從早上就開始：「凌晨則卯飲淫淫，蘭湯灩灩，衣香滿室；停午乃蘭花茉莉，沉水甲煎，馨聞數里；入夜而撇笛搊箏，梨園搬演，聲徹九霄。」〔註66〕故沉溺於此河房日日耽樂，夜夜笙歌，而「無虛日」。

　　不同於金陵秦淮河畔的軟媚悠揚，揚州廣陵的二十四橋風月隱匿在夜半

〔註63〕 余懷：《板橋雜記》，頁554。
〔註64〕 〈烟雨樓〉，《陶庵夢憶》卷六，頁57。
〔註65〕 〈秦淮河房〉，《陶庵夢憶》卷四，頁30〜31。
〔註66〕 余懷：《板橋雜記》，收錄於《清代筆記小說大觀》（上海：上海古籍出版社，2007年）頁555。

的暗巷密戶之中。當年的揚州是大運河往來北京的通衢要道，也是食鹽買賣的集散重鎮，揚州城內巷道周旋曲折，巷口狹窄而腸曲，名妓匿不見人，若不是有人引導，根本不得其門而入，歪妓則多至五、六百人，每天傍晚，塗抹脂粉，打扮妖艷，出入於巷口，在茶館酒肆門前「站關」攬客，這些風月女子的辛酸淒楚在幽微的夜色下展露無遺：

> 茶館酒肆岸上紗燈百盞，諸妓揜映閃滅於其間，呀鬓者簾，雄趾者閾，燈前月下，人無正色，所謂「一白能遮百醜」者，粉之力也。游子過客，往來如梭，摩睛相覷，有當意者，逼前牽之去，而是妓忽出身分肅客先行，自緩步尾之。至巷口，有偵伺者向巷門呼曰：「某姐有客了！」內應聲如雷，火燎即出，一一俱去。剩者不過二三十人。沉沉二漏，燈燭將燼，茶館黑魆無人聲。茶博士不好請出，惟作呵欠，而諸妓醵錢向茶博士買燭寸許，以待遲客。或發嬌聲唱《劈破玉》等小詞，或自相謔浪嘻笑，故作熱鬧以亂時候，然笑言啞啞聲中，漸帶淒楚。夜分不得不去，悄然暗摸如鬼。見老鴇，受餓、受笞，俱不可知矣。〔註67〕

其中妓戶娼家之多之眾，直令遊子過客得以「頤指氣使，任意揀擇」，絲毫「不減王公」之樂，然而尋芳客的縱情歡愉，更襯托出這些煙花女子的悲苦無奈，隨著入夜愈深，剩下的妓女只能故作熱鬧以壓抑內心的悽楚，等待她們的是笞打受餓的下場。隱藏在揚州歌舞昇平、華豔絢麗的背後，廣陵二十四橋風月愈夜愈淒清，暗巷曲弄裡妓女的命運就如同將燼將殘的燈燭，在每個黑夜裡殘喘延燒，燃盡餘光。

　　晚明之際，江南的狎妓風氣，將「淫靡之事，出以風韻」，社會逐愈演愈盛，愈出愈奇，甚至在朝山途中的泰安州客店附近也時見「密戶曲房，皆妓女妖冶其中」〔註68〕的景象，朝聖禮佛的宗教勝地林立著娼妓之戶，香客們朝頂後下山休憩，夜晚便可從事狎妓淫冶之事。雖說娼妓密戶歷來以各種形式隱匿於民間社會，但像明代這樣大肆張揚狎妓韻事，以至於此特種行業盛行廣佈於夜晚各角落，在歷史上尤屬特別的現象。更有甚者，文人士大夫將之附庸爲交際應酬的風雅活動，使得狎妓之事被妝點上風花雪月的韻致，令人癡迷佇想、留連忘返。此種淫靡樂事，在晚明迥別的時代背景下，經由特

〔註67〕　〈二十四橋風月〉，《陶庵夢憶》卷四，頁35。
〔註68〕　〈泰安州客店〉，《陶庵夢憶》卷四，頁39。

定人士的肯定與鼓舞，造成某些群體的效尤與從事，而構成張岱眼中所見、
筆下所繪夜晚特殊的現象與景致。

由張岱筆下描繪夜晚民常的活動，可知人們不僅在特定節日的夜晚出門
歡慶；平常時候，地方也會利用各種名義搭臺演戲，吸引百姓群聚觀戲，甚
至通宵不眠；民間書場茶肆等遊藝場所，在夜晚開場攬客，往往座無虛席；
人們的信仰意念超越法禁，紛紛透過夜晚的朝頂焚香活動來傳達虔誠之意。
至此「金吾不禁」的元宵特例，已成了普遍之景，通宵達旦，夜夜笙歌構成
市民夜晚生活的內涵。明人汪珂玉（1587～？）便說他於萬曆四十年「甫入
城，燈火盈街，夜市如畫。」〔註69〕位於西湖南岸的吳山則是：

> 邑居叢集，華豔工巧，殆十萬餘家，聲甲寰宇，恢然一大都會也……
> 閭闠街衢，紅塵霧起。市聲隱振，漏盡猶喧。道院僧廬，晨鐘暮鼓。
> 青樓畫閣，雜以笙歌。〔註70〕

其市聲隱振，往往漏盡仍舊喧鬧。夜晚成為旅遊、宴飲等娛樂行業人員大攬
生意的時候，各行各業人員趁機大獻身手，城中熱鬧之處，尤是城門外北關
等水陸輻輳之所，商賈雲集，夜市興隆。北關之上關、下關門處：「每至夕陽
在山，則檣帆卸泊，百貨登市。故市不於日中，而常至夜分，且在城闉之外，
無金吾之禁，籌火燭如同白日。凡自西湖歸者多集於此，熙熙攘攘，人影雜
遝，不減元宵燈市洶熙時之景象。」〔註71〕時人作〈北關夜市〉詩云：

> 北城晚集市如林，上國流傳直到今。青苧受風搖月影，絳紗籠火照
> 春陰。樓前飲伴聯遊袂，湖上歸人散醉襟。閭闠喧闐如畫日，禁鐘
> 未動夜將深。〔註72〕

人聲鼎沸，摩肩接踵，尤其是遊湖歸來的商客士宦，遊興未盡，飲酒高歌。
特殊的社會文化背景提供了晚明人們遊憩於夜晚的環境，至此「夜禁」已漸
漸失去禁制夜晚行動的實際效力。與其說晚明是一個失序動盪的時期，不如
說它正在時代的浪潮中，重構出相應的社會秩序與文化內涵，以突破傳統，
接繫新時代的來臨。

〔註69〕汪珂玉：《西子湖拾翠餘談》，收錄於《叢書集成續編》（臺北：新文豐，1989
　　　　年）卷中，頁748。
〔註70〕俞思沖纂、俞時駕等校訂、童正倫標點：《西湖志類鈔》卷之中《吳山》，《西
　　　　湖文獻集成》（杭州：杭州出版社，2004年）第3冊，頁736。
〔註71〕李衛修，傅王露纂：《西湖志》卷三，頁300。
〔註72〕《西湖遊覽志餘》卷十二，頁545。

三、偶見的夜晚現象

　　張岱筆下還描寫了一些夜晚所見特殊偶見的活動，此類活動並非張岱主動而爲，他是站在一個觀察的角度，紀錄描寫出當時獨特異常卻又實際存在的夜晚現象，這些活動並非恆存經常發生於實際生活，是屬於可遇不可求的現象，張岱時常活動於人們休憩的夜晚，故有機會能遇上這種難得一見的活動情境，此類張岱筆下的海戰奇觀，筆者以偶見的夜晚現象視之。

　　張岱喜遊於夜，樂遊於夜，在漆黑的夜裡，任何的聲音光影都會引起他的好奇與關注，往往會意外遇見夜裡難得一見的特殊景象。張岱〈海志〉記敘遊補陀山渡洋登峰的歷程。當日他遊山歸來，在僧房喝茶聊天，稍作休憩，大半天的遊賞下來，身體應是相當疲憊，然而張岱聽聞海上的砲聲，精神爲之一振，馬上前往一探究竟：

> 更定矣，聞炮聲，或言賊船與帶魚船在蓮花洋廝殺。余亟往，據梵山岡上。見釣船千艘，聞警皆避入千步沙，十餘艘在外洋，後至者賊襲之，斫殺數十人，搶其三舟去，焚其二舟。火光燭天，海水如沸，此來得見海戰，尤奇！〔註73〕

原來蓮花洋正上演著廝殺海戰，上千艘的釣船聽到警示，皆隱掩在千步沙之內，十餘艘來不及躲避的漁船，隨即被賊船襲擊，賊船斫殺了數十人，並搶舟焚船，火勢之大，延燒照亮整個夜空，海水爲之沸騰，張岱據梵山岡觀之，看得是又驚又奇。

　　張岱在《夢憶》卷七〈定海水操〉描寫招寶山海岸定海演武場的軍事演練情形。招寶山位於寧波十五公里處的鎮海區，在流經寧波的甬江出海口，是鎮海關隘、甬江咽喉、海防要塞。千餘艘戰船操練往來如織，瞄準擊截，分毫不差，探看敵船的健兒以破浪衝濤之勢，躍海奔游，走報軍情，身手矯健。然而，最令張岱感到驚奇震懾的是海上水操在夜晚交織出的景象：

> 水操尤奇在夜戰，旌旗干櫓皆挂一小鐙，青布幕之，畫角一聲，萬蠟齊舉，火光映射，影又倍之。招寶山凭檻俯視，如烹斗煮星，釜湯正沸。火礮轟裂，如風雨晦冥中電光翕焱，使人不敢正視；又如雷斧斷崖石，下墜不測之淵，觀者祇魄。〔註74〕

高亢激昂的畫角聲號令一下，舳艫相連的戰船上萬蠟齊舉，海面頓時火光映

〔註73〕〈海志〉，《瑯嬛文集》卷二，頁168。
〔註74〕〈定海水操〉，《陶庵夢憶》卷七，頁68～69。

射，光影重重，登高俯視望之，海水猶如沸騰的釜湯，烹煮著漫天的星斗，像是風雨冥晦中電光交加之景，使人不敢正視，又像雷擊劈中斷崖之石，墜落無盡的深淵，令人驚心動魄。

　　海上水戰的夜晚景象難得一見，只能依機緣而遇，難以強求尋見，張岱有機會目睹這特異的景觀，內心自然相當振奮。所以他不但在〈海志〉描述此段旅途中夜晚所見的特殊插曲，在觀看定海水操的同時，還神采飛揚地述及夜戰之驚之奇，刻畫出其攫奪耳目感官、震撼人心肺腑的場景，呈現給後世讀者的是那個時代特殊的海上夜戰現象，同時透過張岱之筆交構出火光燭天映射、海水如沸翻騰的夜景奇觀。

第二節　張岱個人親歷的夜晚活動

　　張岱筆下描寫出包羅萬象的夜間社會風俗情態，呈現了民間百姓頻繁的夜晚生活，然而在敘述群眾集體的活動過程中，張岱總處於一個冷靜客觀的觀察紀錄角色，較少自身主觀的涉入參與，唯有在他個人行動，或與其他三五友人聚處的夜晚情境裡，張岱的情感思緒與行為舉止才活躍靈動於文字敘述之間，這才是真正理解張岱夜晚生活的核心所在。本段探究張岱個人的夜間感懷，其特立獨遊的夜晚行徑，有表現於外的行為活動，以及發慮於內的思考心緒，筆者將其分為戴月興遊、遠遊夜行、夜半演劇、夜讀靜思四個部份探討，擬就張岱個人的夜晚遊跡與感觸懷想，揭示他好遊於夜、樂遊於夜的性格傾向，以標舉其不同於流俗的品味情趣。在遭逢國破家亡的巨變，經歷顛沛流離的逃亡生涯後，張岱如何面對曾經帶給他無限歡愉的夜晚時分？其心理歷程又如何轉換這份好夜情懷？這些都是有待釐清與瞭解的部份，如此才能補足前人研究對張岱內心性格尚未透析之處，還其生命底蘊清晰的面貌。

一、尋幽攬勝，臥舟浴雪——戴月興遊

　　張岱雅好山水之趣，時常尋訪山川名澤，徜徉園林勝景，悠遊在大自然間，自言：「幸生勝地，鞋韤間饒有山川。喜作閒人，酒席間只談風月。」〔註75〕生活於山明水秀的江南之地，到處皆有「風月寄閒情，山水供游屐」〔註76〕，

〔註75〕　〈游山小啓〉，《瑯嬛文集》卷二，頁187。
〔註76〕　〈補賀雲菴道兄七十壽詩〉，《張子詩秕》卷二，頁34。

故張岱的足跡遍及江浙一帶，對於西湖更是「一往有深情」，曾做詩云：

> 追想西湖始，何緣得此名。恍逢西子面，大服古人評。冶艷山川合，
> 風姿烟雨生。奈何呼不已，一往有深情。一望烟光裏，滄茫不可尋。
> 吾鄉爭道上，此地說湖心。潑墨米顛畫，移情伯子琴。南華秋水意，
> 千古有人欽。到岸人心去，月來不看湖。漁燈隔水見，堤樹帶烟模。
> 真意言詞盡，淡妝脂粉無。問誰能領略，此際有鬖蘇。〔註77〕

西湖是杭州著名的景點，時常吸引大量遊客，如蟻附蜂屯，但杭人遊湖僅止
於白晝，日落月出以後便罕見人跡。張岱異於一般凡俗，而有獨特的審美觀
點，他認爲「雪巘古梅，何遜烟堤高柳；夜月空明，何遜朝花綽約；雨色淒
濛，何遜晴光灩瀲。深情領略，是在解人。」〔註78〕常人簇擁而觀煙堤高柳，
他卻不惜冒雪登巘獨賞古梅；人們喜晴厭雨，他卻能領略淒濛雨色之美；凡
人喜歡朝陽下綽約的花兒，他卻獨鍾於夜月空明的湖景，觀其吟詠的西湖十
景，不避寒冰，尤喜月映：

> 湖氣冷如冰，月光淡于雪。肯棄與三潭，杭人不看月。（三潭印月）
> 高柳蔭長堤，疏疏漏殘月。蹩躠步鬆沙，恍疑是踏雪。（斷橋殘雪）
> 夜氣滃南屏，輕嵐薄如紙。鐘聲出上方，夜渡空江水。（南屏晚鐘）
> 秋空見皓月，冷氣入林皋。靜聽孤飛雁，聲輕天政高。（平湖秋月）
>
> 〔註79〕

對於夜晚，他總是多一分獨殊深摯的鍾情偏好，夜晚之遊，始終能帶給他閒
適自在的舒暢快意。

　　對生於水鄉澤國的張岱而言，舟船不僅是交通工具，更是親近山水的最佳
方式，只要盪一葉之扁舟，徜徉於山光水色之中，便是人間樂事。故張岱之泛
舟不必有所歸止，也不受時間約束，隨心盪漾在湖泊之上，遊興一來，即使是
更深人靜之際，艤楫靠岸，便可盡情暢意而爲。崇禎二年（1629）中秋節翌日，
北固江口月光皎潔，照映在露氣凝重的江面上，喫染整個天空爲一片白茫，張
岱見此美景大爲驚喜，待舟行至金山寺，已是二鼓夜深，他便將船停佇在山腳，
準備探訪究竟。金山寺隱没在林間，四下一片漆黑寂靜，林中灑下的月光，透
過樹枝的蔽漏，清新猶如殘雪。此處是南宋名將韓世忠逐退金人過江的地方，

〔註77〕《西湖夢尋》附詩〈西湖〉卷一，頁4。
〔註78〕〈明聖二湖〉，《西湖夢尋》卷一，頁1。
〔註79〕《西湖夢尋》附詩〈西湖十景〉卷一，頁4。

張岱入金山寺大殿，歷史感懷油然而生，索性在大殿裡張燈演劇：

> 余呼小僕攜戲具，盛張燈火大殿中，唱韓蘄王金山及長江大戰諸劇，
> 鑼鼓喧闐，一寺人皆起看。有老僧以手背搬眼臀，翕然張口，呵欠
> 與笑嚏俱至，徐定睛，視爲何許人，以何事何時至，皆不敢問。劇
> 完將曙，解纜過江。山僧至山腳，目送久之，不知是人、是怪、是
> 鬼。〔註80〕

張岱乘興而至，即粉墨登場，在夜闌闃靜的聖嚴大殿內，恣意任爲地令倏僮
喧闐唱戲，吸引了全寺之人起來觀看，等到唱完戲已曙光初露快要天亮，張
岱一行人便收拾戲具燈籠，興盡而返，解纜離岸重啓旅程，令山僧納悶「不
知是人、是怪、是鬼。」張岱將寧靜的夜晚變得鼓噪熱鬧，並爲自己搬演這
齣令人摸不着頭緒的夜戲大爲得意。

崇禎五年（1632）十二月寒冬，紹興大雪紛飛，三日不止，平時遊客如
織的西湖，在風雪過後，人聲鳥啼俱絕，呈現一片冷寂，張岱卻選擇在此嚴
寒的氣候去賞雪，更在天色漸暗，夜晚降臨之際挐舟出遊，背離了「杭人遊
湖，巳出酉歸」的普遍習性，獨往湖心亭看雪：

> 霧淞沆碭，天與雲、與山、與水，上下一白，湖上影子，惟長堤一
> 痕、湖心亭一點、與余舟一芥，舟中人兩三粒而已。到亭上，有兩
> 人鋪氈對坐，一童子燒酒爐正沸。見余大喜曰：「湖中焉得更有此
> 人！」拉余同飲。余強飲三大白而別。問其姓氏，是金陵人，客此。
> 及下船，舟子喃喃曰：「莫說相公癡，更有癡似相公者。」〔註81〕

湖上冬夜寒氣瀚渤，霜霧凝結，大地一片混沌白茫，到了亭上，居然已有兩
人鋪氈而坐，童子正燒爐暖酒。在雪封凍寒的夜晚時分，駕舟泊岸賞雪已屬
難得，竟能巧遇志趣相投的雅客，儘管是素昧平生，仍要與之共飲幾杯，船
家不禁喃喃道：「莫說相公癡，更有癡似相公者。」或許，蒼茫雪夜裡欣逢山
水知音之樂，更甚於西湖賞雪之趣，也唯有這種臨時興起的夜泛遊湖，才能
有此可遇不可求的意外收穫。

張岱的癡絕之舉不僅於此，爐峰的登頂候月更有勝者。張岱於天啓七年
（1627）四月讀書於天瓦庵，臨時興起，便同二三友人登爐峰絕頂，不顧深
山猛虎，只爲一賞明月：

〔註80〕〈金山夜戲〉，《陶庵夢憶》卷一，頁4。
〔註81〕〈湖心亭看雪〉，《陶庵夢憶》卷三，頁28～29。

> 丁卯四月，余讀書天瓦庵，午後同二三友人登絕頂看落照。一友曰：
> 「少需之，俟月出去。勝期難再得，縱遇虎，亦命也。且虎亦有道，
> 夜則下山覓豚犬食耳，渠上山亦看月耶？」語亦有理。四人踞坐金
> 簡石上。是日，月政望，日沒月出，山中草木都發光怪，悄然生恐。
> 月白路明，相與策杖而下。行未數武，半山嚛嚛，乃余蒼頭同山僧
> 七八人，持火燎、鐵刀、木棍，疑余輩遇虎失路，緣山叫喊耳。余
> 接聲應，奔而上，扶掖下之。次日，山背有人言：「昨晚更定，有火
> 燎數十把，大盜百餘人，過張公嶺，不知出何地？」吾輩匿笑不之
> 語。〔註82〕

山下的奴僕久候主人未歸，遂持火燎、木棍，緣山叫喊找人，沉靜黑漆的深山頓時變得喧囂明恍，難怪山背之人誤以為有大盜過嶺。如此驚心動魄的夜遊趣事，也唯有張岱一行放誕任性之人才能享受其中之樂。

　　崇禎十二（1639）年八月十三日，澄淨的夜空高掛一輪明月，如此閒適的秋夜裡，張岱當然不甘沈寂於室內屋宇，便協同陳洪綬與南華老人飲酒於西湖遊舫之上，老人回去後，他與陳洪綬興致未泯，繼續承舟泛遊：

> 余敕蒼頭攜家釀斗許，呼一小划船再到斷橋，章侯獨飲，不覺沾醉，
> 過玉蓮亭。丁叔潛呼舟北岸，出塘栖蜜橘相餉，餐啖之。章侯方臥
> 船上嚛嚛，岸上有女郎命童子致意云：「相公船肯載我女郎至一橋
> 否？」余許之。女郎欣然下，輕紈淡弱，婉嬺可人。章侯被酒挑之
> 曰：「女郎俠如張一妹，能同虬髯客飲否？」女郎欣然就飲。移舟至
> 一橋，漏二下矣，竟傾家釀而去，問其住處，笑而不答。章侯欲躡
> 之，見其過岳王墳，不能追也。〔註83〕

張岱臥船賞月，暢啖蜜橘，陳洪綬則獨飲酣醉，這時岸上忽有一女子詢求同乘相載，張岱欣然答應，女子輕紈淡弱，婉約可人，後陳洪綬便邀女子飲酒作樂，等到舟行至一橋，女子把酒飲盡，便上岸離去，隱沒在更深夜黑之中，過岳王墳而不見，陳洪綬欲躡足隨之，卻已不可追。張岱與陳洪綬志趣相投，兩人交往十分密切，陳洪綬是晚明著名的書畫家，據說他「生平好婦人，非婦女在座不飲；夕寢，非婦人不得寐」〔註84〕，醇酒狎妓可說是他生活狂放

〔註82〕〈爐峰月〉，《陶庵夢憶》卷五，頁44。
〔註83〕〈陳章侯〉，《陶庵夢憶》卷三，頁29。
〔註84〕毛奇齡：〈陳老蓮別傳〉，《虞初新志》，收錄於《清代筆記小說大觀》（上海：

不羈的寫照。朱彝尊在〈陳洪綬傳〉中說：「客有求畫者，罄折至恭，勿與。及酒邊召妓，輒自索筆墨，雖小夫稚子，徵索無弗應。」〔註85〕陳洪綬的性格可貴之處，正在於不僅興之所至，爲酒、爲妓而作畫，並樂於爲小夫稚子、老卒寒士揮毫。陳洪綬的正直率眞與張岱的「一往深情」同爲癡絕的至情至性，兩人才能在月夕深夜裡泛舟臥船，奇遇此段風流韻事。

張岱曾在紹興城內的山艇子讀書，他喜歡在月夜乘舟遊湖，便在「歲不得船」的龐公池中自備一小舟，只要興起便招舟人載他盤旋水道任意泛遊，穿越城鎮屋舍，慵懶地欣賞夜色在幽冥中流逝，忘卻一切紛擾的塵俗憂愁，細細品味夜晚獨有的寧靜時刻：

> 山後人家，閉門高臥，不見燈火，悄悄冥冥，意頗淒惻。余設涼簟，臥舟中看月，小僕船頭唱曲，醉夢相雜，聲聲漸遠，月亦漸淡，嗒然睡去。歌終忽寤，啥糊讚之，尋復鼾齁。小僕亦呵欠歪斜，互相枕藉。舟子回船到岸，篙啄丁丁，促起就寢。此時胸中浩浩落落，並無芥蒂，一枕黑甜，高春始起，不曉世間何物謂之憂愁。〔註86〕

張岱之舟遊，只爲沐浴在月光灑布的夜色裡，臥舟於船上涼簟，聽小僕唱曲伴雜耳邊，悠然地睡去，曲罷醒來，見小僕也互相枕藉，酣睡舟中。沒有計畫籌備，亦無目的想望，一葉輕舟就是他的歸止，聽曲看月便是他的享受，嗒然醉夢於湖光月色之下，與天地萬物共浮沉，達到身心俱遣、物我兩忘的境界。

張岱喜愛自然山水，故時常參訪當時的名園，抑或寄住在親朋好友的園林，而且還親自參與規劃營造一己之園林，改造整治了先祖留下的亭園。夏咸淳在〈明人山水趣尚〉中說：「士大夫之家建園的主要目的在於欣賞山水，以山水爲家，日涉而月賞，常享山水之樂。」〔註87〕張岱之尋訪名園林景便是爲了「日涉而月賞」，居其家而能享山水之樂。范長白之園林位於蘇州天平山麓，園外的長堤小橋，桃柳盤旋曲折蔓延湖面，其中的繪樓、幔閣、祕室、

上海古籍出版社，2007 年）卷 13，頁 414。

〔註85〕　朱彝尊：〈陳洪綬傳〉，《靜志居詩話》（北京：人民文學出版社，1990 年）卷 19，頁 598。

〔註86〕　〈龐公池〉，《陶庵夢憶》卷七，頁 66。

〔註87〕　夏咸淳：〈明人山水趣尚〉，《學術月刊》第 4 期，1997 年 4 月，頁 49。引文作「目涉而月賞」，筆者根據文意私擬爲「日涉而月賞」，原文應爲打字刊印之誤。

曲房皆隱匿在長廊複壁間。山麓之左有桃花林，片片桃紅隨著湍水漂流，山麓之右則種梅花千樹，山澗裡建有「茂林修竹，曲水流觴」的蘭亭，范長白雖其貌不揚，然冠履精潔，又善於諧謔談笑，故連園中竹子也和主人一樣「明靜娟潔」。范長白與張岱祖父汝霖同為萬曆乙未年進士，張岱一日遊園飲罷準備離去，主人又留客賞月：

> 開山堂小飲，綺疏藻幕，備極華縟，秘閣請謳，絲竹搖颺，忽出層垣，知為女樂。飲罷，又移席小蘭亭，比晚辭去。主人曰：「寬坐，請看少焉。」余不解。主人曰：「吾鄉有縉紳先生喜調文袋，以《赤壁賦》有『少焉月出於東山之上』句，遂字月為『少焉』。頃言『少焉』者，月也。」固留看月，晚景果妙。主人曰：「四方客來，都不及見小園雪，山石髐砑，銀濤蹴起，掀翻五泄，搗碎龍湫，世上偉觀，惜不令宗子見也。」步月而出，至元墓，宿葆生叔書畫舫中。〔註88〕

華縟富麗的屋堂外便有澗流曲水，茂林翠竹，白天裡明靜娟潔，夜晚更是別有一番風味，張岱留園飽覽月景後，便步月離去，隨性睡在葆生叔張聯芳的書畫舫。遊園賞明月晚景，後舟宿於精美湖舫，愜意地過了閒適的一宿。

張岱遊無定所，居無定宿，尋訪瓜州，便住在仲叔友人于五的住所于園，于園以主人之富而更顯華貴，磊砢的眾石是園中的奇景，池中峰奇壑絕，形成特殊景觀：「陡上陡下，人走池底，仰視蓮花，反在天上，以空奇。」張岱借住于園期間，除了覽盡園中光景，夜來便登金山寺眺望，或放舟焦山，享受夜遊之趣：

> 風月清爽，二鼓，猶上妙高臺，長江之險，遂同溝澮。一日，放舟焦山，山更紆譎可喜。江曲過山下，水望澄明，淵無潛甲。海豬、海馬，投飯起食，馴擾若豢魚。看水晶殿，尋瘞鶴銘，山無人雜，靜若太古。回首瓜州，烟火城中，真如隔世。飯飽睡足，新浴而出，走拜焦處士祠。〔註89〕

張岱白日處市囂之喧擾，唯有趁著夜深人靜之際，登臺放舟於無人之境，寂靜的山林宛若遠古時代，望向山下的瓜州人煙，真如隔世一般，唯有在此毫無人雜的深山月夜裡尋幽探奇，張岱的心靈才能澄明如水，紅塵羈絆盡脫，與山林相伴依偎，進入心曠神怡，陶然忘我的無人之境。

〔註88〕　〈范長白〉，《陶庵夢憶》卷五，頁41。
〔註89〕　〈焦山〉，《陶庵夢憶》卷二，頁15。

雷殿位於龍山磨盤岡下，錢武肅王曾在此建蓬萊閣，有斷碣記之。四旁有喬木遮蔽，夏夜裡月映高爽，沁人心脾，這樣有風有月的靜謐之地，張岱當然不會錯過：

> 殿前石臺高爽，喬木瀟疏。六月，月從南來，樹不蔽月。余每浴後拉秦一生、石田上人、平子輩坐臺上，乘涼風，攜餚核，飲香雪酒，剝雞豆，啜烏龍井水，水涼冽激齒。下午著人投西瓜浸之，夜剖食，寒栗逼人，可讎三伏。林中多鵲，聞人聲輒驚起，磔磔雲霄間，半日不得下。〔註90〕

在高臺上乘著涼風，吃著三五酒餚，並有知心好友相伴，便是逍遙樂事，貪饞的張岱早已備好西瓜，白日浸在涼冽的溪水中，晚上自然寒慄逼人，沁涼的西瓜是夏夜裡一大享受，不需豪華的盛筵珍餚，也無特殊的奇秀美景，張岱的六月夏夜便時時陶然沉醉於月光灑照之下，優遊自得於晚風輕拂之中，忘懷塵囂，自得其樂。

明代亡國後，張岱的家園也隨之破敗，在困迫不安的遺民生涯裡，張岱只能遙思慕想家鄉的西湖，自言：「余生不辰，闊別西湖二十八載，然西湖無日不入吾夢中，而夢中之西湖，實未嘗一日別余也。」〔註91〕其所著《西湖夢尋》描繪西湖四路風光，在述及杭州歷史掌故，風俗人情的同時，也不禁回憶年少時自身的遊歷風月。冷泉亭位於靈隱寺山門之左，張岱少時讀書於峋嶁山房，時常帶著枕簟到冷泉亭望月乘涼：「夏月乘涼，移枕簟就亭中臥月，澗流淙淙，絲竹並作。」〔註92〕聽著深山淙淙的澗流，有如金石歌舞之聲。越栗山石人嶺後有西谿，張岱觀其景以為避世桃源：「其地有秋雪庵，一片蘆花，明月映之，白如積雪，大是奇景。」〔註93〕可見晚年的張岱遙思起二十餘年前的西湖，念茲在茲的依舊是月夜下那分閒適自在的山水之樂。

二、犯忌朝頂，泛海觀景——遠遊夜行

張岱的遊跡不僅侷限於江浙一帶，更曾遠道橫洋至泰山、補陀山等宗教勝地遊訪，曾作〈岱志〉、〈海志〉兩篇以記其經歷。這樣的宗教活動，對於張岱

〔註90〕〈雷殿〉，《陶庵夢憶》卷七，頁65。
〔註91〕〈自序〉，《西湖夢尋》，頁7。
〔註92〕〈冷泉亭〉，《西湖夢尋》卷二，頁22。
〔註93〕〈西谿〉，《西湖夢尋》卷五，頁78。

來說，蘊含著一份孺慕之情。張岱的母親在懷他時就開始唸「白衣觀音經」，祈求觀世音菩薩保佑，在生產過程不順利時，他的母親依舊持咒渡過，於是念經的聲音就伴隨著張岱誕生並成長，他的母親在萬曆四十七年（1619）就已經去世，張岱到了晚年還說：「常常於耳根清靜時，恍聞我母念經之聲。」母親的聲音彷彿「振海潮音，如雷灌耳」〔註94〕，每每令張岱思念。張岱年冠喪母，猶記年幼時從母親至高麗寺燒香：「出錢三百，命輿人推轉輪藏，輪轉呀呀，如鼓吹初作，後旋轉熟滑，藏轉如飛，推者莫及。」〔註95〕等到年長之後，張岱登泰山朝頂，越橫洋至補陀參佛，在漫長遙遠的旅程中，心中浮現懷想的或許便是母親虔誠念經祈福的身影。故張岱雖跟隨著眾人遠道而至朝聖之地，然而他真正的目的並非參禪禮佛，在群眾百姓所從事的社會活動中，張岱以其特立獨行的所作所為、所思所感，標舉出不附眾從俗、不隨波逐流的情調意志，這樣的情調意志著重表現在他旅程中非凡奇異的夜晚行跡。

萬曆四十一年（1613），張岱遊訪位於山東省的東嶽泰山，泰山的歷史悠久，佛教寺廟林立，遠近馳名，常年吸引大量的香客前來朝聖。朝山進香的活動天還沒亮就已經開始，張岱在牙家的催促下，坐著由輿人所抬的山轎沿小徑上山。然而這次朝山活動，由於天候不佳，雲霧瀰漫，張岱只得在輿人的堅持下提前結束行程，輿人上山時負重難行，下山卻可抬著轎子順勢而下，速度快得驚人，嚇得張岱魂飛魄散：「輿人掖之竟登輿，從南天門急下，股速如溜，疑是空墮。余意一失足則虀粉矣，第合眼據輿上作虀粉觀想，常憶夢中有此境界，從空振落，冷汗一身時也。」〔註96〕下山歸來後，泰安州客店設有饗客的宴席，提供朝頂住客夜晚遊樂的處所。此時張岱心裡卻鬱鬱不樂，甚為懊恨失落，惆悵著此番迢迢千里而來，竟未能窺得泰山的面目，故對客店裡的筵席他只是「快快了事」，早早就寢，待到夜半起來，見「天高氣肅，簷前星歷歷如杯大」，天候甚佳，便私自竊喜，謀畫再登一次泰山。根據當地的習俗，向來只有一日一宿頂，無兩日兩宿頂者，然而張岱全然不顧「犯者有祟」的忌諱，也不理會當地人的指指點點，依然故我地重登泰山，破了千年朝山之例，次日天朗氣清，景緻壯麗，張岱飽覽勝景，這趟朝聖之旅才算不虛此行。

〔註94〕〈白衣觀音贊〉，《瑯嬛文集》卷五，頁328。
〔註95〕〈高麗寺〉，《西湖夢尋》卷四，頁69。
〔註96〕〈岱志〉，《瑯嬛文集》卷二，頁156。

崇禎十一年（1638），張岱渡海至補陀山遊訪。張岱在海上船艙橫跨晝夜，度過漫長的旅程，沿途大風陰曀，海水波濤洶湧，船家遂灑紙錢於水面，以安撫海中魚龍勿亂航事，在舟中的張岱害怕得「肅然而恐，毛髮爲豎」。行到蛟門十里的三山大洋，由於山多磁石，深怕舟船被吸住，所以船家牽舟到沙上佇留，待到五鼓潮來，「風號浪礟，轟怒非常」，舟隻顛起如簸，船上之人皆瞑眩昏厥，蒙著棉被僵臥床舖，紛紛懊悔來此。到了夜半時分，風波稍定，張岱才眞正享受到夜海的景緻：

> 夜半風定，開篷視之，半規月在山峽。風順架帆，余披衣起坐。渡龍潭、清水洋，風弱水柔，波紋如縠，月色麗金，簇簇波面，山奧月黑，短松怒吼，張髯如戟，吞吐海氛，蠢蠢如有物蠕動。舟人戒勿抗聲，以驚驪窟。〔註 97〕

張岱披衣坐在甲板上，任微風輕拂，月光灑照，感受這片刻安寧，黑夜裡海面上的波湧蠢蠢蠕動，船家要旅客噤聲，以免驚擾潛伏於下的驪龍。等到五鼓之際，張岱猶未歇息，此時天還沒亮，舟船橫渡水洋，岸邊城頭一片黑漆，當地的漁民早已開始活動，張岱望見岸邊沙際紛擾不休的情景：

> 渡橫水洋，水向北注。潮從東來，如出奇兵犯其左翼，故橫水洋最險。五鼓過舟山，城頭漆漆，天猶未曙，瀕岸戰船數十艘，軍容甚壯。附舟山者，七十二嶼，人家多居篁竹蘆葦間，或散在沙嶼。山田少人多，居人皆入海捕魚及蛸螬、水母、彈塗、桀步，擾嚷沙際。〔註 98〕

經過驚險懼怖的航行旅程，飽受海水翻騰所帶來的瞑眩昏厥之感，張岱卻絲毫不減其遊心興致，夜空下灑布著漫天月光，此等景緻驅離了張岱的疲憊困倦，遂沿途飽覽黑夜籠罩之下海氛吞吐、波濤暗湧的海景，一路抵達了補陀山。

補陀山有如泰山，整體運作有條不紊。張岱在參訪寺僧、觀禮佛事之餘，更是到處尋幽探奇。他看見僧尼與俗家子弟徹夜誦經，並焚香燃觸頭頂、手臂以爲苦修，甚至還可聞到皮肉燒烙的氣味。張岱內心所想的是，觀音菩薩慈悲爲懷，難道樂見此等供奉？許多香客在受痛不眠的狀態下，見到佛像移動或大放光明，以爲見到神蹟，張岱問住僧可曾見到觀音大士的種種異象時，

〔註 97〕〈海志〉，《瑯嬛文集》卷二，頁 161。
〔註 98〕〈海志〉，《瑯嬛文集》卷二，頁 162。

住僧正色回答，觀音大士在萬曆年間便遷往他處，如今已不復顯靈，張岱也只能忍住不笑，作禮而別。正當人們競相進入佛寺燒香觀禮之際，張岱卻被海上砲聲所吸引，前往據梵山岡眺望蓮花洋上演的海戰，爲激烈廝殺的戰事而感到緊張，被海水因火勢而沸騰的景象所震懾。

當張岱在泰山朝頂進香時，對於香客爭相坐擁的佛事賀席，他冷眼待之，旁觀以記；對於眾人嘲笑不敢犯忌的連日朝頂，他卻夜半起床，私擬著破例爲之而暗自竊喜。渡海至補陀之際，當海上航行顛危懼怖，他人蒙被僵臥，懊悔來此時，張岱猶有情致披衣起坐，欣賞海上的微風月色；當信眾鱗次而坐、合掌念經之時，他含笑以觀；對於眾人避之唯恐不及的戰事，即便是夜晚休憩時分，張岱依舊亟往據山而觀，視「火光燭天」的海戰爲奇景，嘆爲觀止。看來張岱的朝頂進香，不論至泰山，抑或補陀，眾人簇擁的參佛禮禪事宜皆不能引起他的興致，眞正令他津津樂道，樂此不疲的還是那些與眾不同、突發奇生的夜行活動。

三、度曲徵歌，詼諧雜進——攬夜聽曲

生長於戲曲蓬勃發展的晚明，又居住在重視文藝且人才輩出的紹興，張岱自幼便孕育在充滿藝術氣息的環境中，加上他資質靈敏，富有才情，在時代風氣、地方民俗和家庭氛圍的薰染之下，他從少年時代便好梨園之事，喜愛戲曲藝術，經常和朋友「度曲徵歌，詼諧雜進」〔註 99〕，又好追求民間文藝和群眾活動，不時到街頭鄉村觀賞戲曲演出，有時也參與指導，既擁有自己的家班，更時常去賞鑒其他私家戲班的表演。他說：

> 余嘗見一齣好戲，恨不得法錦包裹，傳之不朽，嘗比之天上一夜好
> 月與得火候一杯好茶，祇可供一刻受用，其實珍惜之不盡也。桓子
> 野見山水佳處，輒呼：「奈何！奈何！」眞有無可奈何者，口說不出。
> 〔註 100〕

文中道出了張岱對戲曲的滿腔熱情，他周圍有一群聲氣相投的朋友，他們共同聽戲品劇，使張岱的藝術水準不斷提高，他們都是深富戲癡、戲癖的癡絕之人，故凡有戲曲演出的場合便相偕同往，張岱的夜晚便時時被這些戲曲活動填溢得熱鬧非凡。

〔註 99〕 《紹興府志・張岱傳》，見《張岱詩文集》附錄，頁 417。
〔註 100〕 〈彭天錫串戲〉，《陶庵夢憶》卷六，頁 52。

張岱對於戲曲的熱情實有其深遠的家族背景，張岱在〈張氏聲伎〉中說：

> 我家聲伎，前世無之，自大父於萬曆年間與范長白、鄒愚公、黃貞
> 父、包涵所諸先生講究此道，遂破天荒為之。〔註101〕

張岱的祖父張汝霖深受晚明士風的影響，思想開放通脫，與當時文藝界名流和江浙望族交往甚密，萬曆年間開始講究聲伎，蓄養戲班。父親張耀芳屢困於場屋，母親陶宜人出資修建園亭，教習小傒，張耀芳遂沉溺於鼓吹戲劇，以解除內心鬱悶，後來更大興土木，蓋了樓船，在樓船落成之時，以木排搭台演戲，全家老幼聚集觀看，也吸引了來自城中村落各地的觀眾，大小船隻千餘艘，興致高漲，即使遇到風雨也堅持在風定後繼續演出，完劇而散。張家先後辦了可餐班、武陵班、梯仙班、吳郡班、蘇小小班、茂苑班等，其中如王畹生、夏汝開都是當時著名的演員。「主人解事日精一日，而傒僮技藝亦愈出愈奇」〔註102〕，張岱的戲曲鑑賞能力隨著時間不斷增進，對家中聲伎的要求也愈來愈高。〈過劍門〉一文記敘張岱前往友人家觀南曲串戲之事，唱戲的伶人是他的舊僕，見其在場，加意為之，唱到夜晚時分，遂令周圍的人倍感詫異。正是因為張岱「精賞鑒，延師課戲，童手指千傒僮到其家謂『過劍門』，焉敢草草！」有的演員甚至膽怯不敢出聲，足見張岱對戲曲品鑑之高，對伶人訓練之嚴，故南曲名妓皆以張岱為導師，等不到他來，雖到夜分也不開臺演戲，許多人更藉他來抬高身價，張岱自嘲道：「以余而長聲價，以余長聲價之人而後長余聲價者多有之。」〔註103〕

明崇禎七年（1634）閏中秋，張岱仿蘇州中秋，約集友人會於蕺山亭，再現虎丘曲會的景象，各人「攜斗酒、五簋、十蔬果、紅氈一床」，與會者七十餘人，加上歌童伎人共七百餘人，「同聲唱『澄湖萬頃』，聲如潮湧，山為雷動」。夜半時分，更在山亭「演劇十餘齣」，一時「擁觀者千人」，而「無蚊虻聲」，如此盛會，直到「四鼓方散」。

張岱十分喜愛戲曲，會隨身攜帶戲具，以應隨性而興的戲癮。崇禎二年（1629），張岱移舟過金山寺，見湖面「月光倒囊入水，江濤吞吐，露氣吸之，噀天為白」，加上「林下漏月光，疏疏如殘雪」，張岱被這清新靈明的夜景所觸動，便令傒僮在大殿中張燈演戲，配合長江豪邁之景，唱「韓蘄王金山及

〔註101〕〈張氏聲伎〉，《陶庵夢憶》卷四，頁37。
〔註102〕〈張氏聲伎〉，《陶庵夢憶》卷四，頁38。
〔註103〕〈過劍門〉，《陶庵夢憶》卷七，頁69～70。

長江大戰諸劇」，招來一寺之人皆起來觀戲，「有老僧以手搬眼翳，翕然張口，呵欠與笑嚏俱至」，僧人還未反應過來發生什麼事，就被情景交融的表演吸引住，這齣張岱導演的夜半演劇，不禁讓僧人納悶「不知是人、是怪、是鬼。」張岱對於戲曲表演也很要求外在情景的搭配，他喜歡下雪的夜晚景緻，即使雪覆紹興城三尺，他也不惜找來自家戲班的五個伶人上城隍廟山門，只為在冰天寒地中坐觀雪景，聽「馬小卿唱曲，李岕生吹洞簫和之」，即使「聲為寒威所懾，咽澀不得出」，也絲毫不減張岱的遊趣，直至三鼓才興盡歸寢。

　　張岱除了愛看戲、評戲外，還帶家班四處演出，以戲曲會友。崇禎七年（1634）十月，張岱帶著女伶朱楚生到杭州不繫園看紅葉：

> 至定香橋，客不期而至者八人：南京曾波臣，東陽趙純卿，金壇彭天錫，諸暨陳章侯，杭州楊與民、陸九、羅三，女伶陳素芝。余留飲。章侯攜縑素為純卿畫古佛，波臣為純卿寫照，楊與民彈三弦子，羅三唱曲，陸九吹簫。與民復出寸許界尺，據小梧，用北調說《金瓶梅》一劇，使人絕倒。是夜彭天錫與羅三、與民串本腔戲，妙絕；與楚生、素芝串調腔戲，又復妙絕。章侯唱村落小歌，余取琴和之，牙牙如語。〔註104〕

張岱在夜裡設宴款待，這群人中既有專業演員，如彭天錫、朱楚生、陳素芝等，又有業餘戲劇愛好者，如張岱諸人，大家以戲相會。陸九吹簫，羅三唱曲，楊與民彈三弦，後又有彭天錫等串本腔戲，朱楚生等串調腔戲，陳章侯唱村落小歌，張岱彈琴伴奏，席間趙純卿無技可獻，遂以竹節鞭作胡旋舞數纏，博君一粲。這場四方友人不期而至的筵席，為張岱帶來精彩絕倫的藝文饗宴。

　　張岱的前半生涯，觀劇賞曲深植於他的日常生活中；明代亡國後，戲曲依然與他的生命密不可分。順治二年（1645），杭州已經被清軍侵佔而失守，此時魯王遷往紹興駐守，由於張岱之父耀芳曾受職其下，張岱感念魯王恩德，仍忠心盡責地擁立這位流亡藩王。該年九月，張岱在家裡安排接駕播遷至越的魯王，以樂舞戲劇慶祝，以示隆重：

> 書堂官捧進御前，湯點七進，隊舞七回，鼓吹七次，存七奏意。是日演《賣油郎》傳奇，內有泥馬渡康王故事，與時事巧合，睿顏大喜。二鼓轉席，臨不二齋、梅花書屋，坐木猶龍，臥岱書榻，劇談

〔註104〕　〈不繫園〉，《陶庵夢憶》卷四，頁30。

> 移時，出登席，設二席于御坐傍，命岱與陳洪綬侍飲，諧謔歡笑如
> 平交。睿量宏，已進酒半斗矣，大犀觥一氣盡，陳洪綬不勝飲，嘔
> 噦御座旁。尋設一小几，命洪綬書箋，醉捉筆不起，止之。劇完，
> 饒戲十餘齣，起駕轉席。〔註105〕

此時張岱安排的戲曲演出不僅是為了附庸風雅，更包含了深沉的家國使命。
張岱根據對戲曲的熟悉，特別挑了《賣油郎》一段，劇中的背景發生在北宋
王朝傾頹的黑暗時期，金人勢如破竹，攻克宋都開封，擄走皇帝與諸多皇子，
逼促百姓與散兵狼狽渡過長江往南避難。當年的金人與攻破明代的清朝滿人
系出同種，明朝的敗亡與當時宋代遭罹的國難又合符節，故張岱選了泥馬渡
康王的故事，演出被俘的康王逃脫金人的層層封鎖，早金兵一步渡長江，最
終化險為夷，統治南方的半壁江山。魯王觀戲時「睿顏大喜」，顯然頗為欣賞
這段歷史所透露的樂觀局勢。戲罷已夜幕低垂，張岱將宴席移往梅花書屋，
君臣談論戲劇，並召來陳章侯在一旁侍飲，後更上演了多齣戲劇。張岱以自
幼所累積豐富的戲曲閱歷，特別挑選演出《賣油郎》一段，希望能振奮鼓舞
魯王的復國鬥志。這場接駕儀式，伴隨著酒宴歌席，確實達到「君臣歡洽，
脫略至此」的地步，但魯王政權內外都面臨著不可克服的困境，一些將領包
藏禍心，各各擁兵自重，最終這個張岱曾寄予厚望的小朝廷，並沒有帶給他
真正的希望，不到兩年，便潰敗崩陷了。

四、禾黍悲歌，遺民血淚──夜讀靜思

張岱紙醉金迷的夜晚生活充斥著煙火燈燭的熱鬧慶典，瀰漫著淫冶靡爛
的聲色風月，動輒泛舟臥月，抑或登峰冒險，然而除了這些嘻笑逗樂的動態
活動，萬籟俱寂的深夜也是張岱覽卷靜思的最佳時刻，他的生活可說周旋在
讀書與享樂兩端之間。張岱飽讀詩書，有深厚的文學藝術根柢，除了正統的
學識涵養，對於街談巷語等燈謎拆字的小慧小道，他認為同等重要：「雖知星
星熠火，不足與日月爭光，而若當陰翳晦冥，腐草流螢，掩映其際，亦自灼
灼可人，斷難泯滅矣！」〔註106〕張岱在〈琯朗乞巧錄序〉言：

> 曾聞人言，牛女星旁，有一星名琯朗，男子於冬夜祀之，得好智慧。
> 故作《乞巧》一編，朝夕絃誦，以祈琯朗。倘得邀惠慧星，啟我愚

〔註105〕〈魯王〉，《陶庵夢憶》補（臺北：金楓出版公司，1986年），頁120～121。
〔註106〕《快園道古・小慧部》（浙江：浙江古籍出版社，1986年）卷12。

> 蒙，稍窺萬一，以濟時艱，雖不能傳燈鑽銳，以大展光明，囊螢映
>
> 雪，藉彼微茫閃爍，以掩映讀書，徼幸多多矣。〔註107〕

張岱期許自己如男子多夜祭祀琯朗星而得智慧，故時常獨居山房園林趁夜苦讀，或與友人「分燈讀夜書」〔註108〕，希望能藉智慧的累積發自身之靈明。

明代亡國後，張岱豪富的家勢也隨之崩解，淪爲一介流亡遺民，狼狽地披髮入山，避居山林，身旁所剩的唯有「破床碎几，折鼎病琴，與殘書數帙，缺硯一方而已」〔註109〕，由於內心繫念《石匱書》尚未完成，因此他並沒有自挽引決，苟活於人間的歲月裡，他發憤著書，在凜冽的冬季夜晚，「佝僂唯展足，伸縮一衾單」〔註110〕衣物單薄不能禦寒，卻他絲毫不敢懈怠，依舊「當爐頻厝火，燃槁對殘編。」〔註111〕張岱的生活由繁華富麗落入布衣蔬食，這種午炊不繼，衣食匱乏的窘迫狀態，在孤寂的夜裡更顯得淒涼悲苦：

> 泉臺無漬酒，聊復進此觴。山田種新秫，何時更能嘗？殘書堆我案，
>
> 敝裘委我傍。老鴟晝亦哭，鬼火夜生光。婢僕各自散，若敖悲異鄉。
>
> 草木陰翳處，啾啾夜未央。〔註112〕

在僦居快園的歲月裡，耕讀自力，所剩下僅存的樂趣唯有在書籍中得到：

> 有何可樂？南面書城。開卷獨得，閉戶自精。明窗淨几，蔬水曲肱。
>
> 沉沉秋壑，夜半一燈。〔註113〕

避居在深山谷壑中，生活危艱，物質時常匱乏不足，張岱便沉浸在書卷中，以獲得精神上的慰藉，此時他已把寂寞與繁華等同看待，如此才能耐寂寞而不孤絕，處落魄而不失志。〈素甆傳靜夜〉中夜晚所見之景，更烘托了張岱的心境：

> 閉門坐高秋，疏桐見缺月。閒心憐淨几，燈光澹如雪。樵青善煮茗，
>
> 聲不到器缽。茶白如山泉，色與甌無別。諸子寂無言，味香無可說。
>
> 〔註114〕

〔註107〕〈琯朗乞巧錄序〉，《張岱詩文集》，頁412。

〔註108〕〈快園十章〉其七，《張子詩秕》卷一，頁3。

〔註109〕〈自爲墓誌銘〉，《瑯嬛文集》卷五，頁294～295。

〔註110〕〈山居極冷〉其一，《張子詩秕》卷四，頁67。

〔註111〕〈山居極冷〉其二，《張子詩秕》卷四，頁68。

〔註112〕〈和輓歌辭〉其二，《張子詩秕》卷二，頁25。

〔註113〕〈補賀雲菴道兄七十壽詩〉，《張子詩秕》卷二，頁34。

〔註114〕〈素甆傳靜夜〉，《張子詩秕》卷二，頁18。

秋高氣爽的夜裡，張岱見疏桐下露出殘餘的月光，明淨的茶几，慘澹如雪色
的燈光，最適合烹茗煮茶，一夜好月，一杯好茶只能意會不能言傳，沒有多
餘的言談議論，自然「味香無可說」，此時唯有素甆能傳此寂靜之夜。

　　懷著黍離麥秀之悲的張岱，尋訪到昔日車馬喧闐的柳州亭，對照今日遭
罹兵燹後的殘破景象，更是不勝唏噓：

> 今當兵燹之后，半椽不剩，瓦礫齊肩，蓬蒿滿目。李文叔作《洛陽
> 名園記》，謂以名園之興廢，卜洛陽之盛衰，以洛陽之盛衰，卜天下
> 之治亂。誠哉言也！余於甲午年，偶涉於此，故宮離黍，荊棘銅駝，
> 感慨悲傷，幾效桑苧翁之遊苕溪，夜必慟哭而返。〔註115〕

眼前的亭園早已破敗荒廢，張岱不禁想起宋人李格非所記唐宋洛陽名園之興
廢，何嘗不是在繁華過盡後化為一片荊棘。陸羽避安史之亂而南遷，蹟轉更
隱苕溪後便閉門著書，完成了不朽名著《茶經》，張岱當時「但恨石匱書，此
身修不足」〔註116〕，同樣遭逢亂離，同樣懷抱著書之志，面對此景怎能不令
人夜哭慟泣？〈和述酒〉詩中更表達了亡國的沉痛憤惋：

> 空山堆落葉，夜騃聲不聞。攀條踰絕巘，人過荊溠分。行到懸崖下，
> 佇立看飛雲。生前一杯酒，未必到荒墳。中夜常墮淚，伏枕聽司晨。
> 憤惋從中出，意氣不得馴。天宇盡寥闊，誰能容吾身？餘生有幾日，
> 著書敢不勤？胸抱萬古悲，淒涼失所羣。易水聲變徵，斷琴奏南薰。
> 竹簡書日月，石鼓發奇文。王通抱空策，默塞老河汾。灌園南山下，
> 願言解世紛。所之不合宜，自與魚鳥親。若說陶弘景，擬我非其倫。
>
> 〔註117〕

明亡後張岱的許多親友都在這場巨變中殉難，為了完成自己傾力已久的明史
著作，他承受精神和生活的磨難，頑強地視息人世，張岱在甲申之變後，並
未以身殉國，因此苟活的歲月裡，他一直耿耿於懷，雖在許多詩文中一直為
自己解釋，但是卻始終沒有擺脫這種道德上的負罪感，內心也沒有停止對自
身道德上的自訟，所以直到八十一歲時還說自己「忠孝兩虧，仰愧俯怍，聚
鐵成山，鑄一大錯。」〔註118〕欲覓死而不能的道德交戰，令張岱時常徘徊於

〔註115〕　〈柳洲亭〉，《西湖夢尋》卷四，頁58。

〔註116〕　〈和輓歌辭〉其一，《張子詩秕》卷二，頁25。

〔註117〕　〈和述酒〉，《張子詩秕》卷二，頁26。

〔註118〕　張岱：〈蝶庵題像〉，以上論點參見張則桐：〈一往深情——張岱散文情感底蘊
論〉，《浙江大學學報》（社會科學版）第3期，1999年5月，頁151。

生與死之間，索性將生死置之度外，心念本朝，早已身死泉下，所作和陶淵明〈輓歌辭〉詩言：

> 西山月淡淡，剡水風蕭蕭。白衣冠送者，棄我於荒郊。山林甚杳冥，
> 北邙在巋嵬。翳然茂松柏，孝子自攀條。身既死泉下，千歲如一朝。
> 目睹歲月除，中心竟若何？平生不得志，魂亦不歸家。淒淒嵩里曲，
> 何如易水歌？魂兮欲何之？應來廟堨阿。〔註119〕

張岱身陷凶險複雜的政治情勢，處於艱難困頓的物質環境裡，他堅持以人格和氣節自勵不倦，月淡風蕭的杳冥夜裡，張岱內心難以言狀的辛酸和孤獨也更加深沉。前半生豪華奢靡，後半生貧困窘迫，這種反差極大的身世之變也不得不引發張岱對自我價值的思索和疑問，「之人耶有用沒用」〔註120〕的困惑時時橫亙胸間。故在更深沉靜的黑夜裡，張岱往往「鸕鶿供晚酌，雞犬定荒更。夜起披衣坐，開篷對月明。」〔註121〕難以入眠，寒夜裡傳谷的霜鐘，悽愴的雁聲，聽來都格外悲涼：

> 倚枕方凝視，梵鐘遠出林。驅山曾有鐸，傳谷豈無音？大地山河動，
> 空江波浪深。枨枨疑碎筑，杵杵憶殘砧。月黑鴉啼慘，雁過寒氣侵。
> 數聲雲漢外，遼廓許誰尋？〔註122〕

> 雁去長空遠，猶聞悽愴聲。冰霜嚴有信，河漢淡無情。石破驚天逗，
> 桐疏滴瀝明。恍傳邊塞冷，凜冽到殘更。〔註123〕

淒寒孤絕的深夜裡，張岱的心緒澄明無礙，他不得不面對自我價值的思考，卻得不到答案和解脫，他只好把往事看作一場夢，以幻化往事來轉移自己在價值評判時難獲出口的困頓。

張岱在青少年時對琴就十分鍾愛，並與三五好友締結「絲社」，認為若能兼顧紹興琴歌、澗響、松風三者，「自令眾山皆響」，心中常念於此，便能「斜暢風神」，而「雅羨心生於手」。家國滅亡後，他便借鳴琴奏樂表達自身對故國的思念，抒發亡國的悲痛之情：「四壁無所有，淒然張斷琴。每當風雨夜，發此金石音。」〔註124〕在淒風苦雨的飄搖夜裡，張岱內心的苦痛悲慟，唯有

〔註119〕〈和輓歌辭〉其三，《張子詩粃》卷二，頁26。
〔註120〕〈自題小像〉，《瑯嬛文集》卷五，頁329。
〔註121〕〈桐廬〉，《張子詩粃》卷四，頁70。
〔註122〕〈寒夜聞霜鐘〉，《張子詩粃》卷五，頁98。
〔註123〕〈雁聲寒過雨〉，《張子詩粃》卷四，頁78。
〔註124〕〈和貧士〉，《張子詩粃》卷二，頁22。

藉由撫琴以抒懷，透過彈奏來移情排憂。而〈琴亡十章〉又借哭資深，歎知音難覓，表現了其內心世界巨大的孤獨感和無邊的寂寞感。在〈聽太常彈琴和詩十首〉組詩中，張岱把他的這種悲傷與哀痛渲染到了極至：「郵詩今日見，恍在泣弓時。慘澹柴桑句，蒼涼易水絲。夜長夢不破，灰冷氣難吹。江上青峰在，曲終何所之。」〔註125〕

　　張岱盛愛熱鬧慶典，每逢佳節必定大張盛事，如今風雨飄搖，孑然一身，戊午年（1679）的除夕夜晚卻是「歲除無一事，默坐對寒林。劍失空彈鋏，絃殘無斷琴。燒錢餞窮鬼，酹酒蠟文心。撥盡松筠火，口占梁父吟。」〔註126〕臘月除夕裡沒有節慶的氣氛，陪伴張岱的唯剩空鋏斷琴，只能默然對著寒寂的山林，隨口詠唱著〈梁父吟〉，抒發滿腔的蒼涼悲慨。〈梁父吟〉是山東一帶流傳的民謠，內容記述春秋齊國宰相晏嬰以權謀幫助齊景公剷除功高震主的三大功臣，據說三國時諸葛亮（祖籍山東琅琊）也喜好〈梁父吟〉，在躬耕隱居南陽的時期經常吟唱，可能是因為懷鄉的關係，也可能是對政治操作上有所領悟，而發為感歎。張岱處於明清易代之際，明代的滅亡讓他不得不顛沛流離到他鄉避居，清軍對抗清志士趕盡殺絕，更讓他感受到政治的黑暗醜陋。張岱此時吟唱〈梁父吟〉已是垂垂一老，身屆八十二歲，亡國之初那種慷慨悲憤的激昂情緒已被歲月消磨殆盡，然而內心無限的悲涼感慨卻難以泯滅，在此淒風苦雨的寒夜裡更加深刻沉重，唯有藉著〈梁父吟〉的字句吐露，抗懷古人，稍遣悲懷。

第二節　夜遊的型態

　　觀以上張岱作品的探討，廣泛涉及了其中描寫夜晚的相關活動，其中有他自己主觀的參與，有客觀的描寫；有與眾人群聚的場面，有個人私下的行徑；有表現於外的行為活動，有發慮於內的思考心緒，這些皆可視為張岱之夜遊。透過其眼、其身、其心對於夜晚的觀照，反映在詩文中呈現出各式各樣動態、靜觀等夜遊型態，筆者以下分為四段探討：其一、客觀冷靜之遊。觀張岱以什麼樣的姿態，穿梭於晚明這場以燈光煙火、歌聲樂舞堆砌出的熱鬧盛世？其二、社交歡聚樂遊。見張岱以何種方式與朋友交際，構成其社交

〔註125〕〈聽太常彈琴和詩〉其一，《張子詩秕》卷四，頁87。
〔註126〕〈戊午除夕〉，《張子詩秕》卷四，頁95。

內涵？其三、個別任性漫遊。探討張岱不侷限於時間地點，迥絕於世俗常人，隨心所欲的個人遊歷。其四、沉思懷想心遊。觀寧靜沉寂的夜晚如何引發張岱的思緒，觸動其內心深處的感懷？進而以思考的方式構成其夜晚的內心之遊。前三者透過動態的活動表現其行為舉止，後一類則以靜態的思慮運作展示其深層的內心懷想。

一、客觀冷靜之遊

　　張岱在夜晚書寫的篇章中，描繪了眾多群體歡慶的社會活動，〈紹興燈景〉敘述其故鄉紹興在元宵夜無處不燈、無處不棚的盛況，從巷口望向巷內，燈球交錯複疊，鮮妍的燈飾在空中飛揚飄動，景致動人，廟門前鼓吹彈唱，鑼鼓聲錯，到處擠滿湊熱鬧的人潮：「城中婦女，多相率步行，往鬧處看燈；否則大家小戶雜坐門前，吃瓜子糖豆，看往來士女，午夜方散。」〈魯藩烟火〉所描寫的王宮燈事更加令人嘆為觀止，宮殿內到處懸掛著燈光點綴，待天上的烟火一施放，所有的光影交織，閃爍變化，燈中景物盡收為烟火中的景物，又有人造的百變動物，縱橫噴火，以助其勢，放眼望去，「烟焰蔽天，月不得明，露不得下。」這些繁華熱鬧的歡慶場合，在喧鬧的擠雜人群中，始終不見張岱主觀之我，他當然也置身於這場嘉年華會，才能如此巨細靡遺地記錄述說，張岱之所以用一種冷靜的筆調來描寫社會大眾的活動，是為了堅守名士品味，不入流俗，他雖置身於塵世喧囂，但卻不隨俗起哄，始終以沉靜的態度處之，世人隨波逐流式的狂歡，他以超然的精神，冷靜旁觀的筆調，卓然獨立於人聲喧鬧，因此同樣與群眾遊於盛世繁華，然而他所展現的情趣品味卻不同塵俗。

　　張岱畢竟不是凡夫俗子，故虎丘中秋夜傾城出動的地方盛事也難得他的欣賞，他客觀地一一列舉趕赴盛會的「土著流寓、士夫眷屬、女樂聲伎、曲中名妓戲婆、民間少婦好女、崽子孌童及游冶惡少、清客幫閑、傒僮走空之輩」，描寫他們熱烈地參與虎丘曲會的情景，而自己始終像個局外人般觀望著這一切。〈西湖七月半〉中，標舉出五類看月之人，細說他們於月下展露的情狀百態，更創造出「吾輩」的虛擬立場，以無所拘限的觀照視角，冷眼看盡世態人情。張岱所欲傳達讀者的，是他所經歷過的一個盛世，每個人都可以醉夢其間，他亦如是。張岱文字間對於聲色犬馬的記述，即是透過江南城市的夜遊畫面，告訴我們那種場景絲毫沒有王朝將亡的跡象，大家都沉浸在盛

世歡歌之中，為他人生後半所面臨突然斷裂的逸樂，表達出懺悔懊恨之意。

　　夜景與夜生活是城市發展程度的指標，從這一點來看，張岱以描寫型態的冷靜觀遊，見證了江南百姓夜生活的繁華奢靡，以沉著的筆調，描繪出一幅晚明的夜景盛況。紹興燈景「複迭堆垛，鮮妍飄灑，亦足動人」，西湖岸邊「樓船簫鼓，峨冠盛筵，燈火優僎，聲光相亂」，秦淮河岸燈船「如燭龍火蜃，屈曲連蜷，蟠委旋折，水火激射」，金陵報恩塔上「夜必燈，歲費油若干斛」，這些夜景的光亮刺激著群眾遊宴的熱情；另一方面，張岱在鷲峰寺望見「孝陵上黑氣一股，沖入牛斗，百有餘日矣」，流賊猖獗，處處告警，彷彿預示著文明的燈火闌珊。而當他晚年「披髮入山」，至於「瓶粟屢罄，不能舉火」的地步，則不能不說是時代的深層斷裂，令人不勝唏噓。

二、社交歡聚樂遊

　　張岱是個至情至性的風雅文人，身旁結交了一群與他同樣具有各種疵癖的癡絕之士，自言：「人無癖不可與交，以其無深情也；人無疵不可與交，以其無真氣也。」張岱的出身際遇和社交氛圍，造就了他博雅風流、玩世諧謔的名士風度。張岱的社交活動，往往與知心友人遊藝於夜晚時分，其中戲曲活動是個不可或缺的成分，他們藉由戲劇表演互相欣賞品鑑，不斷磋商，提升藝術鑑賞水準；更重要的是，經由與知心好友的歡聚，享受一場藝文饗宴，樂遊於夜幕籠罩、歡笑交織出的美好場面。

　　南曲戲坊是張岱重要的夜晚社交場合，他的友人經常會邀約他一起前往觀劇，張岱在其中交會了各路唱戲的名家好手，他們以串戲為韻事，無不以性命全力為之；張岱在這樣的交際場合裡，面對由衷熱愛的戲曲，自是全神貫注，情緒高漲，令串戲演員膽怯膚慄，其中有侯僮接受過張岱如「過劍門」般的嚴格訓練，所以更加賣力演出，加意串戲，令曲坊中的座客大為詫異。張岱透過此種的夜晚社交活動，和一群跟他聲氣相投的朋友共同聽戲品劇，並與串戲的伶人名妓相互磋商，獲得藝術精神上的滋養與樂遊。

　　張岱也常帶著女妓朱楚生四處遊玩，一日遊到定香橋，竟不期而遇曾波臣、趙純卿、彭天錫等藝文同好友人，當晚便設席留飲，在場的每個人都身懷絕技，先是彭天錫與羅三、楊與民串本腔戲，後朱楚生、陳素芝串調腔戲，會彈弦的彈弦，會唱曲的唱曲，會吹簫的吹簫，陳章侯也隨意地哼唱一曲村落小歌，張岱在旁便取琴彈奏應和。趙純卿無技可獻，在張岱的鼓動之下，便學唐代裴旻

將軍爲吳道子所獻舞劍一回，取來重達三十斤的竹節鞭，盤旋繞舞數十圈，步武古人風采，惹來全場之人放懷大笑。不需隆盛的場面，也無特殊的安排，張岱的夜晚社交活動，只要好友相聚一堂，便可談謔歡笑，盡情享樂。

在特定的節日慶典中，張岱往往只是以冷靜的筆調紀錄民間社會的風俗活動，然而只要偕同自己的友人，即使是廟口空地，也成了他們交遊玩樂的場所。他在嚴助廟的上元祭典時分，帶著一些戲曲同好到場觀遊，然而他們卻反客爲主，吸引了在場的遊人民眾，先是張大來蹴踘踢球，靈活自如地不讓球落地，令圍觀之人呼奇叫絕；後王岑、楊四、徐孟雅、馬小卿粉墨登場，連串四齣戲，妙入筋髓，令人讚嘆激賞不已。

張岱夜晚的社交活動離不開文藝戲曲的薰陶，透過與友人的交際樂遊，充實滿足其心靈與精神上的需求。一方面有志同道合的朋友齊聚一堂，彼此交錯出歡樂逗笑的片段；又有張岱所好的梨園戲曲之事，與會的友人爭相獻藝，便成一場熱鬧豐富的藝文饗宴，即使是默默地在曲坊中觀伶人串戲，他也可從中汲取的藝術精華，豐碩自己的精神生活。張岱便是以此種社交型態的歡聚夜遊，陶冶其藝術品格情操，獲得文化洗滌後心靈層次的提升。

三、個別任性漫遊

張岱遊於夜晚的形態，以個別私下的任性漫遊最能展現其意志活動。當興致一來，便遊無定所，居無定宿，完全不受夜晚所拘限，也無世俗禮教的羈絆，可以隨其個性任意漫遊。所謂「個別」，不是專就參與的人數而言，而須從遊伴的性質而論，若一起同遊的夥伴是出於自由意志而加入夜遊，則屬於社交一類的型態；然由於僕僮優伶是隨張岱的意志而遊，因主人個人的需求不得不隨行，故他們在文章中較無自主的思想行動，隸屬依附於主人，此類張岱攜伶帶僮隨遊的活動，在人數上雖不只一人，筆者仍將其歸屬於個別一類，以區別上段所討論的社交型態。所謂「漫遊」，是指隨意任性，毫無目的而遊，依其性質又可分爲臨時起意，乘興作樂的暢遊，以及毫無目的，無所歸止的漫遊兩類。

張岱以其獨立的思想與自由的心靈，遊於人們休憩的夜晚時分，往往有突發奇想的行爲舉動，出乎常人意料。他對於月亮有一種獨殊的鍾情，夜空下灑布的月光總能帶給他內心無比的歡愉驚喜，故當張岱乘舟經過金山寺，就被嘆天皎潔的夜色所吸引，隨即帶領著小僕下舟入寺，在大殿中點燃燈火，

令小傒大張鑼鼓，搬演韓蘄王金山及長江大戰諸劇，驚起全寺之人都起來觀看，這齣夜半演戲的鬧劇到了天快亮才結束，讓人摸不著頭緒，不知張岱一行人「是人、是怪、是鬼」。除了月亮之外，黑夜裡的白雪也格外令張岱著迷，他不惜在人聲、鳥聲俱絕的冰天雪地裡，拏舟前往湖心亭看雪，以其特立獨行的舉動，背離「杭人遊湖，巳出酉歸，避月如仇」的常俗習性，標舉出他超絕清孤的不凡情趣。即使在萬山載雪的寒凍氣候中，張岱依然要拉著自家的傒僮伶人，登上覆雪三尺的龍山，縱然舉杯喝酒也難以敵寒，傒伶們的聲音更因寒冷而不得唱曲，然而張岱卻是行之無悔，樂此不疲，為自己興之所之，任性漫遊的行跡活動沾沾自喜，洋洋得意。

　　張岱個人私下的夜遊不只隨氣候情景而起興行之，實質上，這樣的活動已構成他夜晚生活的例行常態，即使無特殊的外在環境，夜本身即能感召鼓動張岱的遊心興致，沒有目的，亦無歸止地暢遊大地。張岱曾讀書於山艇子，每天夜晚，他會乘著預留的小舟，隨著河道，在夜色中任意漂流，看岸邊流逝的景觀，忘懷得失，自己也在朦朧中臥舟睡去，與自然融為一體。當住在于園時，張岱常趁著夜晚寧靜之際，登金山寺遠眺，或放舟於焦山，此時他已隔絕了塵寰，遠離了市廛，進入無人之境。夏夜晚風吹拂之中，龍山磨盤岡下的雷殿便是張岱避暑的好處所，果核小茱即為佳餚，登臺乘涼就是享受，夏天的夜晚，他便經常在這樣悠閒的月色裡度過。張岱的夜遊不必事先規劃，也無目的想望，只為沐浴在夜色之下，獲得心靈的洗滌，藉由此種任性暢意的夜遊型態，以抒發其心靈意志，展現其性格情趣。

四、沉思懷想心遊

　　張岱的夜遊型態突出表現在他特別獨異的動態行跡，在民間社會的風俗盛事，朋友歡聚的社交場合，或罕見人跡的清幽之地，都可見張岱披著夜色，自由穿梭的身影。然而除了這些表現於外的動態行為，張岱發慮於內的思考活動也相當可觀，這些資料呈現了華麗熱鬧背後，張岱不受外物影響的澄澈心靈，尤其在明亡破滅之後，張岱夜晚的思慮活動更加蓬勃發展，在每個不得成眠的夜裡運作不休，往事太過美好，實際卻已不可企及，白天迫使他必須面對逃亡流離的現況，唯有灰濛夜色的掩蔽，暫時忘卻殘酷的現實，藉由懷想遙思的心遊型態，度過每個漫漫長夜，以傾吐內心的鬱悶，使其生命所遭罹的沉重苦痛得到解脫的出口。

　　明代亡國後，張岱的許多親友都在這場巨變中殉難，摯友祁彪佳在抗清失敗後，以激烈的棄世方式選擇投水而死；畫家陳洪綬也消極遁世而剃度為僧。在天翻地覆之際，張岱選擇超越殉國和出家之上，傾力完成明史著作的撰寫，身負重責大任，夜裡往往難以成眠，心緒思慮不斷運轉，只好「夜起披衣坐，開篷對月明」，在黑夜裡自我砥礪：「中夜常墮淚，伏枕聽司晨。憤悗從中出，意氣不得馴。天宇盡寥闊，誰能容吾身？餘生有幾日，著書敢不勤？」在月黑風高，鴉啼雁過的夜裡，不禁沉思感嘆天地遼闊，竟無自身容處之地，不勝悲涼。

　　明亡後十年，石匱書完成，彼時責任完結，張岱卻也不再談論生死之事，承受精神和生活的磨難，頑強地視息人世。之後的三十多年，他以回憶的方式不斷重遊於舊日的美好時光，自言：「余生不辰，闊別西湖二十八載，然西湖無日不入吾夢中，而夢中之西湖，實未嘗一日別余也。」《夢憶》與《夢尋》便是透過他懷想心遊型態，重覽舊夢，遙思過往「移枕簟就亭中臥月」、「多在湖船作寓，夜夜見湖上之月」的前事，由衷讚嘆：「西湖眞江南錦繡之地，入其中者，目厭綺麗，耳厭笙歌，欲尋深谿盤谷，可以避世如桃源菊水者，當以西谿為最。」藉由沉思的懷想心遊形式，在艱困的環境磨難中，獲得暫時的心靈慰藉。

　　張岱遊於夜晚的形態，除了從冷靜的觀察角度，來呈現置身繁華之外的超絕孤立，並以積極投入社交的歡聚樂遊，來充實自身的藝術精神內涵，更透過個別任性隨意的漫遊行徑，標舉出不同流俗，超群獨異的意志情趣，而他內心世界的思慮活動，則表現在其沉思的懷想心遊中。這些動態靜態、群聚獨遊的不同形式，構成張岱夜遊的豐富內涵，一方面呈現了晚明社會風俗情態的夜晚情境，同時也展示了張岱夜晚生涯的多重層面。

附錄：張岱夜遊詩文表格化整理

活　　動			相關篇章	型　　態
張岱文章所反映的	節慶的夜晚盛事	元宵燈事	《夢憶》卷二〈魯藩烟火〉	客觀冷靜之遊
			《夢憶》卷四〈世美堂燈〉	客觀冷靜之遊
			《夢憶》卷六〈紹興燈景〉	客觀冷靜之遊
			《夢憶》卷八〈龍山放燈〉	客觀冷靜之遊
		中秋慶賞	《夢憶》卷五〈虎丘中秋夜〉	客觀冷靜之遊
			《夢憶》卷七〈閏中秋〉	個別任性漫遊
			《夢憶》卷七〈西湖七月半〉	客觀冷靜之遊

夜晚現象	民常的夜晚活動	曲會	《夢憶》卷四〈嚴助廟〉	客觀冷靜之遊
			《夢憶》卷七〈冰山記〉	客觀冷靜之遊
			《夢憶》卷六〈目蓮戲〉	客觀冷靜之遊
		說書	《夢憶》卷五〈柳敬亭說書〉	客觀冷靜之遊
		朝廟進香	《文集》卷二〈海志〉	客觀冷靜之遊
			《文集》卷二〈岱志〉	客觀冷靜之遊
		狎妓	《夢憶》卷四〈秦淮河房〉	客觀冷靜之遊
			《夢憶》卷四〈二十四橋風月〉	客觀冷靜之遊
			《夢憶》卷四〈泰安州客店〉	客觀冷靜之遊
	偶見的夜晚現象	海戰	《文集》卷二〈海志〉	個別任性漫遊
			《夢憶》卷七〈定海水操〉	個別任性漫遊
張岱個人親歷的夜晚活動		戴月興遊	《夢憶》卷一〈金山夜戲〉	個別任性漫遊
			《夢憶》卷二〈焦山〉	個別任性漫遊
			《夢憶》卷三〈湖心亭看雪〉	個別任性漫遊
			《夢憶》卷三〈陳章侯〉	個別任性漫遊
			《夢憶》卷七〈龐公池〉	個別任性漫遊
			《夢憶》卷五〈爐峯月〉	個別任性漫遊
			《夢憶》卷七〈龍山雪〉	個別任性漫遊
			《夢憶》卷五〈范長白〉	個別任性漫遊
			《夢憶》卷七〈雷殿〉	個別任性漫遊
			《夢尋》卷二〈冷泉亭〉	個別任性漫遊
			《夢尋》卷五〈西谿〉	個別任性漫遊
		遠遊夜行	《文集》卷二〈海志〉	個別任性漫遊
			《文集》卷二〈岱志〉	個別任性漫遊
		攬夜聽曲	《夢憶》卷一〈金山夜戲〉	個別任性漫遊
			《夢憶》卷四〈不繫園〉	社交歡聚樂遊
			《夢憶》卷七〈過劍門〉	社交歡聚樂遊
			《夢憶》補〈魯王〉	社交歡聚樂遊

		《詩粃》卷二〈素甆傳靜夜〉	沉思懷想心遊
夜讀靜思		《詩粃》卷二〈楓落吳江冷〉	沉思懷想心遊
		《詩粃》卷二〈和貧士〉其一	沉思懷想心遊
		《詩粃》卷二〈和貧士〉其三	沉思懷想心遊
		《詩粃》卷二〈和述酒〉	沉思懷想心遊
		《詩粃》卷二〈和輓歌辭〉其二	沉思懷想心遊
		《詩粃》卷二〈和輓歌辭〉其三	沉思懷想心遊
		《詩粃》卷二〈雨洗中秋月倍明〉	沉思懷想心遊
		《詩粃》卷四〈山中冬月〉	沉思懷想心遊
		《詩粃》卷四〈山居極冷〉其一	沉思懷想心遊
		《詩粃》卷四〈山居極冷〉其二	沉思懷想心遊
		《詩粃》卷四〈桐廬〉	沉思懷想心遊
		《詩粃》卷四〈雁聲寒過雨〉	沉思懷想心遊
		《詩粃》卷四〈庚戌十月十二夜〉	沉思懷想心遊
		《詩粃》卷四〈戊午除夕〉	沉思懷想心遊
		《詩粃》卷五〈寒夜聞霜鐘〉	沉思懷想心遊
		《文集》〈丁亥中秋寓項里作念奴嬌〉	沉思懷想心遊

※張岱夜遊活動篇章統計：《陶庵夢憶》27 篇，《西湖夢尋》2 篇，《瑯嬛文集》3 篇，《張子詩粃》16 篇，共 48 篇。

第四章　張岱夜晚書寫的文學特色

　　張岱處於明清易代的鼎革之際，前半生繁華靡麗的生活經歷中，他廣涉了晚明文化的豐富層面，並博採綜納各家特點，鎔鑄成個人獨特的審美意識及創作理念；後半生窮困潦倒的遺民生涯裡，他遭罹現實生活的磨練與砥礪，使其生命沉澱得更爲凝重深厚，對於前塵往事的繫念與人事滄桑後的豁達，令其筆下亦顯精練，風神綽約，往往寥寥幾句，意在言外，令人有一唱三嘆之致，故祁豸佳在〈西湖夢尋序〉中謂其「筆具化工」〔註1〕。張岱的筆墨在歲月淬礪下兼具了酈道元之博奧、劉同人之生辣、袁中郎之倩麗和王季重之詼諧，可說總結了晚明小品，一方面避免了公安派的輕浮和竟陵派的幽峭，另一方面又自成風格，形成獨特「空靈晶映」的境界〔註2〕，而此在張岱夜晚書寫的眾多篇章中，表現得尤爲突出。

第一節　觀物設色

　　一個文人對事物的觀照角度會影響到其所創作的作品，所謂「橫看成嶺側成峰」就是這個道理，而作品是否能超群絕倫，關鍵便落在創作佈局時的構思想像，南朝齊蕭子顯（字景陽，487～537）謂：「屬文之道，事出於神思，感召無象，變化不窮。」〔註3〕創作源於思考想像，想像若能無邊無際，創作自然

〔註1〕　祁豸佳：〈西湖夢尋序〉，《西湖夢尋》，頁3。
〔註2〕　祁豸佳謂張岱「筆具化工」，並論其自有一種「空靈晶映之氣，尋其筆墨又一無所有」。
〔註3〕　（南朝齊）蕭子顯：《南齊書・列傳・文學》（北京：中華書局，1972年）卷52，頁907。

能變化不盡。南朝梁劉勰（字彥和，465～？）亦認為作家感於物而動，是由於「流連於萬象之際，沉吟於視聽之區」〔註4〕，所以才能作無所拘限的聯想，他所說的「文之思也，其神遠矣」〔註5〕，就是指在凝神之時，思可接千載，視可通萬里，唯有達到這樣的廣度，所觀所想的才不會限制於事物的表面，而能巨細靡遺，深入仔細地視察，進而透過心性的觀照，開展出不同的視野境界。詩文中的設色也很重要，蘇軾稱讚王維「詩中有畫，畫中有詩」，所指的便是王維詩中自然清淡的設色敷彩，創造出一種含蓄、悠遠、純淨的境界，達到詩以入畫的高超藝術。而詩文中的色調也可以是憑作者主觀運作的，就像是鼓勵兒童繪畫，通常要他們突破僵化制式的印象，頭髮不必一定為黑色，皮膚也可變化為他色，任其想像力自由發揮。張岱自由的心靈沒有任何束縛與禁錮，得以無垠無涯地凝神騁遊，書寫出眾多迥異於白天景象的夜晚風貌，在描寫夜晚景致時，又以其獨特的觀物視角和豐富的神思想像，編織出奇幻靈動的特殊夜景。

一、空明的皓月

在中國古典文學裡，月亮的意象被廣泛地運用於文人的作品，尤其是詩詞創作上。月亮客觀的美感特質吸引了文人的審美目光，從外形看，月圓給人的視覺印象是美滿、豐盈，月缺則有柔美、迴旋之感；在光色上，月亮呈現清新淡雅，明亮但不刺眼，有著含蓄的光芒。故古人喜用月亮去闡發暗示某種人生哲理，讓自我超出塵世情感的藩籬，象徵更廣闊、更深邃生命境界的昇華。唐代詩人李白以月為友，借月亮排解孤獨寂寞的情懷，〈把酒問月〉謂「今人不見古時月，今月曾經照古人。古人今人若流水，共看明月皆如此」〔註6〕，〈月下獨酌〉謂「花間一壺酒，獨酌無相親。舉杯邀明月，對影成三人」〔註7〕，皆敘述月亮對自我生命的安慰，只要有明月相伴，便可忘卻塵世的一切，人生就如同藍天一樣遼闊、月亮一樣永恆。王維則以月為景，借月亮烘托清靜和諧的氛圍，〈鳥鳴澗〉謂「人閑桂花落，夜靜春山空。月出驚山鳥，時鳴春澗中」〔註8〕，〈山居秋暝〉謂「空山新雨後，天氣晚來秋。明月

〔註4〕 劉勰：《文心雕龍・物色》，范文瀾註：《文心雕龍註》（北京：人民文學出版社，1958年），頁693。

〔註5〕 劉勰：《文心雕龍・神思》，頁493。

〔註6〕 李白：〈把酒問月〉，《李太白詩集》（台灣：中華書局，1978年）卷20，頁12。

〔註7〕 李白：〈月下獨酌〉，《李太白詩集》卷23，頁3。

〔註8〕 王維：〈鳥鳴澗〉，《王右丞集注》（台灣：中華書局，1984年）卷6，頁11。

松間照，清泉石上流」〔註9〕，一切都透著一種遠離塵囂的平靜、和諧與自然，月光下的詩人，忘卻了塵世的煩惱，掙脫了精神的羈絆，進入了物我兩忘的境界，與永恆的宇宙萬物融為一體。張岱的夜晚書寫也多觀照到天上的月亮，然而不同於唐代詩人們藉由塑造月亮意象，以寄託主觀的個人情志，張岱詩文中的月，多以旁觀冷靜的角度作為點綴，往往一篇之中只有寥寥幾筆帶過，然在其諸多篇章中卻屢屢出現，扮演著不可或缺的客觀存在。觀歷代的散文作品，似乎沒有一個作家像張岱一樣如此專注於月，並以大量月景點綴的篇章來回應自身這份好月之情。

　　對張岱來說，「夜月空明，何遜朝花綽約」〔註10〕，伴著空明月色的夜晚，比朝陽下的綽約花景更能吸引他，張岱是個任情率真的性情中人，他對於喜好的事物無不一往深情以待，「恨不得法錦包裹，傳之不朽」，然而「天上一夜好月，與得火候一杯好茶」這些都是「祇可供一刻受用」〔註11〕，轉瞬即逝、無法長久珍藏的，故張岱每每趁著有月的夜晚及時行樂，在文章中觀照各個夜晚的月景、月色、月意，成為其夜晚觀物的特殊視角。這些篇章皆由「月」引領出全文的主旨，或戴月而遊，或攬月而樂，導引出張岱夜晚書寫的多元面貌，繪構出一篇篇月夜之事、月夜風情。

　　月在張岱的詩文中更具有著點綴映襯的作用。同樣的月光照映下，「夏月浴罷」的秦淮河畔是「兩岸水樓中，茉莉風起動兒女香甚。女客團扇輕紈，緩鬢傾髻，軟媚著人」〔註12〕，香軟濃豔的妓女圍坐露台，撩動人心，月下愈顯艷麗嫵媚；然而廣陵二十四橋「燈前月下」妓女卻是「夜分不得不去，悄然暗摸如鬼，見老鴇，受餓、受笞，俱不可知矣」〔註13〕，月色掩映的曲房密戶裡，「站關」雜處的妓女顯得更加淒涼悲切。「月」在張岱文章中是一個客觀的存在，他卻用不同的筆法描寫烘托出兩樣的風情，秦淮河畔的香軟濃豔，對比二十四橋的悲涼悽楚，在月下都可一覽無遺。

　　八月十五中秋夜，月亮是眾所注目的焦點，張岱在〈虎丘中秋夜〉中也刻意描寫了隨著時間遞嬗，而呈現不同風貌的夜景。中秋曲會開場時，「鼓吹百十處，大吹大擂，十番鐃鈸，漁陽摻撾，動地翻天，雷轟鼎沸，呼叫不聞。」

〔註9〕　王維：〈山居秋暝〉，《王右丞集注》卷7，頁7。
〔註10〕　〈明聖二湖〉，《西湖夢尋》卷一，頁1。
〔註11〕　〈彭天錫串戲〉，《陶庵夢憶》卷六，頁52。
〔註12〕　〈秦淮河房〉，《陶庵夢憶》卷四，頁31。
〔註13〕　〈二十四橋風月〉，《陶庵夢憶》卷四，頁35。

此時「天暝月上」，天色漸暗，月亮冉冉上升，人們被雷轟鼎沸的鼓吹樂聲所吸引，自然沒人注意到天上的明月；待到三鼓深更，「人皆寂闃，不雜蚊虻」，人群散去，大地平靜下來，顯得「月孤氣肅」〔註14〕，無人欣賞的明月看來特別地淒清孤寂。唯有〈西湖七月半〉中那些「邀月同坐」，「看月而人不見其看月之態，亦不作意看月者」，才是真正懂得賞月的風雅之人，他們等到湊熱鬧的人群離去後才真正現身，此時「月如鏡新磨」，彷彿為知己者綻放光芒，他們相與宴飲共樂，直到東方將白，天上呈現「月色蒼涼」〔註15〕，才逐漸散去。張岱在〈龐公池〉文中言其每逢月夜，夜夜乘船出遊，時時臥舟中看月，令小僕在船頭唱曲，醉夢相雜的張岱，耳邊的曲聲漸行漸遠，朦朧睡眼裡望見的「月亦漸淡」〔註16〕，此時張岱的身心已達到物我兩忘的嗒然境界，彷彿置身於一切世事之外，「月」看來自然顯得縹緲淡遠。天上的月，因觀物者主觀心境的投射，呈現不同風貌，而有姿態容貌上的轉變。有時人不觀月，反到像是月來觀人，視野由天上之月的角度照見，如此想像，突破了人類觀物的有限視角，而能收覽地上人物，巨細靡遺。

　　明代亡國後一無所有的張岱，每逢中秋佳節，令他朝思暮想的還是天上空明的皓月：

> 蓄意賞中秋，舉頭望明月。乃值雨滂沱，籌燈閉門臬。匡牀但假眠，
> 意冷夢不熱。倏爾到三更，月光淨於刷。冰鑑得重磨，閃爍聞列缺。
> 濯魄於冰壺，清暉更皎潔。點綴無微雲，立身甚孤子。如逢高隱人，
> 冷面寂如鐵。冰氣雜秋聲，逼人起凜冽。對之敬畏生，敢以佐麴糱？
> 呼童爇禊泉，洗盞瀹蘭雪。氣味適相投，月與茶同歠。〔註17〕

張岱蓄意「舉頭望明月」，卻因下雨而不得見，他的內心落寞失意，輾轉難以入眠，到了三更半夜忽然露出月光，呈現「月光淨於刷。冰鑑得重磨，閃爍聞缺列。濯魄於冰壺，清暉更皎潔」的夜景，此時清輝皎潔的月光，就如同他烏雲密佈後放晴的心境，刷淨了內心的陰霾，故他看到的月亮就分外地明耀皓亮。張岱本不善於飲酒，此時謂因敬畏月光故不敢造次飲酒，與李白「舉杯邀明月，對影成三人」的情調形成對比，與蘇軾「明月幾時有，把酒問青

〔註14〕　〈虎丘中秋夜〉，《陶庵夢憶》卷五，頁47。
〔註15〕　〈西湖七月半〉，《陶庵夢憶》卷七，頁63。
〔註16〕　〈龐公池〉，《陶庵夢憶》卷七，頁66。
〔註17〕　〈雨洗中秋月倍明〉，《張子詩粃》卷二，頁39。原文作「冰鑑得重磨，閃爍聞『缺列』」，宜作「列缺」，以合於韻。

天」〔註18〕的豪氣自不相同，他換成用茶，以茶來佐月，然而夜茶容易睡不著，張岱值此中秋之夜，月色依舊，人事已非，自是輾轉難眠，於是他索性不眠，伴月而歠茶，此等情懷與詩人對月飲酒，頹然以睡的瀟灑姿態自不可同日而語。張岱筆下描寫的「月」投射入自身觀照的視角，而有孤寂、蒼涼、淡遠、清暉、皎潔等多種韻味，故同樣的一輪明月，張岱看來卻有不同的風采容貌，足見其對「月」所投注的深刻情感。

二、「白色」的夜晚

　　張岱觀照夜晚景緻喜好以「月」來點綴引領出全文，他筆下書寫的夜景更經常與月光交織出空靈晶映的白色基調，顛覆人們對夜的想像，成為他夜晚書寫異於常人的特殊呈現。張岱筆下白色的夜晚突出表現在〈湖心亭看雪〉〔註19〕一文：

> 崇禎五年十二月，余住西湖。大雪三日，湖中人鳥聲俱絕。是日更定矣，余挐一小舟，擁毳衣爐火，獨往湖心亭看雪。霧淞沆碭，天與雲、與山、與水，上下一白，湖上影子，惟長堤一痕、湖心亭一點、與余舟一芥、舟中人兩三粒而已。

夜晚當是闃黑難明，但湖心亭卻是「霧淞沆碭，天與雲、與山、與水，上下一白」白茫茫一片，更清晰可見「湖上影子，惟長堤一痕，湖心亭一點，與余舟一芥，舟中人兩三粒」等湖景，呈現出渾白明亮的夜晚色調。這主要涉及到杭州西湖特殊的地域氣候型態，經張岱筆墨的點染自然展現截然不同的風貌。湖心亭位於杭州西湖的中央，張岱在《西湖夢尋》中描寫湖心亭的夜景言：「夜月登此，闃寂淒涼，如入鮫宮海藏，月光晶沁，水氣漾之，人稀地僻，不可久留。」湖心亭的月夜由於湖面上「水氣漾之」，雲蒸霧湧，白氣瀰漫，月光透射入湖上霧氣，便如「鮫宮海藏」蒼茫一片，若再碰上下雪之夜，

〔註18〕 蘇軾：〈水調歌頭〉，《東坡樂府》，收錄於《叢書集成續編》（臺北：新文豐，1989 年）卷一，頁 22。

〔註19〕 〈湖心亭看雪〉中「更定」一詞向來有幾種不同的說法，故張岱前往湖心亭看雪的時間歷來並無論定，或云清晨看雪，或說夜晚往觀。筆者發表〈白色的夜晚──張岱湖心亭看雪時間考〉，根據張岱其他詩文中的「更定」用法，釐定出「更定」之詞所指當為初更剛定時刻，約為晚上七點至九點，故在此將〈湖心亭看雪〉納入夜晚書寫的篇章作討論。發表於《有鳳初鳴年刊》第五期，2009 年 5 月，頁 267～278。

霧滴碰到在零度以下的樹枝等物時，再次凝結成白色鬆散的冰晶，望去的巍峨山林自然染成雪白。

月光使得夜晚亮了起來，張岱〈山中冬月〉中歌詠冬月，亦言：

> 冬山原凜冽，月意自孤清。鏃鏃團冰氣，稜稜儲雪情。溪寒流水咽，
> 霜重樹枝明。草動疑藏虎，宿鳥屢自驚。[註20]

山中的冬天原本就極為凜冽，此時的月色更加孤清，冰氣鏃擁團集著，厚雪嚴寒逼人，溪水因寒凍結而不得暢流，霜霧遇寒凝結成冰晶掛在樹枝上，這些露淞覆蓋在樹枝，月光透照下便顯得晶白明亮，縱為夜晚，亦呈現蒼茫渾白的色調。

張岱筆下獨殊的夜景，除了因為氣候上霜多霧重，瀰漫大地，張岱靈動奇異的描摹手法也使夜晚呈現出晶沁透白的風貌。觀〈金山夜戲〉中對於夜的描寫：

> 崇禎二年中秋後一日，余道鎮江往兗。日晡，至北固，艤舟江口。
> 月光倒囊入水，江濤吞吐，露氣吸之，噀天為白。余大驚喜，移舟
> 過金山寺，已二鼓矣。經龍王堂，入大殿，皆漆靜。林下漏月光，
> 疏疏如殘雪。[註21]

月光好像倒囊灑落湖面，被江濤吞吐，瀰漫的露氣吸附月光「噀天為白」，「噀」本義為含在口中而噴出，在此用來摹景，使得靜止的白露，彷彿靈動地噴染整個天空為晶白。在〈禊泉〉中同樣出現：「秋月霜空，噀天為白。」[註22]可見張岱慣常將月光和霜露的夜晚，交織成一幅「噀天為白」，滿天噴灑白霧的濛瀧景象。〈龍山雪〉所敘：「萬山載雪，明月薄之，月不能光，雪皆呆白。」[註23]萬山載雪的夜晚，即使月光微薄，月下的覆雪自然呈現呆白之色。月下霜空已是蒼茫晶白一片，即使「月不能光」，雪猶自映呆白。

夜晚的光線不足，當是漆黑莫辨，然而張岱筆下的夜，在月光照映下卻顯得清晰明亮。〈爐峰月〉謂：

> 是日，月政望，日沒月出，山中草木都發光怪，悄然生恐。月白路
> 明，相與策杖而下。[註24]

〔註20〕〈山中冬月〉，《張子詩粃》，卷四，頁 67。
〔註21〕〈金山夜戲〉，《陶庵夢憶》，卷一，頁 4。
〔註22〕〈禊泉〉，《陶庵夢憶》，卷三，頁 21。
〔註23〕〈龍山雪〉，《陶庵夢憶》，卷七，頁 65。
〔註24〕〈爐峰月〉，《陶庵夢憶》，卷五，頁 44。

張岱一行人登爐峰絕頂候月，日沒月出，照耀山中的草木都發光怪，雖無其他照明設備輔助，月白路自明，張岱等人得以在深山內相與策杖而下。月在張岱的詩文中有著重要的作用，照耀整個黑夜，〈快園十章〉其三：

> 皦皦山月，以園起止。載升載沉，若出其裏。星漢燦爛，若在其底。
> 水白沙明，魚蝦夜起。〔註25〕

皎潔的月光灑落湖面，彷彿星銀一般燦爛晶沁，此時「水白沙明」，整座快園閃耀著奇異的光芒，熠熠動人。〈釱兒許造伊小划船，徜徉千巖萬壑之間，爲老人終焉之計，先以志喜〉詩其一：

> 幸生巖壑地，寸寸是名園。傍樹方收纜，逢山必對門。水明不得夜，
> 障列即爲垣。到處皆堪宿，鄉城不必論。〔註26〕

乘小船徜徉在此千巖萬壑之間，到處都成名園似的，傍樹艤舟，開門見山，有時湖水晶亮，夜不得眠，便列張屏障將船圍起來。如此乘著這艘船，張岱可以到處行走信宿，湖水晶沁，照耀夜空明亮，雖說是「水明不得夜」，影響船上作息，然其呈現晶亮的風貌卻是一致的。張岱詩文中描寫的夜是如此空靈晶映，月白，路明，水明，沙亦明，超乎了常人對夜晚的制式印象。

張岱以其不同的觀物角度塑造出噀白奇特的夜景，豐富的想像力更使他如天馬行空般馳騁於月夜星空之下，即使身陷家國飄零的困境，思緒卻依然靈敏活躍。順治四年（1647），張岱已經五十一歲，寄居在項王里，適逢中秋佳節，他回憶起當年的虎丘盛會，作〈念奴嬌〉詞以記之：

> 雨餘乍霽，見重雲堆垛，天無罅隙。一陣風來光透處，露出半空鷿
> 翮。涼洌無翳，玲瓏晶沁，人在玻璃國。空明如水，堦前藻荇歷歷。
> 歎我家國飄流，水萍山鳥，到處皆成客。對影婆娑回首問，何夕可
> 方今夕。想起當年，虎丘勝會，真足銷魂魄，生公臺上，幾聲冰裂
> 危石。〔註27〕

由於雨餘乍霽，一陣風吹開堆垛的重雲，透出一處光芒，顯得涼洌無翳，此時中秋的月亮分外明亮皎潔，張岱沐浴在月光灑布的夜空之下，宛如「人在玻璃國，空明如水，堦前藻荇歷歷」，張岱筆下描摹的這個月夜不僅晶白，更像是置

〔註25〕　〈快園十章〉其三，《張子詩秕》卷一，頁2。
〔註26〕　〈釱兒許造伊小划船，徜徉千巖萬壑之間，爲老人終焉之計，先以志喜〉，卷四，頁75。
〔註27〕　〈念奴嬌〉，《瑯嬛文集》卷六，頁388。

身在「玲瓏晶沁」的清澈水裡，空明澄淨，堦前藻荇清晰歷歷可見，如此夜晚自是不同凡響，唯有豐沛不受拘束的想像思慮，才能造出此情此景了。

第二節　取材特色

晚明時期的知識份子眼見朝廷日趨腐敗，政局迅速惡化，又無力扭轉乾坤，憂心忡忡之際，孕育出一股要求人性自覺的思想潮流和生活態度，於是遊覽山水，流連藝文，或賞玩器物，成為晚明文人追求心靈舒暢愉悅的重要寄情項目，而有公安以來「獨抒性靈，不拘格套」的小品創作。然而，這類取材於日常內容的作品，到了後期不免流於淺率俚俗之弊。張岱在這些貼近生活的題材中翻新出奇，有意識地汲取夜晚的素材，作大量的書寫創作，呈現了與眾不同的審美品格。張岱這類夜晚書寫的作品，可區分為群眾夜間的風俗呈現，與山水夜遊的情趣描寫，在社會風俗的記敘中有張岱主觀的雅趣流露，由此衍生出其關懷視野的雅俗兼顧，作品內涵情境的雅俗並存，從其夜晚書寫的取材特色展現了人生經驗與生活品味的擴大。

一、群眾夜間的風俗呈現

張岱生長於江南，早年經常活動於蘇州、杭州、揚州等繁華的大都市，他欣賞江南美景，結交各式人物，享受市井生活，故其創作取材也傾向民俗風情的描寫。他生平「極好繁華」，喜歡華燈、煙火、梨園、鼓吹，對於晚明興盛的夜晚娛樂活動情有獨鍾，在其筆下展示了元宵張燈、中秋賞月等各種社會民俗場面，充滿濃郁的市井生活氣息。他又「好華燈」，對於燈事的取材描寫尤為豐富，有元宵燈會、龍山燈會、紹興燈會、世美堂藏燈等，張岱都盛大鋪張了人聲鼎沸、萬頭攢動的場面，大肆渲染了熱鬧喧騰的氛圍。

張岱又好寫節慶樂事與城市光景，而喜歡以聲光效果來鋪墊喧鬧繁盛的場面。〈虎丘中秋夜〉以樂聲貫串在眾人活動的中秋夜：「鼓吹百十處，大吹大擂，十番鐃鈸，漁陽摻撾，動地翻天，雷轟鼎沸，呼叫不聞」；「鼓鐃漸歇，絲管繁興，雜以歌唱，皆『錦帆開澄湖萬頃』同場大曲，蹲踏和鑼絲竹肉聲，不辨拍煞。」〔註28〕先是動地翻天的鼓吹鐃鈸大作，再來有絲竹管弦，雜以同場唱和，不描寫人潮，而以繁興的鼓吹樂聲烘托出場面之壯盛。〈秦淮河房〉

〔註28〕〈虎丘中秋夜〉，《陶庵夢憶》卷五，頁47。

中刻畫繁盛的光景，著墨於畫船簫鼓：「船如燭龍火蜃，屈曲連蜷，蟠委旋折，水火激射。舟中鐵鈸星鐃，讌歌弦管，騰騰如沸。」〔註29〕連綴的燈船與河水交攝出一片光燦明耀之景，舟中的鐃鈸伴著讌歌弦管，喧騰熱鬧，場面如沸。

與張岱同時期的李流芳（1575～1629），作〈遊虎丘小記〉，同樣著墨於虎丘之夜，卻呈現不同的風貌。對於遊人傾城而往，填山沸林的中秋景況，他以為：「遂使丘壑化為酒場，穢雜可恨。」此等熱鬧繁盛的城市光景是難以獲得李流芳欣賞的，他所傾好的是清雅閑靜之景：

> 予初十日到郡，連夜遊虎丘。月色甚美，遊人尚稀，風亭月榭，間以紅粉笙歌一兩隊點綴，亦復不惡。然終不若山空人靜，獨往會心。嘗秋夜與弱生坐釣月磯，昏黑無往來，時聞風鐸，及佛燈隱現林杪而已。又今年春中，與無際姪偕訪仲和於此。夜半月出無人，相與趺坐石臺，不復飲酒，亦不復談，以靜意對之，覺悠然欲與清景俱往也。〔註30〕

李流芳刻意避開遊者尤盛的中秋夜晚，獨鍾於山空人靜的虎山，而不願有一絲一毫人聲樂音的干擾，以此孤高的靜意與世俗的庸擾作了明顯的區隔，這是中國傳統文人一脈相傳的情志與基調。對照之下，張岱對於繁華盛事與熱鬧景象的由衷喜好，並將之形諸筆墨，大力渲染，這在以清高相尚的歷史文人中尤屬特別。

從這些夜晚盛大場面的描寫，我們看到的是張岱對明末繁華熱烈風俗盛況的高度禮讚，其中有對昔日繁華生活的回顧與追憶，又是晚明那一特定時代經濟文化生活的精彩記錄，處處洋溢著對繁華世俗生活的欣賞熱愛之情。然而張岱畢竟非一般市井俗人，他在社會風俗的描寫中，往往流露出一種孤芳自賞的情懷。〈西湖七月半〉刻畫了五類西湖看月之人，前四種庸俗之輩並非真正看月，他們顯然與張岱個人的趣味格格不入；到了最後人潮散盡，作為審美理想的「吾輩」才登場，還與「向之淺斟低唱者」互通聲氣。〈閏中秋〉則仿虎丘故事再造盛事，引來「擁觀者千人」的壯大場面，然而在熱鬧喧騰落幕後，最後仍歸於「白雲冉冉起腳下，前山俱失，香爐、鵝鼻、天柱諸峰，

〔註29〕　〈秦淮河房〉，《陶庵夢憶》卷四，頁31。
〔註30〕　李流芳：〈遊虎丘小記〉，引自《晚明小品選注》（臺北：臺灣商務印書館，1969年）卷五，頁146～147。

僅露髻尖而已」的畫面，呈現出繁華落盡後孑然一身的清新之感。這意味著張岱對其自身情性品味與世俗異趣的自覺意識，表面上記錄地方風俗民情，實際上卻是神遙旨永，筆墨間處處蘊含作者的主觀趣味，流露出個人雅俗兼具的情性懷抱。故浮現在讀者面前的，不只是一個見證歷史與文化生活的紀錄者，而是一個在日常生活中，既愛世俗的繁華，又喜山水的清幽，既愛看人潮，又喜觀月色的文人情態。

胡益民在〈張岱的藝術範疇論〉中言：

> 張岱對「化俗為雅」更為重視，因為在他看來，通常所謂「俗」並不是俗，而是人的審美偏見，其實「大俗」往往是因觀者智慧的含蘊未發，若出以真「智、慧」，在相當多的情況下，大俗即為大雅。
>
> 《夢憶》就明確指出若一味苦心「求雅」，肆意堆垛，就往往「反而落俗」。〔註31〕

在此意義下，張岱所鋪敘出繁華熱烈的夜晚場面，即展現了其「化俗為雅」的審美意識，這種審美標準具有相當程度的平民化傾向，故張岱雖好混跡市井，喜愛繁華熱鬧，卻能從這些市民的題材中體會出高雅的情趣，雖入俗卻不苟於流俗，在俗中見雅，這就使他所描寫群眾夜間的盛大場面，不僅僅是民間社會風俗的呈現，更兼具有豐富的文化藝術內涵。

二、山水夜遊的情趣描寫

張岱自言：「余少愛嬉遊，名山恣探討」〔註32〕，他的山水情結除了對自然的讚頌與歌詠，更多了對故國的眷戀和懷想，早年縱遊山水的回憶成為他創作的題材，借由文字書寫神遊於夢中水鄉，徜徉於山水湖海之中，表達出對自然山水複雜獨特的情感投射。夏咸淳在〈明人山水趣尚〉中說：

> 中國士大夫對山水有著特殊的情好，這種文化心理積澱，可稱之為「山水情結」。明代文人特別是明代中後期的倜儻之士，對山水更是一往情深，以至嗜水成性，愛山如命，「以性靈游，以軀命游」。其山水情思在傳統文化心理積澱中又注入新的因子，添上新的色彩，顯得格外絢麗奇特。〔註33〕

〔註31〕 胡益民：〈張岱的藝術範疇論〉，《殷都學刊》第2期，2000年，頁73。

〔註32〕 〈大石佛院〉詩，《西湖夢尋‧大佛頭》附詩，卷一，頁9。

〔註33〕 夏咸淳：〈明人山水趣尚〉，《學術月刊》第4期，1997年4月，頁43。

張岱正是「以性靈游，以軀命游」，並且以其絢麗奇特的獨殊遊徑，標誌著對中國傳統士大夫山水情結的積澱、延續與創發。張岱這份山水情趣往往與夜晚作聯結，好於月夜泛舟遊湖，或上山登臺，又多臨時興起，率性而為，以孤高的情志與閒雅的品味展現出不同的特色。

　　公安派的袁中道（1570～1623）亦是「嗜水成性，愛山如命」的代表，在其著作《珂雪齋集》中多山水遊記之作，往往跨日而遊，然而大多日出而發，日落即歸宿。〈南歸日記〉記：「日已暮，不暇遊」〔註34〕，〈再遊花源記〉記：「度已暮，不可久留，循故路下」〔註35〕，大都難敵夜色，日暮即尋找休憩之處。即便月亮出來，也難以引起作者的遊興，〈東遊記〉記二十五言：「月色冷冷，歸飲臥」〔註36〕，〈三遊洞記〉記：「月已上，水石汩汩，猿聲逾多，慘然不可久住。乃覓故路以達於舟。」〔註37〕即使不得已而夜行，也是匆促而尋避所：

> 以暑夜行，月色如畫。行至荒野，草色無際，月益白。有黑雲從後起，上薄月。從者曰：「疾雷猛雨至矣！去堡尚遠，無可避者，當奈何？」急策馬，雷聲從馬首落，電光鑠人目睛。時以月為命，度雲之不至月者僅丈許。正憂悸，忽有聲自西北來，激怒哽咽。郵卒曰：「此胡笳也，去堡近矣！」頃之至堡，月隱，雨如傾。明日霽，見道旁田作者，宛似江南。〔註38〕

夜在袁中道筆下成了山水之遊的中斷與阻礙，黑雲、薄月，加上猛雨，使得中道的夜遊充滿憂悸與懼怖，與張岱夜遊閒然自適，任性暢意的情懷相悖。而觀張岱不避猛虎上爐峰候月的行徑，與不惜犯崇朝頂的舉止，說他是「以性靈游，以軀命游」實當之無愧。

　　在描寫眾人群聚的夜晚時，張岱往往以一個旁觀冷靜的角度來呈現社會風俗的熱鬧場景，如〈秦淮河房〉、〈泰安州客店〉、〈紹興燈景〉、〈虎丘中秋夜〉等地方民情習俗的描寫中，張岱皆以客觀的立場敘述表現之，唯有在獨遊興感的取材中，才可見其活潑自由的心靈躍動，才是其真正的情好所鍾，

〔註34〕袁中道：〈南歸日記〉，《珂雪齋集》（上海：上海古籍出版社，1989年）卷十四，頁601。

〔註35〕袁中道：〈再遊花源記〉，《珂雪齋集》卷十六，頁670。

〔註36〕袁中道：〈東遊記二十五〉，《珂雪齋集》卷十三，頁588。

〔註37〕袁中道：〈三遊洞記〉，《珂雪齋集》卷十二，頁545。

〔註38〕袁中道：〈塞遊記〉，《珂雪齋集》卷十二，頁529。

而有張岱主觀之「我」的心境立場，呈現出幽獨孤寂的情趣。所謂的「獨」，並不是行徑上的獨遊，而是情感上的幽獨，觀〈湖心亭看雪〉，由「舟中人兩三粒」看來，張岱的舟上並非只有他一人，他卻說「獨往湖心亭看雪」，這是由於未遇到湖心亭的兩位雅士之前，這份冰天雪地裡的夜遊雅興只能一人獨享，舟子或僮僕僅是聽命行事，無法分享主人隆冬賞雪的高雅情趣，因此在張岱心中，無異是「獨往湖心亭看雪」，儘管沒有直接在文中抒情，但他對西湖雪景的描繪，已呈現了獨有的欣賞情趣，文末舟子的喃喃之語就點出了張岱「癡」的情懷，舟子不理解的行為正是他深情真意的表現，懷有對各種美的探索體驗之求，在寧靜幽深的情境中，追求富有藝術意味的精神體驗。

在〈龐公池〉中，更是情趣盎然。張岱讀書於山艇子，早已留小舟於池中，以便隨心所欲趁夜出遊，其遊往往有傒伶僮僕作伴：「臥舟中看月，小傒船頭唱曲，醉夢相雜，聲聲漸遠，月亦漸淡，嗒然睡去。」此時人已融入舟中，舟已溶入水中、月中；最後，「舟子回船到岸，篙啄丁丁，促起就寢。此時胸中浩浩落落，並無芥蒂，一枕黑甜，高春始起，不曉世間何物謂之憂愁。」〔註39〕舟中的張岱，已同天地萬物共浮沉，他看到的其實是一段空間化的時間之流，沒有等級秩序，唯有定格而能夠凝視的美。人在舟中，已然從庸俗的日常經驗中抽離出來，對自我與世界都有了嶄新的體驗，在自然陶冶中獲得超悟，在靜觀山水中體驗、觀照個體生命的意義，得到幽深清遠的審美感受。

張岱借住于園期間，更常登金山寺遠眺，置身於山林水澗，忘懷塵囂，而有「山無人雜，靜若太古。回首瓜州，烟火城中，真如隔世」的感懷。其他如〈爐峰月〉記敘貪遊好奇，與友人登爐峰待月，不避猛虎；〈雷殿〉則寫六月夏夜偕同友人攜果餚，坐臺上乘涼避暑；〈龍山雪〉記寒冬厚雪裡登龍山，攜家伶唱曲，後浴雪而歸。這些都可見張岱之夜遊，無不親山水而遊，得山水而樂，往往出其不意，隨興而出，文字中著意表達的是陶醉於美景的喜悅心情和徜徉於山水的悠閒情趣，在寂靜的夜晚裡，更顯得張岱澄明清澈的心靈，萬物皆睡，唯有張岱獨醒，他自由活躍於山水自然之中，在寧靜中體味清景的獨絕之美，甚或聯想到更深沉的人生況味，故張岱這類山水興遊的作品能呈現出豐富的層次境界。

這類描寫夜遊山水的小品文，時代稍晚的邵長蘅（1637～1704）也有同類

〔註39〕〈龐公池〉，《陶庵夢憶》卷七，頁66。

之作,〈夜遊孤山記〉敘述邵長蘅爲夜景所吸引,於是乘坐小艇,渡孤山而遊:

> 七夕後五日,雨過微涼,環湖峰巒,皆空翠如新沐;望明月上東南最
> 高峰,與波溶漾;湖碧天青,萬象澄澈。余遊興躍然。偕學士呼小艇,
> 度孤山麓,從一奚童,發放鶴亭,徘徊林處士墓下。已捨艇,取徑沮
> 洳間,至望湖亭;憑檻四眺,則湖圓如鏡,兩高、南屏諸峰,迴合如
> 大環。蓋適距湖山之中,於月光尤勝,亭廢。今爲龍王祠。〔註40〕

邵長蘅記敘其遊之始末,對於夜景的描摹不多,而著重於憑欄遠眺之所見,
而作爲一客觀的寫照。不像張岱在經過夜的洗禮後,有深刻的主觀體悟,不
但感受到清景的獨絕之美,更觀照到個體生命的意義,得到幽深清遠的審美
感受。故張岱山水夜遊的內涵自然更加深厚與豐富。

張岱夜晚書寫的題材,不但鋪敘出社會風俗的熱鬧場景,在其山水夜遊的
作品裡,則呈現孤高清遠的審美情趣,他比盛世中的任何人都還要享受繁華中
的種種樂事,在夜闌獨靜時,他卻又超悟地宛若出世絕俗之人。他以高雅的視
野去描繪社會俗事,以幽獨的心境進出城市與山林,故雖混跡市井卻不庸俗,
好遊山水而不絕俗,其散文表現出的特色,不僅在於「獨抒性靈,不拘格套」,
增添書寫上的抒情意味,更在於由此衍生出其關懷視野的雅俗兼顧,作品內涵
情境的雅俗並存,體現了文人士子人生經驗與生活品味的擴大延伸。

第三節　表現手法

張岱有深厚的才學爲底蘊,又融匯特殊的經歷爲神采,以詩爲文,善於
選擇切入生活的最佳角度,營造飄逸雋永的詩韻,在清淡的筆致中,深藏滄
海桑田之慨、國破家亡之痛,以靈動奇幻的夜景描摹、戲劇手法的夜境創造,
標誌其夜晚書寫特殊的藝術表現手法,形成一種體制省淨、言近旨遠的文學
風格,充滿深婉的韻外之致。

一、靈動奇幻的夜景描摹

張岱的詩文絕大部分完成於明代亡國後的隱逸時期,借由前塵往事的記
敘來回憶故國家鄉,追悼已逝的繁華盛景。他說:「余猶山中人歸自海上,盛
稱海錯之美,鄉人競來共舐其眼。嗟嗟!金齏瑤柱,過舌即空,則舐眼亦何

〔註40〕邵長蘅:〈夜遊孤山記〉,青門全集《青門旅稿》卷四。

救其饞哉！」〔註41〕他極欲將所遊歷的美好事物，所閱覽的良辰美景「法錦包裹，傳之不朽」，無奈這些美好的經歷「過舌即空」，即使舐眼也難解其饞，張岱唯有靠者精湛生動的筆觸，歷歷重現其如夢一般的前塵往事。就如同劉暉吉以奇情幻想構造出光怪陸離的月宮仙境；張岱也以靈動奇幻的描寫摹景，渲染出絢爛耀眼的奇異境界。

張岱對夜晚的描寫，往往利用月光來照亮漆黑的大地，點染出迷濛的光感。〈金山夜戲〉中描寫道：「月光倒囊入水，江濤吞吐，露氣吸之，噀天爲白。」月光傾囊倒在江面上，任江濤吞吐著，露氣吸附之，再噴灑整個天空爲白茫一片，頓時照亮了漆靜的夜景，他用「倒」、「噀」等動詞來摹景，月的光芒是由天空「倒」下，爲江濤霜露吞吐吸附，再由下而上「噀」染整座天空，這樣的描寫使得靜止的畫面靈動活躍起來。〈閏中秋〉描寫夜半之景：「月光潑地如水，人在月中，濯濯如新出浴。夜半，白雲冉冉起腳下，前山俱失，香爐、鵝鼻、天柱諸峰，僅露髻尖而已，米家山雪景仿佛見之。」月光由天上潑灑下來，月下的人們清朗明淨，好像剛剛洗好澡一般。到了夜半，白雲緩緩從山腳下飄起，擋住了眼前的香爐、鵝鼻、天柱等山林，僅露出頂端山峰，好像見到一幅米家山雪景畫。這裡的月光由無形化作有形的水，形象化地「潑」灑落地，人好像沐浴在月光之中；被白雲遮蔽而微露頂峰的諸山，張岱以「髻尖」來作形容，顯得活潑而貼切，此時冉冉靜置的山景，美得像一幅山水畫一樣，令人醉心。〈清泉沁月〉詞中的夜景描摹更加靈活生動：

> 月與清泉居處角，何事幽人，忽與泉通著，聞道江聲精草格，江聲
> 不與書同作。
>
> 說向庸人徒嘯噱，汲水傾來，那見連金魄，試想吳剛將月琢，月華
> 片片成飛瀑。〔註42〕

在這首詞中，清澈的泉水與沁透的明月相映成輝，當清泉之水傾來瀉下時，便不見金魄滿月之光燦；月上伐木的吳剛，琢削的其實是月亮的光影，他將月華片片削琢而下，落入人間宛如飛瀑流瀉。張岱以高超的藝術手法，將清泉譬之沁月，沁月化作清泉，兩者並存相通，故汲水傾來，便不見金魄，月光灑落人間，就如同清泉飛瀑奔瀉而下。張岱以吳剛增添了神話的色彩，並做了奇異的轉化，使得伐木的吳剛成了琢月的使者，月光傾灑的意象就更爲

〔註41〕《西湖夢尋序》，頁7。
〔註42〕〈清泉沁月〉，《瑯嬛文集》卷六，頁383。

生動了。張岱的夜晚書寫，「月」是摹景的一個重點要角，他運用豐沛的文采，致力於將月光作形象化的描刻，不僅是從天「倒囊」而來；更如水一般地「潑地」，沐浴人們；甚至化爲吳剛所琢，如飛瀑之奔瀉，塡溢人間。

　　張岱描摹的盈月固然圓滿美好，然而枝葉掩翳的林下月光，更有一種殘缺的美感，〈金山夜戲〉所寫：「林下漏月光，疏疏如殘雪」，〈十錦塘〉所寫：「枝葉扶蘇，漏下月光，碎如殘雪」〔註43〕，用「漏」這個動詞精確地刻畫出掩映的光影，月光在枝葉的遮蔽下，不能盡情潑灑，而是在樹枝的縫隙中「漏」下光芒，投射到林下自然或遮或露，時隱時現，而掩映其間的疏疏光線，張岱則以未融殆盡的「殘雪」來作譬喻，貼切而生動。在他所吟詠的〈西湖十景〉中「斷橋殘雪」自有其美：「高柳蔭長堤，疏疏漏殘月。躞蹀步鬆沙，恍疑是踏雪。」斷橋長堤邊有柳樹蔭蔽，疏疏「漏」下殘餘的月光；人們步行於鬆沙上，恍然以爲是「踏」在雪上。動詞在摹景時俱有畫龍點睛的作用，能夠化靜物爲動態之景，張岱每每以精確貼切的動詞點化文句，創造出優美的場景意境。

　　張岱書寫夜晚也時常將「月」與其他自然景物作聯結，相互交輝爲奇觀景致。〈龍山雪〉言：「萬山載雪，明月薄之，月不能光，雪皆呆白。」雪覆萬山的奇偉景觀，在微薄的月光照映下，呈現出不夠晶亮，而顯呆白的雪色。〈西谿〉中描寫的景致，更是蔚爲奇觀：「其地有秋雪庵，一片蘆花，明月映之，白如積雪，大是奇景。」〔註44〕滿山遍野開滿了蘆花，在明月的照耀下，晶白如同積雪一樣，映入眼簾的一大片雪白，觀之令人驚豔讚嘆。竹影與月態同爲孤高風雅之人所愛，張岱作〈竹月〉二首吟詠之：

　　　竹月不藉月，月得竹而青。月態乃委竹，一風與之爭。竹本無他意，
　　　孤疎風所生。

　　　竹月原不屬，光乃居其間。竹無取研意，月光覺更閒。秋空恆澹澹，
　　　水氣相往還。〔註45〕

林間的竹子隨風搖曳，甚有清高孤絕之意；林下的月光空明晶沁，自露淡遠孤渺之感，月態委竹，兩者相映成輝，故「月得竹而青」，此時「秋空恆澹澹，水氣相往還」，秋夜霜空下，水氣瀜之，更顯得景色之蕩漾渺茫。〈春江花月夜〉繪入了花姿人影，更添嬌柔嫵媚：

〔註43〕　〈十錦塘〉，《西湖夢尋》卷三，頁37。

〔註44〕　〈西谿〉，《西湖夢尋》卷五，頁78。

〔註45〕　〈竹月〉二首，《張子詩秕》卷二，頁19。

> 江月澹無情，落落不相入。花意亦孤行，水光為之吸。美人怯月明，
> 舉步自羞澀。無處覓桐陰，悄然對月立。江氣渰翳之，花客恆帶濕。
> 〔註46〕

明月清高地掛在天上，江水冷淡地流蕩於大地，大地上的花兒孤意獨行，月下的美人嬌羞地走著，找不到遮蔽的樹蔭，只能悄然地對著月兒佇立，江邊的水氣渰翳，久立的人影也沾濕了衣帶。此詩以江月之無情、花意之孤行來襯托美人之羞怯，「無處覓桐陰，俏然對月立」的美人因之更顯嬌羞堪憐，予人無限綺靡之感。這是張岱詩中少見的婉約情思懷想，彌足珍貴。

　　除了月態的描摹，雪景也是張岱描寫的重點。〈范長白〉文中主人言小園的雪景，引以為世上偉觀：「山石嶔崎，銀濤蹴起，掀翻五泄，搗碎龍湫。」園林中的山石險峻，白雪覆蓋，就如同銀白的波濤激揚蹴起，好像浙江諸暨縣的五泄瀑布，與浙江雁蕩山的瀑布龍湫翻飛跳動的水花。張岱僅用寥寥幾字，就勾勒出如此澎湃巍峨的奇偉雪觀，足見其筆力之精鍊。

　　他所用來譬喻的事物也非一般尋常所聞，夜月登上闃寂淒涼的湖心亭，比之「如入鮫宮海藏」〔註47〕，由於此地水氣渰翳，地僻人稀，張岱便以鮫人所住的海底龍宮來比喻之。山月皦皦的快園，「水白沙明，魚蝦夜起」，就像「星漢燦爛」〔註48〕，有如銀河一般閃耀動人。形容龍山放燈，無處不燈的勝景，則言：「山下望如星河倒注，浴浴熊熊。又如隋煬帝夜游，傾數斛螢火於山谷間，團結方開，倚草附木迷迷不去者。」既像銀河倒注，熠熠燃滿山谷，又像隋煬帝夜游，以囊螢之光點亮整座山頭。〈西湖七月半〉待到更深人靜，「月如鏡新磨，山復整妝，湖復頮面」，月亮好像新磨的鏡子，光滑明亮，山像是重新整治妝容，湖面更像洗過臉一般澄淨。孤村千萬簇的漁火，則更勝於微螢之光，〈孤村漁火〉云：

> 何必微螢量數斛，遇夜嬉游，囊火燃山谷，怎比漁燈千萬簇，星星
> 炤出田疇綠。
>
> 疑是天河成反覆，徧野疏星，連住招搖宿，此際神槎乘博陸，支機
> 石冷空杼柚。〔註49〕

〔註46〕　〈春江花月夜〉，《張子詩秕》卷二，頁38。
〔註47〕　〈湖心亭〉，《西湖夢尋》卷三，頁53。
〔註48〕　〈快園十章〉其三，《張子詩秕》卷一，頁2。
〔註49〕　〈孤村漁火〉，《瑯嬛文集》卷六，頁387。

炤灼的漁燈照耀整個田疇，令人不禁懷疑是天河翻覆倒注於村落，遍野都閃爍著星光，如此夜景在張岱的譬喻描摹下，讀之便足令人傾心炫目，想像無窮。

　　張岱在〈定海水操〉中對於夜戰的描摹尤奇：

> 水操尤奇在夜戰，旌旗干櫓皆挂一小鐙，青布幕之，畫角一聲，萬
> 蠟齊舉，火光映射，影又倍之。招寶山憑檻俯視，如烹斗煮星，釜
> 湯正沸。火礮轟裂，如風雨晦冥中電光翕焱，使人不敢正視；又如
> 雷斧斷崖石，下墜不測之淵，觀者褫魄。〔註50〕

水上的海戰「火光映射」，張岱登招寶山憑檻俯視，海水因火勢而沸騰延燒，猶如「烹斗煮星，釜湯正沸」；火光轟裂，好像風雨晦冥時閃電交加，使人不敢正視；又如同打雷擊中斷崖之石，下墜無盡深淵，讓人看了驚心動魄。張岱用了一連串的譬喻，深切地把海上夜戰描寫得激昂褫魄，令人有如歷其境的驚悚感受。

二、戲劇手法的夜境創造

　　張岱的興趣與喜好十分廣泛，頗具審美情趣，他喜歡遊山玩水，深諳園林佈置之法，既懂音樂，又會彈琴製曲，且善於喝茶品茗，茶藝相當深厚，喜歡收藏，鑑賞水準很高，又精通戲曲，編導評論都要求至善至美。正是因爲他熱愛生活、多方涉獵的人生態度，使他的散文成就卓越非凡，富有更深沉的藝術涵養。張則桐在〈試論戲曲藝術對張岱散文的影響〉中言：

> 張岱精通戲曲藝術，他自覺地把戲曲藝術的觀念和表現手法融會在
> 散文之中，主要表現爲戲劇觀照的文化視角、戲曲藝術手法的運用
> 和鮮明的節奏感。張岱開拓了散文的表達空間和表現手法，創造了
> 一種具有豐富的文化意蘊和藝術情韻的散文體式。〔註51〕

他認爲張岱在散文中融匯了戲曲藝術的觀念，並把戲曲的藝術表現手法運用到散文的創作上，使其散文具有豐富的藝術情韻。

　　虞長孺爲袁宏道《解脫集》所作序文曰：「大地，一梨園也，曰生，曰旦，曰外，曰末，曰丑，曰淨。」〔註52〕無疑是把人生作爲一個舞臺，每一個角

〔註50〕　〈定海水操〉，《陶庵夢憶》卷七，頁68～69。
〔註51〕　張則桐：〈試論戲曲藝術對張岱散文的影響〉，《藝術百家》第5期，2004年，
　　　　　頁86。
〔註52〕　施蟄存編：《晚明二十家小品》（台北：新文豐出版有限公司，1977年）頁55。

色都必須在臺上用藝術去表演，張岱慣常以嬉笑的態度將他的人生敷演爲一齣齣的滑稽戲，他自身便以觀戲的超然角度，去看待戲臺上的喜怒哀樂，戲罷人散，一切生活的悲歡浮沉如夢如戲一場，如此才能爲人生的苦難找到出口，獲得解脫。這種把人生於世的行動看作舞臺演戲的觀照視角，運用在散文創作上，便是把自然風光作爲天然舞台，芸芸眾生即爲戲劇裡的主角，他們活動於其間，搬演著一幕幕社會風情劇，觀張岱夜晚書寫的篇章，無論在情境的構思佈局上，或是人事的勾勒刻畫中，舞臺意識都以一種潛藏的方式存在於其散文創構中。

　　然而，戲劇手法在散文敘事上的發揮，則須有更精確的定義與更具體的呈顯，才能眞正論定爲戲劇手法的運用。首先，戲劇與散文在文學形式的表現上，最大的不同在於「代言體」與「敘事體」的差異，戲劇以代言的方式代人設辭，假托他人的身份、心理、口吻、語氣來創作構思，表面上是編劇者代劇中主角發言，實質上也投射了編劇者內心的情感與想望，此與敘事描寫爲主的散文表現形式有異。張岱在〈西湖七月半〉一文中，巧妙地做了轉換與融合，根據黃明理〈精魅觀點——論〈西湖七月半〉的敘述主體〉〔註53〕主張，此文的敘述主題，不直接是作者張岱，張岱是站在所設定觀看者的角度，用代擬之筆來描寫西湖中秋夜，所代擬的即爲那些長年住在西湖的山靈水仙、木精花魅，以及在此留下韻事、與湖相契的風流人物的舊魂魄，張岱轉換了自身角色觀點，加入他們，共稱爲「吾輩」，以代其發聲。〈西湖七月半〉以西湖看月爲關目，將場景座落在湖光月色之下，形形色色的遊客在這個舞臺上搬演了一場富有文化意味的風俗劇，而這樣市井尋常的戲碼要如何引人注目，關鍵便在角色觀點的遞換，張岱說：「西湖七月半，一無可看，止可看看七月半之人。」他以共時性的空間轉移，將看月之人分爲五類依次登場，不僅細緻入微地觀察遊湖的諸色人等，還以敏銳的感受去捕捉他們微妙的心理，在湖舫、服飾、娛樂方式等各方面無不講究。第一類上場的達官貴侯，乘坐華麗的樓船，船上還有優傒相伴，簫鼓聲光錯雜；第二類是名門閨秀，這類的大戶人家出門便有僮僕伺候，她們環坐露臺，左顧右盼，引人欽羨；第三類是名妓閒僧，他們伴著絲竹管弦，悠閒地低聲唱和；第四類是市井俗人，他們衣衫不整，酒醉飯飽便呼朋引伴，躋入人群，張岱用「嘄呼嘈雜，裝假醉，唱無腔曲，月亦看，看月者亦看，不看月者亦看，而實無一看

〔註53〕詳見於黃明理：〈精魅觀點——論〈西湖七月半〉的敘述主題〉。

者，看之」塑造出他們的神態特徵，使其成為舞臺上插科打諢的丑角，充滿
了滑稽調侃的意味；第五類人暫且隱匿在樹下裏湖，令人不見其看月之態，
他們置身於鬧哄哄的遊湖人潮中，卻退隱在一個寧靜清雅的世界，前面佈局
的那些雜亂喧嘩的景象，使得後面這一群真正懂得欣賞生活情趣的人顯得突
出脫俗。二鼓以後，俗客散盡，才真正切入重頭戲，文章後半部份以時間延
歷為線索，運用戲曲舞臺背景來烘托環境，借由「吾輩」所見「月如鏡新磨，
山復整妝，湖復頹面」山光水色的變化來營造氛圍，使得先前的熱鬧喧填與
之後的清涼雅致形成鮮明的對比。待到二鼓人散，張岱一行人才以「吾輩」
的角色登場，並且與其他西湖看月之人有顯明的隔閡與差異，他們遠遠觀看
著社交應酬的官員士紳、附庸風雅的名娃閨秀、尋歡作樂的高調文人、叫囂
歡樂的寒儉士子，和隱匿僻處的閑靜之士，是以「吾輩」的觀察視角開展出
西湖看月的五類之人，如此無所不在地看盡廣佈各處的遊客，且洞悉各類遊
客的一舉一動，可說突破了觀察視角的有限性，並且有意與中秋夜偶臨的群
眾區隔開來，以代替長年住在西湖的舊魂魄發聲，他們是西湖的主人，冷靜
客觀地敘述遊客賞月的百態，而不同於各色好名爭出的杭人，他們可以年復
一年地觀看此中秋盛會而不厭，更可以無所不在地以一種隱藏的觀看視角，
窺視西湖各式人等的神情與活動，又彷彿令人察覺不出其存在；待到人群散
去，東方將白，他們甚至就縱舟花叢，酣睡於十里荷花清香之中。此種轉換
敘述主體的「代言」形式在張岱的〈西湖七月半〉中發揮得淋漓盡致。

　　張岱散文中影像的移動與場景的轉換所運用的亦是戲劇中的運鏡手法。
〈湖心亭看雪〉一文中，西湖的山光水色搭成一座大舞台，鏡頭首先聚焦於
張岱「挐一小舟，擁毳衣爐火」的近景，人物動作清晰可見，隨即鏡頭拉遠、
拉長，張岱以倩女離魂式的運鏡，超脫出自身角色之外，遠照整個大場景，
但觀「天與雲、與山、與水，上下一白。湖上影子，惟長堤一痕，湖心亭一
點，與余舟一芥，舟中人兩三粒而已。」天與雲、與山、與水交織出一幅蒼
茫晶白的夜幕，張岱自身也成了長鏡頭之下的兩三粒人影之一。又〈金山夜
戲〉描寫張岱一行人夜半過金山寺，鑼鼓喧闐地大唱韓蘄王金山及長江大戰
諸劇，舞臺上張岱是這齣「金山夜戲」的主角，然而角色觀點隨即一轉，張
岱又以編導的立場，運用現代電影手法給了臺下看戲的老僧一個特寫鏡頭：
「老僧以手背搣眼翳，翕然張口，呵欠與笑嚏俱至，徐定睛，視為何許人，
以何事何時至，皆不敢問。」老僧以手背拍打眼翳，目瞪口呆的表情神態在

特寫鏡頭下細膩呈現，甚至連呵欠噴嚏的小動作也能突出表現在視野之中。此種散文中戲劇運鏡手法的操作，使得全文的佈局不但能廣泛照見全景，更能細微特寫局部，突破了散文敘事描寫的有限視角。

〈虎丘中秋夜〉重視的則是隨著時間流轉而更迭變換的場景，文章開頭簡潔地交代了人物、地點，不過作為一個鋪墊的楔子，故平實無奇，而無大肆渲染，及至寫到「天暝月上」，鼓聲大作之時，始有彩繪，一齣好戲才剛剛啟幕，張岱以時間的推移來呈現層次的轉換，每一層次都有精細的刻畫，表現的場景各不相同。「天暝月上」之際，鼓吹鐃鈸動天翻地，鼎沸登場；「更定」之時，鼓鐃聲歇，繁弦急管之聲繁興，眾人更同場大曲，熱鬧非凡；「更深」之時，人潮逐漸散去，士紳全家都下船嬉戲，人們鋪氈席地而坐，競相徵歌獻技，曲會大作；「二鼓」人靜，全無管弦之聲，唯有洞簫的旋律，聽來哀婉幽澀，清空綿緲，剩下的三、四個人更迭地唱著曲；「三鼓」之時，「一夫登場」的壓軸戲，把歌者的高超記憶，聽者的全神貫注，描繪得栩栩如生，淋漓盡致，此時沒有簫也沒有拍奏，歌者的聲音像絲一樣出現，如裂石穿雲，其間的抑揚頓挫，每個字都讓人刻骨銘心。張岱用文字來描寫虎丘中秋夜的情景，使這場氣勢浩蕩的曲會有畫面、有聲音地呈現在舞臺上，宛如看了一場層次鮮明，聲色兼備，場面壯觀的戲曲。在〈虎丘中秋夜〉中，戲臺上不見張岱的身影，他抽離出來觀看這一切，他是戲臺下的觀眾，聽曲之人，以此角度刻畫其反應：「聽者尋入鍼芥，心血為枯，不敢擊節，惟有點頭。」描寫出聽曲者為歌聲撼動心血的深刻感受。

張岱的描寫技巧，在晚明作家中堪稱首屈一指，他以戲劇觀照的全面視角和戲曲藝術表現手法的運用，使得靜態的文字描述，躍然成為動態的聲光畫面。同樣描寫虎丘曲會，袁宏道的〈虎丘〉與張岱〈虎丘中秋夜〉內容基本相同，卻有不同的呈現，夏咸淳評兩者文章言：「袁文輕快流麗，主觀色彩較濃，誇飾之處頗多。張文真切細實，刻畫微若毫髮，絲絲入扣。」〔註54〕觀兩篇文章對遊人之盛的描寫：

> 凡月之夜，花之晨，雪之夕，遊人往來，紛錯如織，而中秋為尤勝。
> 每至是日，傾城闔戶，連臂而至。衣冠士女，下迨蔀屋，莫不靚粧
> 麗服，重茵累席，置酒交衢間，從千人石上至山門，櫛比如鱗，檀
> 板丘積，樽罍雲瀉。遠而望之，如雁落平沙，霞鋪江上；雷輥電霍，

〔註54〕夏咸淳：《明末奇才：張岱論》（上海：上海社會科學出版社，1989年）頁214。

無得而狀。〔註55〕（袁文）

虎邱八月半，土著流寓、士夫眷屬、女樂聲伎、曲中名妓戲婆、民間
少婦好女、崽子孌童及游冶惡少、清客幫閑、傒僮走空之輩，無不鱗
集。自生公臺、千人石、鶴澗、劍池、申文定祠，下至試劍石、一二
山門，皆鋪氈席地坐。登高望之，如雁落平沙，霞鋪江上。〔註56〕
（張文）

袁宏道詞藻華麗，語多誇飾，感情奔放，寫出虎丘中秋色彩繽紛的圖景，渲
染了此夜繁鬧歡騰的氣氛。張岱只是平實寫來，交代了各色人等，又點出遊
人所佔據的各個地點，不過作為戲前的楔子，無須大肆渲染，戲劇貴平凡眞
實，務求客觀符實的呈現，過分的華麗誇飾，反而失實不眞，張文沒有多餘
的藻飾，句句都落在實處。又描寫「一夫登場」的高潮時：

一夫登場，四座屏息，音若細髮，響徹雲際，每度一字，幾盡一刻，
飛鳥爲之徘徊，壯士聽而下淚矣。（袁文）

一夫登場，高坐石上，不簫不拍，聲出如絲，裂石穿雲，串度抑揚，
一字一刻，聽者尋入鍼芥，心血爲枯，不敢擊節，惟有點頭。（張文）

張岱添加了「高坐石上」，爲袁文所無，他以這樣的動作畫面，來點出歌者的
地位，引起觀眾的注目。兩人都以側面烘托歌聲的感染力，袁文以豪壯的譬
喻言之：「飛鳥爲之徘徊，壯士聽而下淚矣」，意象壯遠，但稍嫌空泛；張岱
則屛除一切大而無當、虛張聲勢的話，力求用精鍊的筆墨，準確眞切地勾畫
出事物的情狀，他擺脫華而不實的譬喻，而是從聽眾的視角，細緻去刻畫聽
者爲歌聲所震撼的心理活動和動作神態。可說張岱從畫面、動作，以至於人
物的心理狀態去做全面而眞實的呈現，矯正了袁宏道等人草率散漫的弊病，
而且充分運用表現手法，把小品創作提升到一個新的高度，進入縝密、深細、
精美的藝術境界，達到了小品文的極至。

世俗性是中國戲曲的主流品格，與市井文化有著相依並存的關係，張岱
以審美的藝術眼光來觀賞晚明社會的民俗活動，並將這些市井生活內容繪入
其散文創作中，從這一角度來看，無疑是將戲曲世俗性的主流品格帶到散文
的內涵中，使得尋常一般的社會風俗成爲文人的寫作題材，明代後期以來的

〔註55〕 袁宏道：〈虎丘〉，《袁中郎遊記》，收錄於《袁中郎全集》（臺北：世界書局，
　　　　 1978 年）頁 1。
〔註56〕 〈虎丘中秋夜〉，《陶庵夢憶》卷五，頁 46〜47。

小品文創作多已走入市井民間，張岱不能說是創舉，然而他卻以高度的審美品味與藝術手法，將民間風俗文化提煉為饒富情趣又韻味無窮的文字，達到晚明小品的最高成就。

第四節 藝術風格

張岱是晚明個性色彩十分鮮明的作家，他鍾情於徐渭，並承公安、竟陵等學派，汲取了各家之長，又融國破家亡的歷史滄桑感於一體，形成自己空靈冷雋又堅實渾厚的藝術風格。他在生活本身提供的素材裡，汲取了諸多夜晚活動的成分，創作出種種奇妙的景象，使他的文章自有一種「空靈之氣」，只可意會而難以言傳，他將「一肚皮不平之氣」和「書史、山水、機械」等揉合在一起，形成了獨特的藝術風格，看似平淡，實則有絢爛作底，所謂「陽羨口中，吐奇不盡；邯鄲枕裡，變幻無窮。」〔註57〕夜晚尋常一般的情、景、物，經張岱筆墨的點染，便能體現平淡之中的新奇，故黃裳稱其為「絕代散文家」〔註58〕。

一、風格之奇

晚明啟蒙思潮標舉個性張揚，自由解放，小品文的興盛正代表了這一時期散文的時代特點，它擺脫了過去散文莊重古板、宗經載道的傳統，注重描寫日常生活，表達真實情感，其創作始於公安派三袁，中間經過李贄、竟陵派作家以及王思任等人的發展，他們皆從平凡小事中去汲取寫作素材，來反映日常生活狀貌及趣味。晚明隨著城市工商業的發展，市民階層不斷壯大，一些文人也紛紛從傳統的禁錮中走出，他們留戀繁華的都市，出入市井，與商人、能工巧匠、藝人交遊，使得其生活、理想、心態、情趣都帶有世俗平民化的特徵。張岱遊歷豐富，且熱衷於市民活動，更富有高度的審美情趣以及精湛的藝術手法，故能將這些看似平淡的閒情瑣事雅化提昇為高度凝鍊的文字，寫得風采奇特，從文章的立意上便不同凡響，更用生花妙筆描繪出靈動奇異之景，展現出文字之外的奇情狀采，在平淡中翻新出奇。

〔註57〕〈廉書小序〉，《瑯嬛文集》卷一，頁139。
〔註58〕黃裳：〈絕代的散文家張宗子〉，收錄於《晚明文學思潮研究》（武漢：湖北教育出版社，2002年），頁195。

　　張岱由於個人情志的嚮往與追求，而好遊於夜、樂遊於夜，更將這些夜晚活動的素材寫入散文裡，使他的創作能夠出類拔萃於一般作品，而呈現豐富多彩的夜晚風貌，他從自己獨特的視角去看平常事物，把生活情趣與個人藝術情懷相結合，使其筆下的生活風物、山水都顯示出了奇特的色彩。〈西湖七月半〉一破題就說：「西湖七月半，一無可看」，出人意料之外，西湖賞月的題材希鬆平常，故張岱不寫看月，而描寫各色人等看月之態，有的炫耀富貴，有的欣喜好奇，有的賣弄風情，有的故作風雅，讓人覺得可笑之餘，又有幾分可愛，而西湖在一片喧囂紛擾之後，才呈現其秀美，讓眞正懂得看月之人享受這份美感，故全文表現出的不是一般賞月的閒情紀事，給予讀者一幅是含有睿智、幽默與愉悅情趣的綜合畫面。

　　張岱更善於在平淡淺易的字句裡創新出奇，寓神奇尖新於平淡樸素之中，使文章既平易生動，又雅俗共賞，如〈龍山雪〉中「萬山載雪，明月薄之，月不能光，雪皆呆白」，刻畫了月光下的寂靜嚴寒的雪景，以「薄」來描述月光爲寒氣所掩的狀態，以「呆」來形容微薄月光映下雪色之白，皆利用平淺之字，傳神地捕抓捉了整個畫面。

　　張岱棲身於山林之中，以情感去同審美客體交流，眞正領略到了自然美，也就更能發掘自然的特性，寫出它們的新奇之處，正如他在〈明聖二湖〉中所說「深情領略，是在解人」，只有深情投入的知己才能領略出獨到之美。王雨謙撰〈西湖夢尋序〉謂：

> 張陶庵盤礴西湖四十餘年，水尾山頭無所不到；湖中典故眞有世居西湖之人所不能識者，而陶庵識之獨詳；湖中景物眞有日在西湖而不能道者，而陶庵道之獨悉。〔註59〕

這是因爲張岱在描繪山水風景時，往往能抓住不同一般的美感特色，而寫出西湖之美。西湖秀麗的自然風光和悠久的人文底蘊，歷來是文人墨客描寫的對象，在詩、詞、散文等文學體裁中都有所創作。唐代白居易的〈錢塘湖春行〉，歌詠西湖的春色：

> 孤山寺北賈亭西，水面初平雲腳低。幾處早鶯爭暖樹，誰家新燕啄春泥。亂花漸欲迷人眼，淺草才能沒馬蹄。最愛湖東行不足，綠楊陰裏白沙堤。〔註60〕

〔註59〕 王雨謙：〈西湖夢尋序〉，《西湖夢尋》，頁2。
〔註60〕 白居易：〈錢塘湖春行〉，《白氏長慶集》（上海：上海商務印書館，1929年）

白居易用敏銳細膩的筆觸，勾勒出湖面春水新生、樹上春鶯爭鳴、空中春燕銜泥、堤岸春花漸開、春草剛綠的情景，西湖正舒展地著上春裝；詩人讚美了西湖的春色，而道出他最愛春天在白沙堤上行走，初春的柳枝如煙如霧，如絲如縷，飄拂在臉上，澹澹的湖水就在腳邊，彷彿走在水面上。又〈春題湖上〉所吟詠的亦是西湖的春景，可見最能吸引白居易的是西湖的春天景色。宋代的蘇軾寫下膾炙人口的〈飲湖上初晴後雨〉：

> 水光瀲灩晴方好，山色空濛雨亦奇；欲把西湖比西子，濃裝淡抹總
> 相宜。〔註61〕

他認為西湖「水光瀲灩」的晴朗風光固然美好，「山色空濛」的小雨籠罩更有一番奇特的美感，巧妙地把西湖比作西施，不管淡妝或是濃抹，皆能合適得宜展現不同的旖旎風光。南宋的張炎作〈高陽臺〉，抒西湖春感：

> 接葉巢鶯，平波捲絮，斷橋斜日歸船。能幾番遊？看花又是明年。
> 東風且伴薔薇住，到薔薇、春已堪憐。更凄然，萬綠西泠，一抹荒
> 煙。
>
> 當年燕子如何處？但苔深韋曲，草暗斜川。見說新愁，如今也到鷗
> 邊。無心再續笙歌夢，掩重門、淺醉閒眠。莫開簾，怕見飛花，怕
> 聽啼鵑。〔註62〕

描繪黃鶯巢居築在密葉間的枝上，柳絮兒輕輕地飄落在湖面，夕陽西下的黃昏時分，斷橋處有歸船徐徐搖槳返航，詞人不禁感懷還能有幾番春遊？賞花又要等到明年，掩隱在萬綠叢中的西泠橋畔，昔日是何等的熱鬧喧闐，如今卻只留下一抹荒寒凄涼的暮煙。借西湖春感來抒發自己的亡國哀痛，寄無可奈何的悵惘於西湖日暮。張炎由於內心飽含黍離之悲，故重遊西湖，吟詠的便是日暮春晚的景象，凄涼而幽怨。

晚明的袁宏道〈晚遊六橋待月記〉，已關注到「西湖最盛，為春為月」，然而其文為袁宏道遊六橋待月時所記的雜感，題目應是後來附加上的，故雖名其為「待月」，描寫的卻也包含一年之中最美的「綠煙紅霧，彌漫二十餘里。歌吹為風，粉汗為雨，羅紈之盛，多於隄畔之草」的春遊豔冶之景，對於月

卷25，頁1。
〔註61〕蘇軾：〈飲湖上初晴後雨〉，《東坡六集》（北京：中華書局，1982 年）卷4，頁7。
〔註62〕張炎：〈高陽臺〉，《山中白雲詞》（臺北：藝文印書館，1970 年）卷一，頁2。

夜景致的描摹卻只在文末曇花一現：「月景尤不可言，花態柳情，山容水意，別是一種趣味。」並未將「尤不可言」月景充分表現出來。

張岱在〈明聖二湖〉中說：「雪巘古梅，何遜烟堤高柳；夜月空明，何遜朝花綽約；雨色淒濛，何遜晴光灩瀲。」常人多喜愛在春夏、花朝、晴朗之時遊賞西湖，殊不知「其於西湖之性情、西湖之風味，實有未曾夢見」的，卻是在秋冬、月夕、雨雪之時，張岱認為這時西湖的個性與魅力才充分展現，故他的筆下西湖能獨放異彩。

觀〈湖心亭看雪〉對於西湖的描寫，便脫離了歷來文人所侷限的春意吟詠，不但寫冬雪之景，更在夜晚往遊，化屢見不鮮的西湖題材為靈動神奇的情景，留下了一幅西湖夜夕雪景，展示出白雪覆蓋下西湖的美質。首先「大雪三日，湖中人鳥聲俱絕。」先描繪西湖覆雪的清幽冷寂，接著通過「霧淞沆碭，天與雲、與山、與水，上下一白」，突顯出厚雪廣披西湖之景，整個湖面都籠罩在白雪覆蓋的銀妝裡。接下來「湖上影子，惟長堤一痕，湖心亭一點，與余舟一芥，舟中人兩三粒而已」，第一人稱的寫作手法，應當是由作者化身的主角視野觀察照見其他事物，然而張岱卻將自己抽離，類似倩女離魂一般，飄到遠處，由虛擬想像的地方觀察舟中的自己，突破第一人稱的有限立場，以無所拘限的觀照視角，拉到遠處收覽全場，暗示出雪的遼遠空闊。以如此不平凡的手法定格出一幅西湖雪影圖，在潔白清靜的世界中，讓我們領略了西湖的真容美感，同時也洞見了張岱獨特的審美心胸，用雪色來妝點西湖，雖寫雪夜湖景，卻讓人忘其為夜，呈現出白色晶瑩的夜晚，寫出平凡湖景中的不凡情致。

觀同時期的小品作家譚元春（1586～1637），也不乏夜遊之作，〈三遊烏龍潭〉寫白日出遊，跨黃昏而接月，對於夜的著墨有限，只在最後一小節呈現，與張岱待夜而遊，俟月而出的行徑相異，且譚元春著重於日落晚霞的描摹，呈現的景緻自不相同，以下節錄其最後一節：

> 是時殘陽接月，晚霞四起，朱光下射，水地霞天。始猶紅洲邊，已而潭左方紅，已而紅在蓮葉下起，已而盡潭皆赬。明霞作底，五色忽復雜之。下岡尋筏，月已待我半潭。乃回篙泊新亭柳下，看月浮波際，金光數十道，如七夕電影，柳絲垂垂拜月。無論明宵，諸君試思前番風雨乎？相與上閣，周望不去。適有燈起蓊蔚中，殊可愛。或曰：「此漁燈也。」

相較於張岱，譚元春取材於一般，寫意於平常，自不若張岱夜晚書寫的集中與特殊，張岱不但立意奇，呈現特立獨遊的行跡，造景奇，營造空靈晶沁的境界，表現手法更是不落窠臼，神奇幻變，變化無常，故能卓絕於同時期的小品創作。

　　張岱的散文描寫了生活瑣碎、山水風物、風土人情、酒樓茶肆、說書演戲等與夜晚生活密切相關的各方面，內容平實，而平淡中耐人尋味之處，在於張岱擅於發掘尋常中的奇特，精心裁製而寫出了平中之奇，創造出五光十色，令人目不暇給的奇異之景。故伍崇曜在〈陶庵夢憶跋〉評價道：「奇情壯采，議論風生，筆墨橫姿，幾令讀者心目俱眩。」〔註63〕這種平淡中的神奇，正暗合了晚明的文學時尚，內容趨於平易，描寫趨向細緻，內容的平易淺白是受個性解放時代思潮的影響，描寫的新奇精緻則是文人追求個性的體現。張岱的創作既是對文學思潮的回應，又是在此基礎上的超越，而達到了晚明小品的高度成就。

二、冰雪之氣的表現

　　張岱在〈一卷冰雪文後序〉中提出「冰雪之氣」，作為自己選文的標準：

> 至於余所選文，獨取冰雪。……蓋文之冰雪，在骨在神，故古人以
> 玉喻骨，以秋水喻神，已盡其旨。若夫詩，則筋節脈絡，四肢百骸，
> 非以冰雪之氣沐浴其外，灌溉其中，則其詩必不佳。〔註64〕

張岱之所以如此強調詩歌須有「冰雪之氣」，首先在於「冰雪」具有「壽物」和「生物」兩個基本功能，所謂「壽物」是指冰雪能夠防腐與保質，「生物」則是指冰雪能夠滋養與催化新生；而詩的「冰雪之氣」，就在於能夠澡雪人的精神，淨化人的心靈，滋養人的身氣，催化人的新生。故他把「冰雪之氣」標舉為詩文所以為佳的關鍵，後人歸納張岱的作品風格特色，便稱之為「冰雪之氣」。張則桐進一步提出：

> 作為張岱散文藝術精神的「冰雪之氣」，具有哲學、人格、藝術三個
> 層面的內涵，其核心內容是一段純任自然自由活潑的生機。它是張
> 岱在晚明哲學思潮、傳統史官文化及明清之際藝術風氣影響之下，
> 結合自己的人生歷程所體認出的精神實體。在「冰雪之氣」的灌注

〔註63〕　《陶庵夢憶》，頁80。
〔註64〕　〈一卷冰雪文後序〉，《瑯嬛文集》卷一，頁137。

之下，張岱散文形成了「一往深情」的情感底蘊，鮮活靈動的藝術
情韻，善於運用精煉的白描和生澀簡練的語言，從而表現出典型的
「美文」特質，對現當代白話散文影響深遠。〔註65〕

觀張岱夜晚書寫的篇章，所展現出一往深情、情韻盎然、純任自然、自由活
潑的特質，即是「冰雪之氣」的內涵。他以夜氣、清靜、山水爲冰雪，故他
特別喜歡在夜深人靜之際，徜徉於山水之間，即使置身在市井塵囂，四周喧
闐紛嘩，他卻能保有內心的安寧清靜，表現在文字上便蘊含著「冰雪之氣」。
張岱又曾說：

> 余想詩自《毛詩》爲經，古風爲典，四字即是碑銘，長短無非訓誓。
> 摩詰佞佛，世謂詩禪，工部避兵，人傳詩史。……而若論其旁引曲
> 出，則唐虞之典謨，三王之誥訓，漢魏之樂府，晉之清談，宋之理
> 學，元之詞曲，明之八股，與夫戰國之縱橫，六朝之華贍，史漢之
> 博洽，諸子之荒唐，無不包於詩之下已。則詩也，而千古之文章備
> 於是矣。〔註66〕

張岱認爲《毛詩》就如同經書一般，古詩即爲典、謨之文，四言詩等同於碑
銘之文，雜言詩無異於訓、誓之文，皆由詩所演變而來。其它旁引曲出的文
體，有唐虞之典謨，三王之誥訓，漢魏之樂府，晉之清談，宋之理學，元之
詞曲，明之八股等等，無不涵蓋於詩的範圍。在此張岱顯然並不把「詩」作
爲一種狹義的文體來看待，而是作爲一種審美理想來加以追求，他所注重的
不是詩的表現形式，而是詩的表現內容和社會功能。詩的高度概括化與高度
個性化的統一，使其成爲一種最高的審美評價，也正是在這個意義上，詩才
涵蓋了一切的文體。張岱正是把這種作爲審美評價的詩的標準，自覺地滲透
貫穿到他全部的創作活動中，成爲他詩與文中「冰雪之氣」的藝術風格。

　　張岱的夜晚書寫，往往通過意境的追求來寄予冰雪性情的創作意圖。觀
〈湖心亭看雪〉所描繪西湖夜晚雪景的蒼涼和純淨，在簡潔的文字之中滲透
出遺世獨立的孤獨和清幽，從某種意義上來說，這是張岱「冰雪」人格的象
徵。他偏愛在寒雨中寂寞開放的老梅，「濯濯見孤稜，反得雨之力」〔註67〕，

〔註65〕張則桐：〈「冰雪之氣」：張岱散文藝術精神論〉，《浙江大學學報》（社會科學
　　　　版）第3期，2003年5月，頁172。
〔註66〕〈一卷冰雪文後序〉，《瑯嬛文集》卷，頁136～137。
〔註67〕〈雨梅〉，《張子詩粃》卷二，頁33。

同樣流露了他內心深處的「冰雪」性情。張岱認為這種理想的人格源於學者心胸純淨，不為世俗社會薰染和物欲遮蔽，否則，「其胸次不淨，總一般不得『狂』」，也就是他詩中說的「苟不忘利祿，賦詩焉得工」。故他這種幽遠深邃的意境貫穿他整個詩文創作，夏咸淳言其〈西湖十景〉組詩：「所攝之景乃是月光、雪色、夜氣、秋水、空江、孤雁……側重表現西湖清逸深靜之美，而不是眾人能夠領略到的富麗華艷之美。」〔註68〕其僅存的十七首詞〈蝶戀花〉和〈念奴嬌〉寫泉月、雲石、松濤、竹雨、漁火、霽雪、秋空也多取清麗幽冷之景，有骨有韻，給人一種「玲瓏晶沁」、「空明如水」空靈美的感受，便是張岱這種冰雪傾向的人格性情，導出其作品中的幽深孤清的深刻意境。〈金山寺〉為寫景之詩：

　　　　長安萬里性，直得一山衝。扼水扶鰲立，噓雲借蜃封。潮憑升降月，

　　　　舟渡往來鐘。煙語聲何雜，州城已暮春。〔註69〕

在平淡的詩句裡蘊含著深遠的意境，潮水隨著月亮盈虧一起一落，這是縱寫，渡船伴著金山寺的鐘聲來來往往，這是橫寫，既給人以壯闊的空間感，又給以幽遠的時間感。張岱善於將自己的冰雪性情投射在作品中，從而帶來他創作上高雅的藝術境界，鎔鑄出超塵拔俗的「冰雪詩文骨」〔註70〕。

　　由上述探討可知「冰雪之氣」貫穿在張岱的散文與詩歌的創作中，然而以「冰雪之氣」為本源核心，在詩與文中卻有不同的表現，同樣書寫夜晚情事，不同的體裁使用的表現手法，以及呈顯的藝術境界也不盡相同。張岱散文中的夜晚書寫，以敘事寫景為要，著重對夜晚活動的深刻認識和現實紀錄，他所注意的是人事而非天然，山水不過作為人事發生的背景，藉由閑情瑣事的紀錄，來追憶與回味故國的前塵往事。像是〈西湖七月半〉的遊湖賞月、〈虎丘中秋夜〉的賽曲大會、〈閏中秋〉的再造盛事，張岱在敘述這些熱鬧沸騰的社會風俗樂事之際，皆可見作者自身在繁華過盡，歸於寧靜後，「一人獨醒」的澄明心緒；〈金山夜戲〉的夜半演劇，〈湖心亭看雪〉的雪夜遊湖，〈爐峰月〉的登頂候月，這些記敘夜晚活動的文字裡流露出的是張岱純任自然、自由活潑的心靈境界。

〔註68〕 夏咸淳：〈論張岱詩稿——《張子詩秕》〉，《上海社會科學院學術季刊》第 3
　　　　期，1986 年，頁 176～183。

〔註69〕 〈金山寺〉，《張子詩秕》卷四，頁 73。

〔註70〕 〈鉽兒許造一小划船，徜徉千巖萬壑之間，為老人終焉之計，先以志喜〉其
　　　　三，《張子詩秕》卷四，頁 76。

　　而張岱詩詞裡的夜晚書寫，則是以抒感寓情為主，王雨謙評其詩曰：「試讀其詩，則於今昔之變，一篇之中，三致意焉。」又說：「悲歌行國，泣數行下，如屈子《離騷》，不得其平則鳴。」〔註71〕其詩著重抒發詩人在歷史動盪的年代裡顛沛流離的遭遇，流露出心中的滿腔憂憤，也反映了那個時代淒風苦雨、歷史巨變的陣痛。如〈和貧士〉裡的「每當風雨夜，發此金石音」，〈和述酒〉裡的「中夜常墮淚，伏枕聽司晨」，〈雁聲寒過雨〉的「恍傳邊塞冷，凜冽到殘更」，這些倍感寒寂的夜晚裡，張岱抒發個人與家庭的不幸，同時悲嘆陵谷的變遷、山河的破碎，營造出寂靜幽深的意境，以傳達孤清寒寂的心靈感受。由於創作意圖與體裁運用的不同，夜晚書寫的散文篇章以敘事為主，具有純任自然、自由活潑的特質；而吟詠夜晚的詩詞作品以抒情為主，呈現空靈淡雅、寂靜幽深的風格。然其散文裡亦有空靈幽深之境，詩詞中不失天然任真之情，詩與文兩者皆不脫乎「冰雪之氣」，因其「冰雪」而能在漆黑的夜晚裡絢爛動人，歷久彌新。

〔註71〕　〈瑯嬛詩集序〉，《張岱詩文集》，頁2。

第五章　結　論

第一節　張岱夜晚書寫的價值

　　張岱的夜晚書寫記夜行、夜坐、夜讀、夜歸、夜飲、夜思或步月、望月等經歷，懷著一顆好奇的心欣賞大自然獨特的靜夜風光，利用一個個不眠之夜，擺脫現實生活的束縛，與三五好友相聚，獲得心靈的寧靜與閒暇，解讀宇宙的奧秘，求索生命的出口，以廣袤無垠的夜空爲背景，記錄了張岱無數個清醒之夜的心靈獨白，使我們能洞見其人性格。另一方面，藉由這些夜晚素材的描寫，呈現了晚明繁華璀璨的夜晚生活，反映了應經濟發展而生的市民階層生活、文化價值觀和審美情趣，由此開拓出文人生活視野的廣度與深度，故其夜晚書寫所具有的價值匪淺。本章擬從反映晚明文化生活的史料價值、開拓文人生活廣度的文學素材價值、了解張岱個人性格的傳記價值三方面作探討。

一、反映晚明文化生活的史料價值

　　明代商品經濟的發達，使得市民意識全面成熟，市民文化日趨高漲。尤其到了後期，社會風尚一變前期的簡正質樸，取而代之是的「導奢導淫」〔註1〕的風氣。這一奢靡風尚，開道先鋒是在商品經濟中先富起來的大商巨賈，

〔註 1〕　范濂：《雲間據目抄》中談松江一帶的風氣，言：「嘉、隆以來，豪門貴室，導奢導淫，博帶儒冠，長奸長傲，日有奇聞疊出，歲多新事百端。……倫教蕩然，綱常已矣。」（臺北：新文豐出版公司，1972 年）卷二，頁 1。

流風所及，縉紳士大夫也為之影響，追慕而去。這批包含縉紳士大夫在內的人其所作所為，一向有著極大的感召力，於是，一般民眾也跟隨從之，儼然整個社會聞風披靡。服飾、住房、車輿、日用品等各個方面，都在日趨奢靡的風尚之中，衝破了封建禮制的限制，人們與生俱來的物欲、情欲衝破傳統束縛，舊有的尊卑等級觀念和禮教秩序受到強烈挑戰，社會風氣發生巨變，追求享樂、競尚奢華的風氣流行於南北各地。尤其在經濟發達、社會相對安定的江南之地，更是「人情以放蕩為快，世風以侈靡相高，雖踰制犯禁，不知忌也。」〔註2〕

　　張岱〈陶庵夢憶序〉言：「茲編載方言巷咏、嘻笑瑣屑之事，然略經點染，便成至文。讀者如歷山川，如睹風俗，如瞻宮闕宗廟之麗，殆與采薇、麥秀同其感慨而出之以詼諧者歟？」〔註3〕張岱所描寫回憶的是「舊徑」、「故人」、「城郭人民」的日常瑣屑之事，他們有才智、技藝、人格，在「舊徑」上熱情地遊樂，這是晚明城市經濟發展繁榮和文化生活絢麗豐富的象徵，是人類文明進步的體現。在一幅又一幅令人目不暇接的畫面間，處處透發出人性解放和人情放逸的文化氣息，在清初政權令人窒息的高壓民族政策統治下，過去那些歡蹦亂跳的人物，熱烈蓬勃的場面，豐美精雅的生活，都是值得肯定、賞悅、頌贊和追懷的，反思在心間，彙聚於腦海，浮現在眼前，令張岱「翻用自喜」，付諸筆端。故他的散文汲取了大量的生活素材，對於人事種種繁華多所眷戀，舉凡張燈盛事、慶賞月圓、梨園煙火、說書唱曲、淫冶狎妓等夜晚活動，無所不好，在追憶過往聲色喧嘩的個人經歷時，展現出的是精彩紛呈的晚明市民生活畫卷，更由於張岱對夜晚的傾好，著重刻畫了各式活躍於夜晚的精彩活動，從側面揭示了人民百姓的生活內涵、文化價值和審美情趣，具有珍貴的史料價值。

　　極度享樂的風氣蔓延於社會各階層的人們，夜晚生活多彩多姿，徹夜燃燭而不息，特殊的社會文化背景提供晚明人們遊憩於夜晚的環境，至此夜禁已漸漸失去禁制夜晚行動的實際效力。夜航船往來於鎮埠之間，日夜不息，為解除旅途的寂寞，善言者在船中高談闊論，不善言者則垂首聆聽，正如茶館酒樓一樣，夜航船成了人們延續白晝，夜晚交流的重要場所，舟船更發展

〔註2〕　張瀚：《松窗夢語》，收錄於《叢書集成續編》（臺北：新文豐，1989年）卷七，頁13。
〔註3〕　張岱：〈陶庵夢憶序〉，頁。

出旅遊娛樂的功效，成了展示誇富的象徵，特別是具有視覺效果的游船畫舫之類，懸以燈飾、墜以流蘇的船舫，成了秦淮河畔的特殊景觀。畫舫裝飾之富麗已是令人驚嘆，而集眾舫連成一氣的「燈船」景象，更可說是金陵的一大奇景。秦淮河向來以軟媚綺麗著稱，即使是端午的龍船，也不以驚心動魄的競渡為尚，而是以華麗閃耀的燈船取勝：

> 年年端午，京城士女填溢，競看燈船。好事者集小篷船百什艇，篷上掛羊角燈如聯珠，船首尾相銜，有連至十餘艇者。船如燭龍火蜃，屈曲連蜷，蟠委旋折，水火激射。舟中鐵鈸星鐃，讌歌弦管，騰騰如沸。士女憑欄轟笑，聲光淩亂，耳目不能自主。午夜，曲倦燈殘，星星自散。〔註4〕

每年端午節士女簇擁，競看秦淮河的燈船，燈船首尾連綴，掛上羊角燈，好像燭龍火蜃，在水中花火噴激，舟中有簫鼓歌聲相和，伴以士女的笑鬧喧嘩，往往至午夜而不輟。

張岱祖父的朋友包涵所更在西湖上打造出極為富麗堂皇的樓船，以娛賓取樂，分為大小三號：

> 頭號置歌筵、儲歌童，次載書畫，再次侍美人。涵老聲妓非侍妾比，仿石季倫、宋子京家法，都令見客。靚妝走馬，嬝姍勃窣，穿柳過之，以為笑樂。明檻綺疏，曼謳其下，摭篇彈箏，聲如鶯試。客至則歌童演劇，隊舞鼓吹，無不絕倫。乘興一出，住必浹旬，觀者相逐，問其所止。〔註5〕

包涵所不時邀人乘船出航，樓船內窮奢極欲，又有美人相伴伺候。每當客人來到，就讓歌童演劇，隊舞鼓吹，極盡聲色之能事，故樓船每每出航便是十餘日，日日沉醉在歌舞昇平之中，令人不辨日月，忘卻時光之流逝。張岱的父親在紹興更造有樓船，落成之日，還以木排數重搭臺演戲，吸引了大小千餘艘船隻前來觀戲看熱鬧，儘管午後有颶風驟起，樓船依然不動如山。張岱的仲叔張聯芳為江南的收藏名家，他贏資巨萬，收藏廣富，遂造船屋來收購江南和杭州一帶的珍藏，稱此船屋為「書畫舫」，張岱有幾次出門遊歷，夜晚便睡在仲叔的書畫舫。舟船由交通傳遞之用，轉變為遊藝娛樂之所，象徵著晚明夜晚繁華的盛況。

〔註4〕　〈秦淮河房〉，《陶庵夢憶》卷四，頁31。
〔註5〕　〈包涵所〉，《陶庵夢憶》卷三，頁27。

在《西湖夢尋》書中寫的是西湖的掌故，而對當時的社會生活和風俗人情都有所反映。記〈蘇公堤〉寫明末士大夫的糜爛生活，掛燈萬盞、萬蠟齊燒的盛會，但見歌舞通宵達旦，當時士大夫生活之浮華奢靡躍然紙上，並遙想東坡守杭之日極歡湖上的夜晚樂事，「至一、二鼓，夜市猶未散，列燭以歸」，引以為曠古風流。士大夫之淫靡華贍尤有過者：「孫東瀛修葺華麗，增築露臺，可風可月，兼可肆筵設席。笙歌劇戲，無日無之。」〔註6〕不但裝飾華麗，還增設露臺，可供肆筵宴飲，夜夜沉浸於歌舞戲劇，耽情逸樂，極盡享樂之能事。其他如〈龍山放燈〉、〈紹興燈景〉、〈虎丘中秋夜〉、〈秦淮河房〉，充滿了萬頭攢動，熱鬧擁簇的場景，到處皆是「騰騰如沸」，「聲光淩亂」，氣氛高漲，揭示了晚明市民追求聲色娛樂的情趣好尚。

張岱的散文中也記錄了宗教寺廟事宜，宗教活動一向與民間風俗的關係密切，同時也受到來自社會各方政治力量的牽制與利用，一方面構成民間生活的主要內容，又在較深的層面影響到人民的日常作息。報恩塔位於南京聚寶門外，是明成組的精心傑作，有「中國之大古董，永樂之大窯器」之稱。在永樂時期，海外邦交藩屬派遣來的使者到報恩塔，必定頂禮膜拜。近觀報恩塔，直嘆非鬼斧神工不得為之；夜賞報恩塔，也非瞠目結舌不可：「夜必燈，歲費油若干斛。天日高霽，霏霏靄靄，搖搖曳曳，有光怪出其上，如香煙燎繞，半日方散。」塔中夜夜燃燈，將這座九層八面五彩的寺塔，妝點得晶映高明，宛如白晝。張岱不得不讚嘆：「非成祖開國之精神、開國之物力、開國之功令，其膽智才略足以吞吐此塔者，不能成焉。」〔註7〕鬼斧神工、栩栩如生的金剛佛像，日以繼夜的焚香燃燈，象徵著物資財力的富庶繁饒，反映了朝廷政府對於宗教活動的重視，以及民間百姓對宗教信仰的熱烈朝拜。

張岱在〈鍾山〉記載了明孝陵的選址問題：「鍾山上有雲氣，浮浮冉冉，紅紫間之，人言王氣，龍蛻藏焉。高皇帝與劉誠意、徐中山、湯東甌定寢穴，各誌其處，藏袖中。三人合，穴遂定。」寢穴選定在鍾山南面獨龍阜玩珠峰下，於洪武十四年（1381）動工，次年馬皇后崩，即行入葬，定名為孝陵。十六年後，朱元璋崩，下葬孝陵。太祖陵寢雖依堪輿之術商定，且左有孫權墓，下有梁誌公和尚塔翼護，仍然在動盪的時局中失去光彩，紫氣亦遭蒙塵。崇禎十一年（1638），張岱訪南京，在長江邊上的寺廟落腳，夜晚起身，卻見

〔註6〕〈十錦塘〉，《西湖夢尋》卷三，頁37。
〔註7〕〈報恩塔〉，《陶庵夢憶》卷一，頁2。

王朝傾頹之象徵：

> 戊寅，岱寓鷲峰寺。有言孝陵上黑氣一股，沖入牛鬥，百有餘日矣。
> 岱夜起視，見之。自是流賊猖獗，處處告警。〔註8〕

烏雲浮浮冉冉於皇陵之上，長達百日之久，遮蔽了星塵，至此王朝敗象已露，預示了日後流賊四起的局面，四年之後，崇禎十五年（1642），朱成國與王應華奉敕修陵，卻將古木劈開焚燒，挖掘深達三尺的土坑，把陵寢毓秀之氣破壞殆盡，張岱在這年夏天獲准進入寢殿觀看祭祀皇陵禮，感到十分錯愕，「祭品極簡陋」，祭前一日的準備也很草率，到了隔天正式典禮：「次日五鼓，魏國至，主祀，太常官屬不隨班，侍立饗殿上。祀畢，牛羊已臭腐不堪聞矣。」置於饗殿上祭祀用的牛羊，早已腐敗發出惡臭，其中蘊含的徵兆可想而知。崇禎十七年（1644），「流賊」李自成在西安建立農民政權，他的百萬大軍懷著必得天下之志從西安出發，經軍事要地宣府、大同進逼北京，相繼攻陷了平陽和太原，帝國的心臟北京城已指日可下，大明的局勢可說到了火燒眉毛的窘狀，崇禎皇帝走投無路即自盡於煤山，大明江山宣告易主。張岱夜晚所見流賊猖獗之時，「孝陵上黑氣一股，沖入牛鬥」，鍾山被「傷地脈、泄王氣」，都預告了甲申的國變，結尾所言：「孝陵玉石二百八十二年，今歲清明，乃遂不得一盂麥飯，思之猿咽。」張岱以其筆見證了明代的破敗滅亡，故其文字反映的不僅是晚明士大夫以至於平民的生活文化，更儼然如一部簡明扼要的明朝野史，遺民情結滿布字裡行間，具有高度的史料價值。

二、開拓文人生活廣度的文學素材價值

明代文人士大夫的思想受市井文化的影響，強調個性解放，標舉性靈。他們開始向部分傳統意識挑戰，大膽承認私欲，不避諱追求精緻生活與精神享樂。另外，雅俗的交流對於文化發展也多有裨益，袁宏道在其〈序小修詩〉中有言：「故吾謂今之詩文不傳矣。其萬一傳者，或今閭閻婦人孺子所唱〈擘破玉〉〈打草竿〉之類，猶是無聞無識真人所作，故多真聲，不效顰於漢魏，不學步於盛唐，任性而發，尚能通於人之喜怒哀樂嗜好情慾，是可喜也。」〔註9〕胡適也曾做過這樣的論述：「但文學史上有一個逃不了的公式。文學的新方式都是出於民間的。久而久之，文人學士受了民間文學的影響，採用這種新

〔註8〕 〈鍾山〉，《陶庵夢憶》卷一，頁1。
〔註9〕 袁宏道：〈序小修詩〉，《袁中郎文鈔》，收錄於《袁中郎全集》頁5。

體裁來做他們的文藝作品。文人的參加自有他的好處：淺薄的內容變豐富了，幼稚的技術變高明了，平凡的意境變高超了。」〔註 10〕張岱這些汲取市井素材所作的夜晚書寫便體現了這樣的特點，民間文學由於文人的參與創作，豐富其內容，充實其技術，境界也變得高超；同時，文人從民間生活內涵提煉出文學創作素材，進而開拓其生活視野的深度與廣度。

何滿子在談及張岱散文的藝術特徵時，認為張岱之所以取得文學史上的特殊成就，「是由於他開拓了明代後葉自徐渭、湯顯祖至公安三袁，竟陵諸家所未有的境界，一個由仕宦角度接近生活到由市井角度接近生活的轉變。這個境界可以表述為：由士大夫抒發性靈的閒適轉型為平民感懷時世的憂患。」〔註 11〕何滿子所論此點，只要翻開張岱散文作品即可明顯感受。撇開藝術特徵和藝術成就等純文本內容不談，從其文章中所透示出的生活姿態與處世方式而論，相對於袁中郎等那種士大夫式優越的閒適雅尚，張岱散文中所涉及到的生活內涵，從眼界視野到審美品味，都要開闊深厚得多。這一點應歸諸其廣闊的交遊和閱歷。張岱生長於書香世家，又好舉業古作，自幼便培養出深厚的文學根基；又喜遊覽山水，心胸視野自然開闊；詩詞無藝不精，填詞作史無事不妙，又涉足參禪佛事，對於人生的體悟更加深刻。加上所結交的均是學有專識，藝有專攻的人物，四方廣涉的文化交遊，超乎了一般閉門造車的文士所能想像，故張岱散文涉及的生活層面也非尋常作品所能觸及，觀其所呈現夜晚書寫的內容，無疑擴大了文人生活的廣度，具有開拓文學素材的價值。

在張岱以前，對於夜晚有較多書寫的文人當屬宋代的蘇軾，有關夜遊的散文有〈書上元寺夜遊〉、〈記承天夜遊〉、〈記與舟師夜坐〉，其他如蘇軾名篇〈前赤壁賦〉、〈後赤壁賦〉所記情況也是發生在夜間，〈石鐘山記〉亦是如此。其它夜遊相關的詩作在詩集中也比比皆是，例如〈水調歌頭〉（明月幾時有）、〈卜算子〉（缺月挂疏桐）、〈湖上夜歸〉、〈舟中夜起〉等作品。龔紅林的〈論蘇軾的「夜遊」情結〉歸結蘇軾夜遊所展現的情懷有三：真摯濃烈的親友情愫、自強不息的求索精神、貶官生涯中修養身心的志趣〔註 12〕。如〈石鐘山

〔註 10〕 胡適：《胡適文選》（臺北：遠東圖書公司，1967 年）卷四，頁 235。

〔註 11〕 何滿子：〈張岱評傳序〉，《張岱評傳》頁 2。

〔註 12〕 龔紅林：〈論蘇軾的「夜遊」情結〉，《孝感學院學報》第 25 卷第 4 期，2005 年 7 月，頁 64～67。

記〉記石鐘山夜遊歷程，具有曲徑通幽、柳暗花明的探索特徵，在月夜裡鍥
而不舍地尋求探究，體現了樂道不疲、自強不息的求索精神。〈赤壁賦〉作於
蘇軾貶謫生涯期間，他藉由月夜泛舟釋放心靈，體會到「蓋將自其變者而觀
之，則天地曾不能一瞬；自其不變者而觀之，則物與我皆無盡也，而又何羨
乎？」遂轉悲爲喜，忘卻世俗的紛擾，盡情享受自然的偉大賜與，將抑鬱悲
憤昇華爲樂觀坦蕩的自適心態。

　　夜遊是蘇軾心靈重要的寄託與慰藉，他在夜色中發現常人忽視的美，超
然之心使他有一雙能洞悉夜之美的敏銳眼眸，故能在夜遊的體驗中獲得超凡
脫俗的美的感受。就此點而言，蘇軾與張岱有著同樣對於夜的獨殊情鍾，故
前者因月色而引發遊興，遂步月而遊承天寺，流露其「閑」〔註13〕，後者不
惜在覆雪的寒冬夜訪湖心亭，展現其「癡」，兩人好夜的動機與行跡如出一轍。
然而蘇軾的「閑」表達了他在貶謫生涯中，隨遇而安的曠達心境與浪漫情懷，
張岱的「癡」則不僅是一種生活態度或心境情懷，他所展現的是對於專注事
物更堅持不移的執著與追尋。

　　蘇軾雖已觸及夜晚書寫的內涵，大量描寫夜遊的行動、夜晚的情思、月
夜的景致，但他所書寫的層面仍是屬於士大夫式的閒適雅尚、思想情懷，他
的夜遊作品同樣也選取了除夕、上元、七夕、中秋或月圓之時著筆，但所偏
重的是內心的思想感悟，〈水調歌頭〉詞曰：

> 明月幾時有，把酒問青天？不知天上宮闕，今夕是何年。我欲乘風歸
> 去，唯恐瓊樓玉宇，高處不勝寒。起舞弄清影，何似在人間。
>
> 轉朱閣，低綺户。照無眠。不應有恨，何事長向別時圓？人有悲歡離
> 合，月有陰晴圓缺，此事古難全。但願人長久，千里共嬋娟。〔註14〕

蘇軾在中秋月圓歡飲達旦，兼懷子由，望夜舒心，將這份血濃於水的手足之
情交給明月來照鑒。張岱則鋪敘了熱鬧繁盛的中秋場景，〈虎丘中秋夜〉萬頭
攢動的紛鬧景象，精彩絕倫的曲會大賽，宛如一幅社會風俗畫卷，將芸芸眾
人與地方盛事展露無遺。蘇軾的〈儋耳夜書〉則言：

> 己卯上元，余在儋耳，有老書生數人來過，曰：「良月佳夜，先生能
> 一出乎？」予欣然從之。步城西，入僧舍，歷小巷，民夷雜揉，屠

〔註13〕 蘇軾：〈記承天夜遊〉，結句言：「何月無月？何處無竹柏？但少閑人如吾兩人耳。」
〔註14〕 蘇軾：〈水調歌頭〉，《東坡樂府》卷一，頁22。

　　酣紛然，歸舍已三鼓矣。舍中掩關熟寢，已再鼾矣。放杖而笑，孰
　　為得失？問先生何笑；蓋自笑也，然亦笑韓退之釣魚，無得更欲遠
　　去，不知釣者，未必得大魚也。〔註15〕

文中描寫的是蘇軾在上元夜遊後，看盡喧囂忙碌的各色人等，而感悟到鬧與
靜的相對性，他認為隱居不必非要遠遁箕潁，釣魚也不一定遠適大海，一切
都無須外求，只是緣於本心，重點在於體現隱與仕的相對性，以及喧囂與閑
靜的相應關係。張岱則書寫了上元節張燈結綵的熱鬧景象，著力鋪張了盛大
的節慶場面，呈現社會風俗面貌。

　　中國傳統的士大夫一向以清高自居，以超凡脫俗相尚，以混同世俗為羞，
藉此顯示文人風骨，與庸俗百姓相別。然而張岱並非幽閉於書齋的清高文人，
也不是混跡市井的販夫走卒，他處於貴族文士的身分，卻用開闊的心靈去關
懷民間之事，對於華燈、煙火、梨園、鼓吹等繁華俗事，無所不好，故其文
章所描寫的層面，得以無所拘限地觸及基層社會的眾多內涵，在他筆下繪構
出的「俗人俗事」，自然也不減風情。由此觀之，張岱散文的卓越之處，不僅
在於「獨抒性靈，不拘格套」，擺脫傳統窠臼的束縛，更在於由此衍生出作者
關懷視野的雅俗兼顧，作品內涵情境的雅俗並存，展現了文人士子人生經驗
與生活品味之擴大；又因其對於夜的觀照程度，呈顯出與白日迥異的特殊風
貌，突破了蘇軾抒發夜思感懷的主觀限制，涉及了夜晚現象多方面的客觀描
寫，就此觀點而言，張岱的夜晚書寫可說開拓了前人未發掘的文學創作素材。

三、了解張岱人格性情的傳記價值

　　歷來研究對張岱人格性情的探討，多就其累世通顯的家世背景言其浮華
奢靡的豪侈性格，或就其國破家亡的流離經歷探索其深沉凝鍊的內心情感，
所處的環境情勢賦予張岱相應的個性情感，然而應當抽離外在條件的影響，
以凝視張岱不受羈絆的心靈，所見的才是他真正靈明澄澈的人格性情，不隨
塵囂紛擾而騷動，不以家國亂離而頹喪。張岱這些描寫夜晚相關的篇章呈現
出他湛然瑩澈的心緒，自由活潑的行動，是最能揭示顯現其個人性格的資料，
從這一方面來看，張岱的夜晚書寫具有了解其人格性情的傳記價值。

　　張岱，如他所自陳的「少為紈絝子弟」，酷愛聲色犬馬，又好美婢孌童，

〔註15〕蘇軾：〈儋耳夜書〉，《東坡志林》（北京：中華書局，1981 年）卷一，頁 5。

經常周旋於歌場舞榭，銷魂於溫柔鄉而忘返，自言「二十年前強半住眾香國」
〔註16〕，對於五光十色的夜晚活動，張岱以一再的行動展現了其癡絕的追尋。
他認爲：「人無癖不可與交，以其無深情也；人無疵不可與交，以其無眞氣也。」
故其所交遊，多有優伶、歌伎、技師百工、民間藝人等市井人物；其遊冶足
跡所至，遍及杭州、蘇州、無錫、南京、鎮江、揚州、山東等地，這些都是
當時全國經濟最發達、文化最昌盛、市民最集中的地區。且其交往遊冶，絕
無半點世家子弟所慣有的居高傲視，浮光掠影式的漠然與浮泛，而是以其「深
情」的自然之態遇之，這從張岱一篇篇形神並出，風情濃郁的人物短文與風
俗遊記散文中即可見出。正如他描述自己沉溺於嬌柔嫵媚的眾香國度，看似
恰如一般玩世不恭的貴族子弟，然而其內心蘊含的情致意趣卻不同於流俗。
當時藝伎裡以王月生與張岱最有往來，時常伴他出南京城，遊歷燕子磯等勝
景。對張岱來說，王月生不同於一般優妓倡女，她「寒淡如孤梅冷月，含冰
傲霜」〔註17〕，不須多餘的羅紈美服，也無脂粉豔抹的矯飾，自然脫俗清新，
楚楚可人，張岱以茶來比擬王月生：「白甌沸雪發蘭香，色似梨花透窗紙」，
佳人如茶一般清淡而幽沁，令人回味無窮，正是王月生這種如冷月寒冰般的
「狷潔幽閒」〔註18〕，熠熠動人於每個風花月夜，點綴在張岱燈紅酒綠的夜
生活裡，更顯絢爛動人。

張岱的興趣廣泛，各種文化藝術領域皆有交涉，遇到同道之人，即使是
素昧平生，無不一往深情以待。崇禎十一年，張岱遊於栖霞，遇同好知己而
大喜：

> 一客盤礴余前，熟視余，余晉與揖，問之，爲蕭伯玉先生，因坐與
> 劇談，庵僧設茶供。伯玉問及補陀，余適以是年朝海歸，談之甚悉。
> 《補陀志》方成，在篋底，出示伯玉，伯玉大喜，爲余作叙。取火
> 下山，拉與同寓宿，夜長，無不談之，伯玉強余再留一宿。〔註19〕

蕭伯玉讀了張岱的《補陀志》而心喜，還爲此寫了一篇序文，張、蕭二人取
了火把一同下山，徹夜長談，依依不捨而別。張岱對素昧相逢之人卻能投以
眞知深情，樂而忘倦，忘夜之降臨，遂通宵暢談的率眞熱情，令人動容。張

〔註16〕 〈品山堂魚宕〉，《陶庵夢憶》卷七，頁66。
〔註17〕 〈王月生〉，《陶庵夢憶》卷八，頁72。
〔註18〕 〈曲中妓王月生〉，《張子詩粃》卷三，頁46。
〔註19〕 〈栖霞〉，《陶庵夢憶》卷三，頁28。

岱畢生追求的是與知心好友能「分燈讀夜書，合簋謀朝食」，這樣「風月寄閒情，山水供游屐」〔註 20〕的生活，便能使張岱感到滿足。正如他作〈魯雲谷傳〉所說的：

> 雲谷居心高曠，凡炎涼勢利，舉不足以入其胸次。故生平不曉文墨
> 而有詩意，不解丹青而有畫意，不出市廛而有山林意。至其結交良
> 友，直是性生，非由矯強。〔註21〕

這是張岱所欣賞的人格特質，也正是他自身性情的投射，由於跳脫了科舉八股的禁錮，沒有了塵囂勢利的羈絆，故能真情對待所有的人事物，即使混跡市井，出入市廛，卻能保有高曠的居心，流露出山林之意。

蘇軾秉燭夜遊，及時行樂的生活態度是張岱所嚮往的，從蘇軾傳世作品中眾多夜遊感懷的吟詠，與張岱所呈現夜晚書寫的豐碩作品，可見一斑，兩人對於「夜」都有濃厚的情結與深刻的體驗，他曾遙想蘇軾守杭之日的情景，言：

> 因想東坡守杭之日，春時每遇休暇，必約客湖上，早食於山水佳處。
> 飯畢，每客一舟，令隊長一人，各領數妓，任其所之。晡後鳴鑼集
> 之，複會望湖亭或竹閣，極歡而罷。至一、二鼓，夜市猶未散，列
> 燭以歸。城中士女夾道雲集而觀之。此真曠古風流，熙世樂事，不
> 可複追也已。〔註22〕

這樣繁華靡麗的夜遊生活，親山水而樂，又有美妓相伴，聲光交雜，極盡夜晚之歡而罷，張岱引以為「曠古風流，熙世樂事」，足見其嚮往追隨之意。

張岱不但能生活塵囂市集中，也曾避世靈隱，深深體悟其空靈之境，〈冷泉亭〉記：

> 余在西湖，多在湖船作寓，夜夜見湖上之月，而今又避囂靈隱，夜
> 坐冷泉亭，又夜夜對山間之月，何福消受。余故謂西湖幽賞，無過
> 東坡，亦未免遇夜入城。而深山清寂，皓月空明，枕石漱流，臥醒
> 花影，除林和靖、李岣嶁之外，亦不見有多人矣。即慧理、賓王，
> 亦不許其同在臥次。〔註23〕

靈隱寺的寧靜幽深，冷泉亭的翳映淒清，加上寂寥的深山，空明的皓月，若

〔註20〕 〈補賀雲菴道兄七十壽詩〉，《張子詩秕》卷二，頁 34。
〔註21〕 〈魯雲谷傳〉，《瑯嬛文集》卷四，頁 286。
〔註22〕 〈蘇公堤〉，《西湖夢尋》卷三，頁 51。
〔註23〕 〈冷泉亭〉，《西湖夢尋》卷二，頁 23。

不是有福之人，是無法欣賞這山姿月容，更無法享受枕石漱流，臥醒花影的
心靈饗宴。蘇軾是張岱心中「得山水之趣味者」〔註 24〕，也是頗懂西湖幽賞
之人，但一入夜即進城，無法一賞空山月夜之美，著實可惜。張岱不但大嘆
東坡無法享受，連靈隱寺的高僧慧理，以及避難於此的駱賓王，也是無福消
受，唯有孤山處士林逋、李紱以及自己才真正懂得飽覽殊勝，盡賞幽情。

　　林和靖愛梅，也愛四處遊覽，足跡遍於江淮之間，到四十多歲時，便結
廬於杭州孤山，孤山傍湖，他便沿著廬所，種植梅樹，以此為樂。林和靖高
風絕塵，孤直耿介的情操無疑是張岱所追求人格性情的標竿，張岱崇尚林和
靖「高潔韻同秋水，孤清操比寒梅」節操，遙想著「疏影橫斜，遠映西湖清
淺，暗香浮動，長陪夜月黃昏」的情景，曾作〈補孤山種梅序〉，邀約同好之
人在明月下閒鋤種梅花。張岱更曾興起隱居山林的念頭：

> 其地有秋雪庵，一片蘆花，明月映之，白如積雪，大是奇景。余謂
> 西湖真江南錦繡之地，入其中者，目厭綺麗，耳厭笙歌，欲尋深溪
> 盤谷，可以避世如桃源、菊水者，當以西溪為最。余友江道闇有精
> 舍在西溪，招余同隱。余以鹿鹿風塵，未能赴之，至今猶有遺恨。

〔註 25〕

月映蘆花，白如積雪的奇景，每每令張岱興起隱居之意，自稱「極愛繁華」
的張岱，卻是「目厭綺麗，耳厭笙歌」，反而「欲尋深溪盤穀，可以避世如桃
源、菊水者」。兩者看似矛盾，也正是張岱情感上的糾結所在。

　　觀《陶庵夢憶》中，聲色逸樂的篇章占了絕大部分。對於這些縱情墮落
的記述，張岱自己的解釋是：「因想余生平，繁華靡麗，過眼皆空，五十年來，
總成一夢。今為黍熟黃粱，車旋蟻穴，當作如何消受？遙思往事，憶即書之，
持向佛前，一一懺悔。」〔註 26〕張岱所描寫的聲色犬馬、宴遊娛樂，是他早
年的生活方式，到了晚年仍然極其眷戀，故屢屢有深情的追述。他所說的「極
愛繁華」，其實是對早年生活的眷戀追懷，不離乎亡國之音、黍離之悲的抒發，
張岱真正的情性嚮往是隱匿在自然山林的美景中，怡然自得，但他終究無法
脫離碌碌風塵，只能在夜夢裡構築理想中的福地：

> 郊外有一小山，石骨棱礪，上多筠篁，偃伏園內。余欲造廠，堂東西

〔註 24〕　〈西泠橋〉，《西湖夢尋》卷一，頁 14。
〔註 25〕　〈西谿〉，《西湖夢尋》卷五，頁 78。
〔註 26〕　〈夢憶序〉，《瑯嬛文集》卷一，頁 111。

向，前後軒之，後磥一石坪，植黃山松數棵，奇石峽之。堂前樹娑羅二，資其清樾。左附虛室，坐對山麓，磴磴齒齒，劃裂如試劍，扁曰「一丘」。右踞廠閣三間，前臨大沼，秋水明瑟，深柳讀書，扁曰「一壑」。緣山以北，精舍小房，絀屈蜿蜒，有古木，有層崖，有小澗，有幽篁，節節有緻。山盡有佳穴，造生壙，俟陶庵蛻焉，碑曰「有明陶庵張長公之壙」。壙左有空地畝許，架一草庵，供佛，供陶庵像，迎僧住之奉香火。大沼闊十畝許，沼外小河三四摺，可納舟入沼。河兩崖皆高阜，可植果木，以橘、以梅、以梨、以棗，枸菊圍之。山頂可亭。山之西鄙，有腴田二十畝，可秫、可粳。門臨大河，小樓翼之，可看爐峯、敬亭諸山。樓下門之，扁曰「瑯嬛福地」。緣河北走，有石橋極古樸，上有灌木，可坐、可風、可月。〔註27〕

張岱早年生活於華貴的家庭，而又沉溺於聲色犬馬之好，一旦國亡，不乞求保全，只將舊有的一切繁華，當作昨夜的一場好夢，獨守著一部未完成的明代紀傳，人們將他當作毒藥，當作猛獸，卻沒有甚麼怨悔。這就說明了所謂「極愛繁華」不過是對舊日故國的眷戀，繁華於他只是如同過眼雲煙般，南柯夢醒後，寂寞與繁華便沒什麼兩樣，故他才能處繁華而不騷動，耐寂寞而不沒落。張岱雖也欣然縱情於市井繁華之中，卻從來掩不住本質上深邃的孤獨，自言：「甲申以後，悠悠忽忽，既不能覓死，又不能聊生，白髮婆娑，猶視息人世。」繁麗多彩的前朝流逝而過，身邊喧騰的眾人也留不住，唯有他自己一個人留下來作這場前塵舊夢，在這場玲瓏多態的夢裡，他以冷靜的眼眸看盛世的熱鬧，在眾人的喧笑中發現淚眼，看盡一切繁華皆如過眼雲煙，最後歸於一聲長歎。

四十歲以前，張岱的生活周旋在讀書於享樂兩端，馳騁在浩瀚無邊的知識之海，與徜徉於湖光月色的自然之景，同樣能帶給他無窮的樂趣。張岱的《陶庵夢憶》以〈瑯嬛福地〉作為全書的最後一篇，對他而言，「瑯嬛福地」如同陶淵明的「桃花源」一樣，是一個理想，是一個象徵，是一個生前的精神寄託，死後的永恆歸宿，它只存在於張岱的內心深處。張岱欲建其生壙於此，這裡沒有美婢、孌童、鮮衣、美食、駿馬、華燈、煙火、梨園、鼓吹、古董等繁華光景，有的只是松樹奇石、娑羅清樾、古木層崖、小澗幽篁，「前臨大沼，秋水明瑟」，而可供讀書的清靜場域。這個福地還有個奇異的故事：

〔註27〕 〈瑯嬛福地〉，《陶庵夢憶》卷八，頁79。

晉太康中，張茂先爲建安從事，游於洞山，緣溪深入，有老人枕書
石上臥，茂先坐與論說，視其所枕書，皆蝌蚪文，莫能辨，茂先異
之，老人問茂先曰：「君讀書幾何？」茂先曰：「華之未讀者，二十
年內書，若二十年外書，則華固已讀盡之矣。」老人微笑，把茂先
臂走石壁下，忽有門入，途徑甚寬，至一精舍，藏書萬卷，問老人
曰：「何書？」曰：「世史也。」又至一室，藏書愈富，又問：「何書？」
老人曰：「萬國志也。」後至一密室，扃鑰甚固，有二黑犬守之，上
有署篆，曰「瑯嬛福地。」……茂先爲停信宿而出，謂老人曰：「異
日裹糧再訪，縱觀群書。」老人笑不答，送茂先出，甫出，門石忽
然自閉，茂先回視之，但見雜草藤蘿，繞石而生，石上苔蘚亦合，
初無縫隙，茂先癡劫佇視，望石再拜而去。〔註28〕

那驚鴻一瞥，神秘浪漫而不似人間的意象，深深撼動了張岱，其中包羅萬象
的藏書，汗牛充棟的典籍，也是令其夜夢中徘徊不捨離去的根由，可見張岱
情性所好缺不了「可風可月」的清淨山林，還有書本知識的汲取。

　　張岱筆下無論是喧闐熱鬧的民俗風情，還是寂寥孤絕的西湖雪景，無論
是突發奇想的夜晚活動，抑或寧靜澄澈的夜思懷想，都凝聚著他深切的情感
體驗，跳動著作者不能自已的「一往深情」，展露了他不受拘限、自由跳躍的
思想情感，正是其人格性情的具體表現，在平凡中創造奇特，處塵世而不隨
波逐流，不管是繁華富麗的貴族生活，抑或國破家亡後的流亡生涯，他一以
待之，自然能在平淡中見絢爛，在孤寂見熱情。以故，張岱的散文，是一顆
飽經憂患卻不失赤子之心的眞誠表白，是眞正的性情文字，他深刻的歡樂和
悲哀體驗通過文字震撼了後世讀者的心靈，使他們盪氣迴腸，歌哭無端，以
其純淨、深厚、眞摯的感情積澱開啓了讀者情感的閘門，在一種共通的感受
之下滌蕩了後人的靈魂。

第二節　夜晚生活的變遷

　　在原始社會中，人們採集維生，活動於太陽升起的白天時刻，到了夜晚，
伸手不見五指，只能處於岩穴之中，難以遠行；直到燧人氏鑽木取火，人們
得以製造光源，遂照亮了漆黑的夜晚，也點燃了文明的火種；之後，中國逐

〔註28〕　〈瑯嬛福地記〉，《瑯嬛文集》卷二，頁 148～149。

漸發展出農業社會，在漫長的華夏歷史中，基本上維持著此種模式定居生活，人們日出而作，日落而息，仍是難以違逆的自然規律，大部分的人們都在晚上休憩，夜晚活動多被認爲是陰晦姦邪的不法勾當，或因搬不上檯面，難以啓齒，只好在夜色掩映之下從事。社會隨著時代遞嬗，不斷調適與變遷，到了後期，社會結構起了根本的變化，經濟高度發展，貿易興盛，交通發達，逐漸轉變爲工商業社會，至此夜晚活動不再被冠上陰暗見不得人的污名，夜景與夜生活反成爲都市高度發展的象徵，人們不再受限於自然定律，在夜晚可有更多豐富的選擇。

反觀現今社會，經濟發展更是一日千里，夜晚活動成了人們休閒的一部分，以娛樂爲主的夜生活形式包括有酒館、酒吧、夜店、KTV、夜市等等應有盡有；一些白天營業的場所，也應現代人的需求延長至深夜，像是電影院、咖啡館、餐廳等，不到夜深也不打烊；即使不出門做些什麼，人們在家裡看電視、上網、看書，睡眠的時間也較古人大爲延後。遇到中元節、中秋節、除夕、元宵節等特定的節日，除了沿襲古俗有特殊的夜間活動，伴隨著商業的行銷手法，慶典更加五花八門，中秋節地方社區舉行的烤肉賞月活動，較張岱筆下描繪的虎丘中秋盛事，雖風雅不足，但熱鬧團圓的旨趣同在；現今的元宵節燈會，更加擴大辦理，較張岱龍山張燈的盛事，有過之而無不及，各地無不舉辦燈會，每年有不同主題的主燈連綿數尺，高數丈，每每吸引大量人潮觀賞，手提的燈籠除了竹製紙糊的傳統樣式，更有許多塑膠製的精美燈籠，夜裡燈光閃爍，同時伴隨著音樂，熱鬧繽紛。另外，受西方文化的影響，聖誕節、跨年晚會也成了一年一度的盛事，地方政府舉辦各式大型晚會，歌舞等綜藝表演帶動全場，施放的煙火秀更長達數分之久，令人嘆爲觀止，一方面渲染了太平盛世，一方面帶動了商業經濟。其他像各縣市特有的夜晚慶祝活動，充分結合地方文化，吸引大量遊客，像是澎湖的花火節、墾丁的海洋音樂祭，每年都隆重而盛大舉行夜晚慶典，帶動了當地的觀光旅遊業。許多大都市更以其夜生活的豐富多彩而聞名，如上海、香港與臺北等，皆以燦爛耀眼的夜晚活動致力於城市的行銷，聞名世界。

夜晚在燈火的點綴下絢麗迷人，引人無限遐想，現代人的夜生活如此繽紛多彩，古人的夜生活同樣令人好奇，然而目前存有的文獻中所見有限。古代的人沒有夜店，卻有歌妓招展、紙醉金迷的歌舞場，其中歌妓文化是古人夜晚生活的重頭戲。唐代在中國歷史上曾是個繁盛的時代，當時的文人晚上

除了喝酒寫詩外，便在歌舞場中與歌妓酬唱交往，成爲其詩歌創作的重要內容，貴族文人在家大都蓄有歌妓，晚上便有歌伶在宴席上演出，娛樂觀眾，白居易詩云：「櫻桃樊素口」，便是讚美家妓樊素的櫻桃小口與優美歌藝，李商隱也有《贈歌妓二首》。另外，夜晚是文人創作最有靈感的時候，許多傳世的作品都在夜闌人靜時完成，李白在月下獨酌，於是吟成：「花間一壺酒，獨酌無相親。舉杯邀明月，對影成三人。」〔註29〕張若虛身心浸染在夜景之中，寫出「春江潮水連海平，海上明月共潮生。灩灩隨波千萬裏，何處春江無月明」的詩句。小說《聊齋志異》也是蒲松齡在朦朧的月色下產生靈感，他荒涼的書齋裡，點上根蠟燭，燈影婆娑中，便恍然有神仙鬼怪出現，於是幻想出光怪陸離的故事情節。可見在推杯換盞間以歌舞取樂，以文字自娛就是文人主要的夜生活。

這是張岱文字以外，所能見到文人夜生活的大致面貌，然而，文人的夜晚活動僅止於此嗎？晚上的生活幾乎是文人和商賈貴族的天下，一般平民何嘗沒有夜晚活動？想來並非如此，古代和現代的夜晚同樣有才子飲酒，浪子思鄉，戀人幽會，夫妻行房，古時雖不如今日的生活豐富，但是夜晚也並非一成不變地休憩睡眠，只不過因爲這些活動從未被正視爲有價值的寫作題材，於是夜晚活動便成了附庸，零落散見於典籍裡。文人穿梭於歌舞之場，以詩詞詠出，便妝點成流風餘韻，令人回味無窮；同樣的行爲，一般百姓留連於曲房妓院，便脫不了低俗鄙薄的觀感，文人雅士自然不會有興趣去了解，更遑論作爲寫作題材了。於是我們便難以見得古人夜晚生活的各個層面，甚至以爲夜生活爲文人商賈所特有獨享。而文人也不是一味地在書齋裡埋頭苦讀，著書寫作，又或行吟澤畔，飲酒賦詩，他們同樣會在特定佳節裡挨身在街道人群之中，觀賞慶典盛會，隨著群情歡騰而欣喜鼓舞，只不過這等與販夫走卒共同從事的市井之事，稱不上風雅韻事，自然被視爲不足論而難以受到重視，也就不見載於文人典籍了。

歷來學者對張岱的研究，多就其累世通顯的家世背景言其浮華奢靡的豪侈性格，或就其國破家亡的流離經歷探索其深沉凝鍊的內心情感，以照應張岱所創作出的文學作品，所處的環境情勢賦予張岱相應的個性情感。然而應當抽離外在條件的影響，以凝視張岱不受羈絆的心靈，所見的才是他眞正靈明澄澈的人格性情，不隨塵囂紛擾而騷動，不以家國亂離而頹喪。故本篇論

〔註29〕李白：〈月下獨酌〉，《李太白詩集》卷23，頁3。

文，筆者就張岱的作品本身，來探討其人格性情，這些描寫夜晚相關的篇章呈現出他湛然瑩澈的心緒，自由活潑的行動。透過其筆墨，又重現了晚明這樣一個既繁華又困惑，既歡愉又憂慮，既張揚又頹廢的時代。

張岱的筆墨呈現了晚明豐富精彩的夜生活。特殊節日有元宵節的放燈誌喜，述及個別地域的張燈盛事、繁華燈景；中秋佳節的賞月唱和，著重在描寫各色人物情態。朝頂祭祀事宜，也是人民生活的一大盛事，不但要設供演劇，還形成專門賀席以招待香客的特殊商業現象。市民的夜間慶賞點亮了整座城市，張岱得以在其間從事各樣的夜晚活動，動輒徘徊於秦淮河畔的畫船簫鼓，周折於二十四橋風月的密戶曲房；尚有精湛傳神的說書表演以供娛樂。若厭膩了市囂的煩擾，張岱便親山水而遊，可以移舟過訪，臥船看月；又或遊園觀景，登峰浴雪。

然而，當明亡家破後，夜晚承載著過多張岱對於故國往事的記憶，這些繁華盛事隨著清軍的入侵，如燈景煙火般湮滅消散，留給張岱的是難以承受的悲痛，籠罩在每個不能成眠的夜晚，留下了一篇篇夜思悵惘的內心獨白，吟詠出一首首充滿黍離悲悽、遺民血淚的冰雪之詩。張岱對於「夜」實有太多複雜的情感，曾經他尋幽取樂、好遊於夜，恨不得夜夜待月候雪，愜意暢遊；明亡之後，張岱的悲痛惆悵隨著每個夜幕的降臨蔓延擴張，他在永無止盡的黑夜裡淒苦哀鳴，渴求天明、等待曙光。

這些書寫夜晚的篇章，不但照見了張岱最深沉的內心底蘊，就其文學價值也有可觀之處。張岱觀夜晚的角度有異於常人的特色，尤喜描寫皓月之夜，呈現出白色的基調；除了眾人群聚的慶典夜晚外，特立獨行的乘興起遊也是張岱取材的重點與特色所在；這些夜晚書寫的篇章，張岱往往以冷靜的角度觀之，用幽獨的筆致，營造出熱鬧鼎沸的氛圍，作者在其間則是一個清醒的旁觀者；而在藝術風格上，張岱以「冰雪之氣」貫串其詩文，又利用奇詭的佈局，使寧靜的夜變得嬉鬧活潑起來，有時則營造出詭譎奇異的氣氛，令人對夜有無限的遐想。這些涉及夜晚素材的篇章表現了張岱文學抒寫的不同特色，也正反映了他內在複雜交錯的生命情調。

張岱生活於明清易代之際，他的小品文真實地反映了那個特殊時代的人和事，表現作家的思想和個性，體現了自然空靈的文風，彰顯了一代散文家的文化品格。張岱將文化觀念、審美感受、日常生活、文人趣味相融合，著墨於夜晚作書寫，創作出雅俗共賞的文化小品。他津津樂道於晚明社會，尤

其是都市的夜晚生活與風俗的各個層面，表現出對世俗生活關注和介入的熱情，在燈紅酒綠的包圍中，雖欣喜於人們物質生活水準的提高，但更企盼超拔於世俗的個性化人格和精神風尚。這些夜晚書寫的篇章呈現了張岱熱愛生活，並且經歷天崩地裂而不改的癡情，追蹤其心靈的歷程，他不停地在尋夢寫夢，將蒼涼的故國之思、地老天荒的身世之感深藏於平靜的敘述中，如夢如詩。他畢生致力於撰史，卻以小品留名，他對早年生活繁華靡麗的追憶，在後人看來難脫紈袴淫靡之嫌，黃裳雖稱其為「絕代散文家」〔註30〕，然而在文道正統的傳承下，其地位自不如同時期的公安三袁。故筆者本篇論文，就夜晚書寫的主題，觀照張岱所締造的文學意蘊與傳世價值，呈現出前人所未照見的面向，也期許其他研究者能開拓出張岱研究的不同角度，以還其公允的歷史地位。

第三節　未來展望

筆者以「夜晚」為主題，探究了張岱作品的不同面向，以觀照其生命歷程，文學成就，文藝思想，個性特徵等方面，使得張岱在人們的眼中有了多重的角色。「夜」不僅是切入張岱研究的一個適切的角度，同時也是探討晚明時代背景的重要材料，由本論文可見，晚明有晚明特殊的夜生活，張岱有張岱個人獨特的夜晚活動，實則以「夜晚」的觀點切入，可開展出文學研究更寬廣的園地，可惜今人研究還未關注到此一主題。所見相關研究唯有宋雪茜的《蘇軾夜遊及其對現代夜間旅遊的審美啟示》〔註31〕，宋文是就蘇軾的夜遊作品以展現其情愛、意志及自我完善等不同的人格層面，並從旅遊者的審美心境、審美方法、審美層次論述了蘇軾的「夜遊」審美思想對現代夜間旅遊審美主體的啟示作用。其論文著重在蘇軾夜遊的審美思想，以連結到現代旅遊做延伸的探討，實則蘇軾文本中的夜遊行跡不但數量可觀，並且體現出與張岱夜晚生涯不同的風貌與意韻，代表的是宋代社會背景之下文人士大夫的夜生活。張岱生於明清易代之際，政治的動盪、經濟的繁榮、交通的發達，塑造了一個適遊於夜的環境，任其可隨心所欲地活動於夜，而張岱本身是一

〔註30〕 黃裳：〈絕代的散文家張宗子〉，收錄於《晚明文學思潮研究》（武漢：湖北教育出版社，2002年），頁195。

〔註31〕 宋雪茜：《蘇軾夜遊及其對現代夜間旅遊的審美啟示》，四川：四川師範大學研究所碩士論文，2005年。

個既好混跡市井又喜出入山林的雅士，故其筆下得以呈現出晚明夜晚的廣大層面，既有群眾夜間的風俗呈現，又有山水夜遊的情趣描寫。每個時代都有屬於那個時代不同的生活方式，若能將文人典籍中涉及夜晚書寫的片段聚集，當可拼湊出其所處時代特殊的夜晚風貌，這是了解時代背景與社會風俗的重要史料，也是筆者未來想要致力開拓的研究層面。

　　歷來研究張岱的論文可謂多矣，張岱是一個不同於傳統士人形象的人物，他的天賦奇才、獨特性格和豐富的經歷，每每吸引人們不得不留連於他的世界，去品味他的人生，感悟他的智慧。夜，是張岱人生中十分精彩的部分，其獨特的場景、情境與感受被混雜在他豐富錯綜的生命經歷及內涵中，筆者選擇其夜晚活動作為研究的媒介，引領讀者進入張岱奇異美妙的夜晚場景之中。在研究的同時，夜晚書寫所涉及的夜間旅遊，即「夜遊」的主題，也引起筆者探索的興趣，然而這涉及到旅遊文學的研究層面，實非筆者目前學力所能及，「遊」本已極難定義，再納入「夜遊」當有更多問題需要釐清，若能釐定出夜間旅遊的意義，就能在旅遊文學的領域中發展出新的思維，當是值得深入研究的課題。

參考書目

一、張岱主要著作（依書名首字筆劃爲序，同書則以出版年代爲序）

1. 《四書遇》朱宏達點校，杭州：浙江古籍出版社，1985 年。

2. 《石匱書》，收錄於《續修四庫全書》，上海：上海古籍出版社，2002 年。

3. 《石匱書後集》，上海：中華書局，1959 年。

4. 《石匱書後集》，臺北：鼎文書局，1991 年。

5. 《西湖夢尋》，王文誥評，《續修四庫全書》，上海：上海古籍出版社，1985 年。

6. 《西湖夢尋》，馬興榮點校，臺北：漢京文化事業公司，2004 年。

7. 《快園道古》，高學安、佘德余標點，浙江：浙江古籍出版社，1986 年。

8. 《夜航船》劉耀林校注，浙江：浙江古籍出版社，1987 年。

9. 《夜航船》，成都：四川文藝出版社，1996 年。

10. 〈明越人三不朽圖贊〉，收錄於周駿富輯：《明代傳記叢刊‧綜錄類》，臺北：明書局，1991 年。

11. 《張岱詩文集》，夏咸淳校注，上海：上海古籍出版社，1991 年。

12. 《陶庵夢憶》，臺靜農點校，臺北：台灣開明書店，1957 年。

13. 《陶菴夢憶》，王文誥評，《續修四庫全書》，上海：上海古籍出版社，1985 年。

14. 《陶菴夢憶》，收錄於《叢書集成初編》，北京：中華書局，1985 年。

15. 《陶庵夢憶》，陳萬益導讀，臺北：金楓出版公司，1986 年。

16. 《陶庵夢憶》，上海：上海古籍出版社，1995 年。

17. 《陶庵夢憶》，馬興榮點校，臺北：漢京文化事業公司，2004 年。

18. 《陶庵夢憶‧西湖夢尋》，馬興榮點校，臺北：漢京文化事業有限公司，1984 年。

19. 《陶庵夢憶・西湖夢尋》，夏咸淳、程維榮校，上海：上海古籍出版社，2001年。

20. 《瑯嬛文集》，上海：廣益書局，1936年。

21. 《瑯嬛文集》，臺北：淡江書局，1956年。

22. 《琅嬛文集》，云告校點，長沙：嶽麓書社，1985年。

二、古籍（依朝代先後為序，同朝代則以作者姓氏筆劃為序）

1. 〔晉〕袁宏：《後漢紀校注》，天津：天津古籍出版，1987年。

2. 〔南朝齊〕蕭子顯：《南齊書》，臺北：鼎文書局，1987年。

3. 〔南朝梁〕劉勰著，范文瀾註：《文心雕龍註》，北京：人民文學出版社，1958年。

4. 〔唐〕王維：《王右丞集注》，台灣：中華書局，1984年。

5. 〔唐〕白居易：《白氏長慶集》，上海：上海商務印書館，1929年。

6. 〔唐〕李白：《李太白詩集》，台灣：中華書局，1978年。

7. 〔宋〕蘇軾：《東坡六集》，北京：中華書局，1982年。

8. 〔宋〕蘇軾：《東坡樂府》，收錄於《叢書集成續編》，臺北：新文豐出版公司，1989年。

9. 〔宋〕蘇軾：《東坡志林》，北京：中華書局，1981年。

10. 〔南宋〕張炎：〈高陽臺〉，《山中白雲詞》，臺北：藝文印書館，1970年。

11. 〔明〕王世貞：《王世貞文選》，蘇州：蘇州大學出版社，2001年。

12. 〔明〕王世懋：《名山遊記》，收錄於《四庫全書存目叢書》，臺南：莊嚴文化，1997年。

13. 〔明〕田汝成：《西湖遊覽志》，臺北：世界書局，1963年。

14. 〔明〕田汝成：《西湖遊覽志餘》，臺北：成文出版社，1983年。

15. 〔明〕余懷《板橋雜記》，收錄於《清代筆記小說大觀》，上海：上海古籍出版社，2007年。

16. 〔明〕汪珂玉：《西子湖拾翠餘談》，收錄於《叢書集成續編》，臺北：新文豐出版公司，1989年。

17. 〔明〕姚思仁注：《大明律例註解》，北京：北京大學出版社，1993年。

18. 〔明〕范濂：《雲間據目抄》，收錄於《叢書集成三編》，臺北：新文豐出版公司，1972年。

19. 〔明〕凌濛初：《拍案驚奇》，上海：上海古籍出版社，1996年。

20. 〔明〕徐宏祖：《徐霞客遊記》，上海：上海古籍出版社，1980年。

21. 〔明〕笑笑生：《金瓶梅》，臺北：三民書局，1983年。

22.〔明〕袁中道：《珂雪齋集》，上海：上海古籍出版社，1989 年。

23.〔明〕袁宏道：《袁中郎全集》，臺北：世界書局，1978 年。

24.〔明〕高濂：《四時幽賞錄》，臺北：新文豐，1989 年。

25.〔明〕張瀚：《松窗夢語》，收錄於《叢書集成續編》，臺北：新文豐，1989 年。

26.〔明〕陳弘緒：《寒夜錄》，上海：上海商務印書館，1936 年。

27.〔明〕陶宗儀：《南村輟耕錄》，臺北：木鐸出版社，1982 年。

28.〔明〕馮夢龍：《喻世明言》，上海：上海古籍出版社，1996 年。

29.〔明〕馮夢龍：《醒世恆言》，上海：上海古籍出版社，1996 年。

30.〔明〕馮夢龍：《警世通言》，上海：上海古籍出版社，1996 年。

31.〔明〕黃宗羲《南雷文定》，收錄於《四庫全書存目叢書》，臺南：莊嚴文化，1997 年。

32.〔明〕熊鳴岐輯：《昭代王章》，臺北：中央圖書館，1981 年。

33.〔明〕劉侗、于奕：《帝京景物略》，北京：北京古籍出版社，1983 年。

34.〔明〕蕭良幹，張元忭等纂修《紹興府志》，臺南：莊嚴文化出版公司，1996 年。

35.〔明〕錢謙益：《列朝詩集小傳》，臺北：世界書局，1965 年。

36.〔明〕謝肇淛：《五雜組》，臺北：新興書局，1971 年。

37.〔明〕顧起元：《客座贅語》，收錄於《四庫全書存目叢書》，臺南：莊嚴文化，1995 年。

38.〔明〕顧清等修：正德《松江府志》，收錄於《四庫全書存目叢書》，臺南：莊嚴文化，1995 年。

39.〔清〕朱彝尊：《靜志居詩話》，北京：人民文學出版社，1990 年。

40.〔清〕李艾塘：《揚州畫舫錄》，北京：中華書局，1960 年。

41.〔清〕李衛修，傅王露纂：《浙江省西湖志》，臺北：成文出版社，1983 年。

42.〔清〕林蘇門《邗江三百吟》，收錄於《中國風土志叢刊》，揚州：廣陵書社，2003 年。

43.〔清〕夏燮：《明通鑑》，上海：上海古籍出版社，1990 年。

44.〔清〕張潮：《虞初新志》，收錄於《清代筆記小說大觀》，上海：上海古籍出版社，2007 年。

三、**專書**（依作者姓氏筆劃爲序）

1. 卜正民著，方駿、王秀麗、羅天佑合譯：《縱樂的困惑——明朝的商業與

文化》，臺北：聯經出版事業股份有限公司，2004 年。

2. 史景遷著，溫洽溢譯：《前朝夢憶：張岱的浮華與蒼涼》，臺北：時報文化，2009 年。

3. 吳承學、李光摩編：《晚明文學思潮研究》，武漢：湖北教育出版社，2002 年。

4. 吳承學：《晚明小品研究》，南京：江蘇古籍出版社，1999 年。

5. 周明初：《晚明士人心態及文學個案》，北京：東方出版社，1997 年。

6. 施蟄存編：《晚明二十家小品》，台北：新文豐出版有限公司，1977 年。

7. 胡益民：《張岱研究》，合肥：安徽教育出版社，2002 年。

8. 朱劍心選注：《晚明小品選注》，臺北：臺灣商務印書館，1969 年。

9. 胡益民：《張岱評傳》，南京：南京大學出版社，2002 年。

10. 韋明鏵：《二十四橋明月夜——揚州》，上海：上海古籍出版社，2000 年。

11. 夏咸淳：《明末奇才：張岱論》，上海：上海社會科學出版社，1989 年。

12. 夏咸淳：《張岱》，瀋陽：春風文藝出版社，1999 年。

13. 夏咸淳：《張岱散文選集》，天津：百花文藝出版社，1997 年。

14. 夏咸淳：《晚明士風與文學》，北京：中國社會科學出版社，1994 年。

15. 馬美信：《晚明文學新探》，臺北：聖環圖書有限公司，1994 年。

16. 陳少棠：《晚明小品論析》，臺北：源流出版社，1982 年。

17. 陳萬益：《晚明小品與明季文人生活》，臺北：大安出版社，1988 年。

18. 陳寶良：《明代社會生活史》，北京：中國社會科學出版社，2004 年。

19. 陽明山華岡明史研究小組：《明史研究專刊》，臺北：陽明山華岡明史研究小組，1978 年。

20. 黃桂蘭：《張岱生平及其文學》，臺北：文史哲出版社，1977 年。

21. 劉石吉：《明清時代江南市鎮研究》，北京：中國社會科學出版社，1987 年。

22. 錢杭、承載：《十七世紀江南社會生活》，杭州：浙江人民出版社，1996 年。

23. 錢基博：《明代文學》，臺北：臺灣商務印書館，1999 年。

24. 龔鵬程：《晚明思潮》，臺北：里仁書局，1994 年。

25. 曹淑娟：《晚明性靈小品研究》，臺北：文津出版社，1988 年。

26. 楊寬：《中國古代都城制度史》，上海：上海人民出版社，2006 年。

27. 陳寅恪：《寒柳堂集》，上海：上海古籍出版社，1980 年。

28. 朱恆夫：《目連戲研究》，南京：南京大學出版社，1993 年。

29. 胡適:《胡適文選》,臺北:遠東圖書公司,1967 年。

30. 交通部中央氣象局編:《天文百問》,臺北:氣象局,1998 年。

四、單篇論文（依作者姓氏筆劃爲序）

1. 中嵐:〈《陶庵夢憶》中的陶庵與夢憶〉,《中國古典文學研究叢刊》(散文與評論之部)(臺北:巨流出版社,1986 年),頁 171〜182。

2. 毛文芳:〈花、美女、癖人與遊舫——晚明文人之美感境界與美感經營〉,《中國學術年刊》第 19 期,1998 年 3 月,頁 381〜416。

3. 毛文芳:〈閱讀與夢憶——晚明旅遊小品試論〉,《中正大學中文學術年刊》第 3 卷,2000 年 9 月,頁 1〜44。

4. 王彥永:〈張岱小品文的藝術特色及其文化成因〉,《新鄉師範高等專科學校學報》第 20 卷第 3 期,2006 年 5 月,頁 114〜116。

5. 吳智和:〈黃桂蘭《張岱生平及其文學》〉,《明史研究專刊》第 1 期,1978 年 7 月,頁 144〜148。

6. 李合群:〈古代的夜市〉,《價格月刊》第 8 期,2003 年,頁 1〜4。

7. 李俊杰:〈晚明社會變遷與士人休閒活動之探究——以江南地區爲例〉,《台中技術學院學報》第 2 期,2001 年 6 月,頁 19〜24。

8. 李聖華:〈論張岱的遺民心態和他的「冰雪」之詩〉,《貴州文史叢刊》第 4 期,2000 年,頁 57〜62。

9. 沈星怡:〈近十年張岱研究綜析〉,《蘇州大學學報》(哲學社會科學版)第 2 期,2005 年 3 月,頁 70〜73。

10. 周作人:〈《陶庵夢憶》序〉,《晚明文學思潮研究》(武漢:湖北教育出版社,2002 年),頁 57〜59。

11. 周振鶴:〈從明人文集看晚明旅遊風氣及其與地理學的關係〉,《復旦學報》(社會科學版)第 1 期,2005 年,頁 72〜78。

12. 胡海義、賀秋菊:〈夢華懷舊情結與明末清初西湖小說之興盛〉,《貴州文史叢刊》第 1 期,2008 年,頁 77〜81。

13. 胡益民:〈張岱的藝術範疇論〉,《殷都學刊》第 2 期,2000 年,頁 69〜73。

14. 夏咸淳:〈明人山水趣尚〉,《學術月刊》第 4 期,1997 年 4 月,頁 43〜49。

15. 夏咸淳:〈論張岱及其《陶庵夢憶》《西湖夢尋》〉,《天府新論》第 2 期,2000 年 5 月,頁 68〜73。

16. 夏咸淳:〈論張岱詩稿——〈張子詩粃〉〉,《上海社會科學院學術季刊》第 3 期,1986 年,頁 176〜183。

17. 常建華等：〈明代歲時節日生活〉，《中國歷史上的生活方式與觀念》（臺北：馨園文教基金會，1998 年），頁 35～125。

18. 張淼：〈夜禁的張弛與城市的文學記憶〉，《江淮論壇》第 4 期，2008 年，頁 129～135。

19. 張則桐：〈「冰雪之氣」：張岱散文藝術精神論〉，《浙江大學學報》（社會科學版）第 3 期，2003 年 5 月，頁 172～175。

20. 張則桐：〈一往深情——張岱散文情感底蘊論〉，《浙江大學學報》（社會科學版）第 3 期，1999 年 5 月，頁 149～153。

21. 張則桐：〈張岱與戲曲藝術述論〉，《鹽城師範學院學報》（人文社會科學版）第 23 卷第 3 期，2003 年 8 月，頁 35～38。

22. 張則桐：〈試論戲曲藝術對張岱散文的影響〉，《藝術百家》第 5 期，2004 年，頁 86～88。

23. 曹淑娟：〈癡人說夢，寧恆在夢——論張岱的尋夢情結〉，《鵝湖月刊》第 19 卷第 3 期，1993 年 9 月，頁 26～33。

24. 陳婭玲：〈社戲與紹興民俗風情〉，《中國戲劇》2007 年 1 月，頁 44～46。

25. 陳熙遠：〈中國夜未眠——明清時期的元宵、夜禁與狂歡〉，《中央研究院歷史語言研究所集刊》第 75 本第二分，2004 年 6 月，頁 283～327。

26. 陳儀玲：〈白色的夜晚——張岱湖心亭看雪時間考〉，《有鳳初鳴年刊》第五期，2009 年 5 月，頁 267～278。

27. 陳學文：〈明代杭州的夜市〉，《浙江學刊》第二期，2007 年，頁 106～111。

28. 黃裳：〈絕代的散文家張宗子〉，《晚明文學思潮研究》（武漢：湖北教育出版社，2002 年），頁 195～202。

29. 黃明理：〈精魅觀點——論〈西湖七月半〉的敘述主體〉，發表於台灣師範大學「2009 敘事文學與文化國際學術研討會」，2009 年 12 月。登於台灣師範大學《國文學報》第 47 期，2010 年 6 月。

30. 楊振良：〈目連戲中特殊民俗演出形式〉，發表於韓國淑明女子大學主辦「第三屆中國文化研究國際學術會議」，2004 年 11 月。。

31. 楊惠玲：〈論晚明家班興盛的原因〉，《南京師大學報》（社會科學版）第 1 期，2005 年 1 月，頁 129～133。

32. 葉濤：〈泰山香社傳統進香儀式述略〉，《民俗研究》第 3 期，2004 年，頁 100～111。

33. 劉春興、劉鳳偉：〈張岱與休閒文化〉，《浙江樹人大學學報》第 5 卷第 2 期，2005 年 3 月，頁 99～101。

34. 劉桂蘭：〈張岱小品文「西湖情結」管窺〉，《淮陽師範學院學報》（社會科學版）第 27 卷，2005 年 4 月，頁 542～545。

35. 劉崇義：〈試賞張岱的「湖心亭看雪」〉，《孔孟月刊》第三十卷第五期，1992 年 1 月，頁 45～47。

36. 劉貴蘭：〈精神家園的夢憶與夢尋──解讀張岱小品文的「西湖情結」〉，《長春師範學院學報》第 24 卷第 1 期，2005 年 1 月，頁 53～56。

37. 劉燕玲：〈一曲禾黍悲歌，一把遺民血淚──張岱詩歌研究〉，《思茅師範高等專科學校學報》第 23 卷第 1 期，2007 年 2 月，頁 64～68。

38. 鄭雅尹：〈晚明文人西湖遊觀試探──以張岱《西湖夢尋》爲考察對象〉，《暨南史學》第 8 卷，2005 年 7 月，頁 1～35。

39. 羅青：〈諷刺妙品〈西湖七月半〉〉，《明道文藝》第 40 期，1979 年 7 月，頁 34～45。

40. 羅玉華：〈民俗風土，人生品味──談張岱《陶庵夢憶》〉，《河北職業技術學院學報》第 4 卷第 3 期，2004 年 9 月，頁 70～71。

41. 龔紅林：〈論蘇軾的「夜遊」情結〉，《孝感學院學報》第 25 卷第 4 期，2005 年 7 月，頁 64～67。

42. 龔鵬程：〈由蔡根譚看晚明小品的基本性質〉，《晚明文學思潮研究》（武漢：湖北教育出版社，2002 年），頁 430～463。

五、學位論文（依作者姓氏筆劃爲序）

台　灣

1. 江佩怡：《張岱小品文由雅入俗研究》，臺北：臺北市立師範學院應用語言文學研究所碩士論文，2002 年。

2. 段正怡：《張岱、李漁飲饌小品之考察》，桃園：元智大學中國語文研究所碩士論文，2007 年。

3. 徐世珍：《張岱《夜航船》研究》，臺北：國立政治大學中國文學研究所碩士論文，2001 年。

4. 張志帆：《論張岱遊記中人文精神之體現》，臺北：中國文化大學中國文學研究所碩士論文，2006 年。

5. 郭秉融：《張岱及其散文研究》，臺北：臺北市立師範學院應用語言文學研究所碩士論文，2003 年。

6. 郭榮修：《張岱散文理論及作品研究》，國立臺灣大學中國文學研究所碩士論文，1992 年。

7. 陳忠和：《從劉勰「六觀」論張岱小品文》，高雄：國立高雄師範大學國文研究所碩士論文，1999 年。

8. 陳進泉：《晚明張岱《陶庵夢憶》戲劇資料之研究》，臺北：中國文化大學藝術研究所碩士論文，1984 年。

9. 陳麗明：《張岱散文美學之研究》，臺北：國立臺灣師範大學國文研究所碩士論文 1996 年。

10. 曾淑娟：《張岱小品中的旅遊休閒》，彰化：國立彰化師範大學國文研究所碩士論文，2004 年。

11. 黃明理：《「晚明文人」型態之研究》，臺北：國立臺灣師範大學國文研究所碩士論文，1989 年。

12. 黃靜瑜：《袁宏道與張岱的西湖書寫——從外緣到文本的考察》，彰化：國立彰化師範大學國文研究所碩士論文，2007 年。

13. 蔣靜文：《論張岱小品：從生命模塑到形式意義的完成》，嘉義：國立中正大學中國文學研究所碩士論文，1996 年。

14. 蔡麗玲：《從晚明「世說體」著作的流行論張岱的《快園道古》》，新竹：國立清華大學文學研究所碩士論文，1992 年。

15. 簡瑞銓：《張岱四書遇研究》，臺北：東吳大學中國文學研究所碩士論文，2006 年。

16. 蘇恆雅：《《陶庵夢憶》與《西湖夢尋》研究——以文學表現與遺民意識為主》，臺中：逢甲大學中文研究所碩士論文，2001 年。

大　陸

1. 宋雪茜：《蘇軾夜遊及其對現代夜間旅遊的審美啟示》，四川：四川師範大學研究所碩士論文，2005 年。

2. 馬桂珍：《名士與遺民雙重人格的展示——論張岱的散文》，濟南：山東師範大學中國古典文學研究所碩士論文，2002 年。

3. 張麗杰：《論張岱《陶庵夢憶》的情感意蘊》，内蒙古：内蒙古師範大學中國古代文學研究所碩士倫文，2004 年。

4. 梁佶：《張岱文化小品研究》，揚州：揚州大學中國古代文學碩士論文，2008 年。

5. 陳秀梅：《論張岱散文的藝術特徵》，北京：中央民族大學中國古代文學研究所碩士論文，2005 年。

6. 喬亞：《張岱論》，濟南：山東師範大學中國古代文學研究所碩士論文，2008 年。

7. 趙一靜：《張岱的《四書》學與史學》，湖南：湖南大學專門史研究所碩士論文，2006 年。

8. 劉雪飛：《張岱散文研究》，蘭州：蘭州大學中國古代文學研究所碩士論文，2007 年。

9. 盧杰：《張岱散文中的日常生活美學思想》，揚州：揚州大學文藝學研究所碩士論文，2006 年。

張岱生平及其文學

黃桂蘭　著

作者簡介

黃桂蘭，1946 年生，台灣師範大學國文系學士，政治大學中國文學研究所碩士。早年曾留意於文字學與晚明小品之研究，其後則專注於明清之際遺民詩及清初涉臺詩文之研究。所著專書有《集韻引說文考》、《張岱生平及其文學》、《白沙學說及其詩之研究》、《吳嘉紀陋軒詩之研究》；單篇論文有〈白沙詩論及詩之風格〉、〈白沙詠物詩之探討〉、〈晚明文士風尚〉、〈論張岱小品文的雅趣與諧趣〉、〈試論明清之際詩人的詩史意識〉、〈明木清初社會詩初探〉、〈從諷諭詩看明季蠹政〉、〈方其義與時術堂遺詩〉、〈從泊水齋詩文看晚明現象〉、〈試窺千山詩集的明遺民心境〉、〈從赤崁集看清初的台灣風貌〉、〈存故國衣冠於海島—盧若騰詩文探析〉等十餘篇。

提　　要

　　有明一代文學，先有國初三老、國初三家，繼有前七子，後七子，皆以擬古為尚，主張文必秦漢，詩必盛唐。流弊所及，剽竊雷同，徒取形似。晚明諸賢起而矯摹擬之病，發抒性靈，不拘格套。一經倡導，群起景從，蔚成新興之文學運動——小品文運動。此一運動係由徐渭文長開其先河，公安三袁、竟陵鍾譚步其後塵，而張岱宗子則又集其大成而造其極致。

　　張岱家世顯貴，前半生聲色犬馬，耽溺遊戲，盡享靡麗富貴；後半生國破家亡，遯跡山林，貧窘潦倒。縱然衣食不繼，仍不憂生，不畏死，潛心著　述。其詩文初學徐文長，又學公安、竟陵，擷取二家所長，揚棄其短，獨創特有之風格。其文學理論，亦主張反擬古、抒性靈，且將小品文寫作之範疇，由描畫山水擴展至記事、抒情、說理等方面，文筆生動，野趣可愛。各類體裁，如序跋、像贊、碑銘，至其手中亦滑稽諧趣，不似他人刻板規矩。其於小品文之成就，高出晚明各家之上。

　　歷來有關徐渭、三袁、鍾譚之論著頗夥，獨張岱隱沒不彰，甚少見諸篇什。即有，亦寥寥片語，無以概其全貌。偶而披閱明人傳記，或明文彙編，每闕而不錄。不免興「遺珠」之憾！今就張岱其人，論述生平及文學，期為晚明文學後勁，略申成就耳。

　　茲編論述，先考其家世、生平，以了解其生活背景；次考其交遊人物，蓋張岱一生進退周旋於詭奇人物之間，影響其才情、文學頗鉅；次考其情性、喜好，張岱傳世作品中，每多生活寫照，故須洞悉其生活態度；其次考其著述，張岱著作等身數倍，惜多已不獲見；末文學分析一章，探索其文學淵源及理論，並析論其文章風格。筆者學殖荒疏，固陋自知不免，謹俟博雅，有以教之。

目

次

第一章　家世與生平

第一節　家　世

　　張岱，字宗子，又字石公，號陶菴，又號蝶菴居士。明山陰人，其先世為蜀之劍州人，故自為墓誌銘稱「蜀人張岱」。岱家累世通顯，《瑯嬛文集》卷四有張岱所寫之家傳，自高祖天復至父耀芳，詳述一生宦跡、行誼。岱云：「岱能傳我有明十五朝之人物，而不能傳吾高曾祖考，則岱真罪人也已。」此乃作傳之由，後人亦於焉獲覩其先人之面目。茲以家傳為骨幹，復參攷史乘、筆記，介紹其家世於後：

一、先　世

　　高祖天復，字復亨，號內山，生於正德八年（1513）。弱冠，補縣諸生。嘉靖二十二年舉於鄉，二十六年成進士，授祠部主事，歷吏兵二部，視全楚學政。四十一年，調雲南臬副，沐氏縱恣不法，屢以強項見左；後武定亂提兵出討，俘名酋以十數，斥地二千餘里，沐氏輦金鉅萬餌之，曰：「孰不聞沐氏滇者，功出爾，則無沐矣，盍以金歸公，而功歸沐，則兩得。」天復嚴詞絕之，沐氏知不可餌，乃輦金至都，賂當事者。天復因功遷甘肅道行太僕卿，為忌者所中，逮對雲南，子元忭披之，走萬里，往對簿滇中，時隆慶二年也。當道皆沐氏私人，元忭走問急於黔撫趙麟陽，初計無所出，元忭徹夜走庭除，天曙，鬚鬢皤然成頒白矣，趙見之，大驚曰孝子！已而事得雪，遂歸里。歸則構別業於鏡湖之阯，高梧深柳，日與所狎縱飲其中。命一小僕踞樹顛，俟

元忭舟至，輒肅衣冠待，去即開門轟飲，叫囂如故也。五年，元忭魁大庭，益喜，召客嘯咏豆觴，日淋漓，遂病痺。萬曆二年（1574）卒，年六十二。

高祖母劉安人有遠識，天復視學湖湘，元忭領鄉薦，安人曰：「可以知足矣。」因諷其夫作歸計。後註誤雲南，備嘗諸苦，深悔不用安人之言。及元忭登第，安人愈作憂危曰：「福過矣！福過矣！」

張岱於高祖傳後評曰：「岱家發祥於高祖，而高祖之祥正以不盡發爲後之人發，高祖所未盡發者，未免僭越太甚，華繁者鮮無實，天地不能常侈常費，而況於人乎？」是亦有福盡之憂！

曾祖元忭，字子藎，號陽和，生於嘉靖十七年（1538）。少稚魯，六行書讀竟日，然熟則不復忘。年十七，隨父官儀部，楊繼盛棄西市，設位於署，爲文哭之，悲愴憤鯁，聞者吐舌。嘉靖三十七年，歸娶，遂舉於鄉。次年築室龍山，與朱金庭、羅康洲讀書其中，十年不輟。隆慶二年，同上春官，獨元忭不第。五年，廷試第一，時年三十四。元忭舉禮闈，實出羅康洲門，填榜發覆，康州見其名，乃大笑曰：「此余結髮老友，今屈作門生，是大可笑事。」放榜後，元忭投門生刺往見康洲，康洲曰：「二十年好友，以一日棄之可乎？」因謝之。元忭睇目熟視康洲，乃歎曰：「誠哉言也。雖然，非羅康洲不肯，我張陽和不敢。」遂坐上座。六年，以上疏言星變忤張居正。萬曆二年告歸，適以父憂里居四載。私刺不入公門，遇鄉里有不平事，輒侃侃言之不少避。徐渭以殺後妻下獄，百計出之。六年，入京。十年九月，以皇嗣誕生，齎詔告楚中六王，還歸，值母卒，居廬修《紹興府志》及《會稽縣志》，《山陰縣志》則向出張天復手，人稱談遷父子。十五年，復職，陞諭德侍經筵。因上疏乞復父官，詔格不許，乃伏地哭曰：「痛哉！吾不能以至誠動天，昭雪父冤，何以見吾父地下乎？」於邑不已，遂成膨疾。十六年（1588）三月卒，年五十一。

曾祖母王宜人，天性儉約，不事華靡，日維結線網巾一二頂，易錢數十文，輒用自喜。僕奴持出，市人輒曰：「此狀元夫人所結也。」爭售之。

祖汝霖，字肅之，號雨若。幼好古學，博覽群書。髫時，以父命入獄視徐渭，見囊盛所著械懸壁，戲曰：「此先生無弦琴耶？」渭摩其頂曰：「齒牙何利！」又見案頭有闕編序，用怯里赤馬，曰：「徐先生，怯里馬赤，那得誤怯里赤馬？」渭咋指曰：「幾爲後生窺破！」後讀書龍光樓，輟其梯，軸轤傳食，不下樓者六年。萬曆二十二年正月，入南都，讀書鶴鳴山，晝夜不輟，

病目眚，下幃靜坐三月。舉鄉薦爲李廷機所賞識，大著時名。二十三年成進士，任廣昌令。僚寀多名下士，黃汝亨善謔弄，易其爲紈絝子，巡方下疑獄，令五縣會鞫之。汝亨語同寅曰：「爰書例應屬我，我勿受，諸君亦勿受，吾將以困張廣昌。」汝霖知其意，勿固辭，走筆數千言，皆引經據典，斷案如老吏。汝亨歙然張口稱奇才，遂與定交，稱莫逆。滿六載，考卓異第一，擬銓部，岳父朱金庭以子石門方在文選，力辭之。授兵部武選司主事，副考山東，以註誤去。數年間頗畜聲妓，磊塊之餘，輒以絲竹陶寫。三十九年，朱恭人亡，乃盡遣姬侍，獨居天鏡園，擁書萬卷，日事紬繹，暇則開九里山，每日策杖於猿崖鳥道間，作游山檄。徧遊五洩、調巖、天台、雁宕、王甑諸峰，詩文日進。四十二年，當事者以南刑部起用之，與黃汝亨復同官白下，拉同志十餘人爲讀史社。文章意氣，名動一時。四十五年視學黔中，得士最多，楊文驄、梅豸俱出門人，黔人譽爲「三百年來無此提學」。後陞廣西參議，猺獞出掠，協征蠻將軍剿之。天啓元年，以病歸，築岕園於龍山之阯，嘯咏其中。五年，病瘝瘝不起。

祖母朱恭人，性卞急，爲朱金庭女也。朱金庭與元汴讀書龍山，嘉靖三十五年指腹爲姻婭。萬曆三十一年，朱金庭當國，子孫多驕恣不法，金庭封夏楚，貽書女倩，開紀綱某某，屬其懲之。汝霖令臧獲捧夏楚，立至朱氏，摘其豪且橫者，痛快而逐之，不稍縱。朱氏子孫引以爲恨。

張岱於祖傳後評曰：「我張氏自文恭（元忭）以儉樸世其家，而後來宮室器具之美，實開之舅祖朱石門先生，吾父叔輩效而尤之，遂不可底止。」然則張氏講究服食、遊戲，乃受其戚婭之薰染也，觀岱語，不無憾意存焉！

父耀芳，字爾弢，號大滌。少極靈敏，善歌詩，聲出金石。十四補邑弟子，遂精舉子業。沉埋於帖括中者四十餘年。雙瞳既眊，猶以西洋鏡挂鼻端，漆漆作蠅頭小楷，樂此不爲疲。家中世產僅足供饘粥，又不事生計，薪水諸務，一委之陶宜人。宜人辛苦拮据，居積二十餘年，家業稍裕。後屢困場屋，抑鬱牢騷，遂病翻胃，宜人憂之，謂子岱曰：「爾父馮唐易老，河清難候。或使其適意園亭，陶情絲竹，庶可解其岑寂。」萬曆八年以來，遂興土木，造船樓一二，教習小僕，鼓吹劇戲，一切繁靡之事，聽其任意爲之。陶宜人不辭勞苦，力足以給，故終宜人之世，袞然稱富人也。天啓元年，就試南雍，幾得復失。四年、七年闈牘佳甚，而又不售，是年五十有三矣！諸弟勸駕，乃以副榜貢謁選，授魯藩長史司右長史。魯獻王好神仙，耀芳精引導，君臣

道合，召對宣室，必夜分始出。自世子郡王以至諸大夫國人，俱向長史庭執經問業，戶履常滿。此後益究心沖舉之術，與人言多荒誕不經，人多笑之。耀芳身軀偉岸，喜詼諧，對子姪不廢笑謔。崇禎五年（1632）十二月，強健如常，忽言二十七日將去，三日前徧辭親友，果於是日午時無疾而逝。

母陶宜人，生於會稽，陶氏外祖父蘭風爲清白吏，宜人以荊布遣嫁，失歡高堂。朱恭人待宜人嚴厲，克盡婦道，益加恭愼，有「女中曾閔」之譽也。

張岱於父傳後評曰：「先子少年，不事生計，而晚好神仙，宜人以戮力成家。而妾媵、子女、臧獲輒三分之。先子暮年，身無長物，則是先子如邯鄲夢醒，繁華富麗，過眼皆空。」明亡後，張岱回顧其前半生，亦有「邯鄲夢醒」之語，蓋有步其父後塵之慨嘆！

二、叔 輩

《文集·家傳》之後有〈附傳〉，附仲叔張爾葆，三叔張炳芳、七叔張燁芳。三叔者皆可傳之人，有瑜有瑕，張岱云：「言其瑜則未必傳，言其瑕則的的乎其可傳也。」張岱受其叔輩影響頗深，其叔輩生活猶張氏家風之縮影也。

仲叔聯芳，字爾葆，以字行，號二酉生。少習古文辭，旁攻畫藝。舅氏朱石門多收藏古畫，朝夕觀摹，年十六七便能寫生，稱能品，後遂馳騁諸大家，與沈石田、文衡山、陶包山、董思白、李長衡、關虛白相伯仲。爾葆復精賞鑒，與朱石門競收藏，大江以南，王新建、朱石門、項墨林、周銘仲與張爾葆而五焉。造精舍於龍山之麓，鼎彝玩好充牣其中，倪迂之雲林秘閣，不是過矣。補河南臬幕，墨篆陳州，嘗與賊人戰，登陴死守，日宿於戍樓，夜尚燒燭爲友人畫，重巒疊障，筆墨安詳，意氣生動，識者服其膽略。陞揚州司馬，分署淮安，督理船政。崇禎十六年流賊破河南，淮安告警，練鄉兵守清江浦，以積勞致疾，遂不起。

爾葆有一子萼初，任誕不羈，不事生業。家產數萬輒盡，爾葆宦囊又數萬亦輒盡，爾葆好古玩，其所遺尊罍、卣彝、名畫、法錦以千萬計，不數日亦輒盡。爾葆生時，姬侍盈前，一故去，萼初遣而散之，亦輒盡。張岱評曰：「以吾叔父相貌才略，術數權謀，可作戎政司馬。其功名斷不在張銅梁、吳官洲之下。惜乎其宮室器具之奉，實將王侯，岱所謂：褻越太甚者，正謂此也。仲叔嗜古，即一隒麋不肯輕棄，而銅雀諸妓可謂朝夕西陵，乃不移時而散如泡幻，則是貨利嗜欲之中，無吾駐足之地，何必終日勞勞持籌握算也。」

　　三叔炳芳，字爾含，號三峨。少有機穎，與人交輒洞肺腑，談言微中，無不傾心向之。以諸生遂刱大廈，土木精工，費且鉅萬，皆赤手立辦之，不爲苦。天啓七年，不攜寸鏹走京師，以一席言，取內閣秘書，如取諸寄。曾語張岱曰：「恩留三相，費省七千」，蓋實錄也。爲人機警善應變，目所見輒終記不忘。凡台省部寺，朝上疏，夕必伺於其門，探問消息，車馬填擁，行者不得路。而夜歸見客必四鼓。旨一出，有喜事即以赫蹏走報，時人稱之張喜鵲。間日入直，則衙署稍閒，一出直則蠅附蜂攢，撩撥不去。張岱評曰：「三叔其今之蔡澤乎？赤手入秦，立談間取大位，又能於卿相之前，顛倒侮慢，提挈而奴使之，是豈碌碌庸人所能遽辦乎？」

　　七叔燁芳，字爾蘊，號七磐。生而跋扈，不喜文墨。招集里中俠邪，相與彈箏蹴踘、陸搏挐蒱、傅粉登場、鬥雞走馬，食客五六十人，常蒸一豵饗客，啖者立盡，據牀而嘻。性好啖橘，橘熟，堆砌牀案間，無非橘者。自刊不給，輒數僮環立剝之。多月，諸僮手龜皸瘃，黃入膚者數層。更喜豢駿馬，以三百金易一馬，曰大青。客竊往躍柳，與他馬爭道，泥濘奔蹶，四蹄迸裂而死。年二十，見諸父爲文社，視所爲制藝曰：「徒爾爾亦何極！」遂下幃讀書。凡三年，業大成，挾一編走天下，海內諸名士無不傾倒。諸俠邪不能遣，而天下士又多就之，客日益。後築室爐峰，日游城市，夜必往山宿。山窗未曙，又督促入城，輕舟八楫，猶嫌其遲也。四方名宿，亦多入山訪之。張岱評曰：「季叔好俠邪，則俠邪至；好名宿，則名宿至。一念轉移而交游迭換。不知其人，則視其友。余於季叔見之矣。」

　　十叔煜芳，號紫淵。少孤，母鍾愛之。性剛愎，難與語。及長，乖戾益甚。然好學，能文章，弱冠，補博士弟子，食餼於黌序者三十餘年。目空一世，無一人可與往來。其所稱相知者，王耿西、劉迅侯、張全叔與王仲修兄弟四、五人而已。此四、五人者，一年之內以玉帛相見者亦不過數日，其餘又皆弓矢加遺，劍戟相向者矣。數年後，又皆成世仇，誓不相見。兄舉進士，送旗扁至其門。嫂罵曰：「區區黿進士，怎入得我紫淵眼內？」乃裂其旗作厠養褌，鋸其幹作薪炊飯，碎其扁取束諸柵。崇禎十三年補刑部貴州司主事，淹蹇半生，遭此殊遇，意欲大展所學。凡理部務，必力爭曲直，稍有觭角，輒以盛氣加人，爲寮屬所畏。常與大司冦公堂議事，語稍婉阿，輒加叱辱，至破口詈之。

　　紫淵剛戾執拗，不可與接談。死前囑人燒宜興瓦棺一具，多買松脂，曰：

「我死則盛衣冠歛我，鎔松脂灌滿瓦棺，俟牛年後松脂結成琥珀，內見張紫淵如蒼蠅山蝱之留形琥珀，不亦晶映可愛乎？」其荒想幻誕，大都類此！紫淵傳見於《瑯嬛文集》〈五異人傳〉中，因屬叔父一輩，故歸附於此。

三、兄　弟

張岷，字山民，岱之季弟。岱父老於場屋，無意教子。岷私自讀書，自經書子史以至稗官小說，無不涉獵。平生最喜譚元春《嶽歸堂集》，所作古詩深原古拙，出入晚唐。精於古董書畫，鑑賞精覈，以青綠辨古銅，以包漿辨滿漢玉，以火色辨舊甆，指點細微，眞贗立見。見古書善本，必以重價購之，錦軸牙籤，常滿鄴架，鑒別古玩，留意收藏。凡至貨郎市肆，偶有一物，見其注目視之，必古質精款，規製出人，見無不售，售無不確。夜必焚香煮茗，挑燈博覽。見詩文佳者，津津尋味，不忍釋手。而尤於兄岱所作，見必擊節賞之，評隲數語，必徹髓洞筋，搔著痛癢。岱云：「家庭師友，當以吾弟爲第一。」

岷識見老到，胸中大有經濟，史可法知其能遣官弊，聘題授軍前贊畫，命縣官敦促就道。岷以時局大壞，不肯輕出，屛居深山，致書卻聘。

張萼初，字介子，又字燕客。張爾葆之子。母王夫人，止生一子，溺愛之，養成躁暴鼈拗之性，性之所之，師莫能諭，父莫能解。年六歲，飲旨酒而甘，偷飲數升，醉死甕下，以水浸之，次日始甦。七歲入小學，書過口即能成誦。長而穎敏異常人，涉覽書史，一目輒能記憶。故凡詩詞歌賦、書畫琴棋、笙簫絃管、蹴踘彈棊、博陸鬥牌、使槍弄棍、射箭走馬、撾鼓唱曲、傅粉登場、說書諧謔、撥阮投壺，一切遊戲撮弄之事，匠意爲之，無不工巧入神，以是門多狎客弄臣。偶見一物，適當其意，則百計得之，不惜濫錢。以住宅之西有奇石，鳩數百人開掘洗刷，搜出石壁數丈，巉峭可喜。人言石壁之下，得有深潭映之尤妙。遂於其下掘方池數畝，石不受鍤，則使石工鑿之，深至丈餘，畜水澄靛。人又有言亭池固佳，恨花木不得即大耳。則徧尋古梅果子松滇茶梨花等樹，必選極高極大者，折其牆垣，以數十人舁至種之，種不得活，數日枯槁，則又尋大樹補之。始極蓊鬱可愛，數日之後，僅堪供爨！極愛古玩，稍有破綻，必使修補。曾以五十金買一宣銅爐，顏色不甚佳，以猛火扇偪之，頃刻鎔化；以三十金買一靈壁硯山，左右審視，謂山腳塊磊，尚欠透瘦，以大釘搜剔之，砉然兩解。家業四五萬，緣手立盡。父客死淮安，張岱與其奔喪，積俸及玩好幣帛又二萬許，攜歸甫三月又輒盡，時人比之魚弘四盡。

　　萼初看小說：「姚崇夢游地獄，至一大廠，鑪鞴千副，惡鬼數千；鑄瀉甚急，問之，曰：『爲燕國公鑄橫財。』後至一處，爐竈冷落，疲鬼一二人，鼓泄奄奄無力，崇問之，曰：『此相公財庫也。』崇瘳而歎曰：『燕公豪奢，殆天縱也。』萼初喜其事，遂號燕客。」（見《陶菴夢憶》卷八〈瑞草谿亭〉所引）萼初荒誕縱恣，窮奢極慾，世所少見。張岱評其一生性行曰：「吾弟自讀書做官，以至山水園亭，骨董伎藝，無不以欲速一念，乃受鹵莽滅裂之報，其間趣味削然，實實不堪咀嚼也！」

　　張培，字伯凝。岱六符叔之子也。少岱十有一齡。性嗜飴，晝夜啖之，以疳疾壞雙目。伯凝雖瞽，好讀書，倩人讀之，入耳輒能記憶。朱子綱目百餘本，凡姓氏，世系、地名、年號，偶舉一人一事，未嘗不得其始末。昧爽以至丙夜，頻聽之不厭，讀者舌敝，易數人不給。所讀書，自經史子集，以至九流百家，稗官小說，無不淹博。尤喜談醫書，黃帝《素問》、《本草綱目》、《醫學準繩》、《丹溪心法》、醫榮、丹方，無不畢集。架上醫書不下數百餘種，一一倩人讀之，過耳亦輒能記憶。遂究心脈理，得其精髓。凡診切諸病，沉靜靈敏，觸手即知。多儲藥材，復精於炮製，藥無不精，服無不效。凡有病至其齋頭，未嘗齎一錢而取藥去者，積數十人不厭，捨數百劑不吝，費數十金不惜也。嗣是壽花堂丸散刀圭，傾動越中。岱云：「吾家十世祖鑑湖府君爲越郡名醫，所開藥肆，甲於兩浙，後以陰功，子孫昌大。昔人云：公侯之家，必復其祖。伯凝殆其後身矣。」

　　族中凡修葺宗祠，培埴墳墓，解釋獄訟，評論是非，分析田產，拯救患難，一切不公不法、可駭可愕之事，皆於伯凝取直。而伯凝有一隙之暇，則喜玩古董、葺園亭、種花木、講論書畫；更喜養鵓鴿、養黃頭、養黃眉、養驢馬、鬥骨牌、著象棋、製服飾、畜傒僮，知無不爲，興無不盡。

第二節　生　平

　　張岱一生行履，見諸史傳者不多。蓋無功名；著作於生前又多未梓版；甲申明亡後，隱遯荒陬，事跡無由考查。《紹興府志》、邵廷采《思復堂逸民傳》、徐鼒《小腆紀傳補遺》雖有記載，皆一鱗半爪，所述有限。而其自爲墓誌銘，第言「癖錯」（語見墓誌銘），不及其他。今參考其自爲墓誌銘、方志、史傳所載，及傳世諸作有關行事，敘述生平於後：

　　張岱生於明萬曆二十五年丁酉（1597）八月二十五日。魯國相大滌公之長子。母陶氏，以女子善治生產，家益富贍。岱幼多痰疾，養於外大祖母馬太夫人者十年。外太祖雲谷公宦兩廣，藏生牛黃丸數籠，自墜地以至十有六歲，食盡之而厥疾始瘳。岱自幼口齒犀利，應對如流，常隨祖父、父親出遊。六歲時，祖父雨若公携往武林，遇陳繼儒跨一角鹿為錢唐游客，眉公聞其善屬對，欲面試之。因指屏上李白騎鯨圖曰：「太白騎鯨，采石江邊撈夜月」，岱應曰：「眉公跨鹿，錢唐縣裏打秋風」，眉公大笑起躍曰：「那得靈雋若此？吾小友也。」岱生性穎慧，好讀書，六歲隨父讀書懸杪亭。祖父不二齋中，圖書四壁，充棟連牀。雨若公詔岱曰：「諸孫中惟爾好書，爾要看者，隨意攜去。」少好舉業，工於帖括，《瑯嬛文集》卷一〈大易用序〉云：「余少讀《易》，為制科所蠱惑者半世矣」，是張岱亦曾留心舉業，因而有黃貞父、陸景鄴等時藝知己。

　　自十七、八歲以至明亡前四十多歲，此二三十年間，為張岱一生充滿浪漫色彩的時期。《陶菴夢憶》卷七〈品山堂魚宕〉：「二十年前強半住眾香國，日進城市，夜必出之。」正是此時生活的寫照。此一時期，學問精進，而生活則陷於靡爛。《紹興府志》云：「及長，文思埊涌，好結納海內勝流，園林詩酒之社，必頡頑其間……自四部七略以至唐宋諸家，薈粹瑣屑之書，靡不該悉」，另一方面則是「服食豪侈，畜梨園數部，日聚諸名士度曲徵歌，詼諧雜進」（亦見《紹興府志》）。張岱好飲茶，《陶菴夢憶》卷三〈禊泉〉記甲寅夏過斑竹菴取禊泉試茶之事，知其十七歲即精於品茗。其他如〈蘭雪茶〉、〈閔老子茶〉、〈露兄〉等篇，更可看出他的精於茶道。文人雅士與琴為好友，張岱亦不例外。二十歲學琴於王侶鵝，二十二歲學琴於王本吾，並與琴友結一絲社。岱家自祖父即畜養聲伎，子孫受其薰染亦喜愛戲曲。《夢憶·彭天錫串戲》、〈目蓮戲〉等篇記當時伶工至其家獻技的盛況。張岱對戲曲，不止懂得聆賞，且工於製作，由〈過劍門〉、〈冰山記〉等篇可知。張岱又好鬥雞，二十六歲時，與叔輩、友人仿王勃〈鬥雞檄〉設鬥雞社於龍山下。張岱對古玩、庭園亦甚為愛好，《夢憶》卷一〈木猶龍〉，記其收藏木化石之經過，且為此珍寶不惜花費百金；于園的奇偉、砎園的恬靜、天鏡園的盎然綠意，都充分流露了他欣賞園林的情趣。張岱復講究飲食，各地的方物，如北京的蘋婆果、山東的羊肚菜、福建的福桔、江西的青根、山西的天花菜、蘇州的帶骨鮑螺……皆成了他的天廚仙供。此外，他結交各行技精入道的雅人，甚而女伶、名妓，

相與遊玩觀賞，更是極盡豪奢與享受。觀月、賞雪、看競渡、看烟火、看華燈，目不暇給，遇有良辰美景或節慶盛會，絕不錯過。牛首山打獵的豪舉，更是一般平民所無法想像的，隨行並帶有姬侍王月生、顧眉、董白、李十、楊能等人，其中王月生、顧眉、李十均曾列名余懷《板橋雜記》中的麗品，難怪他要自負的說：「江南不曉獵較爲何事，余見之圖畫戲劇，今身親爲之，果稱雄快。然自須勳戚豪右爲之，寒酸不辦也！」（語見《夢憶》卷四〈牛首山打獵〉）。有關張岱喜好，將在下章作更詳盡之說明。

這種玩日愒歲的生活，隨著明朝的敗亡而頓時幻滅。墓誌云：「年至五十，國破家亡，避跡山居。所存者，破床碎几，折鼎病琴，與殘書數帙，缺硯一方而已。布衣蔬食，常至斷炊。」張岱生於豪貴的家庭，少年雖沉溺聲色，然由於倔強好義的個性，乃澹然隱入山林，丟棄繁華，專心從事寫作。邵廷采《逸民傳》云：「丙戌後，屏居臥龍山之仙室，短簷危壁，沉淫於明一代紀傳，名曰《石匱藏書》，以擬鄭思肖之《鐵函心史》也。」他生性詼諧，懂得嘲笑自己，處富貴，素於富貴；處貧賤，素於貧賤；一個人能將繁華、寂寞看作沒兩樣，就能處繁華而不驕矜，耐寂寞而不怨尤。由朱慧深關於張宗子一文所引諸詩，可以看出張岱國亡後的心境與貧窘。〈避兵越王崢留謝遠明上人五古〉云：「避兵走層巒，蒼茫履荊棘。住趾越王崢，意欲少歇息。誰知方外人，乃有孫賓碩。僧房幽且深，藏我同複壁。……山窗靜且閒，因得專著述。再訂石匱書，留此龍門筆。……一日緣山行，乃爲人物色。……不及別遠公，時時在胸臆。」避居山林亦不大易，偶於山行，遂爲邏者所見，不得不更避居他所。臨行慌促，竟不及一別。其〈和貧士詩〉有云：「清飇當晚至，豈不寒與飢。悄然思故苑，禾黍忽生悲」，「腹飢徒煮字，罇空恥自斟。豈無長安米，苟得非所欽。丹崖與白石，彼或諒吾心」，酸虀焦飯亦不可得，其詞甚苦，禾黍之思益熾。困窘之餘，乃不得不躬親農事，〈舂米詩〉云：「自恨少年時，忤臼全不識。……在世爲廢人，任舂非吾職，膂力詎能加，舉忤惟於邑。回顧小兒曹，勞苦政當習。」語意婉約凄苦，如非經過一番天翻地覆之歷練，必不能作此等語。

張岱於離亂之際，潛心著述明史，詩中亦屢言之。〈毅儒弟作石匱書歌，答之〉詩云：「白水眞水在海隅，中興有日定還車。班彪只許完前漢，范曄還成《後漢書》。」白水眞人謂劉秀，蓋指殘明諸帝也。〈讀鄭所南心史〉詩云：「余遇勝祥興，昆陽自當伏。願爲前漢書，後漢尙有續。」以班、范二書爲結，蓋言明祚必不當斬，更有中興之日也。

張岱墓誌銘作於六十九歲，而其卒年不詳。邵廷采《逸民傳》云七十餘，徐鼒《小腆紀傳補遺》云八十八，朱劍芒引《乾隆郡志·文苑傳》云九十三。邵氏之說有誤，蓋《瑯嬛文集》卷五〈白衣觀音贊〉云「岱離母胎八十一年矣」，又〈蝶菴題象〉亦云「八十一年窮愁卓犖」，是已不止七十餘矣。徐氏之說與《乾隆郡志》未知孰是？唯康熙十八年（1679）開明史館，毛奇齡以翰林院檢討充史館纂修，曾寄張岱乞藏史書，欲以石匱書爲修史藍本。是年張岱已八十三，是可知張岱享壽頗高，在清人統治下過了四十年左右的逸民生涯。

附：年譜

下列年譜，乃摭拾《陶菴夢憶》、《瑯嬛文集》、《西湖夢尋》、《石匱書後集》中有關張岱生平編次而成，雖涉瑣屑，然一生行事，略具於是矣。

明神宗萬曆二十五年丁酉（1597）一歲

八月二十五日出生。

明神宗萬曆三十年壬寅（1602）六歲

隨父讀書懸秒亭。

隨祖父往武林，遇陳眉公，而作「眉公跨鹿，錢唐縣裏打秋風」之巧對。

明神宗萬曆四十年壬子（1612）十六歲

祈夢南鎮。

明神宗萬曆四十一年癸丑（1613）十七歲

遊會稽蘭亭。

明神宗萬曆四十二年甲寅（1614）十八歲

夏日，過斑竹菴取褉泉試茶。

明神宗萬曆四十四年丙辰（1616）二十歲

學琴於王侶鵝。

明神宗萬曆四十五年丁巳（1617）二十一歲

四月二十五日母陶宜人逝。

明神宗萬曆四十六年戊午（1618）二十二歲

學琴於王本吾。

明光宗泰昌元年庚申（1620）二十四歲

冬十一月父病傷寒。

明熹宗天啟二年壬戌（1622）二十六歲

設鬥雞社於龍山下。

六月二十四日遊蘇州封門荷宕。

明熹宗天啟三年癸亥（1623）二十七歲

上元日，往嚴助廟觀盛會、聆戲、蹴踘。

明熹宗天啟四年甲子（1624）二十八歲

讀書峋嶁山房，鍵戶七閱月。

明熹宗天啟五年乙丑（1625）二十九歲

三月祖父去逝。（案：《陶菴夢憶》卷二〈三世藏書〉云：「崇禎乙丑，大父去世。」此語有誤。《瑯嬛文集・家傳》云：「天啟辛酉大父以病歸……乙丑三月，病瘰瀝不起。」）

明熹宗天啟六年丙寅（1626）三十歲

至武林，訪黃貞父故居。

十二月某日，晚霽，登龍山賞雪。

明熹完天啟七年丁卯（1627）三十一歲

四月讀書天瓦菴，與友人夜登爐峰賞月。

明思宗崇禎元年戊辰（1628）三十二歲

泚筆寫《石匱書》。

明思宗崇禎二年己巳（1629）三十三歲

觀競渡於秦淮。

中秋後一日，道鎮江往兗。二鼓，舟至金山寺，興起，張燈唱戲。

明思宗崇禎四年辛未（1631）三十五歲

觀競渡於無錫。

三月至兗州閱武。

自山東歸，義伶夏汝開死，為文祭弔之。

明思宗崇禎五年壬申（1632）三十六歲

十二月往西湖，大雪三日，獨往湖心亭看雪。

十二月廿七日父逝。

明思宗崇禎六年癸酉（1633）三十七歲

　　有好事者開茶館，取米顛「茶甘露有兄」句，名其館曰「露兄」，並為之作〈鬥茶檄〉。

明思宗崇禎七年甲戌（1634）三十八歲

　　閏中秋，傚虎丘故事，會各友於蕺山亭。

　　十月攜女伶朱楚生至不繫園看紅葉。

　　十二月作〈疏通市河呈子〉。

明思宗崇禎十年丁丑（1637）四十一歲

　　成立丁丑詩社，懇名公人為木龍化石錫嘉名，并賦小言詠之。

明思宗崇禎十一年戊寅（1638）四十二歲

　　二月，朝海訪補陀。

　　夏四月二十五日，外母劉太君病逝。

　　八月二十日，好友秦一生死，為文祭弔之。

　　九月至留都，往桃葉渡訪閔汶水。

　　冬，在留都，同隆平侯等人至牛首山打獵。

　　冬，遊棲霞，遇蕭士瑋，為《補陀志》作敘。

明思宗崇禎十二年己卯（1639）四十三歲

　　八月十三日侍南華老人飲湖舫。

明思宗崇禎十三人庚辰（1640）四十四歲

　　閏元宵，與越中父老約，張燈五夜。

　　閏三月，賦〈琴操〉十首以志恥。

　　八月至白洋弔朱恆嶽少師。

明思宗崇禎十四年辛巳（1641）四十五歲

　　夏，在西湖，見城中餓殍舁出，扛挽相屬。

明思宗崇禎十五年壬戌（1642）四十六歲

　　觀競渡於瓜州。

明思宗崇十六年癸未（1643）四十七歲

　　仲叔張爾葆死。

清世祖順治元年甲申（1644）四十八歲

遽遭國變，明亡。

在淮上，與王鐸同至武林，舟中講論書畫。

清世祖順治二年乙酉（1645）四十九歲

南都失守。

清世祖順治三年丙戌（1646）五十歲

兵亂，載祖父所著《韻山》往九里山，藏之藏經閣。

避兵西白山鹿苑寺。

清世祖順治四年丁亥（1647）五十一歲

中秋，寓項里作〈念奴嬌〉詞，中有「歎我家國飄零，水萍山鳥，到處皆成客」句。

清世祖順治七年庚寅（1650）五十四歲

三月，復見日鑄佳茶——蘭雪，貧不能買，嗅之而已。

清世祖順治十年癸巳（1653）五十七歲

上三衢，入廣信。

清世祖順治十一年申午（1654）五十八歲

至西湖，興故宮離黍之悲。

八月望日，序《瑯嬛詩集》於快園渴旦廬。

作〈甲午兒輩赴省試不歸走筆招之〉詩。

清世祖順治十四年丁酉（1657）六十一歲

至西湖，往候族弟具德和尚。

再訪黃貞父寓林，已成瓦礫之場。

清聖祖康熙元年壬寅（1662）六十六歲

復究心易理。

清聖祖康熙二年癸卯（1663）六十七歲

九月一日伯凝八弟死。

清聖祖康熙三年甲辰（1664）六十八歲

作〈甲辰初度，是日餓〉詩。

清聖祖康熙四年乙巳（1665）六十九歲

寫〈自為墓誌銘〉。

清聖祖康熙十年辛亥（1671）七十五歲

為《西湖夢尋》作序。

清聖祖康熙十二年癸丑（1673）七十七歲

三月上巳，檄同志，會於蘭亭，倣古修禊。

八月十五，祁文載死，為文祭弔之。

清聖祖康熙十六年丁巳（1677）八十一歲

作〈白衣觀音贊〉。

作〈蝶菴題象〉。

清聖祖康熙十八年己未（1679）八十三歲

毛奇齡寄〈乞藏史書〉。

第二章　交遊考

　　人之性行才情，與其先天稟賦及後天陶鎔均有關係。二者之中，又以後者影響爲甚。所謂後天陶鎔，指環境之感染，尊親之育化，朋輩之薰陶而言。張岱嘗謂「生平所遇，常多知己」(《瑯嬛文集》卷六〈祭周戩伯文〉)，此非誇言，而爲紀實。據其祭周戩伯文中自述：因好「舉業」，而有「時藝知己」；好「古作」，而有「古文知己」；好「遊覽」，而有「山水知己」；好「詩詞」，而有「詩學知己」；好「書畫」，而有「字畫知己」；好「塡詞」，而有「曲學知己」；好「作史」，而有「史學知己」；好「參禪」，而有「禪學知己」。張岱喜與詭奇特立之人物交往，嘗云：「人無癖不可與交，以其無深情也；人無疵不可與交，以其無眞氣也。」(《瑯嬛文集》卷四〈五異人傳〉)，故於解大紳「審爲瑕玉，勿作無瑕石」二語，頗爲讚賞；且別具心眼解釋爲「然則瑕也者，正其所以爲玉也。」因之，若干「特立獨行」、「奇嗜怪癖」之士，甘心與張岱爲「知己」，而張岱亦樂與肝膽相照。其中最爲張岱推崇者，乃全知全能之周戩伯，祭文云：「無藝不精，無事不妙，……得吾戩伯一人，則數十人之精華，皆備於一人之身。」其餘知己，雖不若戩伯之備有眾藝，亦屬「德有獨至，術有專攻」，如「聰明絕世，出言靈巧，與人諧謔，矢口放言，略無忌憚」的王謔菴；如「洗垢吹毛，尋其瘢痣，熱誚冷嘲，乞一生活地不可得」的周宛委；如「去妻子如脫屣，視孌童嬖子爲性命」的祁止祥；如「聲伎滿前，賓朋滿座，傾酒如泉，揮金似土」的張亦寓；如「生平不曉文墨，而有詩意；不解丹青，而有畫意；不出市廛，而有山林意」的魯雲谷；如「性好山水聲伎，……顧好之，實未嘗自具殽核，爲一日谿山之遊，亦未嘗爲一日聲樂，以供知己縱飲，乃其所以自娛者，往往借他人歌舞之場插身入之」的

秦一生。……（以上俱見《瑯嬛文集》）張岱周旋進退於此等「詭奇人物」之間，相洵相沫，薰染激盪，亦自有其風格獨具，不同流俗的詭奇之處。

今就傳世諸作，刺取其中人名，逐一考查：其間有僅存名號，事蹟無聞者；或事蹟簡略，無足多述者。今取與張岱過從較密，事蹟可考者，鉤稽排比，粗分十類以包之，則張岱所受影響，或影響他人者，約略具足。所謂「不知其人，則視其友」是也。

下述交遊人物，凡分十類：時藝、古文、山水、詩學、字畫、曲學、史學、禪學、戲劇、琴藝。其關係有兩兼者，則取較為深刻之一面，如精於音律而又長於史學者，則納入史學也。

一、時藝知己

（一）黃汝亨

黃汝亨，字貞父，號寓庸，錢塘人。生於明世宗嘉靖三十七年（1558），卒於明熹宗天啟六年（1626）。萬曆二十六年進士，官至江西布政司參議。貞父為岱家世交，祖父雨若公與其私交甚篤。《瑯嬛文集》卷一〈老饕集序〉：「余大父與武林涵所包先生，貞父黃先生為飲食社，講求正味，著《饕史》四卷。」《陶菴夢憶》卷一〈奔雲石〉：「余幼從大父訪先生。先生面黧黑，多髭鬚，毛頰，河目海口，眉稜鼻梁，張口多笑。交際酬酢，八面應之，耳聆客言，目觀來牘，手書回札，口囑侯奴，雜沓於前未嘗少錯。」貞父先生為文章宗匠，門生數百人，一時知名之士，俱出其門下。張岱少好舉業，與貞父為時藝知己。貞父故去後，岱於天啟六年、順治十四年，兩訪貞父寓林故居，不勝人琴之感，亦可見其追思之深。

（二）陸夢龍

陸夢龍，字君啟，號景鄴，會稽人。萬曆三十八年進士，歷刑部員外郎，讞問張差梃擊事，侍郎張問達從夢龍言，命十三司會訊，獄乃具。累遷貴州右參政監軍，討賊有功，遷廣東按察使。上官建魏忠賢祠，列夢龍名，亟遣使剷去之。崇禎初分守固原，流賊來犯，擊卻之。七年賊陷隆德，圍靜海州，夢龍率眾禦之，戰死。諡忠烈。著有《易略》、《梃擊始末》。《明史》卷二百四十一有傳。張岱現存作品中，未見與陸氏過從之記載，唯〈祭周戩伯文〉中，將其列為時藝知己。

二、古文知己

（一）王思任

王思任，字季重，號遂東，又號謔菴，山陰人。生於明神宗萬曆四年。二十二年，以弱冠舉於鄉，二十三年成進士。先生作縣令，意輕五斗，偃蹇宦途，自二十一釋褐，七十二考終，通籍五十年。五十年內強半林居，沉湎麴蘗，放浪山水，且以暇日閉戶讀書。先生蒞官行政，摘奸發伏，以及論文賦詩，無不以謔用事。萬曆四十一年、四十七年，兩計兩黜，一受創於李三才，再受創於彭瑞吾，而先生對之調笑狎侮，謔浪如常，不肯少自貶損也，晚乃改號謔菴，刻《悔謔》以誌己過，而逢人仍肆口詼諧，虐毒益甚。甲申之變，福王蒙塵，馬士英稱皇太后制，逃奔至浙，先生以書詆之。後屏跡山居，不薙髮，不入城。

張岱年少時，萃集徐渭佚稿，王謔菴嘗語之：「選青藤文，如拾孔雀翎，只當拾其金翠，棄其羽毛。」（《文集》卷三〈與王謔菴年祖〉）而張岱務在求多，不能領略，後見佚稿所收，頗多率筆，意甚悔之，遂請謔菴大加刪削。張岱〈王謔菴先生傳〉謂其「筆悍而膽怒，眼俊而舌尖，恣意描摩，盡情刻劃，文譽鵲起。」（《文集》卷四）王謔菴以善屬文名重當時，此外，又工於繪事，仿米家數點，雲林一抹，饒有雅致。其寫山水林屋，皴染滃鬱，超然筆墨之外。

（二）倪元璐

倪元璐，字玉汝，號鴻寶，上虞人。生於萬曆二十一年（1953），卒於崇禎十七年（1644），年五十二。天啓二年中進士，魏忠賢竊權柄，群奸肆行，元璐獨屹然孤立。歷官有聲，至戶、禮兩部尚書。爲南兵部侍郎時，處置快船，名噪一時，沈德符《野獲編》亦極稱之。惜未得大用。甲申三月，賊犯闕急，勸上出東宮，循康王故事。不聽。又請以六十金募一士，得五百敢死，可破圍，召勤王師。亦以爲無及。是日聞賊踰城，乃束帶向闕，北謝天子，南謝太夫人，自縊而死。遺言曰：「南都尙可爲，死，吾分也。愼勿棺衾，以志吾痛。」張岱《石匱書後集》卷二十二〈倪元璐列傳〉云：「倪太史得君，如彼其專也，行乎國政，如彼其久也。適當死賊猖狂之際，卒不能出一策焉，下先帝於輪台之難……論死於不能死之人，則死爲泰山；論死於能死之人，則死又爲鴻毛矣！嗚乎！若吾太史者，豈可以一死卸其責哉？」又卷三十六《劉宗周、祁彪佳列傳》後評曰：「殷有三仁，吾越亦有三仁，……倪鴻寶則

畏罪強仁也……」，是張岱於元璐之殉節不無微詞。

元璐以文章見長，張岱嘗推崇備致，《文集》卷一〈柱銘抄自序〉云：「我越中崛強，斷不學文長一字者，惟鴻寶倪太史。而倪太史之柱對有妙過文長者，而寥寥數對，惜其不及文長之多。」元璐又長於書畫，善寫文石，以水墨生暈，極蒼潤古雅之致。所畫山水林木，崚嶒兀臬，蒼莽鬱蔥，皴法喜用大小劈斧，不屑描頭畫角，取媚於人。

（三）聞啟祥

聞啟祥，字子將，錢塘人。少為諸生，從馮夢禎學。萬曆四十年舉鄉試。性淡蕩，鑒裁敏，品題精，為文風流婉約，卒年五十八。有《自娛齋集》。

《西湖夢尋》卷四雷峰塔：「吾友聞子將嘗言湖上兩浮屠：寶俶如美人，雷峰如老衲。予極賞之。」張岱又有〈雷峰塔詩〉，乃就子將所言引入詩中：「聞子狀雷峰，老僧挂偏裂，日日看西湖，一生看不足。」子將為文蘊藉有神味，為張岱古文之友。

（四）陳函輝

陳函輝，原名煒，字木叔，號寒椒道人，又號小寒山子，臨海人。生於明神宗萬曆十七年（1589），卒於清世祖順治二年（1645），年五十七。崇禎七年舉進士，授靖江知縣，為御史左光先劾罷。北都陷，倡義勤王。後歸魯王，擢禮部右侍郎。從王航海，已而相失。哭入雲峰山，作〈絕命詞〉十章，投水死，諡忠節。張岱現存作品中，未見與木叔過往之記載，唯〈祭周戩伯文〉中將其列為古文知己。《石匱書後集》四十五有傳，《明史》卷二百七十六附〈余煌傳〉後。

三、山水知己

（一）劉侗

劉侗，字同人，湖北麻城人。與譚元春、于奕正友善。因為文怪異，而遭彈劾。《麻城縣志》云：「劉侗初為諸生，見賞於督學葛公，禮部以文奇奏參，同竟陵譚元春、黃岡何閎中降等，自是名著聞……客都門，取燕人于奕正所抄集著為書，名《帝京景物略》。」然則，《帝京景物略》為劉、于二人合著。劉侗行文怪僻，句中無一難字，無一典故，但覺詰屈聱牙，須細細咀嚼，始覺有滋味。

張岱撰《西湖夢尋》，追記舊遊。以北路、西路、南路、中路、外景五門，分記其勝。每景首爲小序，而雜採古今詩文列於其下，其體例全仿劉侗《帝京景物略》。是劉侗不僅爲張岱山水知己，亦爲文章之友。

（二）祁彪佳

祁彪佳，字弘吉，號世培，山陰人。祁承㸁之子。天啓二年進士，授興化府推官。崇禎中累官右僉都御史，巡撫江南。高傑駐瓜州，跋扈甚。彪佳剋期往會。是日大風，攜數卒衝風渡。傑大駭異，盡撤兵衛，會於大觀樓。彪佳勉以忠義，共獎王室。傑感歎曰：「公一日在吳，傑一日遵此約矣。」已而彪佳爲群小所詆，移疾去。南都失守，彪佳絕粒，端坐池中死，年四十四。《石匱書後集》卷三十六有傳，張岱評曰「知者利仁」。唐王時諡忠敏。

彪佳好山水亭園，嘗築寓園，賦詩詠之，祈張岱和之。《瑯嬛文集》卷三〈與祁世培〉云：「造園亭之難，難於結構，更難於命名。……寓山諸勝，其所得名者，至四十九處，無一字入俗，到此地步大難。而主人自具摩詰之才，弟非裴迪，乃令和之，鄙俚淺薄，近且不能學王齷菴，而安敢上比裴秀才哉？醜婦免不得見公姑，覥焉呈面……。」彪佳不但好山水，且喜聚書。多至數十萬卷，校勘精愼，著有《澹生堂藏書約》一卷，備言讀書、聚書、購書、鑒書之法，世以爲名言。其所鈔書，多世所未見，嘗手寫目錄八冊。藏書之富冠於東南。

（三）秦一生

《瑯嬛文集》卷六〈祭秦一生文〉曰：「一生無日不與岱遊，一生一死，岱忽忽若有所失。」秦一生者，不詳其里籍、行履，唯張岱《文集》、《夢憶》書中，屢屢道及，蓋亦生死之交也。祭文云：「余友秦一生，家素封，鷗租橘俸可比千戶侯，而自奉極淡薄，家常無大故，則不殺雁鳧。踽踽涼涼，一介不以與人。」一生性好山水聲伎、絲竹管弦、撾蒱博奕、盤鈴劇戲。故凡越中守土有司及豪貴肆筵設席，或於勝地名園，或於僻居深菴，無不微服往觀，直至夜静燈殘，酒闌客散。一生目厭綺麗，耳厭笙歌，其奉之耳目者，不減王侯。死前一日，張岱期一生游寓山，至易簀之際，猶擲身數四，口中呼「寓山、寓山」而死。張曰：「一生從中道夭折，田宅子女多未了事，凡所以縈其憂慮者，不可勝計。而獨以寓山不到，抱恨而沒，此亦可想其癡疾一往之致矣。」（見祭文）

《夢憶》卷一〈天硯〉一則記張岱好硯，託秦一生爲之覓石。山陰獄中

大盜出一石，璞耳，索銀二觔。張岱適往武林，一生造次不能辨。持示燕客，燕客指石中白眼曰：「黃牙臭口，堪留支桌。」賺一生還盜。燕客夜以三十金攫去，命硯伯製一天硯。一生知之，大懊恨。又卷七〈阿育王寺舍利〉一則，記張岱由塔縫中瞻禮舍利，得見白衣觀音小像；秦一生一無所見，是年八月竟死。秦一生死後旬餘，岱以事至西湖，「既乏伴侶，獨步堤上，見湖中山水，意色慘淡，殆爲一生也。」（亦見祭文）由此，可知二人交情之深厚矣。

四、詩學知己

（一）王雨謙

王雨謙，初名佐，字延密，號田夫，又號白嶽山人，山陰人。幼精敏，舉孝廉，工爲博士家言，詩文俱佳。性倜儻，好任俠，沉勇多力。明末海內大亂，諸名士皆掉臂談兵，雨謙亦受沈將軍刀法，揮霍起舞，悉中節度。倪元璐戒其藏鋒鍔，爲萬人敵，遂折節，一意讀書。崇禎六年舉于鄉。南都再破，跋涉入閩中，後潛身歸家。雨謙家藏一大刀，重百二十觔，暇即舉舞一回。年八十餘，猶舉重若輕，神色不變，人皆異之。

雨謙好詩，與張岱、蔡子佩諸人結爲詩友。《瑯嬛文集》卷一〈白嶽山人虎史序〉、〈廉書小序〉，皆張岱爲雨謙所作。卷三有〈與王白嶽〉一書，蓋見《廉書》不廉，書猶未峻，而帙已等身，叮嚀雨謙勿吝淘汰，勿斬簸揚。張岱《西湖夢尋》書成後，雨謙亦爲作序。且據《瑯嬛文集》祁豸佳序所載，張岱將存稿選爲《瑯嬛文集》後，曾經雨謙痛芟讎校，十去其七。

（二）吳　系

吳系，吳鳳暘之子，山陰人。鳳暘爲徐渭知交，好行俠義，卒以亡身。系以父被害，有復仇意，故渭〈題畫萱，吳子痛父冤，因壽其母，并及之〉一首，戒之云：「忘憂儘好陪萱艸，抱恨無過廢蔚茪；寄語賢豪莫迂闊，教人易水送荊軻。」（《徐文長逸稿》卷七）告以念母自重，不可輕言報仇。吳系能詩，從徐渭游。《文長逸稿》卷一〈槎海篇〉自注云：「門人吳系，別字鹿廷，善述河東業，贈以是號。」系子明際，亦少小習詩，徐渭詩中有「吳郎少小解詩聲」句。徐渭三十八歲時，吳系已有解詩之子，則系之年歲在渭諸徒中當推長也。

張岱與系結識時，系年齡已頗高，岱稱之爲老友。張岱曾蒐集徐渭佚稿，〈瑯嬛詩集序〉云：「余老友吳系曾夢文長說，余是其後身，此來專爲收其佚稿。」

（三）卓人月

卓人月，字珂月，仁和人。有《寤歌詞》，王言遠稱其有意出新，獨闢生面，但於宋人蘊藉處，不無快意欲盡之病云。又著有《蕊淵集》。

《西湖夢尋》卷二〈岣嶁山房〉云：「天啓甲子，余與趙介臣、陳章侯……卓珂月……讀書其中。」則珂月亦張岱密友也。

五、字畫知己

（一）陳洪綬

陳洪綬，字章侯，號老蓮，又號老遲，其稱老遲，則甲申後也。諸暨人。素豪放，飲輒斗酒，好吟咏。爲諸生，崇禎間，召入爲舍人，使臨歷代帝王圖像，因得縱觀大內畫，畫乃益進，故晚年畫〈博古牌〉略示其意。章侯工人物山水，不屑依傍古人，乃作畫染翰，立就，無論知與不知，皆謂奕奕有生氣。時人謂其畫乃天授，非人力能致之。以故書與畫，世爭搆之。張岱謂：「余友陳章侯，才足捫天，筆能泣鬼。昌谷道上，婢囊嘔血之詩；蘭渚詩中，僧秘開花之字，兼之力開畫苑，遂能目無古人，有索必酬，無求不與。」（《瑯嬛文集》卷一〈水滸牌序〉）

章侯性放誕，好婦人，非婦人在座不飲，有攜婦人乞畫輒應。《陶菴夢憶》卷三〈陳章侯〉一則記其被酒挑一女子，卷四〈不繫園〉記其與友人攜女伶出遊，以縑素爲趙純卿作畫之事。章侯生平喜爲貧不得志人作畫，周其乏，凡貧士藉其生者數十百家。岱〈水滸牌序〉云：「既蠲郭恕先之癖，喜周賈耘老之貧。畫水滸四十人，爲孔嘉八口計。」南都破，清將固山額眞，從圍城中得章侯，大喜，急令畫，不畫刃迫之，又不畫，以酒與婦人誘之，畫。久之，請彙所畫署名，大飲，夜抱畫寢。及旦伺之，遁矣。年五十六卒於山陰。章侯爲張岱仲叔張爾葆之女婿，《石匱書後集》卷六十，收入《妙藝列傳》。

（二）姚允在

姚允在，字簡叔，會稽人。姚氏世工圖繪，簡叔善山水，筆下澹遠，一洗畫工習氣。學荊、關數家，思致不凡。其摩倣古人，見其臨本，直可亂眞。《陶菴夢憶》卷五〈姚簡叔畫〉云：「訪友報恩寺，出冊葉百方，宋元名筆。簡叔眼光透入重紙，據梧精思，面無人色。及歸，爲余倣蘇漢臣，一圖，小兒方據澡盆浴，一腳入水，一腳退縮欲出，宮人蹲盆側，一手扳兒，一手爲兒擤鼻涕。……

一圖宮娥，盛粧端立有所俟，雙鬟尾之，一侍兒捧盤，盤列二甌。……覆視原本，一筆不失。」簡叔自矜其畫，不多爲人作，嘗有人持多金至越購之者，竟不能得其一水一石。久住白下，四方賞鑒家，得其片紙，如獲拱璧。

　　崇禎十一年，簡叔客魏爲上賓，張岱寓桃葉渡。簡叔無半面交，訪之，一見如平生歡，遂榻岱寓。有空，拉張岱飲淮上館，潦倒而歸。與張岱同起居十日，有蒼頭至，岱方知其有妾在寓也。岱云：「京中諸勳戚、大老、朋儕、緇衲、高人、名妓與簡叔交者，必使交余，無或遺者……簡叔塞淵，不露聰明，爲人落落難合，孤意一往，使人不可親疏；與余交，不知何緣，反而求之不得也。」張岱寄居秦淮時，得姚簡叔介紹，與京中勳戚、大老、緇衲、高人、名妓一一結識，因而交遊更廣。

（三）王　鐸

　　王鐸，字覺斯，號宗伯。明神宗萬曆二十年（1592）生，清世祖順治九年（1652）卒，年六十一。崇禎十七年，張岱在淮上與宗伯同至武林，舟中講論書畫。宗伯見岱所携筆爲藍田叔所作米家山重巒疊嶂，宗伯取快刀斲其上截，而以淡遠山易之，更覺奇妙。宗伯云：「米敷文居京，心見北固諸山，與海門連亘，取其境爲瀟湘白雲卷。蓋謂得其烟雲滅沒，便是米家神髓也。」王宗伯蓋一鑑賞家也。

六、曲學知己

（一）祁豸佳

　　祁豸佳，字止祥，山陰人。自天啓七年鄉薦後，不遇於春官數次，心常怏怏。止祥精音律，因自爲新劇，按紅牙教諸童子，或自度曲，或令客歌，自倚洞簫和之，以抒其憤懣不平之氣。雖官吏部司務，非其志也，日惟耽溺遊戲。《陶菴夢憶》卷四〈祁止祥癖〉云：「余友祁止祥有書畫癖、有蹴踘癖、有鼓鈸癖、有鬼戲癖、有梨園癖。」《瑯嬛文集》卷六〈公祭祁夫人文〉云：「祁止祥先生，經濟文章、琴棋書畫，皆臻神妙。與人接見，言語簡澀，彬若一無所能，而臨事當場，才堪八面。」張岱於止祥可謂推崇有加。兄彪佳自沉殉節後，遂隱於梅市。嘗賦詩曰：「青山白社夢歸時，可但前身是畫師，記得西陵風雨後，眞堪圖取大蘇詩。」自負其畫如此。

　　夫人馮氏有懿德，岱祭文云：「先生有周郎之癖，聲伎滿前，夫人未嘗顧

而一問……先生之風流曠達，皆夫人有以玉成之也。」又曰：「先生兄弟皆顯要，而夫人視之淡如……近且先生黃冠道服，散誕逍遙，齊眉相守，同至耄耋。」祁、張皆山陰大族，且爲淵姻，岱之仲叔爾葆，祁彪佳於日記中呼爲「母姨」。故岱於祭文末云：「凡我戚屬，一聆訃音，痛失儀型。」

（二）張文成

張文成，字疊仍，會稽人。博學好古，對人和煦。若以非義相干，則侃侃不屈。疊仍精於音律，創作劇曲，皆寫胸中鬱勃。岱祭文云：「見有梨園子弟歌喉清雋，必鑒賞精詳，盤旋不去。如公瑾之按拍審音，而半字差訛，必得周郎之一顧。」（《瑯嬛文集》卷六〈公祭張疊仍文〉）疊仍少年豪放，狎客滿門，揮金如土。而後乃厭棄繁華，耕桑謀野，怡情絲竹，放懷風月，自逍遙於巖壑。且多材藝，診脈、施藥、相地、擇葬，無所不精，爲朋輩所欽崇。岱云：「吾輩之得交疊仍者，欽其道義如松柏之有心；挹其丰采如竹箭之有筠；讀其詩文如雲霞之有色，聆其詞曲如金玉之有音；羨其風韻如芝蘭之有氣；念其交情如醇醪之有味。」（見祭文）

疊仍嘗與修《會稽縣志》，岱云：「疊仍謙和柔婉，未嘗以一語忤人，而胸中月旦，洞若觀火。即其會稽修志，一出一入，字若風霜，不肯稍爲曲筆。如褚裒之外無臧否，而皮裏自有陽秋。」（亦見祭文）

七、史學知己

（一）黃道周

黃道周，字幼平，漳浦人。嘗讀書於銅山石室中，學者稱石齋先生。邃於經術，又明天文、曆數、皇極諸書；工詩文，善書畫。天啓進士，官右中允，剛直嚴峻，不畏權倖。嘗疏刺周延儒、溫體仁，又劾楊嗣昌等，被構戍廣西。赦還，李自成陷京師，福王監國於南京，召爲禮部尚書。南京破，自往江西，徵集義旅，與清師戰於婺源，被執遇害。張岱作品中，未見與石齋之過往，唯〈祭周戩伯文〉中將其列爲史學知己。

（二）李長祥

李長祥，號研齋。明、清易代之際，以氣節見稱。甲申明亡後，結寨浙東，圖故國興復之業，九死不回，而皆幸免於誅戮。張岱《西湖夢尋》稿成時，居於江南，因爲撰序。舟山破後，長祥亡命江淮，被逮，安置江寧。娶

閨秀「鍾山秀才」以弛監守者意，竟乘隙逸去，老居毘陵。岱祭周戩伯一文將其列爲史學知己。

《西湖夢尋》張岱自序云：「余生不辰，闊別西湖二十八載。」長祥序曰：「甲申三月，一夢蹺蹊。三十七年來，若魘若囈。」蓋皆以甲申爲斷。長祥又曰：「何暇尋夢中所有，且尋昔日夢中之所有哉！」實則張岱亦未嘗不知說夢之癡，而猶眷戀不已也。

（三）周懋穀

周懋穀，字戩伯，山陰人。天啓元年舉人。常集越中名流爲舊雨堂文會，互相砥切。其後松陵創復社，亦推戩伯爲越士冠。壯年氣雄盛志，每綜輯政事得失，辨人物之賢奸，以及朝廷典故，邊繳機宜，瞭如指掌。數上公車，試不售，遂一意棲遯。蓬蒿滿徑，田廬蕪廢，晏如也。友愛二弟，撫恤猶子，遇貧交，請周恤者，輒倒篋相贈。晚年耳目神明不衰，腕能細書，足猶強步。年八十八卒。

張岱與戩伯結髮爲知己，相與共筆硯者六十三載。戩伯才藝精妙，岱祭文云：「與之爲制藝，則才同馮許；與之爲古文，則筆過歐蘇；與之匿跡商山；則衣冠甪里；與之怡情劇戲，則顧曲周郎；與之編纂史記，則一出一入，字挾風霜；與之唱和詩詞，則一吟一詠，聲出金石；與之摹倣書法，則細楷麻姑，抄書盈篋；與之參研禪理，則提撕謔笑，各出機鋒。」戩伯曾爲張岱校正《石匱書》，《瑯嬛文集》卷三〈與周戩伯〉云：「爲弟較正石匱書，則善善惡惡，毫忽不爽，欲少曲一筆，斷頭不爲。……吾兄筆削之妙，增一字如點龍睛；刪一字如除棘荊。」故岱以爲受戩伯千字萬字之賜，當百世師之。

戩伯之弟周懋明，字宛委，作有《史斷》一書，亦爲張好友，《瑯嬛文集》卷五有〈周宛委墓誌銘〉。又戩伯幼弟允恆，爲張岱女倩，是二人尚有戚婭之誼。

八、禪學知己

（一）祁文載

祁文載，少年博學，以五經拔貢取兩榜。崇禎十三年舉進士，令延平五年。棋爲國手，獨步江南；留心字藝，游戲詞壇；教習梨園，有老優教師所不曾經見者。甲申國變後，削髮披緇，坐破蒲團，十有餘載，而參叩精猛，叢林釋子，皆奉佛門龍像。

《瑯嬛文集》卷六〈祭祁文載〉云:「舊歲與岱偶談禪理,闡揚佛法,眞能使頑石點頭。而爲岱評閱《金剛如是解》,澈髓洞筋,更無疑義。……」岱與文載交,深究佛理外,亦常往返論學,《文集》卷三〈與祁文載〉云:「余之解《金剛經》,與余之解四書五經,無有異也。余解四書五經,未嘗敢以註疏講章先立成見,必正襟危坐,將白文朗誦十餘過,其意義忽然有省。古人云:熟讀百遍,其義自見。蓋古人正於熟讀時深思其義味耳。佛家以香花燈燭,虔誦經文,亦欲人思其意義。……」

九、戲劇知己

(一)彭天錫

彭天錫,金壇人,與善說書之柳敬亭(《陶菴夢憶》卷五有〈柳敬亭說書〉一則)同時。串戲妙天下,然齣齣皆有傳頭,未嘗一字杜撰。多扮丑淨,皺眉低眼、笑裏藏刀,設身處地,發揮無遺。《陶菴夢憶》卷六〈彭天錫串戲〉云:「天錫一肚皮書史、一肚皮山川、一肚皮機械、一肚皮磊砢不平之氣;無地發洩,特於是發洩之耳。」天錫曾五至紹興,至張岱家串戲五六十場,而窮其技不盡。

(二)余蘊叔

余蘊叔,安徽目蓮戲班藝人。演武戲搭一大台,選剽輕精悍,能跌打者三、四十人,搬演目蓮,三日三夜。凡天地、神祇、牛頭馬面、鬼母、喪門、夜叉、羅剎、鋸磨、鼎鑊、刀山、寒冰……一似吳道子〈地獄變相〉(《陶菴夢憶》卷六〈目蓮戲〉)。戲中套數如〈招五方惡鬼〉、〈劉氏逃棚〉等劇,大眾齊聲吶喊。太守熊貞疑是海寇卒至,驚起,差衛官偵問。蘊叔親往答之,乃安。

(三)王　月

王月,字微波,又字月生。出南京朱市,善自修飾,頎身玉立,楚楚文弱,矜貴言笑,名動公卿。善串戲,崇禎十二年七夕,登台奏樂,推爲一時之冠。(參見余懷《板橋雜記》中卷〈麗品〉)寒淡如孤梅冷月,含冰傲霜,不喜與俗子交接。月生多才藝,《陶菴夢憶》卷八王月生云:「善楷書,畫蘭竹水仙;亦解吳歌,不易出口;南中勳戚大老力致之,亦不能竟一席。」又云:「好茶,善閔老子(閔汶水),雖大風雨大宴會,必至老子家啜茶數壺始去。所交有當意者,亦期與老子家會。」張岱與閔汶水、王月生三人爲好友,《夢憶》卷二〈燕子磯〉云:「是年,余歸浙,閔老子、王月生送至磯,飲壁

下。」

（四）朱楚生

朱楚生，女伶。從四明姚益城問業，科白之妙，有本腔不能得其十分之一者。姚益城爲楚生講究關節，妙入情理。如〈江天暮雪〉、〈宵光劍〉、〈畫中人〉等戲，雖崑山老教師細細摹擬，斷不能加其毫末也。楚生色雖不甚美，然絕世佳人亦無其風韻，岱云：「楚楚謖謖，其孤意在眉，在深情在睫，其解意在煙視媚行。」（《陶菴夢憶》卷五〈朱楚生〉）楚生爲張岱紅顏知己，《夢憶》卷四〈不繫園〉，記崇禎七年十月攜楚生住不繫園看紅葉之情景。楚生先張岱而逝，卷五〈朱楚生〉云：「一日，同余在定香橋，日晡烟生，林木窅冥，楚生低頭不語，泣如雨下。余問之，作飾語以對。勞心怲怲，終以情死。」語有不勝追懷之情。

十、琴藝知己

（一）尹爾韜

尹爾韜，字芝仙，號袖花老人，山陰人。生於明季，應詔作〈皇極〉等譜。後授武英殿中書舍人，命校正歷代諸譜。尋奉旨撰《五音取法》八十篇，《五音確論》五十篇及《原琴正議》、《審音奏議》諸篇。崇禎間製〈崆峒引〉、〈敲爻歌〉、〈據梧吟〉、〈爛柯吟〉、〈行參同契〉五曲，命爾韜作譜。未及進卸，會遭國變，棲遁山中，〈皇極〉等五譜及《五音取法》諸書，俱散於兵燹。

張岱嘗於萬曆四十六年學琴於王本吾，同學者有尹爾韜，何紫翔諸人，岱與爾韜交善，曾與本吾、紫翔、爾韜取琴四張彈之，如出一手，聽者駴服。（見《陶菴夢憶》卷二〈紹興琴派〉）爾韜卒年七十又八，數十年精力，寢食於琴。

第三章　情性與喜好

　　既已了解張岱之家世與交遊，此章進一步探討其情性與喜好，從而洞見整個生活背景。張岱如今傳世的幾部作品，大都爲生活之寫照，故欲析論其文章內容，即須先了解其前半生繁華靡麗、風雅浪漫的生活。

第一節　情　性

一、率　眞

　　張岱是個性情中人，率眞而不造作，文章中無一點矜矯的影子。《陶菴夢憶》卷二〈岣嶁山房〉述其少年碎楊璉眞伽像的故事：「一日，緣溪走，看佛像，口口罵楊髡，見一波斯坐龍象，蠻女四五獻花果，皆裸形，勒石誌之，乃眞伽像也。余椎落其首，並碎諸蠻女，置溺溲處以報之。寺僧以余爲椎佛也，咄咄作怪事，及知爲楊髡，皆歡喜讚歎。」楊髡即發掘南宋諸帝陵墓的楊和尚——楊璉眞伽，爲一千載下受人唾罵的凶殘惡僧。《西湖夢尋》卷二〈飛來峰〉曾引述楊髡碎僧眞諦腦蓋之事，由此即可見一斑。飛來峰稜層剔透，壁間多爲楊髡所鑿佛像，張岱云：「深恨楊髡徧體俱鑿佛像，羅漢世尊櫛比皆是，如西子以花艷之膚，瑩白之體，刺作台池鳥獸，乃以黔墨塗之也。奇格天成，妄遭錐鑿，思之骨痛！」張岱將楊髡的塑像頭顱椎落，且置之便溺處，此與西湖岳王墓前秦檜等人跪地反縛鑄像，時遭遊人椎擊，甚有加之屎溺者，可稱無獨有偶了！明嘉靖間，沈鍊疏劾嚴嵩謫官，縛了幾個草人，寫上嚴嵩等姓名，令子弟們用作箭垛，（《夢憶》卷七〈冰山記〉：「沈青霞縛藁人射相

嵩以爲笑樂。」即載此事）後爲嚴嵩知悉，竟將沈鍊殺害。張污辱楊髡塑像，爲前代帝王報復，較之沈鍊，尤見其書獃、率眞！

張岱好戲曲，《陶菴夢憶》卷一〈金山夜戲〉：「月光倒囊入水，江濤吞吐，露氣吸之，嗉天爲白。余大驚喜。移舟過金山寺，已二鼓矣。……余呼小僕攜戲具，盛張燈火大殿中，唱韓蘄王金山及長江大戰諸劇，鑼鼓喧塡，一寺人皆起看。有老僧以手背搬眼瞖，翕然張口，呵欠與笑嚏俱至，徐定睛視爲何許人？以何事何時至？皆不敢問。劇完將曙，解纜過江。山僧至山腳，目送久之，不知是人？是怪？是鬼？」美景當前，引發了戲癮，也顧不得深夜喧擾，盛張燈火，就大唱了起來，嚇得老僧不知是人是鬼。這也是他率性任眞的一面。

此外，如《瑯嬛文集》卷二〈海志〉云「余至海上，身無長物足以供佛，猶能稱說山水，是以山水作佛事也。余曰：自今以往，山人文士，欲供佛而力不能辦錢米者，皆得以筆墨從事。」以筆墨供佛，說得率直而天眞。

二、詼　諧

《瑯嬛文集》卷四〈家傳〉：「先子善詼諧，對子姪不廢謔笑。」是張岱血液中先天遺傳有詼諧的因子，加上家庭環境的富厚安逸，更助長了這種本性。戚友、朋輩也多半應對敏捷，長於言辭，《文集》卷四〈王謔菴先生傳〉：「先生聰明絕世，出言靈巧，與人諧謔，矢口放言，略無忌憚……先生之蒞官行政，摘伏發奸，以及論文賦詩，無不以謔用事。」《文集》卷四〈魯雲谷傳〉：「其密友惟陸癯菴、金爾和與余三人……必日至其家，啜茗焚香，劇談謔笑。」他的仲叔甚而與朋友結成「噱社」。《夢憶》卷六〈噱社〉：「仲叔善詼諧，在京師與漏仲容、沈虎臣、韓求仲輩結噱社；嗻喋數言，必絕纓噴飯。」岱浸淫於此種環境，故爲文吐句尖新，滑稽百出，《文集》卷二〈快園記〉：「余嘗謔友人陸德先曰：昔人有言孔子何闕，乃居闕里；兄極臭而住香橋，弟極苦而住快園。世間事，名不副實，大率類此。」又《文集》卷三〈討蠹魚檄〉、〈戲冊穡侯制〉、〈戲冊岒侯制〉諸文，詼諧有趣令人忍俊不住。晚年奇貧至窘之餘，尚不減其詼諧之態，有一詩曰種魚，因貧而讀致富書，得種魚之法，買鯢千尾，畜之水滁，典衣買舟，募一老人打草，並致牲醪賽神，已罄所儲，未得寸息，終乃徹悟曰：「我昔無陂澤，魚稅不到余。高齋只聽雁，一臥自于徐。惟信陶朱術，煩我多起居，夜半陡然省，開園縱所如。」（參見朱慧深〈關於張宗子〉）。

三、好　義

　　張岱生當明季，雖未列名復社，仍受到談忠說義，提倡志節的影響。曾祖元忭，為王陽明嫡派理學大家。張岱文章，於氣節，多所表揚，《文集》卷五〈姚長子墓誌銘〉：「醢一人，活幾千萬人，功那得不思。」又云：「倉卒之際，救死不暇，乃欲全桑梓之鄉，旌義之後」。《文集》卷三收有〈樂府〉十篇，詠荊軻、高漸離、伍孚、段秀實……等節烈激昂之士。又卷六有〈琴操〉十首，序云：「張子好義，受人反噬，時陰雨，作梅花書屋，憤懣不平，腹脹幾裂，因作琴操十首，援琴歌，覺鯁悶之氣，拂拂從十指出去也。」張岱好義不屈，明亡後遁入山林，《石匱》一書，摘奸發伏，不肯稍降辭色。

四、倔　強

　　張岱性倔強，有不稱意者，絕不曲從。《文集》卷三〈又與毅儒八弟〉：「吾浙人極無主見，蘇人所尚，極力摹倣。如一巾幘，忽高忽低；如一袍袖，忽大忽小……不肖生平倔強，巾不高低，野服竹冠，人且望而知陶菴，何必攀附蘇人，始稱名士哉？」卷二〈曹山〉：「世不知我，不如殺之，則世之摧殘我者，猶知者也。」此雖論曹山，亦是他個性的自然流露。西湖岳王的祠墓因已歷五百一十四年，日久傾圮；崇禎元年，拆毀魏忠賢生祠，議以木石修葺王墓，卜之王，王弗許。後復有人動念重修，張岱為作募疏云：「鄂王寶殿雖圮，決不肯用魏忠賢一木一石。」又云：「苟非居心誠潔，立意堅凝，亦不肯輕受毫末。」（見《文集》卷二〈募修岳鄂王祠墓疏〉）由一物之去取，可看出他不隨作苟同的性情。

五、悲　憫

　　張岱雖生長於富貴家庭，卻具有悲天憫人的心懷。《文集》卷二〈海志〉：「是夜多比丘、比邱尼，燃頂燃臂燃指，俗家閨秀亦有效之者，蒸炙酷烈，惟朗誦經文，以不楚不痛不皺眉為信心、為功德。余謂菩薩慈悲，看人炮烙，以為供養，誰謂大士作如是觀？」張岱的母親好佛，其《西湖夢尋》亦多記寺廟，多引佛經之言，但對此損人體膚之事乃大不以為然。張岱嘗考越郡祀典，清明中元十月朔有孤魂三祭，又閱其祭版，則西楚霸王為國殤之首，千古英豪，後裔淪沒，非越郡孤魂一祭，則拔山蓋世之雄，幾幾乎為若敖氏之

鬼矣，張岱有感此意，遂命兒輩與諸同志，擇地於龍山之麓，創立無主一祠。此舉不惟上體古帝王民胞物與之盛心，抑且下協士君子肉骨生死之美意。（見《文集》卷二〈募造無主祠堂疏〉）凡此皆可見其慈悲之胸懷。

六、迷　信

　　《陶菴夢憶》中有不少處顯示張岱迷信的傾向，他才十六歲，祈夢於南鎮夢神之前，並作有一篇疏（見卷三〈南鎮祈夢〉）。卷三〈逍遙樓〉一則，記他的先人祈嗣，得金丹一粒，他母親吞服後，果然得孕產下他；同則又記朱文懿公有姬媵，陳夫人獅子吼，公苦之，禱於仙，求化妬丹，取以進夫人，夫人果與公相好如初。《瑯嬛文集》卷五〈白衣觀音贊序〉有云：「岱離母胎八十一年矣，常常於耳根清淨時，恍聞我母念經之聲。蓋以我母年少祈嗣，許念《白衣觀音經》三萬六千卷也。故岱生時遂有重胞之異，此經聲是胎裡帶來，雖遭劫火，燒之不失也。」是耶？非耶：？博人一采而已！《夢憶》卷三〈鬥雞社〉一則云：「余閱稗史，有言唐玄宗以酉年酉月生，好鬥雞而亡其國，余亦酉年酉月生，遂止。」此與村夫村婦因生肖屬牛而終身不食牛肉，並無不同。卷七〈阿育王寺舍利〉一則云：「凡人瞻禮舍利，隨人因緣現諸色相。……昔湛和尚至寺，亦不見舍利，而是年死，屢有驗。」又云：「余復下頂禮，求見形相，再視之，見一白衣觀音小像……秦一生反覆視之，訖無所見……一生果以是年八月死，奇驗若此。」亦可謂迷信之至！岱之祖父嘗造表勝庵，家中又設有乩壇，是知他的迷信，實亦得自一種遺傳的習性。

第二節　喜　好

　　張岱為人，洒脫自由，不俗不滯，其人生最高意境為莊子之逍遙，陶潛之適性。喜徜徉山水，放懷風月。岱家累世通顯，服食豪侈，〈自為墓誌銘〉云：「少為紈絝子弟，極愛繁華。好精舍，好美婢，好孌童，好鮮衣，好美食，好駿馬，好華燈，好煙火，好梨園，好鼓吹，好古董，好花鳥。兼以茶淫橘虐，書蠹詩魔，勞碌半生。」（見《文集》卷五）這是一段毫不保留的自白，也是明亡前生活的寫照。張岱本身是個才情很高的人，加上祖父、父親、叔輩都是極風雅的人物。遨遊山水，佈置園林、積聚遺書、搜羅珍玩、精治飲食、畜養聲伎……無一不精，在這種家風薰陶下，自然孕育了他豪貴公子的

浪漫生活。茲就書中所見，大別爲以下幾類，一一敘述之：

一、遊　歷

　　過慣浪漫生活的人，大都喜歡遊歷，不願老守家中。但窮年累月，專事遊歷，而其宗旨在考訂山經，詳辨水脈，像徐霞客躑躅三十年，馳騖數萬里，忍飢耐寒的遊歷，那是抱有遊癖的學者所爲，不能視爲浪漫生活。《夢憶》八卷，計一百二十三則，而記遊歷的有四十餘則，竟占三分之一；《西湖夢尋》則完完全全是一本寫湖光山色的書；《瑯嬛文集》卷二的〈岱志〉、〈海志〉、〈越山五佚記〉，都是篇幅較長的遊記作品，無疑的，遊歷是他浪漫生活的中心。

　　張岱的遊踪雖跨浙、蘇、魯、皖四省，而所到之處，亦不過是杭州、寧波、海寧、嘉興、普陀（書中作補陀）、南京、蘇州、鎮江、揚州、曲阜、泰安、宣城等十餘處地方，他是名勝的地方愛遊，絕小而不著名的地方也愛逛。除了本鄉紹興外，杭州、南京、蘇州、揚州各地，寄跡的時期比較長久，記載的景物風俗，也格外多些。

　　謝靈運有山水之癖，一次遊始寧臨海一帶，從者數百，太守王琇驚駭，疑爲山賊。《夢憶》卷五〈爐峰月〉記月夜攀登爐峰的情景：

> 是日，月政望，日沒月出，山中草木都發光怪，悄然生恐。月白路明，相與策杖而下，行未數武，半山噪嘑，乃余蒼頭同山僧七八人，持火燎，鞴刀木棍，疑余輩遇虎失路，緣山叫喊耳。余接聲應，奔而上，扶掖下之。次日，山背有人言：「昨晚更定，有火燎數十把，大盜百餘人，過張公嶺，不知出何地？」吾輩匿笑不之語。

像這種豪興，也足可與謝靈運媲美了。

　　《瑯嬛文集》卷二有一篇〈游山小啓〉：

> 幸生勝地，鞋韈間饒有山水；喜作閒人，酒席間只談風月……興來即出，可趁樵風；日暮輒歸，不因剡雪，願邀同志，願續前遊。
>
> 凡遊以一人司會，備小船、坐氈、茶點、盞箸、香爐、薪米之屬。每人攜一篙、一壺、二小菜，遊無定所，出無常期，客無限數，過六人則分坐二舟，有大量則自攜多釀。約×日游×舟次×右啓。某老先生有道　司會某具。

這簡直就像如今山岳協會的一個登山活動通知，或一個登山社團的海報。張岱喜與文人名士、緇衲、伶工交遊，深山絕谷，或迎神賽會的場合，都成了

他們棲遲遊息之地。

遊蹤所至，美景在目，心意所喜，發於詩文，就成了絕佳的記山水，記風物的作品。如《夢憶》卷二〈焦山〉：

> 一日，放舟焦山，山更紆譎可喜，江曲渦山下，水望澄明，淵無潛甲，海豬海馬，投飯起食，馴擾若豢魚。看水晶殿，尋〈瘞鶴銘〉，山無人雜，靜若太古。回首瓜州，烟火城中，真如隔世。

《夢尋》卷二〈北高峰〉：

> 此地群山屏遠，湖水鏡涵，由上視下，歌舫漁舟，若鷗鳧出沒烟波，遠而益微，僅覯其影。西望羅剎，江若疋練新濯，遙接海色，茫茫無際。

《夢憶》卷一〈葑門荷宕〉：

> 宕中以大船為經，小船為緯。遊冶子弟，輕舟鼓吹，往來如梭。舟中麗人，皆靚粧淡服，摩肩簇舃，汗透重紗。舟楫之勝以擠，鼓吹之勝以集，男女之勝以溷；歊暑燀爍，靡沸終日而已。

《夢憶》卷五〈金山競渡〉：

> 自五月初一至十五，日日畫地而出。五日出金山，鎮江亦出，驚湍跳沫，群龍（龍船）格鬥，偶墮洄渦，則百蚨捷捽，蟠委出之。金山上人團簇，隔江望之，蟻附蜂屯，蠢蠢欲動；晚則萬艓齊開，兩岸沓沓然而沸。

寫山水清幽至極，寫風物熱鬧至極。其他如〈白洋潮〉、〈湖心亭看雪〉、〈閏中秋〉、〈西湖香布〉、〈西湖七月半〉、〈虎邱中秋夜〉、〈揚州清明〉、〈品山堂魚宕〉（以上見《夢憶》）、〈西泠橋〉、〈冷泉亭〉、〈十錦塘〉（以上見《夢尋》）諸篇，都是描寫景物的極佳文字。

二、戲　曲

張岱精究音樂，好戲曲。其祖好聲色之娛，岱家因而畜有聲伎，《夢憶》卷四〈張氏聲伎〉：「我家聲伎，前世無之，自大父於萬曆年間，與范長白、鄒愚公、黃貞父、包涵所諸先生講究此道，遂破天荒為之。有可餐班，以張綵、王可餐、何閨、張福壽名；次則武陵班，以何韻士、傅吉甫、夏清之名；再次則梯仙班，以高眉生、李岕生、馬藍生名；再次則吳郡班，以王畹生、夏汝開、楊嘯生名；再次則蘇小小班，以馬小卿、潘小妃名；再次則平子茂苑

班，以李含香、顧岕竹、應楚烟、楊騄駬名。主人解事，日精一日；而傒僮技藝，亦愈出愈奇。余歷年半百，小傒自小而老，老而復小，小而復老者，凡五易之。」自大父、父親以至於他自身，如此畜養梨園，也可稱猗歟盛哉了！其中高眉生、李岕生、王晬生、馬小卿、顧岕竹、應楚烟、潘小妃等人皆曾見於《夢憶》一書的記事中。《夢憶》卷六〈彭天錫串戲〉，記天錫五至紹興，曾至其家串戲五六十場而窮其技不盡。《文集》卷四〈家傳〉後有附傳，記七叔爾蘊喜傅粉登場，《夢憶》卷六〈目蓮戲〉云：「余蘊叔演武場搭一大台，選徽州旌陽戲子，剽輕精悍，能相撲跌打者三四十人；搬演目蓮，凡三日三夜。四圍女台百什座，獻子戲技台上……。」是知，張岱的好戲曲，也是豪貴的家庭生活培養出來的。

張岱與當代的伶工、名士多有交往，聚會時每以唱曲演戲消遣。《夢憶》卷四〈不繫園〉：「楊與民彈三弦子，羅三唱曲，陸九吹簫，與民復出寸許界尺，據小梧，用北調說《金瓶梅》一劇，使人絕倒。是夜彭天錫與羅三、與民串本腔戲，妙絕。與楚生、素芝串調腔戲，又復妙絕。」卷七〈閏中秋〉：「崇禎七年閏中秋，倣虎丘故事，會各友於蕺山亭……在席者七百餘人，能歌者百餘人，同聲唱『澄湖萬頃』，聲如潮湧，山爲雷動。……命小傒岕竹、楚烟，於山亭演劇十餘齣，妙入情理。」

張岱對於戲曲，尚精於鑑賞，工於製佳。《夢憶》卷七〈過劍門〉：「楊元、楊能、顧眉生、李十、董白以戲名。屬姚簡叔期余觀劇……傒僮爲興化大班，余舊伶馬小卿、陸子雲在焉。加意唱七齣戲，至更定，曲中大咤異。楊元走鬼房，問小卿曰：『今日戲，氣色大異，何也？』小卿曰：『坐上坐者余主人，主人精賞鑑……』嗣後，曲中戲，必以余爲導師，余不至，雖夜分不開台也。以余而長聲價，以余長聲價之人，而後長余聲價者多有之。」同卷〈冰山記〉：「魏璫敗，好事者作傳奇十數本，多失實，余爲刪改之，仍名『冰山』。……一日，宴守道劉半舫，半舫曰：『此劇已十得八九，惜不及內操菊宴，及偪靈犀與囊收數事耳！』余聞之，是夜席散，余填詞，督小傒強記之，次日至道署搬演，已增入七齣，如半舫言。」

《夢憶》卷八有〈阮圓海戲〉一則，張岱云：「余在其家看〈十錯認〉、〈摩尼珠〉、〈燕子箋〉三劇，其串架、鬥笋、插科、打諢、意色、眼目，主人細細與之講明；知其義味，知其指歸，故咬嚼吞吐，尋味不盡。」阮圓海即阮大鋮，是知張岱亦嘗與之過往。張岱〈五律詩〉中有〈阮圓海祖堂留宿〉二

首，其句有云：「無生釋子詁，孰殺鄭人歌」（原註：「時圓海被謗山居，故為解嘲。」）可見阮大鋮當時結交名士的用心，及清流議論的混雜，蓋不僅夏氏《幸存錄》於圓海有恕詞也。（引見朱慧深《關於張宗子》）阮大鋮是明末傳奇大家，張岱曾對其大加讚譽：「阮圓海家優講關目，講情理，講筋節，與他班孟浪不同。然其所打院本，又皆主人自製，筆筆勾勒，苦心盡出，與他班鹵莽者又不同。故所搬演，本本出色，腳腳出色，齣齣出色，句句出色，字字出色。」阮大鋮最後淪為降滿的奸臣，其實早已難逃張岱的眼目，岱云：「阮圓海大有才華，恨居心勿淨。其所編諸劇，罵世十七，解嘲十三，多詆毀東林，辯宥魏黨，為士君子所嗤棄，故其傳奇不之著焉。」《石匱書後集》卷四十八〈馬士英阮大鋮列傳〉論曰：「大鋮在先帝時，每思辨雪逆黨，蓄毒未發。至北變後，遂若出柙之虎，咆哮無忌，及用間既成，超擢內院，國門一示，掃地盡矣。嗚呼！操莽溫懿，猶知修飾邊幅，大鋮一敗至此，與彼偷牛劇賊，抑又何異哉？」張岱於此對阮大鋮痛加誅伐，字字嚴於釜鉞。

三、彈　琴

　　張岱好琴，年少時曾用心學過琴。《夢憶》卷二〈紹興琴派〉：「丙辰學琴於王侶鵝……戊午學琴於王本吾，……王本吾指法圓靜，微帶油腔，余得其法，練熟還生，以澀勒出之，遂稱合作。同學者，范與蘭、尹爾韜、何紫翔、王士美、燕客、平子。……余曾與本吾、紫翔、爾韜取琴四張彈之，如出一手，聽者駴服。」由於越中琴客不滿五六人，經年不事操縵，琴藝無法增進，張於是與友人結成「絲社」，月必三會之。此事並見《夢憶》卷三〈絲社〉及《文集》卷二〈絲社小啓〉。張岱對彈琴有一套很精闢的言論，《文集》卷三〈與何紫翔〉：「彈琴者，初學入手，患不能熟；及至一熟，患不能生。夫生，非澀勒、離歧、遺忘、斷續之謂也。古人彈琴，唫揉掉注，得心應手，其間勾留之巧，穿度之奇，呼應之靈，頓挫之妙，真有非指非絃，非勾非剔，一種生鮮之氣，人不及知，己不及覺者，非十分純熟，十分淘洗，十分脫化，必不能到此地步。蓋此練熟還生之法，自彈琴撥阮、蹴踘吹簫、唱曲演戲、描畫寫字、作文做詩，凡諸百項，皆藉此一口生氣。得此生氣者，自致清虛，失此生氣者，終成渣穢。吾輩彈琴，亦惟取此一段生氣已矣。今蘇下之人彈琴者，一字音絕，方出一聲，停擱既久，脈絡既斷，生氣全無，吾輩不學之可也。」觀此一段高論，張岱於彈琴一藝，已有深造自得之處。

四、園　亭

　　岱家自高祖太僕公起，即講究園亭池沼的佈置，《夢憶》一書中所記先人的亭台及其刻意經營之書屋，林林總總，美不勝收：

《夢憶》卷二〈梅花書屋〉

　　陔萼樓後，老屋傾圮，余築基四尺，造書屋一大間；傍廣耳室如紗幮，設臥榻。前後空地，後牆壇其趾，西瓜瓤大牡丹三株，花出牆上，歲滿三百餘朵。壇前西府二樹，花時，積三尺香雪。前四壁稍高，對面砌石臺，插太湖石數峰，西溪梅骨古勁，滇茶數莖，嫵媚其傍。梅根種西番蓮，纏繞如纓絡。窗外竹棚，密寶襄蓋之。階下翠草深三尺，秋海棠疎疎雜入。前後明窗，寶襄西府，漸作綠暗。余坐臥其中，非高流佳客，不得輒入，慕倪迂「清閟」，又以「雲林秘閣」名之。

不二齋為其曾祖元忭的書齋，後張岱又自出匠心，佈置一番：

　　余於左設石牀竹几，帷之紗幕，以障蚊虻，綠暗侵紗，照面成碧。夏日，建蘭茉莉，薌澤浸人，沁入衣裾。重陽前後，移菊北窗下，菊盆五層，高下列之；顏色空明，天光晶映，如沈秋水。冬則梧葉落，臘梅開，暖日曬窗，紅爐氍毺，以崑山石種水仙，列堦趾。春時，四壁下皆山蘭，檻前芍藥半畝，多有異本，余解衣盤礡，寒暑未嘗輕出，思之如在隔世。（見《夢憶》卷二〈不二齋〉）

此外，如高祖的筠芝亭、祖父的砎園、父親的懸杪亭都曾是他流連、讀書的地方，誠如〈懸杪亭〉文末所言「兒時怡寄，常夢寐尋往」。

五、珍　玩

　　張岱的先人、舅祖、叔父、堂弟都喜玩古董，且有收藏之癖。《夢憶》卷六〈朱氏收藏〉：「朱氏家藏，如龍尾觥、合卺盃、雕鏤鍥刻，真屬鬼工，世不再見。餘如秦銅漢玉、周鼎商彝、哥窯倭漆、廠盒宣爐、法書名畫、晉帖唐琴，所畜之多，與分宜埒富。」朱文懿公當國，子孫多驕恣豪侈，像這樣琳瑯滿目的收藏，可說讓人嘆為觀止。卷六又有一篇〈仲叔古董〉，記葆生叔所收藏的白定爐、哥窯瓶、官窯酒匜、鐵梨天然几、石璞、銅器、美人觚等珍異之物。葆生之子萼初亦極愛古玩，《文集》卷四〈五異人傳〉載其「偶見一物，適當其意，則百計購之，不惜濫錢。」如古董稍有破綻，必使修補，曾以五十金買一宣銅爐，顏色不甚佳，於是用炭一簍，以猛火扇偪之，頃刻

鎔化；又嘗以三十金買一靈壁硯山，左右審之，謂山腳塊磊，尚欠透瘦，以大釘搜剔之，崒然兩解。如此鹵莽滅裂，其間趣味也就削然矣！張岱在這種家風染習下對於珍玩亦酷好收藏：

《夢憶》卷一〈木猶龍〉

> 木龍出遼海，爲風濤漱擊，形如巨浪跳蹴，遍體多著波紋。常開平王得之遼東，輦至京。開平第燬，謂木龍炭矣。及發瓦礫，見木龍埋入地數尺，火不及；驚異之，遂呼爲龍。不知何緣，出易於市，先君子以犀觥十七隻售之，進魯獻王。誤書木龍，犯諱，峻辭之，遂留長史署中。先君子棄世，余載歸，傳爲世寶。丁丑詩社，懇名公人錫之名，並賦小言詠之。周墨農字以木猶龍，倪鴻寶字以木寓龍，祁世培字以海槎，王士美字以槎浪，張毅儒字以陸槎，詩遂盈帙。

《夢憶》卷二〈沈梅岡〉

> 沈梅岡先生，忤相嵩，在獄十八年。讀書之暇，傍攻匠藝。無斧鋸，以片鐵日夕磨之，遂銛利。得香楠尺許，琢爲文具一，大匣三，小匣七，壁鎖二。棕竹數片，爲篦一，爲骨十八，以筍、以縫、以鍵，堅密肉好，巧匠謝不能事。夫人匄先文恭誌公墓，持以爲贄，文恭拜受之。銘其匣曰：「十九年，中郎節；十八年，給諫匣；節邪匣邪同一轍。」銘其篦曰：「塞外氈，飢可餐；獄中篦，塵莫干；前蘇後沈名班班。」梅岡製，文恭銘，徐文長書，張應堯鑴，人稱四絕；余珍藏之。

《夢憶》卷六〈齊景公墓花罇〉

> 霞頭沈僉事宦遊時，有發掘齊景公墓者，跡之，得銅豆三，大花罇二。……花罇高三尺，束腰拱起，口方而敞，四面戟楞；花紋獸面，麤細得款，自是三代法物。歸乾劉陽太公。余見賞識之，太公取與嚴，一介不敢請。及宦粵西，外母歸余齋頭，余拂拭之，爲發異光，取浸梅花，貯水汗下如雨，踰刻始收；花謝，結子大如雀卵。余藏之兩年，太公歸自粵西，稽覆之，恐傷外母意，亟歸之。

張岱收集珍異，並不如他的舅祖、叔輩、堂弟們那般癡迷，亦未到「玩物喪志」的地步。在〈朱氏收藏〉一文中，他有一段的評，可觀知他的態度：「余謂博洽好古，猶是文人韻事。風雅之列，不黜曹瞞；賞鑒之家，尚存秋壑。詩文書畫，未嘗不擡舉古人，恆恐子孫效尤，以袖攫石，攫金銀，以賺

田宅，豪奪巧取，未免有累盛德。」

六、聚　書

張岱喜積聚遺書，此亦爲先祖之遺傳性。祖父張元忭，好讀書，亦好藏書，不二齋中，圖書四壁，充棟連牀。其家三代聚書三萬餘卷，惜後來屢遭災厄，毀棄盡盡。

《夢憶》卷二〈三世藏書〉

> 余家三世積書三萬餘卷。大父詔余曰：「諸孫中惟爾好書；爾要看者，隨意攜去。」余簡太僕、文恭、大父丹鉛所及，有手澤存焉者，彙以請，大父喜，命舁去，約二千餘卷。天啓乙丑，大父去世，余適往武林，父叔及諸弟、門客、匠指、臧獲、獵婢輩亂取之，三代遺書，一日盡失。

> 余自垂髫聚書四十年，不下三萬卷，乙酉避兵入剡，略攜數簏隨行。而所存者，爲方兵所據，日裂以吹煙，並舁至江干，籍甲內，擋箭彈，四十年所積，亦一日盡失。

七、美　食

中國文人中，東坡、隨園以講究飲食而名；綜觀《夢憶》書中有關飲食諸篇，更是有過之而無不及。岱家常宴會，留心烹飪，庖廚之精，甲於江左。祖父即是一位饕餮客，嘗與武林包涵所、黃貞父先生爲飲食社，講求正味，著《饕史》四卷。張岱更是有加先輩，因爲搜輯訂正，取其書而詮次之，成《老饕集》一書（見《文集》卷一〈老饕集序〉）。像這種「青出藍而勝於藍」的習性，也可一併認爲是祖先的遺傳吧。

《夢憶》卷八〈蟹會〉

> 食品不加鹽醋而五味全者，爲蚶、爲河蟹。河蟹至十月與稻粱俱肥，殼如盤大，墳起，而紫螯巨如拳，小腳肉出，油油如螾蟹，掀其殼，膏膩堆積如玉脂珀屑，團結不散，甘腴雖八珍不及。一到十月，余與友人兄弟輩立蟹會，期於午後至，煮蟹食之，人六隻，恐冷腥，迭番煮之。從以肥臘鴨、牛乳酪，醉蚶如琥珀，以鴨汁煮白菜如玉版。果蓏以謝橘，以風栗，以風菱。飲以玉壺冰，蔬以兵坑筍，飯以新餘杭

白，漱以蘭雪茶；緣今思之，眞如天廚仙供，酒醉飯飽，慚愧，慚愧。

《夢憶》卷四〈乳酪〉

乳酪自駔儈爲之，氣味已失。余自豢一牛，夜取乳置盆盎，比曉，乳花簇起尺許，用銅鐺煮之，瀹蘭雪汁；乳觔和汁四甌，百沸之，玉液珠膠，雪腴霜膩，吹氣勝蘭，沁入肺腑，自是天供。或用鶴觴花露入甑蒸之，以熱妙；或用豆粉攙和，濾之成腐，以冷妙；或煎酥，或作皮，或縛餅，或酒凝，或鹽醃，或醋捉，無不佳妙。

《夢憶》卷五〈樊江陳氏橘〉

樊江陳氏，辟地爲果園，枸菊圍之。自麥爲蒟醬，自秫釀酒，酒香冽，色如淡金蜜珀，酒人稱之。自果自蓏，以蟄乳醴之爲冥果。樹謝橘百株，青不摘、酸不摘，不樹上紅不摘、不霜不摘、不連蒂翦不摘：故其所摘，橘皮寬而綻，色黃而深，瓤堅而脆，筋解而脫，味甜而鮮。……余歲必親至其園買橘。寧遲，寧貴，寧少。購得之，用黃砂缸藉以金城稻草，或燥松毛收之。閱十日，草有潤氣，又更換之；可藏至三月盡，甘脆如新摘者。

《夢憶》卷四〈方物〉

越中清饞無過余者，喜啖方物：北京則蘋婆果、黃鼠、馬牙松；山東則羊肚菜、秋白梨、文官果、甜子；福建則福橘、福橘餅、牛皮糖、紅乳腐；江西則青根，豐城脯；山西則天花菜；蘇州則帶骨鮑螺、山查丁、山查糕、松子糖、白圓、橄欖；嘉興則馬交魚脯，陶莊黃雀；南京則套櫻桃、桃門棗、地栗團、窩笋團、山查糖；杭州則西瓜、雞豆子、花下藕、韭芽、元笋、塘栖密橘；蕭山則楊梅、蓴菜、鳩鳥、青鯽、方柿；諸暨則香貍、櫻桃、虎栗；嵊則蕨粉、細榧、龍游糖；臨海則枕頭瓜；台州則瓦楞蚶、江瑤柱；浦江則火肉；東陽則南棗；山陰則破塘笋、謝橘、獨山菱、河蟹、三江屯蟶、白蛤、江魚、鰣魚、裡河鰦。遠則歲致之，近則月致之、日致之。耽耽逐逐，日爲口腹謀。

單看上列近六十種的方物，已讓人目不暇接了。身爲富貴子弟，傳食四方，享盡了人間至味。餘如〈鹿苑寺方柿〉、〈品山堂魚宕〉都是記膾炙人口的美味。〈品山堂魚宕〉中云：「新雨過，收葉上荷珠煮酒，香撲烈。」如此佳釀，想亦世間少有。太平盛世時，日日貪享口腹，迨兵燹四起，瓶粟屢罄，回憶當日的「天廚仙供」，難怪他覺得是種罪孽，而要連呼「慚愧！慚愧！」

八、茶 道

除了好美食外，張岱還有一項很特殊的嗜好——飲茶。他不止於飲，還精研茶道，《夢憶》中，〈禊泉〉、〈蘭雪茶〉、〈陽和泉〉、〈閔老子茶〉、〈露兄〉等幾篇文字津津有味，可抵得一部陸羽《茶經》。

《夢憶》卷三〈禊泉〉

> 甲寅夏，過斑竹庵，取水啜之，磷磷有圭角，異之。走看其色，如秋月霜空，噀天爲白；又如輕嵐出岫，繚松迷石，淡淡欲散。余倉卒見井口有字畫，用帚刷之，「禊泉」字出，書法大似右軍，益異之。試茶，茶香發，新汲少有石腥，宿三日，氣方盡。辨禊泉者無他法：取水入口，第撟舌舐齶，過頰即空，若無水可嚥者，是爲禊泉。

《夢憶》卷三〈蘭雪茶〉

> 日鑄者，越王鑄劍地也。茶味稜稜，有金石之氣。歐陽永叔曰：「兩浙之茶，日鑄第一」；王龜齡曰：「龍山瑞草，日鑄雪芽」，日鑄名起此。……三峨叔知松蘿焙法，取瑞草試之，香撲冽。余曰：「瑞草固佳，漢武帝食露盤無補多欲，日鑄茶藪。牛雖瘠僨於豚上也。」遂募歙人入日鑄，扚法、掐法、挪法、撒法、扇法、炒法、焙法、藏法，一如松蘿。他泉瀹之，香氣不出。煮禊泉，投以小罐，則香太濃郁。雜入茉莉，再三較量，用敞口瓷甌淡放之，候其冷，以旋滾湯衝瀉之。色如竹籜方解，綠粉初勻；又如山窗初曙，透紙黎光。取清妃白傾向素瓷，眞如百莖素蘭全雪濤並瀉也。雪芽得其色矣，未得其氣。余戲呼之「蘭雪」。

《夢憶》卷三〈陽和泉〉

> 壬申，有稱陽和嶺玉帶泉者，張子試之，空靈不及禊，而清冽過之，特以玉帶名不雅馴。張子謂陽和嶺實爲余家祖墓，誕生我文恭，遺風餘烈，與山水俱長。昔孤山泉出，東坡名之「六一」，今此泉名之陽和，至當不易。

《夢憶》卷三〈閔老子茶〉

> 汶水喜，自起當爐，茶旋煮，速如風雨。導至一室，明窗淨几，荊溪壺、成宣窯瓷甌十餘種，皆精絕。燈下視茶色，與瓷甌無別，而香氣逼人。余叫絕。余問汶水曰：「此茶何產？」汶水曰：「閬苑茶也。」余再啜之，曰：「莫紿余，是閬苑製法，而味不似。」汶水匿笑曰：「客

知是何產？」余再啜之，曰：「何其似羅岕甚也！」汶水吐舌曰：「奇，
奇！」余問：「水何水？」曰：「惠泉。」余又曰：「莫紿余，惠泉走
千里，水勞而圭角不動，何也？」汶水曰：「不復敢隱。其取惠水，
必淘井，靜夜候新泉至，旋汲之，山石磊磊藉甕底，舟非風則勿行，
故水不生磊；即尋常惠水，猶遜一頭地，況他水耶！」又吐舌曰：「奇，
奇！」言未畢，汶水去。少頃，持一壺滿斟余曰：「客啜此。」余曰：
「香撲烈，味甚渾厚，此春茶耶，向瀹者的是秋採。」汶水大笑曰：
「予年七十，精賞鑒者無客比。」遂定交。

《夢憶》卷八〈露兄〉

崇禎癸酉，有好事者開茶館，泉實玉帶，茶實蘭雪，湯以旋煮無老
湯，器以時滌無穢器，其火候、湯候亦時有天合之者。余喜之，名
其館曰「露兄」。取米顛「茶甘露有兄」句也。爲之作〈鬥茶檄〉……

　　以上諸篇以〈閔老子茶〉最讓人品味再三，愛不釋手。張岱深於茶理，
再加上靈活的筆法，就成了一篇雋永的短文。《文集》卷三〈與胡季望〉復論
及烹茶的方法：「蓋做茶之法，俟風日清美，茶須旋採，抽筋摘葉，急不待時，
武火殺青，文火炒熟，窮日之力，多則半勍，少則四兩，一鍋一小錫罐盛之。
蒸水嘗試，其香味一樣則合成一瓶，如一鍋焦臭，則不可攙和，倘雜一片，
則全甕敗壞矣。……且吾兄家多建蘭茉藜，香氣薰蒸，纂入茶瓶，則素磁靜
遞，間發花香」，文末又云「異日缺月疏桐，竹爐湯沸，弟且攜家製雪芽，與
兄茗戰」；時至今日，文人有品茗的雅興，已不多見，更遑論彼此「茗戰」一
番！讀這幾段文字，古人的那份閒情逸緻，令人不覺悠然神往！

九、華　燈

　　《夢憶》卷八〈龍山放燈〉，記張的父叔輩於龍山放燈的盛事。文曰：「萬
曆辛丑年，父叔輩張燈龍山……沿山襲谷，枝頭樹杪，無不燈者。自城隍廟
門至蓬萊岡上下，亦無不燈者。山下望，如星河倒注，浴浴熊熊。……好事
者賣酒，緣山席地坐，山無不燈，燈無不席，席無不人，人無不歌唱鼓吹。
男女看燈者，一入廟門，頭不得顧，踵不得旋，祇可隨勢，潮上潮下，不知
去落何所……父叔輩台於大松樹下，亦席亦聲歌，每夜鼓吹笙簧與謳歌絃管，
沈沈昧旦。……凡四夜，山上下糟邱肉林，日掃果核，蔗滓及魚肉骨蠡蛻。
堆砌成高阜，拾婦女鞋掛樹上如秋葉。」像這樣糜費的盛會，只有在太平時

節的豪貴之家才能辦得到。卷六〈紹興燈〉云：「萬曆間，父叔輩於龍山放燈稱盛事，而年來有效之者。次年，朱相國家放燈塔山，再次年放燈蕺山。」由於長者的雅好提倡，張岱也收集了許多名貴華美的燈。

《夢憶》卷四〈世美堂燈〉

> 余每放燈，必用如椽大燭，顯令數人剪卸爐煤，故光逆重垣，無微不見。十年前，里人有李某者，爲閩中二尹，撫台透其造燈，選雕佛匠，窮工極巧，造燈十架，凡兩年燈成，而撫台已物故，攜歸藏櫝中。又十年許，知余好燈，舉以相贈，余酬之五十金，十不當一，是爲主燈，遂以燒珠、料絲、羊角、剔紗諸燈輔之。而友人有夏耳金者，剪綵爲花，巧奪天工，罩以冰紗，有烟籠芍藥之致。更用廳鐵線界畫規矩，匠意出樣，剔紗爲蜀錦，墁其界地，鮮艷出入。耳金歲供鎮神，必造燈一盞，燈後，余每以善價購之。余一小傒善收藏，雖紙燈亦十年不得壞，故燈日富；又從南京得趙士元夾紗屏及燈帶數副，皆屬鬼工，決非人力。燈宵出其所有，便稱勝事。

十、鬥　雞

張岱好鬥雞，天啓二年與叔輩、友人仿王勃〈鬥雞檄〉設鬥雞社於龍山下。

《夢憶》卷三〈鬥雞社〉

> 仲叔、秦一生日攜古董、書畫、文錦、川扇等物與余博，余雞屢勝之。仲叔忿懑，金其距，介其羽，凡足以助其膒膊、蹢味者，無遺策。又不勝。人有言徐州武陽侯樊噲子孫，鬥雞雄天下，長頸烏喙，能於高桌上啄粟。仲叔心動，密遣使訪之，又不得。益忿懑。

他們將雞金距、介羽，且以古董、書畫爲賭注來鬥，可見興頭之大。《文集》卷三〈鬥雞檄〉云：「張兩翼以戰垓心，敢辭蹢躅，拔一毛而利天下，何惜飄零……磨喙垂頭，有如季犁之戰象，繪衣散彩，無異田單之火牛」，寫得滑稽有情趣。然張岱一日閱稗史，知唐玄宗以酉年酉月生，好鬥雞而亡其國，而其亦以酉年酉月生，遂不復鬥雞。

十一、蹴踘

張岱的友人祁止祥有蹴踘癖，其本人亦好蹴踘。

《夢憶》卷四〈嚴助廟〉

> 天啓三年，余兄弟攜南院王岑、老串楊四、徐孟雅、圓社河南張大
> 來輩往觀之，到廟蹴踘。張大來以「一丁泥」「一串珠」名世。毬著
> 足，渾身旋滾，一似黏寞有膠，提掇有線，穿插有孔者，人人叫絕。

　　除了上述十一項嗜好外，由《夢憶》卷二〈魯藩煙火〉可看出他好煙火；卷四〈雪精〉，可看出他好駿馬；卷一〈天台牡丹〉、〈金乳生草花〉、卷六〈菊海〉、卷四〈甯了〉，可看出他好花鳥；《文集》卷一〈印彙書品序〉可看出他酷好印章。總之，張的興趣是很廣泛的，也因而創造了他多彩多姿的大半生涯。

　　張岱經過了四十餘年繁華生活，到後來遭遇國變，弄到生趣蕭索，披髮入山，甚至想輕生；因感悟已往的享受是罪惡，種了惡因，應得惡果，於是在佛前懺悔其生平種種的罪惡。這心境與近人弘一大師——李叔同的頓悟，頗有相似之處。不過，張岱所經歷的華靡生活，在承平時世，一般豪貴子弟，幾乎人人如此；尤其是明末時候，東北已屢遭清兵侵略，川、陝、湖、廣已時被流寇劫掠，而江浙各地，還是宴安酖毒，驕奢淫佚的風氣，日甚一日。試看清兵入關後，「癡如劉禪，淫過隋煬」的弘光帝偏安江南，尚且受阮大鋮的誘惑，醉心歌舞，不問國事，以至清師南下，立刻覆亡。當時江浙一帶，繁華已極，人民的醉生夢死也到了極點。後來樂極生悲，果然有「揚州十日」、「嘉定三屠」等許多慘劇。其他沒有經清兵蹂躪，或者雖經兵火而受創不重的地方，雖則江山易主，景物全非，一般人還是抱著享樂主義，所謂「商女不知亡國恨，隔江猶唱〈後庭花〉」，陳亡後的情形如此，明亡的情形何嘗不如此！

第四章　著述考

　　張岱平生著述甚夥，《瑯嬛文集》卷一所存自撰諸書序文，即有《石匱書》、《冰雪文》、《說鈴》、《史闕》、《奇字問》、《老饕集》、《四書遇》、《昌谷集解》、《陶菴夢憶》、《陶菴肘後方》、《桃源麻》、《茶史》、《大易用》、《詩韻確》、《夜航船》、《柱銘抄》、《瑯嬛詩集》等十七種；〈自爲墓誌銘述〉自撰諸書，去其重複者，有《張氏家譜》、《義烈傳》、《瑯嬛文集》、《明易》、《快園道古》、《傒囊十集》、《西湖夢尋》七種；其見於他書記載者，尚有《石匱書後集》，《於越三不朽圖贊》、《琯朗乞巧錄》、《陶菴對偶故事》、《評東坡和陶詩》、《補陀志》六種，總計三十種，可謂等身數倍矣。

　　張岱自束髮爲文，發藻儒林。甲申明亡以後，屏棄浮華，益肆力於文章。《陶菴夢憶序》云：「余今大夢將寤，猶事雕蟲，又是一番夢囈。因嘆慧業文人，名心難化，政如邯鄲夢斷，漏盡鐘鳴。盧生遺表，猶思摹揚二王，以流傳後世，則其名根一點，堅固如佛家舍利，劫火猛烈，猶燒之不失也。」表面上雖譏諷自身的名心難化，實際上乃隱含書生報國的心願。張岱有心寫作，並有心選集以流傳後世。《陶菴夢憶》、《西湖夢尋》、《瑯嬛文集》三書，互有重出並見者，如《夢憶》卷一〈奔雲石〉，又見《夢尋》卷四〈小蓬萊〉；《夢憶》卷三〈包涵所〉，又見《夢尋》卷四〈包衙莊〉；《夢憶》卷四〈不繫園〉，又見《夢尋》卷四〈于墳〉後所附之〈定香橋小記〉；《文集》卷一〈補孤山種梅序〉，又見收於《夢尋》卷三〈孤山後〉；《文集》卷一〈水滸牌序〉，又見《夢憶》卷六〈水滸牌〉；《文集》卷二〈瑯嬛福地記〉，又見《夢憶》卷八〈瑯嬛福地〉；《文集》卷三〈鬥雞檄〉，又見《夢憶》卷三〈鬥雞社〉。《瑯嬛文集・祁豸佳序》：「陶菴所作詩文，選題、選意、選句、選字，少不愜意，

不肯輕易下筆。凡有所作,皆其選而後作者也,其後彙所存稿,悉簡其代作、應付諸篇什,盡付一炬,有所存貯,又皆其作而自選者也。」是可知張岱的集子皆其作而自選者。

　　明亡後,張岱避居山林,至於薪火不繼。其著作曾於生前墨板者,止天啟中刻《古今義烈傳》(當即〈自為墓誌銘〉所云之《義烈傳》)八卷一種,他書遺稿藏於家,子孫無力刊刻,且因文禁甚嚴,亦不敢刻。吳癡所見之康熙丁酉年(五十六年)《西湖夢尋》原刻本岱孫張禮序云:「先王父生平素多撰述。所著如《陶菴文集》、《石匱全書》,以及《夜行船》、《快園道古》諸本,皆探奇抉奧,成一家言。以卷帙繁多,未能授梓。是集為從弟溁攜來嶺南,而韶州太守胡公見而稱賞,令付剞劂,以張前徽。余小子自顧顓愚,不克仰承先志。而奉茲遺集,益感中懷,爰授之梓人,錄以問世。其家藏諸種,俟有力梓行,庶幾先王父未墜之精華,復得表章於當代也已。」(〈西湖夢尋跋〉)張岱的文集,雖日後續有刊刻,然流布不廣,蒐求匪易,至於今十不見其一。茲就其著作,依性之相近,一一列述於後:

一、《石匱書》

　　《瑯嬛文集》卷一〈石匱書自序〉:「見有明一代,國史失誣,家史失諛,野史失臆,故以二百八十二年,總成一誣妄世界。余家自太僕公以下,留心三世,聚書極多,余小子苟不稍事纂述,則茂先家藏三十餘乘,亦且燼為冷煙,鞠為茂草矣。余自崇禎戊辰,遂泚筆此書,十有七年而遽遭國變,攜其副本,屏跡深山,又研究十年而甫成此帙。」張岱作此書的原因:一是鑑於「國史失誣,家史失諛,野史失臆」,二是由於家中三世聚書,如不稍事纂述,則先人家藏將化為冷煙,與草木俱朽。他作史的態度是極為謹嚴的,〈自序〉又云:「幸余不入仕版,既鮮恩仇,不顧世情,復無忌諱,事必求真,語必務確,五易其稿,九正其訛,稍有未核,寧闕勿書。」這本書上際洪武,下訖天啟,自序云前後寫了二十七年,而《文集》卷三〈與李硯翁〉云:「弟《石匱》一書,泚筆四十餘載」,當是脫稿之後,復正訛、修訂,四十餘載始成。書成後,曾請周戩伯為之較正,《文集》卷三〈與周戩伯〉云:「為弟較正《石匱書》,則善善惡惡,毫忽不爽,欲少曲一筆,斷頭不為……吾兄筆削之妙,增一字如龍點睛,刪一字如除棘刺……至於傳中之依附東林,借名竊祿,吾兄恥之,弟亦恥之;趨承要典,媚璫邀榮,吾兄恨之,弟亦恨之;皮裏陽秋,不謀自合。」

張岱原修之《石匱書》，止至天啓，以崇禎朝既無實錄，又失起居，六曹章奏，由於闖賊之亂也都化爲灰燼，而草野私書，又非信史，所以遲遲以待論定。順治年間，浙江學使谷應泰欲作《明史紀事本末》，始又續成。〈與周戩伯〉一文云：「今幸逢谷霖蒼文宗欲作《明史紀事本末》，廣收十七年朝報，充棟汗牛，弟於其中簸揚淘汰，聊成本紀並傳。」崇禎戊辰至甲申（西元 1628～1644 年），正是十七年，後則厥之。蓋張岱以先帝鼎升之時，遂爲明亡之日，故書中「並不一字載及弘光，更無一言牽連昭代。」

邵廷采《思復堂文集·逸民傳》：「山陰張岱嘗輯明一代遺事，爲《石匱藏書》，應泰作紀事本末，以五百金購請，岱慨然予之。」是張岱嘔盡半生心血寫成的《石匱書》，僅以五百金售予谷應泰。《逸民傳·談遷傳》云：「明季稗史雖多，而心思陋脫，體裁未備，不過偶記聞見，罕有全書；惟談遷編年，張岱列傳，兩家具有本末，谷應泰並采之，以成紀事。」《四庫提要》引據〈談遷傳〉的說法，認爲「應泰是編取材頗備，集眾長以成完本，其用力亦可謂勤矣。」康熙十八年（西元 1679 年）開明史館，毛奇齡以翰林院檢討充史館纂修官，曾寄張岱乞藏史書：「向聞先生著作之餘，歷紀三百年事蹟，饒有卷帙。即監國一時，亦多筆札。頃館中諸君，俱以啓禎二朝，記誌缺略，史竅本未備，而涿州相公家以崇禎一十七年邸報，全抄送館編輯，名爲實錄，實則罣一漏萬，全無把鼻。……欲懇先生門下，慨發所著，彙付姜京兆宅，抄錄寄館，以成史書。」（《西河文集》書四）欲以其明史著作，爲修史藍本。然則，《石匱書》稿本並未因售予谷應泰而不存，其時當尚有抄本。謝國楨《晚明史籍考》云晚近之世，所見之《石匱書》，一是紀傳，一爲紀事本末，因而臆測當年張岱曾參與谷應泰的編纂之役，而自爲一書，謝氏之說未知然否？臺靜農先生亦云昔年在北平時，聞朱逖先生藏有《石匱書》，此蓋亦抄本。《石匱》一書，凡二百二十一卷，煌煌巨帙，刊刻不易，幸抄本流傳，不絕如縷。然是書今已無從搜求矣。

二、《石匱書後集》

《石匱書》所記止於崇禎朝，《後集》則又續以明末五王及名世諸人。書凡六十三卷，每卷末附「石匱書曰」之論贊，前三卷分別爲〈烈皇帝（崇禎）本紀〉、〈烈皇后本紀〉、〈獻愍太子本紀〉，第四卷爲〈烈二王（永悼王、定哀王）世家〉，明末五王亦列入世家，爲第五卷。張岱於〈福王世家〉論曰：「余故於甲申三月遂痛明亡，乃以弘光、永曆僅列世家，不入本紀，此則痛思先

帝，眞同鵑泣，世有罪我，竊附麟書。」由此可看出張岱嚴正的春秋史筆。
崇禎身死社稷，馬士英、阮大鋮立弘光於南京，一年之內，貪財好殺，瀰酒
宣淫，諸凡亡國之事，無不集其大成，卷三十二〈乙酉殉難記〉論曰：「自古
亡國之君，無過弘光者，漢獻之孱弱，劉禪之癡獃，楊廣之荒淫，合併而成一
人。」言下不勝痛心疾首！《石匱書》今已無從獲見，得見《後集》，亦是一
幸也！此書現有兩儀出版社影印本，台灣銀行出版之《台灣文獻叢刊》本。

三、《史闕》

《瑯嬛文集》卷一〈史闕序〉云：「余讀唐野史太宗好王右軍書，出奇弔
詭，如蕭翼賺〈蘭亭〉一事，史反不之載焉，豈以此事爲不佳，故爲尊者諱
乎？抑見之不得其眞乎？余于是恨史之不賅也，爲之上下古今搜集異書，每
於正史世紀之外，拾遺補闕，得一語焉，則全傳爲之生動，得一事焉，則全
史爲之活現。」史有闕文，或記載不實，使後人無由上窺歷史之眞貌，張岱
因而作《史闕》一書。序中又舉例云，正史對太宗的敬禮魏徵，備極形至，
後世拙筆爲之累千百言亦不能盡者，祇以「鷁死懷中」四字盡之，則是千百
言闕，而四字不闕也。所以張岱鼓勵讀史者要留心書隙，而後得見全史。《史
闕》一書，最早刻於道光甲申，吳癡曾見稿本《史闕》六冊，狀如帳簿。原
稿書於墨格竹紙上，剪而貼之，積三百年，幾片片欲作蝴蝶飛。前有自序，
則精寫，且鈐三印，意爲當日付刊底本。此書現有學生書局景印本。

四、《大易用》

《易經》，爲聖人用世之書。後之讀《易》者，亦思用《易》而卒不得《易》
之用，因受卜筮、訓詁、制科三者之蒙蔽。張岱序云：「余少讀易，爲制科所蠱
惑者半世矣，今年已六十又六，復究心易理，始知天下之用，咸備於《易》。如
屯如蒙，如訟如師，如旅如遯，一卦之用，聖人皆以全副精神注之，曲折細微，
曾無罅漏，順此者方爲吉祥，悖此者即爲患禍。」張岱因而作《大易用》一書，
書中且闡明易之爲用，不可以不變，而又不可以善變。此書今已無由得見。

五、《四書遇》

張岱認爲古來的經書，完完全全幾句好白文，卻被訓詁講章說得零星破碎，

有解還不如無解。張岱自幼遵從祖父的教導，不讀朱註，凡看經書，未嘗敢以各家註疏橫據胸中。或一年，或二年，或讀他書，或聽人議論，或見山川雲物鳥獸蟲魚，觸目驚心，忽于此書有悟，取而出之，名曰《四書遇》。至於「遇」字是何意義，張岱解釋說：「蓋遇之云者，謂不於其家，不於其寓，直於途次之中邂逅遇之也。古人見道旁蛇鬥而悟草書，見公孫大孃舞劍器而筆法大進，蓋眞有以遇之也。」這本書可說是張岱對於四書鑽研已久，精思靜悟有所得的一部著作。張岱於此書鍾愛不已，序又云：「余遭亂離兩載，東奔西走，身無長物，委棄無餘，獨於此書，收之篋底，不遺隻字。」惜此書今已不傳。

六、《昌谷集解》

　　李賀的詩，以劉須溪及吳西泉的註解爲最著。劉須溪以不解解之，所謂「吳質懶態，月露無情」，此深解長吉者也；吳西泉亦以不解解之，每一詩下，第箋註其字義出處，而隨人之所造以自解，此亦深解長吉者也。有此二人，張岱復予註解，序云：「余之解長吉也，解解長吉者也。凡人有病則藥之，藥之不投，則更用藥以解藥，所謂救藥也，藥救藥，藥復救救藥，至於不可救藥，而病者眞死矣。故余之解，非解病也，解藥也。」此書現亦不傳。

七、《奇字問》

　　常人讀書，目數行下，奇字歷落，不究訓詁，混入眼中，若可解，若不解，有旁觀者摘一二字詰之，始茫然不能置對，如或不問，則終身安之無忤也。張岱云：「余不能博聞洽記，近取《左》、《國》、《史記》、兩《漢》、《文選》、《莊》、《列》、《韓》、《管》諸書在人耳目前者，聊摘其一二奇字解釋之，以自問問人。」此書所輯奇字，乃存以待人之問及存以自問以待人之問，故名之曰《奇字問》。是書今亦不傳。

八、《夜航船》

　　張岱序云：「余因想吾越，惟餘姚風俗，後生小子無不讀書，及至二十無成，然後習爲手藝，故凡百工職業，其性理綱鑑，皆全部爛熟，偶問及一事，則人名官爵年號地方，枚舉之未嘗少錯，學問之富，眞是兩腳書廚，而其無益於文理考據，與彼目不識丁之人無以異也。」張岱以爲姓名不關於文理者，

不記不妨；有關於文理者，不可不記。此書所以命名爲「夜航船」者，蓋昔有一僧人與一士子同宿夜航船，士子高談闊論，僧畏懾，卷足而寢，僧聽其語有破綻，乃曰：「請問相公，澹台滅明是一個人？是兩個人？」士子曰：「是兩個人。」僧曰：「這等，堯舜是一個人？兩個人？」士子曰：「自然是一個人。」僧人乃笑曰：「這等說起來，且待小僧伸伸腳。」張岱曰：「余所記載，皆眼前極膚極淺之事，吾輩聊且記取，但勿使僧人伸腳則亦已矣。」然則此書爲記姓名等詼諧之事。吳癡云《夜航船》二十卷，觀術堂有抄本。民國二十四年胡山源所輯之《幽默筆記》，其中科第類有「脫去釘鞋」一則，即採擷自《夜航船》，可知是書其時尚可見。

九、《桃源曆》

張岱序云：「天下何在無曆，自古無曆者，惟桃花源一村人，以無曆故無論魏晉。」張岱爲桃源村所作之曆書，仍以星出蟲吟，推人耕織，不存年號，無魏晉也，不立甲子，無壺艮，春蠶秋熟，歲序依然。此曆書桃源人見之曰：「是曆也，非以曆曆桃源，仍以桃源曆曆曆也，無曆而有曆，曆亦何害桃源哉？」此書現亦不傳。

十、《陶菴肘後方》

泰昌改元冬十一月，張岱的父親病傷寒，群醫束手，勢在垂盡，後得一老醫吳竹庭治癒，張因感草澤醫人，多以丹方草頭藥活人，且家中向有祖父所集方書二卷，葆生叔所集丹方一卷，遂有意丹方草頭藥。凡見父老長者、高僧羽士，輒卑心請問，及目擊諸病人有服藥得奇效者，輒登記之，積三十餘年，遂得四卷。收之傒囊，邂逅旅次，出以救人，抵掌稱快。是書今亦不傳。

十一、《茶史》

張岱精於茶道，第三章〈喜好〉一節已詳述之。此書蓋其平日留心飲事，有所得之作。崇禎十一年，張岱至白門，往桃葉渡訪閔文水，相談甚歡，飲啜無虛日。因出其所著《茶史》，與閔老子細細論定，希望「厥之以受好事者，使世知茶理之微如此。」張岱本擬將此書刊刻行世，惜後日亦不見梓行，否則世之好飲者，將可借餘瀝，以解渴思。

十二、《老饕集》

　　張岱的祖父、父親及其本人都十分講究飲食，第三章〈喜好〉一節亦已詳述之。他的祖父與包涵所、黃貞父等人結飲食社，講求正味，著《饕史》四卷。張岱序云：「然多取遵生八牋，猶不失椒薑葱渫，用大官炮法。余多不喜，因爲搜輯訂正之。窮措大亦何能有加先輩，第水辨澠淄，鵝分蒼白，食雞而知其栖恆半露，噉肉而識其炊有勞薪，一往深情。余何多讓，遂取其書而銓次之。割歸於正，味取其鮮⋯⋯」，故知《老饕集》乃張岱銓選《饕史》，爲之搜輯訂正而成。此書亦不見流傳。

十三、《一卷冰雪文》

　　此書爲張岱所選詩文集。所以取名冰雪者，蓋冰雪能壽物也。序云：「魚肉之物，見風日則易腐，入冰雪則不敗⋯⋯人生亦藉此冰雪之氣以生，世間山川雲物水火草木色聲香味，莫不有冰雪之氣，其所以恣人挹取受用之不盡者，莫深於詩文，蓋詩文只此數字，出高人之手，遂現空靈，一落凡夫俗子，便成臭腐。」《冰雪文》又有後序云：「若夫詩，則筋節脈絡，四肢百骸，非以冰雪之氣沐浴其外，灌漑其中，則其詩必不佳。」是以張岱所謂的冰雪之氣，亦即「空靈」之神韻。《冰雪文》現今已不易搜求，朱劍芒先生云近人《陶庵夢憶》序文曾提及見過《冰雪文》。

十四、《詩韻確》

　　詩之有韻，以沈約爲宗，而沈尚簡嚴，後世用韻漸多，如江河日下，張岱云：「吾想一韻之中，只有數字可用，餘皆奇險幽僻⋯⋯用險韻決無好詩。」昔人因險韻難和，倡韻腳諸書，如升菴《韻藻》、《韻府群玉》、《五車韻瑞》；張岱祖父嘗著《韻山》一書，多至數千餘卷，冊籍浩繁。張岱就歷來韻書刪定之，而成此書。張岱序云：「余所刪定之韻，豈獨簡便可入侯囊，即以練篇練句，造詣成李杜大家，亦甯有出此數字也哉？」此書現已無由獲見。

十五、《瑯嬛詩集》

　　張岱少喜文長，遂學文長詩，因中郎喜文長，而并學喜文長之中郎詩；後喜鍾、譚詩，復欲學鍾、譚詩。張毅儒以鍾譚手眼選明詩，遂以鍾譚手眼

選張岱之好鍾譚而不及學鍾譚之明詩，張岱乃始知有悔，舉向所爲似文長者悉燒之，而滌骨刮腸，非鍾譚則一字不敢置筆，刻苦十年，乃問所爲學鍾譚者又復不似，又取其稍似鍾譚而終似文長者又燒之，後終悟：語出胞胎，即略有改移，亦不過頭面，而求其骨格，終似他人。張岱序云：「余今乃大悟，簡余所欲燒而不及燒者悉存之，得若干首，抄付兒輩，使兒輩知其父少年亦曾學詩，亦曾學文長之詩，亦曾燒詩之似文長者，而今又復存其似文長之詩。存其似者，則存其似文長之宗子，存其似之者，則並存其宗子所似之文長矣，宗子存而文長不得存，宗子文長存而燒文長，文長之毅儒，亦不得不存矣。」此書現不傳，朱慧深所見曾藏八千卷樓之《瑯嬛文集》稿本，中有古樂府、四言古、五言古、七言古、五言律，共三百又五首；而光緒丁丑湘譚黎培敬刻余浣公大觀樓所藏之《瑯嬛文集》則無詩，然則八千卷樓本三百又五首詩，或即張岱另編之《瑯嬛詩集》？

十六、《柱銘抄》

張岱序云：「昔人未有以柱對傳者，傳之自文長始；昔人未有以柱對傳而刻之文集者，刻之自余刻文長之逸稿始。」柱對以往不被文人視爲正統的文學，張岱此舉可說不受傳統觀念的束縛。自逸稿刻柱對，越中文人即競相作柱對，而未作時先有一文長橫據胸中，其倔強不學文長一字者，惟倪鴻寶太史，倪太史的柱對有妙過文長者，惜寥寥數對，不及文長之多。此書現亦不傳，張岱柱銘則散見於《西湖夢尋》一書。

十七、《說鈴》

張岱序云：「說何始乎？《論語》始也。說何止乎？《論語》止也。《論語》之後無《論語》，而象之者《法言》也，《論語》卒不可象。……余主何說哉？言天則天而已矣，言人則人而已矣，言物則物而已矣……揚雄氏之言曰：『好說而不見諸仲尼，說鈴也。』鈴亦何害於說哉？秦始皇振鐸毆山而山如鹿走；鈴，鐸屬也。」是書不見流傳，隱晦難明之序文，亦無由揣摩其內容。

十八、《補陀志》

崇禎十一年，張岱遊補陀（即普陀）。《瑯嬛文集》卷二〈海志〉：「補陀

山水奇絕、橫絕，而《水經》不之載，《輿考》不之及，無傳人則無傳地矣。余至海上，身無長物足以供佛，猶能稱說山水，是以山水作佛事也。」是年冬天，張岱遊棲霞山，遇蕭伯玉，《夢憶》卷三〈棲霞〉：「伯玉問及補陀，余適以是年朝海歸，談之甚悉；《補陀志》方成，在篋底，出示伯玉，伯玉大喜，為余作敘。」《補陀志》雖未見於《文集》卷一自撰諸書序文，亦未見於〈自為墓誌〉，然由以上二文，可知張岱曾修《補陀志》。

十九、《於越三不朽圖贊》

　　此書列敘越中一百九位名賢，張岱的高、曾、祖三位祖先，和仲叔葆生，以及外曾祖朱金庭相國皆在其中，內有圖像、小像、贊辭，有如張氏一部分家譜。此書刻於乾隆中，題「鳳嬉堂刻」，鳳嬉堂為張氏堂名，則是書為家刻也。民國七年紹興印刷局有重印本，書前附有乾隆《郡志‧文苑傳》，記載陶菴家世及生平甚為詳備（以上參見朱劍芒〈陶菴夢憶考〉及吳癡〈西湖夢尋跋〉）。惜此書現已無從搜求，否則將對作者一生事蹟有更進一步了解。

二十、《瑯嬛文集》

　　此書原為張岱自選，經王雨謙、祁止祥兩先生編次評點，會國變未刊。祁豸佳序云：「《瑯嬛》一集，譬之文豹留皮，但取其神光威蒲；孔雀墮羽，拾其翡翠金輝，淘汰簸揚，選擇最核。」今所見之《文集》凡六卷，卷一為自撰諸書序文；卷二收記、啓、疏諸篇什；卷三為檄、碑、辨、制、樂府、書牘；卷四為傳記；卷五為墓誌銘、跋、銘、贊；卷六為祭文、琴操、雜著、頌、詞。為現存張氏著作篇幅較鉅的一部。朱慧深曾就書估購得張氏手稿本，為八千卷樓舊物，卷端有「翁同龢觀」小印，知此書曾流轉於虞山之手。朱慧深跋《瑯嬛文集》稿本云：「書原裝一冊，封面舊題猶錢塘丁氏原式。有集、別集、國朝一行，與八千卷樓書目正合。……宗子手寫，行楷，改定處極多，更有黏貼定稿之葉。詩題上常每有刪、有改本、選等字樣，又有墨筆校改評騭，出另一人手，卻不知係王雨謙否？又每於書眉題『詩礫』字樣，此宗子編集之一，未刻，不得其詳。」又云：「原書大題『瑯嬛文集』，次行署劍南陶菴張岱著，不題卷數，而實分五卷。古樂府、四言古、五言古、七言古、五言律，通三百又五首。」由此段敘述看來，朱氏所見之稿本與今存《瑯嬛文集》，內容大異其趣，恐非足本，既是文集為何通篇皆是詩？疑張氏原稿有

文有詩，王雨謙刪削時因見已有《瑯嬛詩集》，而將詩除去，只納古樂府一種入文集中耳。

今所見之《瑯嬛文集》，爲光緒丁丑年湘潭黎培敬刻，所據爲會稽王惠藏本。王氏跋云：「余束髮時，讀書於山陰余浣公侍御家。檢其藏書，有《瑯嬛文集》一帙。蚊腳細草，蟫蝕襤灑，蓋張陶菴後裔世傳而尚未付雕者也。余見而攫之，五十年來，藏之敝簏。」朱慧深云：「鄭刻《史闕》跋文，亦言所據原底爲蚊腳細草之本，意此皆當日清鈔底本，余所藏二種則草稿也。」王惠之子介臣見《文集》而悅之，屬同人錄出，乞其文校正，分爲六卷，合作一函，是今日所見六卷，乃王氏父子所分。光緒丙子春，黎培敬見此書而愛之，急勸付梓，次年即墨版刊刻。民國四十五年淡江書局排印本即據此爲底本。

二十一、《陶菴夢憶》

張岱著作以此書流布最廣，所記雖是方言巷詠、嘻笑瑣屑之事，實亦是作者自身的生活傳記。自序云：「陶菴國破家亡，無所歸止，披髮入山，駴駴爲野人。故舊見之，如毒藥猛獸，愕窒不敢與接。作自輓詩，每欲引決，因《石匱書》未成，尚視息人世，然瓶粟屢罄，不能舉火。……飢餓之餘，好弄筆墨，因思昔人生長王謝，頗事豪華，今日罹此果報……因想余生平，繁華靡麗，過眼皆空，五十年來，總成一夢。今當黍熟黃粱，車旋蟻穴，當作如何消受！遙思往事，憶即書之，持向佛前，一一懺悔。不次歲月，異年譜也，不分門類，別志林也。偶拈一則，如遊舊徑，如見故人，城郭人民，翻用自喜，真所謂癡人前不得說夢矣。」黃粱夢醒後，對於前塵往事有不盡的追憶和尋味，書中寫的雖只是些閒情瑣事，但那種依戀過去，嗟歎現在的悵惘之情，時時流露於字裡行間。

《夢憶》版本，有硯雲甲編本一卷，王文誥本八卷，皆刻於乾隆年間。王本始刻於乾隆五十九年甲寅（1794），後因雕板失去，重刻爲巾箱本，有王文誥見大道光二年壬午（1822）序，《譚復堂日記》卷三稱之爲「王見大本」。咸豐五年乙卯（1855）南海伍崇曜刻入《粵雅堂叢書》，即據王本。民國二十六年開明書店曾印行此書，四十六年復取粵雅堂本標點重印。

二十二、《西湖夢尋》

張岱序云：「余生不辰，闊別西湖二十八載，然西湖無日不入吾夢中，而

夢中之西湖實未嘗一日別余也。前甲午、丁酉兩至西湖，如涌金門、商氏之樓外樓、祁氏之偶居、錢氏余氏之別墅，及余家之寄園一帶湖莊，僅存瓦礫。則是余夢中所有者，反爲西湖所無……。余乃急急走避，謂余爲西湖而來，今所見若此，反不若保吾夢中之西湖爲得計也。……而今而後，余但向蝶菴岑寂，邃榻紆徐，惟吾舊夢是保，一派西湖景色，猶端然未動也。」甲申之後，西湖園亭桃柳、簫鼓樓船皆殘缺失之，故張岱欲於夢中尋之，以復舊觀。

書凡五卷，七十二則。分北路、西路、南路、中路、外景五門以誌其勝，且追記舊遊。每景首爲小序而雜採古今詩文列於其下，張岱所自作者尤夥，亦附著焉。張岱盤礴西湖四十餘年，湖中典故、景物，道之甚詳，使舊日之西湖活現紙上。張岱諸作，以《夢尋》刻最早，康熙丁酉（五十六）年刊於粵東，雖爲家刊本，實亦藉他人之力始得付梓。是書當年亦曾經王雨謙評定，世所見錢塘丁氏叢刻本，改易舊式，書眉評語盡去，非原貌也。往昔北平圖書館有原刻殘本一冊，存後三卷。今有台聯國風出版社及華文書局聯合印行之景印本，收入《武林掌故》中。

張岱著作於今尙可見及存有序文者，爲以上二十二種，其他如《張氏家譜》、《義烈傳》、《明易》、《快園道古》、《傒囊十集》、《琯朗乞巧錄》、《陶菴對偶故事》、《評東坡和陶詩》八種，只知書目，末由懸論。文人慧業，散佚煙滅，令人浩嘆！

第五章　文學分析

　　張岱生於晚明國運由極盛而逐步入衰亡的時代，自身家門沒落，亦如同國運一般，其一生可以甲申明亡為限，劃出前後二期截然不同的階段。前半段風雅豪奢，繁華靡麗。後期窮愁潦倒，過著以糲蕘為食，袨苧為衣，石塊為枕，破甕為牖的貧窘生活。

　　張岱於困厄的環境中，並未沮喪頹唐，仍堅強自持。《陶菴夢憶》自序云：「國破家亡，無所歸止，披髮入山，駴駴為野人。故舊見之，如毒藥猛獸，愕窒不敢與接。作自輓詩，每欲引決，因《石匱書》未成，尚視息人世。然瓶粟屢罄，不能舉火。」這是何等淒涼的生活？又是何等冷落的人情？一向生活於豪富之家，且又耽溺聲色，一旦國亡，並不乞求保全，以期「繁華未歇，富貴可續」，如錢謙益，阮大鋮之輩！只將舊有的一切，當作一場好夢，獨守著一部未完成的明代史記，視繁華、寂寞為一回事，十分堅強地活下去，不惟十分堅強地活了下去，而且直至遂其志事，終其天年而後已。這種情操毅力，豈是錢阮輩所能企及？

　　張岱之所以不願作「貳臣」，而甘為「逸民」，是為了著作以「見志」。〈逸民傳〉云：「丙戌後，屏居臥龍山之仙室，短簷危壁，沉淫於明一代紀傳，名曰《石匱藏書》，以擬鄭思肖之《鐵函心史》也。」張岱晚年直以著作為其生命，他寫《石匱書》是為存有明一代興廢存亡之跡，用寄孤臣貞士之操。他之所以著作，也是為了懺悔。《陶菴夢憶》係黃粱夢醒後，追記往日的盛會或勝蹟，依戀過去，嗟歎現在，恰似「白髮龜年，暢談天寶」，《夢憶》序云：「遙思往事，憶即書之，持向佛前，一一懺悔。」清《紅樓夢》小說的作者，想必也是懷著這樣的心境吧。

　　張岱著作甚夥，惜多已不得獲見。傳世之作以《陶菴夢憶》、《西湖夢尋》、《瑯嬛文集》流布最廣。這是張岱文學著作的精髓，張岱的文學淵源、理論和實踐，亦均於是乎見。後人更可由這幾本著作，窺見張岱在小品文上能兼各家之長，而所以造詣高卓，集其大成之緣由。

第一節　文學背景

一、反擬古之影響

　　明代文風，國初以擬古為主。高啓振元末纖穠縟麗之習，詩擬漢魏、唐宋，備古人之格，而無一己之面目。林鴻專學唐，袁凱專學杜，極力摹擬，不但字面句法，並其題目亦效之。永樂、成化間，三楊以文學見任，台閣體詩文盛行，雅正有餘，生氣則無。其後李夢陽輩起而矯之，主張詩必盛唐，文必秦漢，自弘治中至萬曆中，約一百年間，前後七子為文壇領袖，而復古擬古遂成為文學思想之主流。然後七子句擬字摹，食古不化，流於因襲剽竊，徒形成衰敝之風氣。公安三袁繼而興起，主張獨抒性靈，反對擬古。稍後於公安派者，為竟陵鍾、譚，其文學理論與公安相去無幾，所不同者，詩文風格一變公安之清新輕俊，為幽深孤峭。公安、竟陵兩派復為萬曆中葉以後文學主流，其影響至清初始絕。這種反擬古的文學理論，重個性、重內容、重情感，不講義理、不講形式，說理抒情都信筆直書，毫無凝滯。他們的文學不是載道的，而是言志的，不是道貌岸然的作雍容典雅的台閣文章。晚明清新流麗的小品文，即此兩派文學運動之直接產物。明自神宗萬曆迄思宗崇禎之末，凡七十年，謂之晚明。此七十年間，政治腐敗，國事日非，獨文學大放異彩，造成有明文學不可忽視之後勁。其時除三袁、鍾譚外，四明有屠隆，臨川有湯顯祖，侯官有曹學全，長洲有陳明卿，嘉定有李流芳，山陰有徐渭、王思任、張岱，華亭有張鼐、黃汝亨、陳繼儒……無慮數十百家。陳繼儒所云：「皆芽甲一新，精彩八面，有法外法，味外味，韻外韻，麗典新聲，絡繹奔會，似亦隆萬以來氣候秀擢之一會也。」正是其時文壇崢嶸競秀的新風氣。

　　張岱性情灑脫，率直而不造作，加上豐沛的才學，最宜利用小品文這類體裁，來抒寫一己之胸懷，真正做到了獨抒性靈，不拘格套的地步。他兼有各派的眾長，個性、情感、人品都躍動紙上，讀其文如見其人。劉大杰《中

國文學發達史》云：「在晚明的新文學運動中，在新興的小品文中，張宗子是第一個成功的作家。」誠非溢美之辭。

二、徐渭、鍾、譚之影響

徐渭乃張岱先世之友人，自高祖以降，三代與之交好。渭生與後七子同時，方王李正高唱「文必秦漢，詩必盛唐」，彼獨反對擬古，拈出「詩本乎情」之說。《徐文長文集》卷十七抨擊擬古派詩文云：「悉襲也，悉勦也，悉潦也，一其奴而百其役。其最下者，又悉矇也，悉刪也，悉自雷，悉求唐子而不出域也。」此詆擬古之巨子，與聞風趨附之徒。《文集》卷十七又云：「今之爲詞，而敘吏者，古銜如彼，則今銜必彼也；而敘地者，古名如彼，今名必彼也；其他靡不然。而乃意其彼之古者，即我之今也，慕古而反其所以眞爲古者，則惑之甚者也。」「慕古而反其所以眞爲古」，可謂一語中的。其又譏擬古作家，詩不本乎情，《文集》卷十九〈葉子肅詩序〉：「人有學爲鳥言者，其音則鳥也，而性則人也；鳥有學爲人言者，其音則人也，而性則鳥也，此可以定人與鳥之衡哉？今之爲詩者，何異於是！一出于己之所自得，而徒竊於人之所嘗言，曰：某篇是某體，某篇則否，此雖極工，逼肖而已，不免於鳥之爲人言矣。」襲詩之體式而剽竊其詞，似鳥學人語也。

徐渭論詩，不主模擬，不主某家某體，《徐文長文集》卷十六〈答龍溪師書〉云：「古評云：詩至李、杜、昌黎、子瞻，而變始盡，乃無意不可發，無物不可詠；正謂此也。彼以字眼繩者，所得蓋少矣，有意而不能發矣。」渭既主詩本原情，故吟咏之際，寧對偶不工，有意即發，不因字眼以害意。

渭又論詩之韻腳，謂和韻之詩雖韻腳已定，亦不應拘於前作而失其意，務求自適其趣，直抒胸臆。《徐文長逸稿》卷十四〈酈績溪和詩序〉云：「今之和人之詩者，非欲以凌而壓之，則且求跂而及之，未必凌且壓、跂且及也，而勝心一起，所得者少而所失者多矣。古之和詩，其多莫如蘇文忠公在惠州時和淵明之作，今味其詞，皆泛泛兮若鷗、悠悠兮若萍之適相遇，蓋不求勝人，而求以自適其趣。」韻腳已定之和韻詩，尚求以抒情爲先，其他自由創作，自不待言。

張岱詩文深受徐渭影響，〈瑯嬛詩集序：〉「余少喜文長，遂學文長詩，因中郎喜文長，而并學喜文長之中郎詩。」《瑯嬛文集‧杜銘抄自序》：「昔人未有以杜對傳者，傳之自文長始；昔人未有以杜對傳而刻之文集者，刻之自余刻文

長之逸稿始。」又云：「余之學文長而不及文長者，又何取乎其多過文長耶？」徐渭嘗著《批註李長吉詩集》五卷，張岱嫌其殺人者什之七、活人者什之三（見《瑯嬛文集・昌谷集解序》），亦撰《昌谷集解》；於此皆可見張岱追逐徐渭之處。除此，張岱反模擬、抒性情、論韻腳之說，均有與徐渭相通者。

張岱少時，曾搜集徐渭佚文，求王思任爲之刪削，《瑯嬛文集》卷三〈王謔菴年祖〉云：「向年搜青藤佚稿，求年祖大加刪削。」今所見《徐文長逸稿》廿四卷，題張汝霖、王思任評選，張維城（岱）校輯。是集首列王思任序云：「張文恭父子雅與文長游好，聞見既多，筆札饒辦。其孫宗子，箕裘博雅，又廣搜之，得逸稿，分類如干卷。……是集也，經予讎閱者什三，予有搏虎之思，止錄其神光威滃，欲嚴文長以愛文長，而宗子有存羊之意，不遺其皮毛齒角，欲仍文長以還文長。」則此逸稿實爲張岱所搜，而題其大父之名者，蓋表彰先德也。《瑯嬛詩集》序：「余老友吳系曾夢文長說，余是其後身，此來專爲收其佚稿，及予選佚稿……」，此亦爲張岱搜羅徐渭逸稿之旁證。後身之說，雖涉無稽，然亦可窺知徐渭與張岱文學之淵源。

張岱詩文亦受鍾惺、譚元春之影響。《瑯嬛詩集》序云：「余少喜文長，遂學文長詩……後喜鍾譚，復欲學鍾譚詩。」張岱曾費十年工夫，學習鍾譚之詩，序又云：「非鍾、譚則一字不敢置筆，刻苦十年……」。鍾譚爲詩，喜生僻幽峭，最忌剿襲，苦心經營，務必求深求新。鍾惺爲人嚴冷，不喜接俗客，「冷」之一言，其詩文、學行皆主之。譚元春才不如惺，詩爲幽峭則一，其病時涉俳俚。竟陵二家，張岱受鍾惺之影響較深，《隱秀軒文・列集・與高孩之觀察》一文云：「詩至於厚而無餘事矣。然從古未有無靈心而能爲詩。至厚出於靈，而靈者不即能厚。弟嘗謂古人詩有兩派難入手處。有如元氣大化，聲具已絕，此以平而厚者也。《古詩十九首》、蘇李是也。有如高巖峻壑，岸壁無階，此以險而厚者也。漢郊祀鐃歌、魏武帝樂府是也。非不靈也，厚之極，靈不足以言之也。然必保此靈心，方可讀書養氣，以求其厚。」張岱〈冰雪文序〉主空靈之說，與此頗爲近似。《隱秀軒文・列集・詩論》又云：「詩，活物也。不必皆有當於詩，而皆可以說詩，其皆可以說詩中，不必皆有當於詩而皆可以說詩，其皆可以說詩者，即在不必皆有當於詩之中，非說詩者之能如是，而詩之爲物，不能不如是也。詩可以爲經。」「詩可以爲經」一語，與張岱〈一卷冰雪文後序〉云：「唐虞之典謨，三王之誥訓，漢魏之樂府，晉之清談，宋之理學，元之詞曲，明之八股，與夫戰國之縱橫，六朝之華贍，《史》

《漢》之博洽，諸子之荒唐，無不包於詩之下已。則詩也而千古之文章備於是矣。」有異曲同工之妙。

三、小說戲曲之影響

　　明代小說戲曲在民間甚爲流行，當時文體，亦自然受其影響而有所改變。公安、竟陵詩文中，時夾雜有純粹白話和方言，即爲一明證。明末通俗戲曲已由元代街頭巷尾表演的平民化階段，進入豪門庭園演出的貴族時期。張岱家人嗜好看戲，家中畜養聲伎，其文筆亦隨劇本而脫離「載道」文章的窠臼，《夢憶》中淺近、飄逸的文字，予人灑脫清新的感覺，這與應世干祿的高文典冊迥然不同，任何體裁，張岱寫來「信口信腕，皆成律度」，嬉笑怒罵亦盡是文章。頭巾氣、道學氣、酸腐語、死澀語，悉摧廓而掃蕩之。張岱文章中時有諧趣之對話，這未嘗不是受戲曲科白之影響。《夢憶》中〈閔老子茶〉、〈天童寺僧〉、〈張東谷好酒〉、〈范與蘭〉諸篇，對話部分極耐人尋味，頗富短篇小說的意味。〈閔老子茶〉一則已見引於第三章〈喜好〉一節，茲舉卷八〈張東谷好酒〉一則爲例：

> 山人張東谷，酒徒也，每悒悒不自得。一日起謂家君曰：「爾兄弟奇矣！肉只是吃，不管好吃不好吃。酒只是不吃，不知會吃不會吃。」二語頗韻，有晉人風味。而近有儈父載之《舌華錄》，曰：「張氏兄弟賦性奇哉！肉不論美惡，只是吃；酒不論美惡，只是不吃。」字字板實，一去千里，世上眞不少點金成鐵手也。東谷善滑稽，貧無立錐。與惡少訟，指東谷爲萬金豪富，東谷忙忙走，愬大父曰：「紹興人可惡，對半說謊，便說我是萬金豪富。」大父常舉以爲笑。

四、家國遽變之影響

　　張岱前半生，值太平時節，家庭富貴，耽溺遊戲。犬馬聲色，無所不好。《山陰縣誌‧張岱傳》：「服食豪侈，畜梨園數部，日聚諸名士，度曲微歌，詼諧雜進」，誠如《夢憶》卷七〈龐公池〉所云：「不曉世間何物謂之『憂愁』！」崇禎甲申以後，國破家亡，墮於衣食不足的貧窘環境。處於暴力虐政之下，固是無可奈何，然胸中的塊壘積鬱，如何能排遣？懷國傷家之情，又如何能消滅？《山陰縣誌‧張岱傳》：「葛巾野服，意緒蒼涼。語及少壯穠華，自謂夢境。」家道衰落，朋輩凋零，憤激傷感之情，自然在心中時時滋長，而無

以壓抑掩飾。城郭人民，時常於夢境中出現，《夢憶》、《夢尋》二書，記遺民倉桑之感，與〈采薇〉〈麥秀〉，同其慨嘆。《夢尋》卷四〈柳州亭〉：「今當兵燹之後，半椽不剩，瓦礫齊肩，蓬蒿滿目。……余於甲午年偶涉於此，故宮離黍，荊棘銅駝，感慨悲傷，幾效桑苧翁之遊苕溪，夜必慟哭而返。」《石匱書後集》卷四十六〈江右死義列傳〉：「癸己八月，余上三衢，入廣信，所過州縣，一城之中，但茅屋數間，餘皆蓬蒿荊棘，見之墮淚。及至信州，鄉村百姓，強半戴髮，縉紳先生間有存者，皆隱匿山林，不見當道；文士有知名者，不出應試，鼎革已十載，雖邑頑民，猶有故主之思。」其文多留故國之鴻爪，發黍離之悲思。李後主云「往事已成空，還如一夢中」、「小樓昨夜又東風，故國不堪回首月明中」，這種心境，正是張岱的寫照，使張岱未經亡國之痛，或不至寫出如此深摯沉痛的文章。杜甫〈春望〉詩云：「國破山河在，城春草木深。感時花濺淚，恨別鳥驚心。」我們必須用讀這種詩的意念，去讀張岱的文章。若只當尋常的記事文章去讀，那就有負作者的孤詣苦心了。

第二節 文學理論

一、反模擬

張岱詩文，初學徐渭、鍾、譚，然能不為二家所囿，截取其長，而揚棄其短，其自道：「余少喜文長，遂學文長詩，……後喜鍾譚，復欲學鍾譚詩……張毅儒好鍾譚者也，以鍾譚手眼選明詩，……遂以鍾譚手眼選余之好鍾譚而不及學鍾譚之明詩……選及余之稍似鍾譚者，予乃始知自悔……舉似文長者悉燒之……非鍾譚則一字不敢置筆，刻苦十年，又復不似鍾譚，求其骨格，則仍一文長……今又取其稍似鍾譚而終似文長者又燒之，……今日舉不及文長之文長，乃欲以籠絡不必學文長而似文長之宗子，則宗子肯復受哉？」（〈瑯嬛詩集序〉）張岱欲極力擺脫前人的束縛，不為所限。〈杜銘抄自序〉云：「余故學文長而不及文長，今又不敢復學文長，乃友人不以宗子為不及文長，而欲效宗子之刻文長，每取文長以誇稱宗子，余自知地步遠甚，其比擬故不得其倫，即使予果似文長，乃使人曰：文長之後，復有文長，則又何貴於宗子也？」是可知張岱以模擬為恥，故斷然云：「我與我周旋，毋寧學我！」

張毅儒選《明詩存》，張岱與其書云：「願吾弟自出手眼，撇卻鍾譚，推

開王李」，又云：「吾弟勿以幾社君子之言橫據胸中，虛心平氣，細細論之，奈何以他人之好尚爲好尚哉？」不止寫詩，選輯、鑑賞亦應別具隻眼。

二、主空靈

張岱著有《一卷冰雪文》，其序云：「世間山川、雲物、水火、草木、色聲、香味莫不有冰雪之氣；其所以恣人挹取受用之不盡者，莫深於詩文。蓋詩文只此數字，出高人之手，遂現空靈，一落凡夫俗子，便成臭腐。此其間眞有差之毫釐，失之千里。」是張岱所謂之冰雪，即指空靈的神韻，蘊藉無限，神餘言外。如「山之有空翠，氣之有沆瀣，月之有煙霜，竹之有蒼倩，食味之有生鮮，古銅之有青綠，玉石之有胞漿。」（並見〈冰雪文序〉）張岱以爲最好的詩，爲空靈的詩，一落言詮，韻味便失。其〈後序〉又云：「若夫詩，則筋節脈絡，四肢百骸，非以冰雪之氣沐浴其外，灌漑其中，則其詩必不佳。是以古人評詩，言老、言靈、言雋、言古、言渾、言厚、言蒼倩、言煙雲、言芒角，皆是物也，特恨世無解人，其光華不得遽發耳。」詩文一道，作之者固難，識之者尤不易也。《瑯嬛文集》卷三〈與包嚴介〉：「若以有詩句之畫作畫，畫不能佳，以有畫意之詩爲詩，詩必不妙。……王摩詰〈山路〉詩：『藍田白石出，玉川紅葉稀。』尚可入畫；『山路原無雨，空翠濕人衣』則如何入畫？又〈香積寺〉詩：『泉聲咽危石，日色冷清松』，泉聲、危石、日色、青松，皆可描摹，而『咽』字、『冷』字則決難畫出。故詩以空靈纔爲妙詩，可以入畫之詩，尚是眼中金銀屑也。畫如小李將軍，樓台殿閣，界畫寫摹，細入毫髮；自不若元人之畫，點染依稀，烟雲滅沒，反得奇趣。由此觀之，有詩之畫，未免板實，而胸中邱壑，反不若匠心訓手之爲不可及也。」自蘇軾謂王維「詩中有畫，畫中有詩」，後人多以此爲詩、畫最高境界。而張岱獨謂「可以入畫之詩，尚是眼中金銀屑」，見解精深透闢，道前人所未及道。此種意在筆先，欲露不露的空靈詩境，叫畫家何處著筆？

三、避險韻

詩之用韻，張岱以爲「用險韻決無好詩，查韻府必多累句。昔人因險韻難和，倡韻腳諸書，小部如升菴《韻藻》、《韻府群玉》、《五車韻瑞》，窮酸寒儉，既不足觀；大部如先大父《韻山》，多至數千餘卷，冊籍浩繁，等身數倍，踵而上之，更有《永樂大典》一書……」（見《瑯嬛文集》卷一〈詩韻確序〉）。其祖

汝霖，「常恨《韻府群玉》、《五車韻瑞》寒儉可笑，意欲廣之：乃博採群書，用淮南『大小山』義，摘其事曰『大山』；摘其語曰『小山』；事語已詳本韻而偶寄他韻下曰『他山』；膾炙人口者曰『殘山』；總名之曰『韻山』。小字襞績，烟煤殘楮，厚如磚塊者三百餘本。」（見《陶菴夢憶》卷六〈韻山〉）積三十年之心血，筆塚如山，撰成一部只堪覆甑的韻書，張岱為之深惜，因而大力刪削。〈詩韻確序〉又云：「余嘗論詩之一道，途徑甚狹，不特篇中韻腳甚少，即句中字法亦甚少。唐人妙句天生，只有一字，得之者便妙……余所刪定之韻，豈獨簡便可入奚囊，即以煉篇練句，造詣成李杜大家，亦寧有出此數字哉？」

四、論傳奇

傳奇為有明文學一大成就，名家輩出，成績斐然。張岱亦嘗著傳奇，惜未見傳於世。《瑯嬛文集》卷三〈答袁籜菴〉，張岱論傳奇云：「傳奇至今日怪幻極矣，生甫登場，即思易姓；且方出色，便要改粧。兼以非想非因，無頭無緒，只求鬧熱，不論根由；但要出奇，不顧文理。」又云：「今人於開場一齣，便欲異人，乃裝神扮鬼，作怪興妖，一番鬧熱之後，及正生衝場，引子稍長，便覺可厭矣。」蓋當時傳奇只重怪異熱鬧，奔走趨蹌，致情味俱失，張岱因而有此感嘆。

其評湯顯祖傳奇曰：「湯海若初作《紫釵》，尚多痕跡，及作《還魂》，靈高奇妙，已到極處。《蟻夢》、《邯鄲》比之前劇，更能脫化一番，學問較前更進，而詞學較前反為削色，蓋《紫釵》總不及，而二《夢》則太過，過猶不及，故總於《還魂》遜美也。」張岱深於此道，評賞亦妙入理處。當時作家，張岱以為止「阮圓海之靈奇、李笠翁之冷雋」為不可多得。

第三節　文章風格

一、題材廣泛

晚明文風，走上自由發展的路子，取材甚為廣泛。上至宇宙，下至一草一木，無所不寫。張岱在這方面尤其擴大了它的範疇，成為晚明小品文的代表作家。

張岱現存的作品中，以遊記文章居多數。《夢憶》一書，記山川盛事，光

景流連者，俯拾皆是。〈虎邱中秋月〉、〈揚州清明〉、〈西湖香市〉、〈西湖七月半〉、〈品山堂魚宕〉諸篇，情景宛然在目，皆為精妙的散文。《夢尋》則寫西湖水光山色，中或志掌故舊聞、市井里坊、人物流寓，張岱盤礡西湖四十餘年，湖中典故、景物道之甚詳，使舊日西湖重現紙上。明季的紀遊文字，首推袁中郎，能與袁中郎媲美的，惟有《陶菴夢憶》中的若干篇什。

　　山水之外，尚旁及園亭、廬舍的描繪，如〈筠芝亭〉、〈梅花書屋〉、〈峽嶁山房〉、〈逍遙樓〉、〈于園〉、〈煙雨樓〉、〈懸杪亭〉、〈蠟花閣〉等寫亭榭池沼的佈置，具見古人超俗的匠意。張岱生於富貴家庭，喜好聲色、搜羅珍玩、精治飲食，作品中頗多怡情、適性、博物等雜記，其墓誌銘所道之美婢、孌童、鮮衣、美食、駿馬、華燈、煙火、梨園、鼓吹、古董、花鳥、茶淫橘虐、書囊詩魔諸事，均曾於作品中一一敘及。

　　《瑯嬛文集》卷四收張岱傳記諸作，記先祖、戚友，卷五墓誌銘，卷六祭文質同傳記，亦記戚友，或邑里鄉曲聞見之人，《夢憶》書中〈濮仲謙雕刻〉、〈朱雲崍女戲〉、〈柳敬亭說書〉、〈彭天錫串戲〉寫身懷絕技之人，皆酷似逼肖，得其神髓。

　　張岱不僅長於文學，且長於史學，《石匱書》記有明二百七十年事，煌煌巨帙，上際洪武，下訖天啓，泚筆四十餘載始成。谷應泰作紀事本末，以五百金購請，張岱慨然予之。《石匱書》止至天啓朝，並無一字載及弘光，因之續作《石匱後集》，記明末五王及名世諸人。張岱又恨史書之不賅備，為之上下古今搜集異書，於正史世紀之外，有所拾遺補闕，而成《史闕》一書。

二、體裁賅備

　　張岱文章，不止取材廣泛，所用體裁亦極廣。《瑯嬛文集》，所收文體有序、記、啓、疏、檄、碑、辨、制、樂府、書牘、傳、墓誌銘、跋、銘、贊、祭文、操、頌、詞等多種。任何體裁，在他手裏都擺脫了羈束，如序、跋、像贊、碑銘等文體，出自三袁、鍾、譚，亦不免扳著道學面孔，以嚴謹筆法為之，而張岱則寫得滑稽諧噱，情趣百出，亦用小品文體。

　　張岱不拘傳統，前人視為鄙俚之柱對，亦收入作品中，散見於《西湖夢尋》：如岳墳柱銘附於卷一〈岳王墳〉後，天竺柱對附於卷二〈上天竺〉後，林和靖墓柱銘附於卷三〈孤山〉之後，清喜閣柱對附於卷三〈湖心亭〉後，錢王祠柱銘附於卷四〈錢王祠〉後，城隍廟柱銘附於卷五〈城隍廟〉後。

《瑯嬛文集》卷一〈雁字詩小序〉云：「余少而學詩，迨壯迨老。三十年以前，下筆千言，疾如風雨。踰數年，而學問無所用之，再踰數年，而性情亦無所用之，目下意色沮喪，終日不成一字。」張岱曾用盡心力學詩，少喜徐渭，後又學鍾惺、譚元春，然終具個人之面目。今所見《瑯嬛文集》未收張岱詩篇，《瑯嬛詩集》又不傳，僅《西湖夢尋》後，散附描述寺廟諸詩，如〈靈芝寺詩〉、〈錢王祠詩〉、〈雷峰塔詩〉……等，然亦無由窺見其詩之全貌。朱慧深〈跋瑯嬛文集稿本「關於張宗子」〉一文，曾稱引其詩，並加評述。朱文謂：「其詩之所抒寫，大略為如下數事：記亂後生活，記撰朱明國史，記諸方美物。貫串其中者，遺民之心事也。」又謂：「宗子詩以五古最富，亦最佳。語言沖淡，意則深摯。」

三、長於描繪

張岱的描寫技巧，在晚明作家中，堪稱首屈一指的。無論寫景、繪人均情趣躍然，充分發揮了文學寫作的特殊技巧。三袁諸人寫景，猶是靜態山川的描繪，而張岱寫景，則有動的人與物。如：

《西湖夢尋》卷一〈西泠橋〉

> 昔趙王孫孟堅子固，常客武林。……薄暮入西泠橋，掠孤山，艤舟茂樹間，指林麓最幽處，瞠目叫曰：「此真洪谷子、董北苑得意筆也！」鄰舟數十皆驚駭絕嘆，以為真謫仙人，得山水之趣味者。

此不過百字，寥寥數筆，便能鉤勒一境；寫出一群人物，更提得西泠神隨，移做他處便不得。

《陶菴夢憶》卷三〈湖心亭看雪〉

> 崇禎五年十二月，余住西湖。大雪三日，湖中人鳥聲俱絕。是日更定矣。余挐一小舟，擁毳衣爐火，獨往湖心亭看雪，霧淞沆碭，天與雲、與山、與水，上下一白。湖上影子，惟長堤一痕，湖心亭一點，與余舟一芥，舟中人兩三粒而已。

像疏落幾筆素描畫，筆姿淡雅，寫得離塵絕俗，天地爽朗。千百年來，人記西湖，未有此文字；萬千人遊西湖，未必有此雅興。

《陶菴夢憶》卷三〈白洋潮〉

> 立塘上，見潮頭一線從海寧而來，直奔塘上；稍近，則隱隱露白，如毆千百群小鵝，擘翼驚飛；漸近，噴沫水花蹴起，如百萬雪獅蔽

江而下，怒雷鞭之，萬首鏃鏃，無敢後先；再近則颶風逼之，勢欲
拍岸而上，看者辟易，走避塘下。

以動物生態，狀難狀之景，新奇可愛，卻又妙入情理。蓋才情非凡，其
文字自能左右逢源，無臻不妙。

寫景之外，張岱亦長於描繪人物。一、二佳句，畫人風貌，繪人口角，
無不神態畢出。如：

《陶菴夢憶》卷五〈柳敬亭說書〉

余聽其說〈景陽岡武松打虎〉白文，與本傳大異，其描寫刻畫，微
入毫髮，然又找截乾淨，並不嘮叨。勃夬聲如巨鐘，說至筋節處。
叱咤叫喊，洶洶崩屋。武松到店沽酒，店內無人，驀地一吼，店中
空缸空甓皆瓮瓮有聲；閒中著色，細微至此。

此一段描摹聲音的文字，直媲美老殘明湖居聽書。武松的威武，柳敬亭
的傳神一併顯現；不是柳敬亭，決不能盡情刻畫武松沽酒的神情；不是張岱，
不能盡情刻畫柳敬亭說書時的神情。我們如聞其聲，如見其形，筆力的勁健，
幾透出于紙背。

《陶菴夢憶》卷五〈朱楚生〉

楚生色雖不甚美，雖絕世佳人無其風韻；楚楚謖謖，其孤意在眉，
其深情在睫，其解意在煙視媚行。……楚生多坐馳，一往深情，搖
颺無主。一日，同余在定香橋，日晡烟生，林木窅冥，楚生低頭不
語，泣如雨下。余問之，作飾語以對。勞心**慅慅**，終以情死。

《陶菴夢憶》卷八〈王月生〉

王月生出朱市，曲中上下三十年，決無其比也。面色如建蘭初開，
楚楚文弱，纖趾一牙，如出水紅菱。矜貴寡言笑，女兄弟閒客，多
方狎嘲弄哈侮，不能勾其一粲。……月生立露台上，倚徙欄楯，
眠娗羞澀，群婢見之皆氣奪，徙他室避之。月生寒淡如孤梅冷月，
含冰傲霜，不喜與俗子交接，或時對面同坐起，若無**覩**者。有公子
狎之，同寢食者半月，不得其一言。一日口囁嚅動，閒客驚喜，走
報公子曰：「月生開言矣！」闃然以為祥瑞；急走伺之，面頳，尋又
止，公子力請再三，**囁澀**出二字曰：「家去」。

此兩段文字，寫女子之幽咽吞聲，楚楚可人，直入肌理骨髓。尤可貴者，
在於自然傳神，而不刻意雕琢。

四、短雋有味

　　張岱文章有一特色，就是篇幅不長，洗鍊精短。張岱爲文任筆揮灑，率直不矜矯，平易中有深致，意盡而止，不贅餘言。蓋性情灑脫，文筆精妙，故能作短雋而出色的文字。紀遊、敘事、說理、志人物，皆寫得精彩絕倫。茲節錄數則如左，以見一斑：

《西湖夢尋》卷二〈集慶寺〉

　　此寺至今有理宗御容兩軸。六陵既掘，冬青不生，而帝之遺像竟托閻妃之面皮以存，何可輕誚也。（案：寺成後有人書法堂鼓云：「淨慈靈隱三天竺，不及閻妃好面皮」。）

《陶菴夢憶》卷二〈孔林〉

　　宣聖墓右，有小屋三間，扁曰：「子貢廬墓處」。蓋自兗州至曲阜道上，時官以木坊表識；有曰：「齊人歸讙處」，有曰：「子在川上處」，尚有義理。至泰山頂上，乃勒石曰：「孔子小天下處」，則不覺失笑矣。

《陶菴夢憶》卷五〈范長白〉

　　飲罷，又移席小蘭亭，比晚辭去。主人曰：「寬坐，請看『少焉』。」余不解，主人曰：「吾鄉有縉紳先生喜調文袋，以〈赤壁賦〉有『少焉月出於東山之上』句，遂字月爲『少焉』。頃言少焉者，月也。」固留看月，晚景果妙。

《西湖夢尋》卷五〈三茅觀〉

　　余嘗謂曹操、賈似道千古奸雄，乃詩文中之有曹孟德，書畫中之有賈秋壑，覺其罪業滔天，減卻一半。方曉詩文書畫，乃能懺悔惡人如此，凡人一竅尚通，可不加意詩文，留心書畫哉？

《陶菴夢憶》卷五〈諸工〉

　　竹與漆與銅與窯，賤工也。嘉興之臘竹，王二之漆竹，蘇州姜華雨之莓蒸竹，嘉興洪漆之漆，張銅之銅，徽州吳明官之窯；皆以竹與漆與銅與窯名家起家。而其人且與縉紳先生列坐抗禮焉。則天下何物不足以貴人，特人自賤之耳。

《陶菴夢憶》卷一〈日月湖〉

　　季眞曾謁一賣藥王老，求沖舉之術，持一珠貽之；王老見賣餅者過，取珠易餅，季眞口不敢言，甚懊惜之。王老曰：「慳吝未除，術何由得？」乃還其珠而去。則季眞直一富貴利祿中人耳，《唐書》入之〈隱

逸傳〉，亦不倫甚矣。

五、造語尖新

張岱以擬古為恥，遣詞用字不蹈襲前人，文中妙句天成，機趣盎然，不落斧鑿之痕。如：

《陶菴夢憶》卷三〈天鏡園〉

> 天鏡園浴凫堂，高槐深竹，樾暗千層；坐對蘭湯，一泓漾之，水木
> 明瑟，魚鳥藻荇，類若乘空。余讀書其中，撲面臨頭，受用一綠；
> 幽窗開卷，字俱碧鮮。

描寫一個「綠」字，清新渾成，如串串水晶瀉落，潔澄剔透，不耀人眼目，卻道盡了「碧」與「涼」的意味，「撲面臨頭，受用一綠」，有一種動態的美感。

《陶菴夢憶》卷七〈閏中秋〉

> 月光潑地如水，人在月中，濯濯如新出浴。夜半白雲冉冉起腳下，
> 前山俱失，香爐、鵝鼻、天柱諸峰，僅露髻尖而已，米家山雪景，
> 彷彿見之。

語淡而有味，淺而有致，令人咀嚼品味再三。「人在月中，濯濯如新出浴」，吐句尖新靈活，出人意想。「髻尖」一詞形容峰頂，有擬人化之親切感。

《西湖夢尋》卷三〈十錦塘〉

> 歲月既多，樹皆合抱，行其下者，枝葉扶蘇，漏下月光，碎如殘雪，
> 意向言斷橋殘雪，或言月影也。

句句幽絕，不食人間烟火。「漏下月光，碎如殘雪」，寫得清雋貼實，出於自然。

他如《夢憶》卷一〈金山夜戲〉「月光倒囊入水，江濤吞吐，露氣吸之，撲天為白」，「倒囊入水」似出奇想，卻又真切爽利，妥貼極了。卷七〈龍山雪〉「萬山載雪，明月薄之，月不能光，雪皆呆白，坐久清冽」，「呆白」二字，用得絕妙：皓月空明，白雪皚皚，雨相逼映，但覺一片銀色橫斷天地，呆滯不去。張岱為文，下字工穩，即或翻空出奇，亦覺新而妥，奇而確。

六、反襯排比

張岱少好舉業，習於帖括，十六歲已工作駢文。其文時有對偶駢句，以作反襯排比。或揭出相反之事物，相映相襯，以壯文勢；或同一句法上下相接，

逐層遞進，以廣文義。明亡後，遭家國之恨，情感鬱積，尤喜以對句烘托映照，以宣洩內蘊的憤激與苦痛。茲就書中所見，摘錄數則於後，以為舉例：

1、反　襯

非敢阿私，願公同好。(《瑯嬛文集》卷一〈水滸牌序〉)

孔子何闕，乃居闕里；兄極臭而住香橋；弟極苦而住快園。(《瑯嬛文集》卷二〈快園記〉)

非關匣裏，不在指頭；但識琴中，無勞弦上。(《瑯嬛文集》卷二〈絲社小啓〉)

臨事不得專操舟之權，而償事乃與同覆舟之罪。(《瑯嬛文集》卷三〈與張靈仍〉)

楗櫟以不材終其天年，其得力全在棄也。百歲老人，多出蓬戶，子孫第厭癃瘤耳，何足稱瑞？(《陶菴夢憶》卷三〈朱文懿家桂〉)

筆塚如山，祇堪覆瓦。(《陶菴夢憶》卷六〈韻山〉)

風雅之列，不黜曹瞞；賞鑒之家，尚存秋壑。(《陶菴夢憶》卷六〈韻山〉)

余以湘湖為處子眠娗羞澀，猶及見其未嫁之時；而鑑湖為名門閨淑，可欽而不可狎。若西湖，則為曲中名妓，聲色俱麗，人人得而媟褻之矣。(《西湖夢尋》卷一〈明聖二湖〉)

猶士君子生不逢時，不束身隱遁，以才華傑出，反受摧殘。(《西湖夢尋》卷二〈飛來峰〉)

孫東瀛像置之佛龕之後，孫太監以數十萬金錢裝塑西湖，其功不在蘇學士下，乃使其遺像不得一見湖光山色，幽囚面壁，見之大為鯁悶。(《西湖夢尋》卷三〈十錦塘〉)

2、排　比

國史失誣，家史失諛，野史失臆。(《瑯嬛文集》卷一〈石匱書自序〉)

事必求真，語必務確；五易其稿，九正其訛。(《瑯嬛文集》卷一〈石匱書自序〉)

如人忙中吃飯，泥沙與餻餈同嚥，裁肉與沫餑同啜。(《瑯嬛文集》卷一〈奇字問序〉)

今之爲虎者則不然，似狼而不見其貪也，似猱而不見其淫也，似狐而不見其媚也，似狌而不見其巧也，似狸而不見其險也，似獏而不見其殘也。(《瑯嬛文集》卷一〈白嶽山人虎史序〉)

梅花屋書積如山，宛委峰筆退成塚。(《瑯嬛文集》卷三〈徵修明史檄〉)

年華屢易，山水亦有升沉；時代更迭，筆墨徒存感慨。(《瑯嬛文集》卷三〈癸丑蘭亭修禊檄〉)

張羅於藝林，舉網於學海。(《瑯嬛文集》卷三〈與王白嶽〉)

適意園亭，陶情絲竹。(《瑯嬛文集》卷四〈家傳〉)

人無癖不可與交，以其無深情；人無疵不可與交，以其無眞氣也。(《瑯嬛文集》卷四〈五異人傳〉)

以笠報顱，以簣報踵，仇簪履也；以衲報裘，以苧報絺，仇輕煖也；以藿報肉，以糲報糧，仇甘旨也；以薦報牀，以石報枕，仇溫柔也；以繩報樞，以甕報牖，仇爽塏也；以烟報目，以糞報鼻，仇香豔也；以途報足，以囊報肩，仇輿從也。(《陶菴夢憶自序》)

多一樓，亭中多一樓之礙；多一墻，亭中多一墻之礙。(《陶菴夢憶》卷一〈筇芝亭〉)

耳聆客言，目觀來牘，手書回札，口囑侯奴。(《陶菴夢憶》卷一〈奔雲石〉)

青不摘，酸不摘，不樹上紅不摘，不霜不摘，不連蒂剪不摘。(《陶菴夢憶》卷五〈樊江陳氏橘〉)

天錫一肚皮書史，一肚皮山川，一肚皮機械，一肚皮磈砢不平之氣。(《陶菴夢憶》卷六〈彭天錫串戲〉)

樂天之曠達，固不若和靖之靜深；郟侯之荒誕，自不若東坡之靈敏。(《西湖夢尋·明聖二湖》)

余嘗謂住西湖之人，無人不帶歌舞，無山不帶歌舞，無水不帶歌舞，脂粉紈綺，即邨婦山僧亦所不免。(《西湖夢尋》卷二〈冷泉亭〉)

七、名詞動用

張岱文章於詞性運用方面，時有名詞用作動詞的現象，這種詞性的改變，

修辭學上謂之轉品。《陶菴夢憶》一書，這類用法尤層出不窮，有時甚或不惜硬用，拗折勁健，予人異樣生動的感覺。

是厤也，非以厤厤桃源，仍以桃源厤厤厤也」(《瑯嬛文集》卷一〈桃源厤序〉)

則虎而人者，人而虎與虎而人，均足恥也。(《瑯嬛文集》卷一〈白嶽山人虎史序〉)

二湖連絡如環，中亘一堤，小橋紐之。(《陶菴夢憶》卷一〈日月湖〉)

壽花堂，界以堤，以小眉山，以天問臺，以竹徑，則曲而長，則水之。內宅，隔以霞爽軒，以酣漱，以長廊，以小曲橋，以東籬，則深而邃，則水之。臨池，截以鑪香亭、梅花禪，則靜而遠，則水之。(《陶菴夢憶》卷一〈砎園〉)

曲阜出北門五里許，爲孔林，紫金城城之。(《陶菴夢憶》卷二〈孔林〉)

魯藩之燈：燈其殿、燈其壁，燈其楹柱，燈其屏，燈其座，燈其宮扇傘蓋。(《陶菴夢憶》卷二〈魯藩烟火〉)

不亭、不屋、不臺、不欄、不砌，棄之籬落間。(《陶菴夢憶》卷三〈朱文懿家桂〉)

金其距，介其羽。(《陶菴夢憶》卷三〈鬥雞社〉)

西湖，田也，而湖之，成湖焉。湘湖，亦田也，而湖之，不成湖焉。湖西湖者，坡公也，有意於湖而湖之者也；湖湘湖者，任長者也，不願湖而湖之者也。(《陶菴夢憶》卷五〈湘湖〉)

賤，故家家以不能燈爲恥；故自莊逵以至窮簷曲巷，無不燈，無不棚者。(《陶菴夢憶》卷六〈紹興燈〉)

賞菊之日：其桌、其炕、其燈、其爐、其盤、其盒、……其麵食、其衣服；花樣無不菊者。(《陶菴夢憶》卷六〈菊海〉)

樓意長，樓不得意其長，故艇之。(《陶菴夢憶》卷七〈山艇子〉)

家大人造樓，船之；造船，樓之。(《陶菴夢憶》卷八〈樓船〉)

臺之，亭之，廊之，棧道之；照面樓之，側又堂之，閣之……。(《陶菴夢憶》卷八〈巘花閣〉)

蓋此地無谿也而谿之，谿之不足，又瀦之壑之。一日鳩工數千指，
索性池之。(《陶菴夢憶》卷八〈瑞草谿亭〉)

增築露台，可風可月，兼可肆筵設席，笙歌劇戲。(《西湖夢尋》卷
三〈秦樓〉)

上列引文，其上畫「●」者，皆為名詞動用之例。此種手法，無疑的增加了描
寫文字的勁道，不但使文字凝鍊，更增加了動作的意象性，格外來得靈活有
力。

結　論

　　自文學淵源而言，張岱是徐渭、公安、竟陵以來一脈相承之人。他的創
作，貫徹了「獨抒性靈，不拘格套」的文學理論。徐渭諸人之文學雖為張岱
之所從出，然張岱始則學之，終則斷然棄之，未為諸家所囿，且能鎔鑄其長，
揚棄其短，造成獨有之風格。王雨謙序《陶菴夢憶》云：「蓋其為文不主一家，
而別以成其家，故能醇乎其醇，亦復出奇盡變。」張岱生長王謝，席豐履厚；
生性詼諧，復與詭奇特立之人物周旋；晚年亡國喪家，遁跡山林，此遭遇為
晚明諸家所并無，而為張岱個人所俱有。是則張岱情感鬱發，才思奔放，寫
下瑰麗清奇的篇章，狀物細膩入微，記事清晰傳神，說理犀利入木，構想、
布局、風格、韻緻，悉臻於神化之境。有公安的「清真」，而無其「俚率」；
有竟陵的「冷峭」，而無其「僻澀」。在晚明小品文中，堪稱第一聖手。

　　明代文壇，先有「國初三老」、「國初三家」，繼而有「前七子」、「後七子」，
而至「公安」、「竟陵」，派系此起彼落，更迭繼踵，不斷形成新的文學思潮。
才情勃發，見地卓異之文人，禁捺不住宗法或古板形式的拘謹，紛紛另闢園
地，自由自在，適性任情的去寫文章。小品文乃此文學園地中的一朵奇葩。
在中國傳統「載道」文學觀念下，它素不受重視，但它的創作歷史邈遠，生
機永不被埋沒。在無數年代的風雨中掙扎著，而於明末時代動盪之際，能假
以良好機運，蓬勃的生長、茁壯。清承其後，遭逢到空前未有的民族危機，
外患內憂頻生，文學上受到此一新刺激，更醞釀著急劇的變化。直至晚清，
體裁、風格不斷翻新，如標榜新格的黃遵憲、桐城末流的薛福成，革新派的
譚嗣同、康有為、梁啓超，都疾聲高呼改革。翻譯名手辜鴻銘、林紓、嚴復，
更大膽的將西方文學介紹於國人，林林總總，蔚為大觀。盧前〈陶菴夢憶序〉

云：「近世文藝，其原蓋出於浙東史派，而晚明諸家爲之先河，張宗子岱實啓之也。……世方好公安、竟陵之文，得宗子翩翩其間，化嵋僻之塗爲康莊。」盧氏之言，誠然不虛！

重要參考書目

1. 《陶菴夢憶》，明張岱，開明書店，民國 46 年排印本。
2. 《西湖夢尋》，明張岱，台聯國風出版社及華文書局聯合印行。
3. 《瑯嬛文集》，明張岱，淡江書局，民國 45 年排印本。
4. 《石匱書後集》，明張岱，兩儀出版社，民國 58 年景印本。
5. 《明紀史闕》，明張岱，學生書局，民國 58 年景印本。
6. 《徐文長文集》，明徐渭，中央圖書館藏明萬曆甲寅刊本。
7. 《徐文長逸稿》，明徐渭，傅斯年圖書館藏明天啓癸亥刊本。
8. 《袁中郎全集》，明袁宏道，五州出版社，民國 49 年排印本。
9. 《鍾伯敬先生遺稿》，明鍾惺，中央圖書館藏明天啓七年徐氏浪齋刊本。
10. 《隱秀軒文集》，明鍾惺，中央圖書館藏明天啓二年虞山沈春澤刊本。
11. 《板橋雜記》，明余懷，第一文化社，民國 45 年景印本。
12. 《西湖文集》，清毛奇齡，商務印書館《國學基本叢書》本。
13. 《明史紀事本末》，清谷應泰，三民書局，民國 45 年排印本。
14. 《明史》，清張廷玉，開明書店縮印二十五史本。
15. 《晚明史籍考》，謝國楨，藝文印書館印行。
16. 《明史編纂考》，包遵彭，學生書局明史論纂本。
17. 《越畫見聞》，清陶元藻，文史哲出版社景印《畫史叢書》本。
18. 《敕修浙江通志》，清嵇曾筠，華文書局景印乾隆間刊本。
19. 《嘉慶山陰縣志》，清徐元梅，中央圖書館藏，民國 25 年紹興修志委員會校刊本。
20. 《上虞縣志》，清唐煦春，成文出版社景印光緒十七年刊本。
21. 《紹興府志》，清李亨特，故宮圖書館藏乾隆五十七年刊本。

22. 《山陰縣志校記》，清李慈銘，中央圖書館藏鈔本。

23. 《紹興府志校記》，清李慈銘，中央圖書館藏稿本。

24. 《四庫全書總目提要》，清紀昀等，藝文印書館景印乾隆間刊本。

25. 《歷代名人年里碑傳總表》，姜亮夫，商務印書館印行。

26. 《明人傳記資料索引》，中央圖書館編。

27. 《明人物傳》，佚名，中央研究院史語所藏。

28. 《中國音樂舞蹈戲曲人名詞典》，曹惆生，鼎文書局出版。

29. 《偽書通考》，張心澂，明倫出版社印行。

30. 《幽默筆記》，胡山源，河洛圖書出版社景印本。

31. 《中國文學史》，鄭振鐸，明倫出版社印行。

32. 《中國文學發達史》，劉大杰，中華書局印行。

33. 《中國文學批評史》，郭紹虞，明倫出版社印行。

34. 《晚明小品文選注》，朱劍心，商務印書館學生國學叢書本。

35. 《陶菴夢憶考》，朱劍芒。

36. 《西湖夢尋跋》，吳癡。

37. 《關於張宗子》，朱慧深。

38. 〈談晚明小品聖手〉，陳三，《暢流月刊》二十卷三期。

39. 〈陶菴夢憶中的陶菴與夢憶〉，中嵐，《現代文學》三十三期。

40. 〈明清間的小品文〉，張斗衡，《聯合書院學報》第三期。

41. 〈徐渭之生平及其文學觀〉，蔡營源，政大中文研究所碩士論文。

附錄　論張岱小品文的雅趣與諧趣

　　晚明文壇，繼公安三袁，竟陵鍾譚之後，張岱兼採眾長，以「奇情壯采」
〔註1〕寫下小品文最燦爛的一頁。

　　張岱著作等身，最著稱於世的文學作品為《陶菴夢憶》、《西湖夢尋》、《瑯
嬛文集》三部散文集。前兩部均作於明亡之後，《夢憶》一書追憶亡國前個人
浪漫豪侈的生活，其中有文人雅事，也有城市游冶之風；《夢尋》追述甲申前
西湖的繁華盛景，寄寓銅駝荊棘之感。《文集》作於明亡前，然亦刊印於明亡
後，內容為書序、簡牘、傳記、題跋、贊銘等。三部書多屬短幅小品，除《文
集》中，如〈岱志〉、〈海志〉、〈家傳〉等較長篇之作品外，其餘短則幾十字，
長者不滿千字，有如絮語、隨筆。文章簡雋有味，雜以詼諧，充滿盎然情趣。
然而，家國飄零，邯鄲夢醒，昔日靡麗過眼皆空。低徊悲嘆之際，蒼涼的意
緒，隱然可見。

一、張岱文學的創作環境

（一）時代思潮

　　明中葉以後，學術思想以王學為主流，陽明「合心與理為一」，心外無物，
即知即行，以真切篤實、明覺精察，反求諸己。此一學說跳脫宋儒理學藩籬，
一任良心作主宰。王學弟子遍天下，流派日益紛歧，以王畿為首的浙中學派
及以王艮為首的泰州學派為最盛。陽明喚醒個人精神，其弟子復加引伸，反

〔註 1〕 伍崇曜：〈陶菴夢憶跋〉：「奇情壯采，議論橫生，筆墨橫姿，幾令讀者心目俱
　　　　眩。」《陶菴夢憶》（以下簡稱《夢憶》），台北：金楓出版社，1986 年，頁 125。

傳統，非名教，越趨放任。

流風所及，程朱「滅人欲、存天理」的教條，被視爲箝制人性，有違本心。徐渭、李贄、袁宏道等相繼大倡破除執縛，擺脫桎梏，不再俯首於清規戒律。徐渭稱自己「疏縱不爲儒縛」；〔註2〕李贄認爲「有條教之繁，有刑法之施，而民日以多事矣」，〔註3〕袁宏道主張：「性之所安，殆不可強，率性而行，是爲眞人。」〔註4〕李贄承認人性有聲色的欲求，〈讀律膚說〉：「聲色之來，發於情性」，〔註5〕袁宏道更大肆宣揚人生的五種眞樂：

> 眞樂有五，不可不知。目極世間之色，耳極世間之聲，身極世間之鮮，口極世間之譚，一快活也。堂前列鼎，堂後度曲，賓客滿席，男女交舃，燭氣薰天，珠翠委地；金錢不足，繼以田土，二快活也。篋中藏萬卷書，書皆珍異，宅畔置一館，館中約眞正同心友十餘人，人中立一識見極高，如司馬遷、羅貫中、關漢卿者爲主，分曹部署，各成一書，遠文唐宋酸儒之陋，近完一代未竟之篇，三快活也。千金買一舟，舟中置鼓吹一部，妓妾數人，游閒數人，泛家浮宅，不知老之將至，四快活也。然人生受用至此，不及十年，家資田地蕩盡矣。然後一身狼狽，朝不謀夕，托缽歌妓之院，分餐孤老之盤，往來鄉親，恬不知恥，五快活也。士有此一者，生可無愧，死可不朽矣。〔註6〕

袁宏道認爲惟有縱情逞意，才不枉此生。第一種快活，可說是五樂的「總綱」，其次是宴飲之樂、著述之樂、湖海浮泛之樂。種種快活可說窮歡極樂，肆無忌憚。而第五樂尤出人意表，啼笑不得。如此下場也可稱之爲樂，直可視作頹廢的末世心態，然而後人亦可從而窺知晚明文人佻達疏狂的氣息。同時期的文人屠隆，引孔子「未見好德如好色」之語，証明「聖人亦不能離慾，亦淡之而已」。〔註7〕謝肇淛甚且以古來「聲色亡國」的論點爲謬，辯稱：

〔註2〕 〈自爲墓誌銘〉，《徐文長三集》，台北：中央圖書館編印，1968年，卷二十六，頁1551。

〔註3〕 〈論政篇〉，《焚書·續焚書》，北京：中華書局，1975年，《焚書》卷三，頁87。

〔註4〕 〈識張幼于箴銘後〉，《袁中郎全集》，台北，偉文圖書公司，1976年，卷十六，頁765。

〔註5〕 《焚書》卷三，頁132。

〔註6〕 〈龔惟長先生〉，《袁中郎全集》，卷二十，頁922～923。

〔註7〕 〈與李觀察〉，《白榆集》，台北：偉文圖書公司，1977年，卷九，頁512。

> 國之興亡，豈關於游人歌妓哉？六朝以盤樂亡，而東漢以節義，宋
> 人以理學，亦卒歸於亡耳。但使國家承平，管弦之聲不絕，亦是粧
> 點太平，良勝悲苦呻吟之聲。〔註8〕

太平時節，管弦歌舞，固然可以粧點助興，而耽溺聲色，是否足以亡國？
史上斑斑可考。謝氏刻意迴護，不難想見當時風氣。

晚明自由、解放的思潮，喚起人們對生命意義和人生價值的探索，李贄
〈答馬歷山〉：「凡為學皆為窮究自己生死根因，探討自家生命下落。」〔註9〕
人生而有情，壓抑已久的慾念一被驅動，即勃發不可遏抑。社會從恪守陳舊
的禮法規條，轉向「遂人欲、任物情」的自覺意識。再加上江南城市經濟的
發達，講求服食、居室、娛樂成為一股風尚；士大夫追求閑適外，亦重精飲
饌、築園林、儲聲伎等物慾享受。高蹈的情致與聲色之娛並行不悖，雅俗合
流，造成晚明特有的人文景觀。

（二）家庭風習

張岱生長在累世通顯的家庭，高祖至祖父，三代進士，席豐履厚自不待言。
但影響更深的，當是自高祖以降，承襲下來的自由氣息與講究風雅的傳統。曾
祖元汴，曾師事陽明大弟子王畿，為嘉、隆年間著名理學家，以良知為宗，主
張「即心証聖」，認為聖賢之學自有其真，不應作規行矩步的陋士。祖父汝霖，
見張岱讀四書，教其勿讀朱注，以免被注疏橫據胸中。岱家三世積書三萬餘卷，
汝霖曾告訴張岱：「諸孫中惟爾好書；爾要看者，隨意攜去。」〔註10〕長輩頗能
尊重晚輩才性的偏好，可見家中自由、開明的作風。高祖天復，在越中首創構
築園亭。筠芝亭之後，張家陸續營建天鏡園、不二齋、砎園、爐花閣、懸杪亭
等，天鏡園被祁彪佳推許為越中諸園之冠。祖父汝霖，通音律，常以絲竹自娛，
岱家畜聲伎自汝霖始，至父親以至於張岱，三代皆好戲曲。岱父耀芳，失意科
場，抑鬱牢騷，岱母興土木，造樓船，使其適意園亭。岱父又喜教習小僕，鼓
吹戲劇，一切繁靡之事，任意為之。

《瑯嬛文集・家傳》之後有附傳，記仲叔聯芳、三叔炳芳、七叔燁芳。
三位叔父各有特殊嗜好，生活猶似張氏家風縮影。聯芳攻畫藝，精賞鑒，造

〔註8〕　《五雜俎》，《筆記小說大觀》八編，台北：新興書局，1975年，卷三，地部
　　　　一，頁22。

〔註9〕　《續焚書》，卷一，頁1。

〔註10〕　〈三世藏書〉，《夢憶》，卷二，頁12。

精舍，鼎彝玩好收藏頗富。其子夢初亦好古玩，家藏尊罍、卣彝、名畫、法錦無以數計；又好笙簫絃管、撾鼓唱曲、使槍射箭、撥阮投壺，可謂縱恣極慾。炳芳好宮室，構築大廈，土木精工，費且鉅萬。燁芳初不喜文墨，招里中俠邪，相與彈箏蹴踘、博陸鬥牌、鬥雞走馬、傅粉登場，食客五六十人。此外，岱之季弟張岷，亦喜好古董書畫，精於鑒別，真贗立見。岱六符叔之子張培，雖五歲失明，仍嗜書如命，倩人讀之，入耳輒能記憶，同樣喜玩古董，論書畫，甚至養鳥禽、製服飾、畜侯僮。岱家藝文書畫、遊戲撮弄之事，一代較一代匠意為之，張岱的嗜趣喜好亦因而受到薰染。

張岱曾祖、祖父與名士徐渭均有交往，徐渭性狂放，不拘禮教，長於詩文書畫。徐渭以殺繼室下獄，幸賴元汴救援。徐渭身困囹圄時，汝霖曾銜父命，入獄探視。岱自幼從祖父、父親及鄉人處聽聞徐渭諸多軼事，心生欽慕，留心搜集徐渭佚稿，二十八歲輯成《徐文長逸稿》，曾自謂「余少喜文長，遂學文長詩」，因模擬神似，友人甚至以他為「文長後身」。〔註11〕祖父又與袁宏道、陳繼儒等名士交遊，袁宏道的文學主張，陳繼儒的處世態度都對張岱產生極大的影響。宏道反擬古、反載道，講求「獨抒性靈，不拘格套，非從自己胸臆流出，不肯下筆。……即疵處，亦本色獨造語」，〔註12〕繼儒是晚明著名的「山人」，以書畫賞鑑、讀書著述游食人間。繼儒身歷隆慶、萬曆、崇禎三朝，在政治日趨昏闇的情況下，以布衣隱逸自處，其中有他的智慧。張岱晚年在「快園」為兒孫「道古」時，一再引述眉公之言。

（三）友朋薰陶

張岱平生有許多的知己。《文集》卷六〈祭周戩伯〉一文，提及：因好舉業，而有時藝知己；好古作，而有古文知己，好遊覽，而有山水知己；好詩詞，而有詩學知己；好書畫，而有字畫知己；好填詞，而有曲學知己；好作史，而有史學知己；好參禪，而有禪學知己。綜觀其一生，過從較密，影響較深者，有下述諸人。

王思任，善屬文，工繪事，逢人肆口詼諧，謔諢用事。張岱輯文長佚稿，曾請思任大加刪削。倪元璐，性耿介，歷官有聲。長於文學，岱〈柱銘抄自序〉云：「我越中崛強，斷不學文長一字者，惟鴻寶倪太史，而倪太史之柱對有妙過

〔註11〕〈琅嬛詩集序〉，《瑯嬛文集》（以下簡稱《文集》），長沙：岳麓書社，1985年，頁62。
〔註12〕〈敘小修詩〉，《袁中郎全集》，卷一，頁177。

文長者」，〔註13〕可謂推崇備至。元璐又長於書畫，善寫山水。明亡時，自縊殉節死。祁彪佳，好詩文亭園，嘗構築寓園，賦詩詠之，張岱和之。又喜聚書，多至數十萬卷，著有《淡生堂藏書約》一卷，備論讀書、聚書、購書、鑒書之法，世以為名言。南都失守，祁氏絕粒，端坐池中死。周懋穀，才藝絕妙，制藝、古文、詩詞、戲劇無不精善。常集越中名流為舊雨堂文會，松陵創復社，亦推其為越士冠。張岱與懋穀結髮為知己，相與共筆硯者六十三載。岱著《石匱書》，懋穀為其校正，〈與周戩伯〉一文云：「為弟較正《石匱書》，則善善惡惡，毫忽不爽，欲少曲一筆，斷頭不為。」〔註14〕張岱引為史學知己。王雨謙，好任俠，詩文俱佳。《瑯嬛文集》卷一〈白嶽山人虎史序〉、〈廉書小序〉皆張岱為雨謙所作，且據《文集》祁豸佳序所載，張岱將存稿選為《瑯嬛文集》後，曾經雨謙刪削讎校。劉侗，張岱列為山水知己，而張岱撰《西湖夢尋》，追記舊遊，以北路、西路、南路、中路、外景五門，分記其勝。每景首為小序，雜採古今詩文列其下，全仿《帝京景物略》體例，是劉侗不止為張岱山水知己，亦為文章之友。陳洪綬，以書畫名於世，時人謂其畫為天授，而爭購之。洪綬為張岱仲叔聯芳之女婿，《石匱書後集》卷六十，收入〈妙藝列傳〉。姚允在，工圖繪，善山水。自矜其畫，不多為人作，賞鑒家得其片紙，如獲拱璧。張岱寄居秦淮時，得允在介紹，與京中勳戚、大老、緇衣、美媛、名妓一一結識，因而交遊更廣。秦一生，性好山水聲伎，絲竹管弦，盤鈴戲劇。張岱〈祭秦一生文〉曰：「一生無日不與岱遊，一生一死，岱忽忽若有所失。」一生死後旬餘，岱以事至西湖，「既乏伴侶，獨步堤上，見湖中山水，意色慘淡，殆為一生也。」〔註15〕可知二人為生死之交也。張文成，精於音律，少年豪放，揮霍無度，後厭棄繁華，怡情絲竹。所作劇曲，盡寫胸中鬱勃。見有梨園弟子歌喉清亮者，必鑒賞精詳，盤旋不去。彭天錫，串戲妙天下，多扮丑淨，皺眉低眼，笑裏藏刀，發揮無遺。天錫五至紹興，至岱家串戲五六十場，窮其技不盡。

「文變染乎世情」，不止文章，一個人的價值取向、行為模式亦染乎世情。除了大環境的薰染，家庭的育化、朋輩的濡沫也都息息相關。欲了解張岱的文章，須先了解張岱的創作背景，方能深入其肌理神髓。張岱好結納文人，參與園林詩酒之會，笑語詼諧；喜玩古董、葺園亭、講論琴棋書畫；又精於

〔註13〕《文集》，卷一，頁60。
〔註14〕《文集》，卷三，頁151。
〔註15〕《文集》，卷六，頁265。

品茗、喜好戲劇、講究飲食；且結交市井技藝精妙之士。張岱亦不避聲色，《四書遇》說：「鶴鳴而子和，目與而心成，聲色亦化民所不廢也。」〔註16〕所以女伶、名妓也相與交遊。此外觀月、賞雪、看競渡、看燈景、看煙火，目不暇給。年近五十，豪奢享樂的生活，隨明朝覆亡而幻滅。陵谷變遷後，窮到瓶粟屢盡，無以爲炊；但倔強好義的個性，恥事新朝，羞作順民。從此，澹入山林，專事著作。三十餘年間的述作，有文學小品，亦有史學鉅構。

張岱一生，充滿浪漫詭奇的色彩。有人說他「兼雅趣與諧趣於一身」；〔註17〕也有人說他，在「風雅」的生活中，「表現了另一種庸俗的趣味」；〔註18〕還有人說他「性格有著深刻的矛盾；一方面崇尚人倫情操的高尚偉大……；另一方面，他又是個失意於當世，過著紙醉金迷生活的貴介子弟。」〔註19〕不管是激賞，或是批判，如何多角度，多層面去了解他？如何在歷史的時空座標上，爲他定位？是個耐人尋思的問題。

二、張岱小品文的雅趣意蘊

晚明小品勃興，而小品概念之形成，與公安「性靈說」有著密切關連。陸雲龍輯《皇明十六家小品》，〈敘袁中郎先生小品〉一文中云：「率眞則性靈現，性靈現則趣生。……然趣近於諧，諧則韻欲其遠，致欲其逸，意欲其妍，語不欲其拖沓，故予更有取于小品。」〔註20〕張岱小品文，即是吐自性靈的率眞語，充滿了韻遠、致逸、意妍、語不拖沓的雅趣。

張岱小品文中所呈現的雅趣，也就是他生活中的審美情趣。〈自爲墓誌銘〉說：

> 少爲紈袴子弟，極愛繁華。好精舍、好美婢、好孌童、好鮮衣、好美食、好駿馬、好華燈、好煙火、好梨園、好鼓吹、好古董、好花鳥，兼以茶淫橘虐，書蠹詩魔，勞碌半生，皆成夢幻。〔註21〕

〔註16〕轉引自夏咸淳：《晚明士風與文學》，北京，中國社會科學出版社，1994年，頁88。

〔註17〕吳承學、董上德：〈明人小品述略〉，《中山大學學報》，1994年2期，頁108。

〔註18〕《中國文學史》，北京：人民文學出版社，1991年，第三冊，頁1145。

〔註19〕陳柱：《中國散文史》，台北：商務印書館，1991年，頁313。

〔註20〕轉引自袁宏道著，錢伯城箋校：《袁宏道集箋校》，上海：上海古籍出版社，1981年，附錄三，頁1721。

〔註21〕《文集》，卷五，頁199。

《硯雲甲編》本〈陶菴夢憶序〉說：

> 老人少工帖括，不欲以諸生名。大江以南，凡黃冠、劍客、緇衣、
> 伶工，畢聚其廬。且遭時太平，海內晏安，老人家龍阜，有園亭池
> 沼之勝，木奴、秫梗，歲入緒以千計，以故鬥雞、臂鷹、六博、蹴
> 踘、彈琴、劈阮諸技，老人亦靡不爲。〔註22〕

袁宏道〈與李子髯書〉云：「人情必有所寄，然後能樂。故有以弈爲寄，
有以色爲寄，有以技爲寄，有以文爲寄。古之達人，高人一層，只是他情有
所寄，不肯浮泛虛度光景。」〔註23〕張岱追求適性自娛的生活，前引兩段文
字中的嗜好，就是他情趣的寄託。由於情有所寄，前半生極盡怡悅歡樂，未
嘗虛擲光景，而洗鍊的小品文則記錄了他多采多姿的生活。儘管他喜好的無
非是吃喝玩樂、賞心悅目之事，但異於豪貴富賈的縱恣，他不作浮面的追逐，
而是極爲講究各項嗜好的意趣和韻味。以下試著從他的小品文中，尋繹那些
雅趣的底蘊，以進一步了解其生活美學。

（一）布帛菽粟，得其真近

〈答袁籜庵〉一文論及當日怪幻已極的傳奇，只求熱鬧，不論根由；但
要出奇，不顧文理。刻意「狠求奇怪」，熱鬧之極，反見淒涼。張岱反問袁氏，
「《琵琶》、《西廂》有何怪異？」，他認爲「布帛菽粟之中，自有許多滋味，
咀嚼不盡。傳之永遠，愈久愈新，愈淡愈遠。」〔註24〕

「布泉菽粟」指的是日常生活，也就是李贄所說的「穿衣吃飯，即是人倫
物理」。〔註25〕人們講求服食，這是最基本的需求，而在尋常日用中，即蘊含著
人情事理。晚明人揚棄「惡衣惡食」禁慾式的生活，而回歸生命的基本面。縈
繞著張岱小品題材的就是日常生活的瑣事，而不是什麼明道宗經的宏議高論。
張岱又以「食龍肉不若食豬肉之味爲眞」、「貌鬼神不若貌狗馬之形爲近」，來比
喻生活中所熟悉的事物是最眞實的，以此作爲題材，文章才寫得親切動人。他
說：「何論大小哉？亦得其眞，得其近而已矣。」〔註26〕文章無分大小，以「眞」
性情寫身旁「近」事的隨筆、雜記，常比高文典冊來得有滋味。

〔註22〕　《夢憶》，頁4。
〔註23〕　《袁中郎全集》，卷二十，頁954。
〔註24〕　《文集》，卷三，頁143。
〔註25〕　〈答鄧石陽〉，《焚書》，卷一，頁4。
〔註26〕　〈張子說鈴序〉，《文集》，卷一，頁20。

（二）率性任情，絕假存真

張岱是個隨心性，率真而不造作的人。喜怒自由，行止無礙，吃穿遊樂也不矯情辭避。適逢其會的豪興，往往任情而發。天啓七年（西元1627年）四月，張岱與二三友人登爐峰絕頂觀落照，友人以勝期難再得，提議俟月出再看月，於是四人索性踞坐石上賞月。是日月政望，山中草木都發光怪，悄然生恐。月白路明，相與策杖而下，半山忽聞嘯呼，原來是蒼頭同山僧七八人，持火燎、刀棍，以爲他們遇虎失路，而緣山叫喊。次日，山背有人言：昨夜大盜百餘人，持火燎數十把出沒山中。聞後，他們只有匿笑不語。

崇禎二年（西元1629年）中秋後一日，張岱領戲班至兗州爲父壽，當夜移舟金山寺，一時戲癮大發，顧不得深夜喧擾，在大殿盛張燈火，就唱起韓蘄王金山及長江大戰諸劇。鑼鼓喧填，寺中老僧打著呵欠，揉著惺忪睡眼起身觀看。待戲唱完，天已破曉。老僧目送離去，不知他們是人？是鬼？

天啓四年（西元1624年），張岱讀書西湖附近之岣嶁山房，鍵戶七閱月，耳飽溪聲，目飽清樾。一日，至飛來峰，緣溪行，見壁間多爲楊髡所鑿佛像，聲聲咒罵，並將楊髡塑像頭顱椎落，且置之溺溲處。寺僧本以爲張岱椎佛，及知爲楊髡，皆歡喜讚歎。楊髡即發掘南宋諸帝陵墓的楊璉眞伽，爲一受人唾罵的凶殘惡僧。《西湖夢尋》卷二〈飛來峰〉，引述楊髡碎僧眞諦腦蓋之事，又恨稜層剔透的飛來峰，被楊髡遍體俱鑿佛像，「如西子以花艷之膚，瑩白之體，刺作台池鳥獸，乃以黔墨塗之也。奇格天成，妄遭錐鑿，思之骨痛！」〔註27〕張岱眞誠面對自己的感受，無一絲矯揉造作。

（三）深情領略，是在解人

張岱喜遊賞，耽山水，尤其能領略景物獨特的面貌與風韻。人人奔走西湖，總在春風桃柳，日照晴和的時節，西湖「在春夏則熱鬧之，至秋冬則冷落矣；在花朝則喧哄之，至月夕則星散矣；在晴明則萍聚之，至雨雪則寂寥矣。」湖光山影，四時意境各別，晴雨雪月亦無不宜。心眼深邃的人，游觀景物則較常人清奇，張岱認爲「雪巘古梅，何遜煙堤高柳？夜月空明，何遜朝花綽約？雨色空濛，何遜晴光灩瀲？深情領略，是在解人。」〔註28〕

崇禎五年（西元1632年）十二月，張岱住在西湖。趁大雪三日，湖中人

〔註27〕《西湖夢尋》（以下簡稱《夢尋》），台北：金楓出版社，1987年，卷二，西湖西路，頁63。

〔註28〕〈明聖二湖〉，《夢尋》，卷一總記，頁32。

聲、鳥聲俱絕，夜晚獨自盪舟往湖心亭看雪。天地迷濛，上下一白。蘇堤橫截湖中，只見一抹細長的垠痕；湖心亭小如圓點；扁舟細如草芥；還有兩三模糊人影。一痕、一點、一芥、兩三粒人影，就暈染出一幅淡遠的水墨畫。如此雅興逸懷，堪稱西湖「解人」。

張岱欣賞景緻，常擷取最具特色的角落。如〈火德廟〉取「窗櫺門楔」，從窗口門框望去，「凡見湖者，皆為一幅圖畫。小則斗方，長則單條，闊則橫披，縱則手卷，移步換影。」〔註29〕〈天鏡園〉則取「高槐深竹，樾暗千層」，張岱讀書其中，「撲面臨頭，受用一綠；幽窗開卷，字俱碧鮮。」〔註30〕這些角落，一經點染，即搖曳生姿。

張岱視萬物皆有情，不論是有生命或沒生命的，都充分領略物性，作個深情解人。朱文懿公宅後有一老桂樹，幹大如斗，濃蔭密佈，下可坐客三十四席。花時人人禁足，聽其自開自謝。岱云「樗櫟以不材終其天年，其得力全在棄也。」〔註31〕又記〈奔雲石〉：「石如滇茶一朵，風雨落之，半入泥土，花瓣棱棱三四層摺，人走其中，如蝶入花心，無鬚不綴也。」〔註32〕頑石如茶花，是因張岱筆底蘸滿了感情。

（四）閑情冷眼，獨享趣韻

觀賞景物，不應追逐表淺的樂趣，應懷著閑適的心情，悠遊的神態。〈西湖七月半〉寫遊人賞月的盛況，其中有五種人：一為「名為看月而實不見月者」；二為「身在月下而實不看月者」；三為「亦看月而欲人看其看月者」；四為「月亦看，看月者亦看，不看月者亦看，而實無一看者」；五為「看月而人不見其看月之態，亦不作意看月者」。〔註33〕前四種人中有閨秀、名妓、閒僧、醉漢，逐隊爭出，只為了看人、看熱場，「如沸如撼，如魘如藝，如聾如啞」，吃喝喧鬧，附庸風雅。只有第五種人安靜品茶，邀月同坐，隱匿樹下，才是真正看月的人。那些卑俗無趣的人「避月如仇」，等新月上升後，早已星散不見人影。此時張岱諸人始艤舟近岸，匿影樹下者亦出，彼此聲氣相通，拉與同坐。東方將白，客人散去，張岱猶酣睡於十里荷香中。人處恬靜清寂的心

〔註29〕《夢尋》，卷五，〈西湖外景〉，頁178～179。
〔註30〕《夢憶》，卷三，頁42。
〔註31〕〈朱文懿家桂〉，《夢憶》，卷三，頁41。
〔註32〕《夢憶》，卷二，頁14。
〔註33〕《夢憶》，卷七，頁94～95。

境，方能觸發趣韻，也方能與山水美景交接。

　　《陶菴夢憶》中，描述歲時節令，市井風俗的篇章甚多，總在熙攘嘈雜中，看盡盲目隨俗的眾生相。如〈虎邱中秋夜〉：「虎邱八月半，土著流寓、士夫眷屬、女樂聲伎……孌子變童、游冶惡少、清客幫閑、傒童走空之輩，無不麟集。」〔註 34〕鐃鈸鼓吹，驚天動地；之後，又絲管繁興，雜以歌唱。直到三鼓之後，月孤氣肅，人群多已散去。又如〈揚州清明〉，也是男女傾城而出，祭掃完畢，呼朋引類，或賭博，或走馬放鷹，或劈阮彈箏。日暮時分，又車馬紛沓，一一倦歸。張岱形容這種魚貫雁比的景象，如畫家手卷。〔註 35〕

　　時令節慶，固然多見熱鬧的場面，然賞月幽趣，敬祖本意，似乎已不復見。閑才能領略情趣，陳繼儒說：「好山好水，清風明月，何嘗見此旨趣？勞勞擾之，死而後已，……故曰不是閒人閒不得，閒人不是等閒人。」〔註 36〕江山風月取不傷廉，只看你怎麼欣賞？天地美景，終究屬於閑曠的人。

（五）冰雪生鮮，始見空靈

　　〈一卷冰雪文序〉云：「魚肉之物，見風日則易腐，入冰雪則不敗……世間山川、雲物、水火、草木聲色、香味，莫不有冰雪之氣；其所以恣人挹取受用之不盡者，莫深於詩文。蓋詩文只此數字，出高人之手，遂現空靈；一落凡夫俗子，便成臭腐。」〔註 37〕冰雪能壽物，人生亦藉此冰雪之氣以生。冰雪之氣，即是一股鮮活的生氣。有生氣，心靈思緒才能飛動，所作詩文也才不致陳腐俗濫。空靈的詩，來自活水源源不斷湧出的心田。

　　〈與何紫翔〉論琴藝云：「彈琴者，初學入手，患不能熟；及至一熟，患不能生。」所謂的生，張岱強調不是指「澀勒、離歧、遺忘、斷續」，而是指古人彈琴到了得手應心的地步，「其間勾留之巧，穿度之奇，呼應之靈，頓挫之妙，真有非指非弦，非勾非別，一種生鮮之氣，人不及知，己不及覺者。非十分純熟，十分淘洗、十分脫化，必不能到此地步。」又說「此練熟還生之法，自彈琴撥阮，蹴踘吹簫，唱曲演戲，描畫寫字，作文做詩，凡百諸項，皆藉此一口生氣。得此生氣者，自致清虛；失此生氣者，終成渣穢。」〔註 38〕

〔註 34〕　《夢憶》，卷五，頁 70。

〔註 35〕　《夢憶》，卷五，頁 72～73。

〔註 36〕　《簷曝偶談》，《歷代小說筆記選》，台北：商務印書館，明朝第二冊，頁 417。

〔註 37〕　《文集》，卷一，頁 18。

〔註 38〕　《文集》，卷三，頁 147。

這段文字是說明，彈琴的技巧熟練後，在指弦間琢磨出自己獨特的風格，是一種經過淘洗脫化後的韻致，清虛空靈，餘韻無窮。移作詩文來說，練熟還生是指絕去甜俗的清新，脫卸匠氣的流暢。在蛻變脫化的過程中，人不及知，己不及覺，但自出新意後，就是一股躍動的生鮮之氣。如果一味效顰學步，不求進境，就成滿篇渣穢。

張岱所謂的冰雪、生鮮，提示了藝文欣賞與創作的途徑。同樣的，在晚明繁盛的都會活動中，他有深入而細膩的觀察，常自出手眼，創造新意。

（六）獨具隻眼，鑒別妍蚩

張岱賞鑒人與物的美醜，不在外表的皮相，在其精神韻味。如形容女伶朱楚生：「楚生色不甚美，雖絕世佳人，無其風韻……其孤意在眉，其深情在睫，其解意在煙視媚行。」〔註39〕張岱未描述她的五官面容，而是在她眼波流轉、舉手投足間，尋找那股與眾不同的風韻。

著名的說書人柳敬亭，「黧黑，滿面皰瘡」，說起書來，刻畫入微，又乾淨不嘮叨；激動處聲如洪鐘，平和處則吞吐抑揚，入情入理，深及筋骨。張岱說：「柳麻子貌奇醜，然其口角波俏，眼目流利，衣服恬靜，直與王月生同其婉孌。」〔註40〕王月生何許人也？王為南京名妓，「面色如建蘭初開，楚楚文弱」，矜貴寡言笑，善書畫，亦解吳歌，不輕易出口。好茶，與閔汶水時有往來。一日，閔老子鄰家富賈，集曲中妓十數人，環坐縱酒。月生立露台上，群婢見之皆為氣奪。月生「寒淡如孤梅冷月，含冰傲霜」，〔註41〕不喜與儈俗人交往。黝黑的柳麻子，在張岱眼中，與面色姣好、如幽蘭孤梅的王月生一樣漂亮，可見張岱欣賞的是一個人自然流露的氣韻。

張岱的審美眼光也投射在園亭的佈置。爔花閣原本疏朗明敞，不檻、不牖、不臺，後來五雪叔把「一肚皮園亭」用來作嘗試，建了亭台樓閣，修了走廊棧道，又栽植梅花，纏繞迴旋。如此一來，板實排擠，跼蹐窄迫，變得像「石窟」一般。他認為築園要有思致文理，譬如礎柱要相讓；松石閒意，取其淡遠，不能一味堆垛。〔註42〕副使包涵所任職杭州時，在西湖邊大興土

〔註39〕 〈朱楚生〉，《夢憶》，卷五，頁75。

〔註40〕 〈柳敬亭說書〉，《夢憶》，卷五，頁68。

〔註41〕 〈王月生〉，《夢憶》，卷八，頁108～109。

〔註42〕 〈芙蓉石〉：「柳樹逼之，反多阻塞，若得柱礎相讓，脫離丈許，松石閒意，以淡遠取之，則妙不可矣。」，《夢尋》卷五西湖外景，頁180。

木，造三船之樓，炫奇呈奢，張岱戲稱「西子有時亦貯金屋」。〔註43〕構築亭榭，不獨以財，貴在取佳水而巧爲剪裁，美景本於造化，亦當還於造化。

（七）嗜癖所好，性命以之

張岱有兩句名言：「人無癖不可與交，以其無深情也；人無疵不可與交，以其無眞氣也。」〔註44〕晚明思想開放，在保全眞性的觀念下，不是只以簡單的善、惡、瑕、瑜來區分人。癖與疵，在衛道人士看來是缺失，張岱卻認爲是深情與眞氣的表徵。〈五異人傳〉寫叔祖輩或癖於錢、或癖於酒、或癖於氣、或癖於土木、或癖於書史，筆起筆落，毫無諱飾，眞實展現先人的精神面貌。又如祁豸佳有書畫癖、有蹴踘癖、有鬼戲癖、有梨園癖。這些癖好由遣興轉而爲痴迷，深情灌注，難以移易。豸佳唯阿寶是保，張岱慨嘆豸佳去妻子如棄敝屣，「獨以孌童崽子爲性命」。〔註45〕仲叔聯芳精賞鑒，得白定爐、歌窯瓶、官窯酒匜，項墨林以五百金售之，聯芳推辭說「留以殉葬」。〔註46〕聯芳之子萼初，極愛古玩，曾以五十金買一宣銅爐，顏色不甚佳，以猛火扇煽之，頃刻熔化；以三十金買一靈壁硯山，左右審視，覺得山腳塊磊，尚欠透瘦，以大釘搜剔之，頓時斷成兩截。如此折騰，家業四五萬，緣手立盡。像這樣的恣肆任誕，已近乎病態了。

張岱所結交的才藝知己，亦多耽奇嗜癖之士。如調腔女戲朱楚生，虛心好學，得曲學家精心指點，講究關節，妙入情理。登台表演，準確掌握劇情，領會人物心理，常墜入忘我境界。張岱評論她：「性命于戲，下全力爲之」。〔註47〕人有所癖，沈緬酖溺，眞是到了以性命生死爲之的地步。

張岱自己也是個有痴癖的人，「雪夜遊湖」就是一種痴，湖上又不期而遇一位金陵客，兩人素昧平生，因痴而相遇。惹得舟子喃喃自語：「莫說相公痴，更有痴似相公者！」〔註48〕

張岱好茶，《夢憶》書中〈禊泉〉、〈蘭雪茶〉、〈陽和泉〉、〈閔老子茶〉、〈露兄〉及《文集》〈茶史序〉、〈與胡季望〉，都是論茶道的妙文。張岱精於品茶，從產地、季節、泉水，到培製、盛裝、品啜均十分講究。與閔老子鬥茶，把

〔註43〕 〈包衙莊〉，《夢尋》，卷四〈西湖南路〉，頁134。
〔註44〕 〈祁止祥癖〉，《夢憶》，卷四，頁60。
〔註45〕 同上。
〔註46〕 〈仲叔古董〉，《夢憶》，卷六，頁86。
〔註47〕 參見袁震宇：〈張岱曲論管窺〉，《文史哲》，1987年3期，頁58。
〔註48〕 〈湖心亭看雪〉，《夢憶》卷三，頁45〜46。

臂恨晚的那一幕，趣味橫生，令人印象深刻。閔老子死後，岱致書胡季望，感慨「茶之一道絕矣」。不過還是期望「異日缺月疏桐，竹爐湯沸」，〔註49〕攜家製雪芽，與對方茗戰一番。

張岱講究美食，家常宴飲，庖廚之情，甲於江左。祖父是一位饕客，嘗與包涵所、黃貞父結爲飲食社，著《饕史》四卷。張岱更勝先輩，搜集訂正，取其書而詮次之，寫成《老饕集》一書。身爲富貴子弟，傳食四方，享盡人間至味。

他嫌商家所販售的乳酪，已失氣味。於是豢養一牛，夜晚取乳置於盆盎，等到清晨，乳花簇起尺許，「用銅鐺煮之，瀹蘭雪汁，乳觔和汁四甌，百沸之，玉液珠膠，雪腴霜膩，吹氣勝蘭，沁入肺腑，自是天供。」〔註50〕爲了品嚐正味，親自養牛，精研箇中妙理，可說既「任眞」，而又「認眞」。〈品山堂魚宕〉還提到「新雨過，收葉上荷珠煮酒，香撲烈。」〔註51〕新雨初歇，荷露幾許？其間所花費的心力可想而知。張岱對於自己的嗜癖，雖不致於「性命以之」，但足可稱得上「下全力爲之」！

三、張岱小品文的諧趣藝術

晚明文士率性而行，出語多見詼諧。以往未拋卻「方巾氣」時，莊言法語是正統，笑謔則被視爲輕儇佻巧、態度不恭。隨著自覺意識的抬頭，人們渴望釋放自己，不想再死守教條而不解風趣。

晚明文學作品常見遊戲筆墨，當時文士幾乎浸淫在諧趣的氛圍中，只要看看情趣洋溢的各家小品、清言及流傳市井以戲謔取悅的笑林、笑府即可了解。詼諧是指悅笑語，有戲謔、調侃的意味，比滑稽來得深沉，有時也可出之以冷雋。

機智睿智的人，才懂得諧趣，從來天分低拙之人，決不會幽默。〔註52〕張岱性機敏，自幼即展露充滿幽默的夙慧。六歲時，祖父汝霖帶他至杭州，遇眉公跨一角鹿，在錢塘作客。眉公指屏上李白騎鯨圖說：「太白騎鯨，采石江邊撈夜月」，要張岱屬對，岱答以：「眉公跨鹿，錢塘縣裡打秋風」。眉公大笑，誇讚

〔註49〕〈與胡季望〉，《文集》，卷三，頁153。
〔註50〕〈乳酪〉，《夢憶》，卷四，頁54。
〔註51〕《夢憶》，卷七，頁100。
〔註52〕袁枚：《隨園詩話》引楊萬里語：「風趣專寫性靈，非天才不辦。」台北：長安出版社，1978年，卷一，頁1。

說：「那得靈雋若此，吾小友也。」〔註53〕張岱父叔亦喜詼諧，〈家傳〉云：「先子善詼諧，對子姪不廢謔笑。」〔註54〕仲叔甚而與友人結「噱吐」，《夢憶‧噱社》云：「仲叔善詼諧，在京師與漏仲容、沈虎臣、韓求仲輩結噱社；嘍喋數言，必絕纓噴飯。」〔註55〕所以他從小生長在一個充滿了笑聲的家庭。他的朋輩，如王思任更是以調笑狎侮見長。張岱日後爲他作傳，如此形容：「先生聰明絕世，出言靈巧，與人諧謔，矢口放言，略無忌憚。」這樣的人寫出來的文章，自然「筆悍而膽怒，眼俊而舌尖」。〔註56〕天生的稟性，加上叔姪兄弟的湊趣、朋友文士的相互映發，養成張岱應對敏捷，語帶機鋒的特質。提筆爲文時，亦是酣暢快意，心眼所見觸處成趣。舒卷自如的筆致下，流瀉的是濃郁的情趣與點慧的幽默。常在不經意處，忽發諧語，忽生奇想，讓人讀來興味盎然。不過，回首前塵，執著舊夢時，悲欣交集。存滅消長、飢貧榮辱都淬鍊成「窮且益堅」的情懷，自嘲的苦澀也昇華成悲涼的智慧。以下就張岱小品文所流露的諧趣加以剖析，以了解其深沉蘊藉的諧趣藝術。

（一）下字新巧，點化鮮活

張岱反模擬，不蹈襲前人。尋常字詞，隨手拈來，拼拆組合，即賦予新穎而鮮活的生命，令人既驚且喜。

> 兼以茶淫橘虐，書蠹詩魔，勞碌半生，皆成夢幻。（《文集‧自爲墓誌銘》）

> 瓜州諸園亭，俱以假山顯，胎于石，娠于碟石之手，男女于琢磨搜剔之主人。（《夢憶‧于園》）

> 月光倒囊入水，江濤吞吐，露氣失之，噀天爲白。（《夢憶‧金山夜戲》）

> 萬山載雪，明月薄之，月不能光，雪皆呆白，坐久清冽。（《夢憶‧龍山雪》）

> 深山清寂，皓月空明，枕石漱流，臥醒月影。（《夢尋‧冷泉亭》）

以「淫」與「虐」，表明好茶嗜橘，詭奇而又切合情理。以「胎」、「娠」、「男女」，表達精選石材、雕鑿琢磨，有如懷胎、分娩、孕育子女，精簡又具

〔註53〕〈自爲墓誌銘〉，《文集》，卷五，頁201。
〔註54〕〈家傳〉，《文集》，卷四，頁275。
〔註55〕《夢憶》，卷六，頁87。
〔註56〕〈王謔庵先生傳〉，《文集》，卷四，頁193。

意象，且詞性轉變，拗折生動。以「倒囊」說明月光下瀉，以「呆白」形容皓月白雪兩相逼映，以「臥醒」形容借月影爲舖墊，翻空出奇，充滿生鮮之氣。

（二）取譬精妙，真切貼實

繪景寫物，張岱常有奇譬妙喻，以具象寫抽象。尤其連串的排比，看似嬉笑成章，卻隱含深邃的諧機。

> 潮頭一線從海寧而來，直奔塘上；稍近，則隱隱露白，如毆千百群小鵝，擘翼驚飛；漸近，噴沫水花蹴起，如百萬雪獅蔽江而下，怒雷鞭之，萬首鏃鏃，無敢後先。（《夢憶·白洋潮》）

> 夜半白雲冉冉腳下，前山俱失，香爐、鵝鼻、僅露髻尖而已，米家山雪景，彷彿見之。（《夢憶·閏中秋》）

> 余以湘湖爲處子，眠娗羞澀，猶及見其未嫁之時；而鑑湖爲名門閨淑，可欽而不可狎；若西湖則爲曲中名妓，聲色俱麗，然倚門獻笑，人人得而媟褻之矣。（《夢尋·明聖二湖》）

> 細觀諸傳，則吾兄筆削之妙，增一字如點龍畫睛，刪一字如除棘刺。
> （《文集·與周戩伯》）

以小鵝、雪獅作比喻，狀難寫之景，新奇別致，又妙入情理。以「髻尖」比喻峰頂，有擬人化之親切感。以處子喻湘湖、閨秀喻鑑湖、名妓喻西湖，語帶詼諧，引發聯想玩味。以點睛、除棘喻文字之增減，精妙貼切。

（三）對比映襯，製造反差

張岱習於用對偶駢句作反襯對比，揭出相反之事互作烘托，借以增強氣勢，突顯反差，並廣文義。

> 不善飲酒者得其氣，善飲酒者得其趣。（《文集·五異人傳》）

> 以笠報顱，以簣報踵，仇簪履也；以衲報裘，以苧報絺，仇輕煖也；以藿報肉，以糲報粻，仇甘旨也；以薦報床，以石報枕，仇溫柔也；以繩報樞，以甕報牖，仇爽塏也；以烟報目，以糞報鼻，仇香艷也；以途報足，以囊報肩，仇輿從也。（《夢憶·自序》）

> 孫東瀛像置之佛龕之後，孫太監以數十萬金錢裝塑西湖，其功不在蘇學士下，乃使其遺像不得一見湖光山色，幽囚面壁，見之大爲鯁

悶。(《夢尋・錦塘》)

張岱觀察敏銳，眼明手辣，常能一語道破令人玩索的對比。遭逢國變後，追思昔日的富麗，再對照當前的寒蹇，不免有「罹此果報」的慨嘆。

（四）活用口白，俚俗俏皮

張岱深入市井，又與儒人結緣，提筆時野語街談、閭巷瑣言、戲曲科白，皆可隨意入文。

> 一異鳥名宵了，……有一新娘子善睡，黎明則呼曰：「新娘子，天明了，起來罷！太太叫，快起來！」(《夢憶・宵了》)

> 東谷善滑稽，貧無立錐，與惡少訟，指東谷爲萬金豪富，東谷忙忙走愬大父曰：「紹興人可惡，對半說謊，便說我是萬金豪富。」大父常舉以爲笑。(《夢憶・張東谷好酒》)

> 花謝・糞之滿箕，余不忍棄，與與蘭謀曰：「有麵可煎，有蜜可浸，有火可焙，奈何不食之也？」(《夢憶・范與蘭》)

《夢憶》一書，寫生活瑣事，寫人、寫物、兼及禽鳥。意之所至，不避俚語俗話，筆調輕鬆，意態豐富。

（五）化用故實，生發意趣

張岱博識洽聞，熟諳典故。以尖新靈動之筆，化用通俗易懂之故實，另生發出一番意味。

> 瓶粟屢罄，不能舉火，始知首陽二老，直頸餓死，不食周粟，還是後人粧點語也。(《夢憶・自序》)

> 余嘗謂曹操、賈似道千古奸雄，乃詩文中之有曹孟德、書畫中之有賈秋壑，覺其罪業滔天，減卻一半。(《夢尋・三茅觀》)

> 詩中有畫，畫中有詩，因摩詰一身兼此二妙，故連合言之。……詩以空靈才爲妙詩，可以入畫之詩，尚是眼中金銀屑也。(《文集・與包嚴介》)

張岱用典，非生吞活剝，一味求博。上引三典，或反用其意，或另生新意，寄寓均十分深遠。

（六）謔語笑談，機鋒側出

晚明文士灑脫、詼諧，操觚染翰或相對晤談，常見冷雋的機鋒。

昔有一蘇州人，自誇其州中燈事之盛，曰：「蘇州此時有起火亦無處放，放亦不得上。」眾曰：「何也？」曰：「此時天上被煙火擠住，無空隙處耳。」人笑其誕。於魯府觀之，殆不誣也。(《夢憶‧魯藩煙火》)

余見「奔雲」黝潤，色澤不減，謂客曰：「願假此一室，以石磈門，坐臥其下，可十年不出也。」客曰：「有盜。」余曰：「布衣褐被，身外長物則瓶粟與殘書數本而已。王弇州不曰：盜亦有道也哉？」(《夢憶‧奔雲石》)

文與可畫竹，見人多持縑素而請者。與可厭之，投諸地而罵曰：「吾將以爲襪。」縑素純白，尚中襪材。兄所遺，塗抹殆遍。一幅鵝溪，不堪爲婦作褌。(《文集‧與陳章侯》)

諧趣之語，看似不合情理卻又極合乎情理，乍聽笑其荒唐，繼而反覺刻畫甚妙。陳章侯爲張岱仲叔女婿，身爲戚婭，語無避忌。不過，畫幅作袴之喻，可說謔而近虐了。

(七) 調侃嘲戲，含蓄蘊藉

張岱筆致靈活，書中有「自嬉」式的遊戲筆墨，亦有檢驗人情世相的暗諷，更有寓悲愴於調侃的苦澀。

惟此蠹魚者，賦質輕微，存心殘忍。寸喙之犀利類蝨，因名曰蠹；霾尾之輕盈似燕，乃號爲魚。……嗚呼！滿口圖書，胸無只字，以梧腹而冒名飽學；盈眸文墨，目不識丁，以曳白而攪亂文場。(《文集‧討蠹魚檄》)

越俗掃墓，男女袨服靚妝，畫船簫鼓，如杭州人游湖，厚人薄鬼，率以爲常。……雖監門小戶，男女必用兩坐船，必巾，必鼓吹，必歡呼暢飲。(《夢憶‧越俗掃墓》)

稱之以富貴人可，稱之以貧賤人亦可；稱之以智慧人可，稱之以愚蠢人亦可；稱之以強項人可，稱之以柔弱人亦可；稱之以卞急人可，稱之以懶散人亦可。……任世人呼爲敗子、爲廢物、爲頑民、爲鈍秀才、爲瞌睡漢、爲死老魅也已矣。(《文集‧自爲墓誌銘》)

余今大夢將寤，猶事雕蟲，又是一番夢囈。因嘆慧業文人，名心難化，正如邯鄲夢醒，漏盡鐘鳴。盧生遺表，猶思摹榻二王，以流傳

後世，則其名根一點，堅固如佛家舍利。劫火猛烈，猶燒之不失也。
（《夢憶‧自序》）

張岱喜聚書，而蠹魚為患，行藏閃躲，恣意噬嚙，故作檄以討之。「胸無只字」、「冒名飽學」、「目不識丁」、「攪亂文場」，詞意妙喙又含蓄。越俗掃墓，如揚州清明，侈靡放蕩，與祭掃之靜穆，乖戾不諧。〈自為墓誌銘〉與〈夢憶自序〉兩則，表達個人強息人世的隱忍，心情悲痛，卻出之以嘲謔，其深沉蘊藉，令人低徊再三。

（八）透悟世道，警策雋永

平時，雖身處熱鬧，張岱卻早已習慣以一雙冷眼觀察世態。土崩瓦解，魚爛河決之後，冷峻的思考，透悟世道，閃爍著睿智的光芒。

雲老多疑忌，諸妓曲房密戶，重重封鎖，夜猶躬自巡歷，諸姬心憎之。有當御者，輒遁去，互相藏閃，只在曲房，無可覓處，必叱咤而罷。殷殷防護，日夜為勞，是無知老賤，自討苦吃者也，堪為老年好色之戒。（《夢憶‧朱雲崍女戲》）

士君子生不逢時，不束身隱遁，以才華傑出，反受摧殘。（《夢尋‧飛來峰》）

幸余不入仕版，既鮮恩仇，不顧世情，復無忌諱。事必求真，語必務確，五易其稿，九正其訛，稍有未核，寧闕勿書。（《文集‧石匱書自序》）

古云：「萬斛之舵，操之非一手。」則捷捽拈抒，不能盡如人意。臨事不得專操舟之權，而償事乃與同覆舟之罪，此所謂難也。（《文集‧與張靈偶》）

朱雲崍視諸姬為禁臠，心勞力絀，窘態畢現。張岱譏為「無知老賤」，下語雖重，卻足堪世戒。明亡後，張岱束身栖隱，不入仕途，鮮恩仇、無忌諱，不必曲筆寫史。張文成（靈偶）嘗與修《會稽縣志》，郡縣亦力邀張岱，岱辭讓再三，仍列名校閱，書成未用文成原本，其中多處顛倒錯亂。張岱因而大嘆：「臨事不得專操舟之權，償事乃與同覆舟之罪」，語意警策犀利，可謂洞鑒世情。

張岱性情真率，放誕不羈，處世毫無矯飾之態。其小品諸篇，文字輕快，不吞吐，不遲滯，句句出自肺腑，以真面目示人。《夢憶》一書，記述晚明江

南的精緻文化，雖說是末世豪貴公子的懺悔錄，而其中不論是文人行樂，或市井風俗，皆可為明末社會史作珍貴的補白。張岱闊別西湖二十八載，西湖無日不入夢中，《夢尋》一書，舊夢是保，留住斷橋身影。繪景記事外，《文集》中的簡牘、序跋，或抒情，或議論，均可從中得知張岱的詩文觀及當代文人名士的行止。

晚明文人講求生活情趣，而張岱並不追逐鄙俚淺薄的俗趣，用目熟視，用心玩索，痴癖中見靈雋，醜怪中見妍美，執著於獨特的賞鑑雅趣。國變後，痴興轉趨冷寂，冷寂中仍躍動著一顆熾熱的心。心中交織著眷戀與慚愧，糾纏著自尊與自責。耽于夢幻，沉醉囈語，為自己的心靈找到一處守頑地。忍飢述作，超脫隱仕之外，彌合了受創的心，也度過了掀天揭地的動盪歲月。從昔日顯豁直露的率性，蛻變為孤寂自若的深沉；詼諧的揶揄中，是悲涼，也是豁達。蘇軾〈和致仕張郎中春晝〉詩：「盛衰閱過君應笑，寵辱年來我亦平」，〔註57〕就是這種心境的寫照！

〔註57〕蘇軾著，清・王文誥、馮應榴注：《蘇軾詩集》，台北：學海出版社，1983年，上冊，卷八，頁401。